O ÚLTIMO PAPA

LUÍS MIGUEL ROCHA

O ÚLTIMO PAPA

Ediouro

Diretora: Janice Florido
Editora: Mariana Rolier
Assistente editorial: Fernanda Cardoso
Coordenadora de produção: Adriane Gozzo
Assistente de produção: Juliana Campoi
Editora de arte: Ana Dobón
Preparação: Fábio Maximiliano Alberti
Revisão: Alessandra Miranda de Sá e Carolina Elisa Wilbert
Capa: Hyunhee Cho
Imagens de capa: Basílica de São Pedro © Sean Justica, Getty Images
Cardeal © Bettmann, Corbis/LatinStock
Fotografia do autor: Frederico Duarte Carvalho
Editoração eletrônica: Dany Editora Ltda.

Dados Internacionais de Catalogação na Publicação (CIP)
(Câmara Brasileira do Livro, SP, Brasil)

Rocha, Luís Miguel
O último papa / Luís Miguel Rocha. — São Paulo : Ediouro, 2008.

ISBN 978-85-000-2412-2

1. Romance português I. Título.

08-07235 CDD-869.3

Índice para catálogo sistemático:

1. Romances : Literatura portuguesa 869.3

Rua Nova Jerusalém, 345 – Bonsucesso
Rio de Janeiro – RJ – CEP 21042-235
Tel.: (21) 3882-8200 Fax: (21) 3882-8212 / 3882-8313
www.ediouro.com.br

Este livro é dedicado ao
Papa João Paulo I
Albino Luciani

★ 17/X/1912
† 29/IX/1978

E quanto a ti, Senhor Patriarca, a coroa de Cristo e os dias de Cristo.

Irmã Lúcia a Albino Luciani,
Coimbra, 11 de julho de 1977.

Que Deus vos perdoe pelo que fizeram comigo.

Albino Luciani aos cardeais que o elegeram papa
no dia 26 de agosto de 1978.

Capítulo 1

ANNO DOMINI MMVI

Por que um homem corre? Sendo este homem de quem se fala a generalidade de toda a espécie, aquele que todos representa; o todo, todos, sem exceção, porque não existe, neste caso, a exceção, que fique bem claro. Mas a pergunta permanece: o que o faz correr? No sentido literal da expressão, uma perna à frente da outra, o pé direito depois do pé esquerdo e vice-versa, pois não há primeiro lugar quando se trata do corpo humano. Será pelo prazer do sofrimento em si, todas aquelas centenas de músculos trabalhando em prol de um bem-estar físico e psicológico que será usufruído após o exercício? Uns são movidos pela glória; os segundos e os minutos com que palmilham o terreno significam vitórias, dinheiro e notoriedade, ou desilusão, desconsolo e lamento. A outros nada os motiva mais do que a perda de alguns quilos, com a finalidade única e exclusiva de agradar ao outro gênero, ou ao mesmo, dependendo do gosto de cada um. Seja como for, a soma dos fundamentos tem base num só: todos correm pela vida; nada mais os move.

Nem a esse homem que sobe as enormes escadarias internas dos Arquivos Secretos do Vaticano a tão alta hora da noite. A túnica preta confunde-se à fraca iluminação do local nada secreto que alberga documentos manifestamente sigilosos. Na mão, alguns papéis amarelados pelo tempo, provavelmente a razão de tanta urgência. Um ruído destoante de seus próprios passos o alarma: veio de cima, veio de baixo, de onde veio?, é a pergunta expressa em seu rosto. Pára, olha, escuta; nada mais se ouve além da sua respiração alterada. O suor lhe escorre pela face como torrente de mar. Apressa-se, pois já é tarde, a fim de regressar aos aposentos que lhe são destinados na Cidade do Vaticano — ou devemos dizer país, porque é o que é na realidade, com suas regras, leis, credo e sistema político.

Monsenhor Firenzi é o nome do homem. Nós o sabemos porque é o que ele rabisca à luz minguada do candeeiro da escrivaninha, uns garranchos escritos às pressas num envelope grande, já selado, onde coloca os papéis que trazia na mão. Ele é o remetente, é certo; o destinatário não se consegue discernir por causa dos problemas de iluminação supracitados e também porque monsenhor Firenzi quase encosta a cabeça no envelope, talvez porque o suor lhe tenha embaçado os óculos e não consiga enxergar a própria letra de maneira adequada. Terminada essa operação, fecha o dito invólucro e sai do quarto.

Aonde irá a essa hora da noite, tendo em vista que o sino da Basílica de São Pedro badala à uma da manhã? O silêncio espraia-se de novo depois da badalada. Está frio, mas isso não parece aborrecer esse servo de Deus, que continua avançando e alcança depressa o lado de fora, os passeios que levam à Praça de São Pedro, à maravilha elíptica de Bernini, com toda a simbologia cristã e pagã, porque os artistas não são gente de se render a uma só arte ou fé, e a eles podem juntar-se o restante das outras pessoas. Um ruído perpassa os ouvidos do monsenhor. Ele pára; desta vez, suores frios lhe percorrem o corpo; a respiração fica ofegante. Não há dúvida: são passos, talvez um guarda suíço na ronda noturna. O melhor é não ficar à espera. O monsenhor apressa os passos, a caminho sabe-se lá de onde, com um envelope na mão, à uma da madrugada — hora de estar dormindo com os anjos, se fosse uma noite comum; não é, ao que parece, pelo menos em vista do olhar patente no rosto do monsenhor, as mãos coladas ao corpo a ampararem o envelope. Já na praça, arrisca olhar para trás e avista um vulto escuro, ao fundo. Não é um guarda suíço; não está vestido como tal. Talvez não esteja em serviço. Não acelerou o passo, como o monsenhor Firenzi, que agora começa a correr. O vulto negro continua na mesma passada consistente e cadenciada, nem depressa nem devagar, mas não corre. Quem o faz é o monsenhor Firenzi, que arrisca outro olhar para trás. Quem o visse pensaria que era maluco; mas ninguém andava por ali àquela hora — apenas ele e o vulto negro, um andando, outro correndo. Não parece haver relação entre eles, mas quem pode afirmar?

O monsenhor deixa a praça e prossegue pela Via della Conciliazone. Roma dorme o sono dos justos, dos injustos, das pessoas de bem, de mal, dos pobres, dos ricos e remediados, dos pecadores e dos santos: todos se lembraram de não sair à rua nesta noite, pelo menos ali, naquela rua; das outras não se pode saber neste momento. O monsenhor desacelera; opta pelo passo rápido, quase correndo, mas sem correr, que fique bem claro. O vulto trilha o mesmo caminho e parece conquistar alguma distância, embora não corra. Algo brilhante lhe transparece de uma das mãos. O clérigo corre a toda velocidade que a idade e os nervos permitem a um monsenhor. Corra pela vida, monsenhor Firenzi; da corrida dependem a vida e a morte. Um baque abafado assalta-lhe os ouvidos, e ele se segura à primeira coisa que vê. Foi rápido, já passou; um som estranho, abafado, e depois nada, mais nada. O vulto aproxima-se, ainda longe, mas aquele baque se transforma agora numa dor aguda que lhe percorre as costas. Leva a mão onde dói. É próximo ao ombro; sangue, o sangue da nova e eterna aliança entre a vida e a morte, o equilíbrio ou não dos membros e dos órgãos. Os passos podem ser ouvidos novamente; o vulto negro está perto; a dor entranha-se cada vez mais no corpo.

— *Monsignore Firenzi, per favore.*

— *Che cosa volete da me?* — pergunta o monsenhor, quase a desfalecer.

— *Io voglio a te.* — Apanha o telefone celular e fala numa língua que não é italiano, talvez alguma outra do leste. Monsenhor Firenzi repara na tatuagem de uma serpente que lhe aparece junto ao pulso. Segundos depois, ao lado dos dois homens estaciona uma picape negra, cujos vidros, também escuros, não permitem ver se há mais alguém em seu interior além do condutor. O homem agarra o monsenhor ferido e coloca-o dentro da picape, sem violência, como se fosse um saco leve. — *Non si preoccupi. Non state morendo.*

Antes de entrar no carro, o homem limpa a superfície onde o religioso se segurara após ter levado o tiro certeiro no ombro. Monsenhor Firenzi fita-o, a dor a trespassar-lhe o corpo. "É isso que se sente quando se leva um tiro", pensa. O homem limpando as provas do que acontecera segundos antes, a ironia... Depois, ao olhar o objeto onde se amparara havia poucos segundos, um minuto, se tanto — pouco importa —, a compunção acossando-lhe o corpo e o português fluente assomando-lhe à boca. É em casa que se pensa nessas horas.

— Que Deus me perdoe.

Tudo pronto, o homem entra na picape e avançam, nem muito depressa nem muito devagar, para não levantarem suspeitas; são profissionais, sabem o que e como fazer, mas não são infalíveis, porque isso só Deus é, e quando quer. A rua volta à quietude original. Nada de irregular, a limpeza foi bem-feita, nenhum vestígio de sangue na caixa do correio onde o monsenhor se agarrara.

Capítulo 2

ALBINO

Porque nenhum de nós vive para si, e nenhum morre para si.

Romanos, 14:7

29 de setembro de 1978

Se para uns a rotina é uma engrenagem que mói e mata, destrói e desgraça, toda aquela atuação sempre igual, segundos, minutos, semanas, dias, e fica subentendido o cenário repetitivo pelo qual se vai passar novamente como uma engrenagem que mói e mata, destrói e desgraça, toda aquela atuação sempre igual, segundos, minutos, semanas, dias, e fica subentendido o cenário...

Para outros é uma necessidade abalada apenas pela diferença, pela mudança súbita ou moderada, pelo fator não habitual do que possa surgir como algo novo num plano que não deve ser modificado nunca, por nada. A vida não deixa de ser mesquinha com uns e outros, mudando o que agrada a alguns e perseverando no que não compraz a outros.

Mas sobre isso não se queixa a irmã Vincenza, há quase vinte anos a serviço do mesmo Albino Luciani. Foram os desígnios do Senhor — quem somos nós para questioná-los — que, ao fim desses anos, fizeram com que todos mudassem de residência. Seiscentos quilômetros a separam de sua terra, mas, ainda assim, pelas razões alegadas, não se queixa a gorda irmã Vincenza, que já está de pé a essa hora da madrugada — quatro e vinte e cinco, para sermos precisos. Faz parte da rotina, da ditosa rotina a que já se habituou em seu novo lar. Na mão, leva uma bandeja de prata, com um bule de café, uma xícara e um pires. Ela a deixará à porta dos aposentos de Albino Luciani. Uma cirurgia devido à sinusite, feita havia muitos anos, o deixara com um gosto amargo na boca ao despertar, que combina com o café que vai dentro do bule, em cima da bandeja de prata que Vincenza leva na mão pela passagem que faz, há um mês, parte da sua rotina. A essas ainda não se habituou irmã Vincenza: às passagens; são compridas e largas, mal iluminadas durante a noite. Há de queixar-se disso ao seu senhor Albino. A história dos séculos acha-se em cada pedra, em cada estátua, pintura e tapeçarias ricamente debruadas pendendo das paredes gigantescas, mas tudo isso assusta irmã Vincenza. Quase deu um grito ao passar por aquele querubim ali atrás, que lhe parecera mais uma criança agachada fazendo uma travessura. "Mas que tonta", pensa a irmã, se crianças eram coisas que nunca tinham pisado naquelas passagens, pelo menos que se soubesse. Certo é que a austeridade daquilo não deixava ninguém apático, nem a irmã Vincenza, que, se não fosse por Albino Luciani, sem dúvida não estaria ali, àquela hora da matina, num corredor que parecia bem diferente durante o dia, quando o local ganhava uma vida intensa e inebriante.

Mas à bonacheirona irmã Vincenza compete tudo o que diz respeito à vida alimentar e médica de Albino Luciani, significando a parte médica a mera administração de medicamentos e injeções, e não o diagnóstico efetivo de doenças; isso cabe aos senhores doutores que vêm assiduamente saber da saúde de Albino, que nunca foi nem é homem para descurar essas coisas do corpo. Nesse momento, ainda é o médico que o assistia na residência anterior quem o faz agora, o doutor Giusseppe de Rós, que de duas em duas semanas percorre seiscentos quilômetros para ver o seu paciente predileto, que com a idade fica mais rijo. Tudo isso Vincenza faz com gosto, como uma esposa dedicada ao marido; porém não é este o caso — é apenas um exemplo da relação entre os dois. Albino Luciani é um homem bom, que sempre a trata com polidez e benquerença e a considera mais uma amiga do que uma serviçal — longe dele ter tal coisa à sua volta —, por isso a chamou para junto de si quando se mudou para aquela nova residência, bem maior que a anterior, bem mais imponente, coisa que o deixa contrafeito, já que não é homem de luxos terrenos, antes espirituais. Mas com o tempo trataria de livrar-se dos luxos e colocaria a casa a seu gosto, porque era melhor não a chamar de palácio.

Um ataque cardíaco havia menos de um ano atirara irmã Vincenza à cama de um hospital; mas, apesar dos conselhos médicos que apelavam para que não voltasse a trabalhar, que apenas supervisionasse o trabalho dos outros — de preferência sentada —, ela fizera ouvidos de mercador e continuara a tratar de Albino Luciani pessoalmente, como se pode confirmar pela bandeja que leva na mão e pela passagem que atravessa a essa hora da madrugada, sujeita a ser atacada por um maltrapilho, por um assaltante ou por um colega de trabalho. Mesmo assim, juntou-se à Congregação de Maria Bambina, que cuida da residência, e foi acolhida pela Madre Superiora Elena e pelas irmãs Margherita, Assunta, Gabriella e Clorinda. Seja como for, nenhuma delas cuida de nada que tenha a ver com Albino; apenas Vincenza o faz, com mãos de mestre e delicado enternecimento.

Agora que chega à porta dos aposentos de Albino, põe a bandeja numa mesinha lá colocada para esse fim e bate à porta duas vezes. Uma, duas.

— Bom dia — saúda em voz alta.

Aguarda pela saudação recíproca, que se manifesta com silêncio. Estranho. Encosta o ouvido à porta, mas não consegue ouvir nada do outro lado. Pondera bater novamente, mas decide não fazê-lo. "É a primeira vez que Dom Luciani dorme assim", pensa. "Vou deixá-lo descansar mais um pouco."

Afasta-se silenciosamente em direção ao seu quarto, onde vai realizar a primeira oração matinal.

São quatro e meia da manhã.

✦ ✦ ✦

Atente-se a esse homem que se vira e se revira na cama de colchão macio, reclama e volta a reclamar pelas viradas que dá por não conseguir dormir, coisa comum a muitos de nós; todos alguma vez passamos pelo mesmo drama de não conseguir encontrar uma posição confortável para dormir, fato que se deve à falta de sono, e não à relevância da posição em questão. Mas o que diferencia esse homem do comum dos mortais é que ele costuma dormir a qualquer hora do dia ou da noite, seja em que circunstância for. Assim é o sargento Hans Roggan, regrado, metódico, moderado, contido. Hoje a mãe veio a Roma vê-lo. Jantou com ela, e provavelmente foi o café que tomou que agora não o deixa dormir; mas não lhe parece, já que, normalmente, o café não exerce nele nenhum efeito.

Decide levantar-se. "Não quer vir, não venha", diz para si mesmo. "Não vou ficar aqui à sua espera." Abre a porta do armário e veste a farda desenhada pelo comandante Jules Repond em 1914. Se décadas mais tarde soubesse que iam imputar sua autoria a Miguel Ângelo, quem sabe ficaria feliz pela honradez ou amargurado pela deslembrança; fato é que foi ele quem a desenhou, Jules Repond, não o sargento Hans Roggan, muito menos Miguel Ângelo, por mais que fosse uma idéia que pudesse passar pela cabeça de várias pessoas se levarmos em conta que falamos dos uniformes da Guarda Suíça, da qual o dito sargento faz parte e à qual chefia nessa fresca noite em que não consegue dormir desde a meia-noite, hora em que se deitou.

Todas aquelas cores em evidência no uniforme baseadas, isso sim, nos afrescos de Rafael contrastam com o humor do sargento. Sente uma inquietação profunda, uma ansiedade sem fundamento, vinda do nada, como se algo de mau lhe tivesse acontecido, o que, manifestamente, não é verdade, podemos confirmá-lo.

O sargento Hans Roggan tem o trabalho que sempre almejou desde criança: ingressar na Guarda Suíça, servir o papa. Para tal, teve de passar por testes muito difíceis, como levar uma vida disciplinada e dentro dos ensinamentos do Senhor, mas convém não esquecer os preceitos basilares com os quais foi abençoado: ser suíço, solteiro, ter bons princípios morais e éticos, ter mais de um metro e setenta e cinco de altura, mais de dezenove e menos de trinta anos, e, ponto essencial, ser católico.

Não seria por ele que a imagem dos valorosos soldados do papa Júlio II sairia manchada. Protegeria o seu papa até a morte, fosse ele quem fosse, como os cento e oitenta e nove helvéticos fundadores da Guarda que protegeram Clemente VII contra mil soldados, espanhóis e germânicos, no saque de Roma de 6 de maio de 1527. Só quarenta e dois sobreviveram, os que, sob o comando de Hércules Göldli, colocaram o papa a salvo no castelo de São Ângelo através do *Passetto*, passagem secreta construída no tempo do papa Alexandre VI, que liga o Vaticano ao castelo. Os remanescentes morreram heroicamente, ceifando a vida de cerca de oitocentos inimigos. É essa herança que Hans carrega e contempla todos os dias ao vestir a farda. Um orgulho que lhe trespassa a alma cotidianamente, menos hoje, pois está indisposto por não conseguir dormir por razões incongruentes e inconclusivas, se é que há incongruências e "inconclusões" no mundo.

Hans é o responsável pela segurança da Cidade do Vaticano nesta noite. O plano de proteção da cidade resume-se a algumas rondas em locais-chave intramuros e sentinelas colocadas à porta dos locais mais emblemáticos e relevantes. O papa João XXIII aboliu a prática de colocar duas sentinelas em vigília, durante a noite inteira, à porta dos seus aposentos, por isso o guarda mais próximo está no alto da escadaria da Terceira Loggia, numa posição meramente simbólica, local pouco utilizado, mesmo de dia. Qualquer perito, como os muitos que se espargem por aí, versados nas mais diversas matérias, diria que qualquer pessoa com más intenções entraria facilmente na Cidade do Vaticano, e é verdade.

Hans entra em seu escritório e senta-se à mesa. Abre um dossiê e o folheia; são contas pendentes que tem de entregar ao seu superior logo pela manhã, mas, ao fim de alguns momentos em que passa as folhas de um lado para o outro, fecha-o. Não há maneira de conseguir se concentrar; são os momentos inexplicáveis da vida, ocasiões que nos dizem que por vezes a rotina é para ser quebrada, se não por nós, por algo invisível, uma mão que nos sacode, uma voz que nos ordena que não façamos o de costume.

"Mas que droga!", resmunga para si. "É melhor ir tomar ar."

Deixa o escritório sem nem sequer se preocupar em fechar a porta e sai do edifício da Guarda Suíça, passa pelos jardins interiores, próximos ao edifício, e decide andar a esmo pela praça. Passa por dois guardas sentados numas escadas, um dormindo ao lado do outro.

"Parece que só eu não consigo", pensa. Acorda-os com uma pancada no ombro de cada um, e os homens levantam-se rápido, atemorizados.

— Peço desculpas, sargento.

— Que não volte a acontecer — pronuncia Hans num tom intimidatório. Sabe que seus homens vêm de um mês de trabalho muito intenso. Giovanni Battista Montini, conhecido como Paulo VI, tinha falecido havia pouco mais de um mês, em 6 de agosto de 1978, na residência papal de verão, em Castel Gandolfo. As exéquias de um papa prolongam-se por vários dias, e a Guarda nunca deixa seu papa morto sozinho; ficam quatro homens nas extremidades do caixão, ininterruptamente. E depois são as inúmeras personalidades mundiais e chefes de Estado que comparecem para prestar as últimas homenagens.

Logo após o funeral, começam os preparativos para o Conclave, que tem de ser plenamente hermético. As folgas são derrogadas e o trabalho duplica. O Conclave fora marcado para 25 de agosto, precisamente vinte dias depois do passamento do papa; mesmo no limite do período máximo permitido, que era de vinte e um dias, e apesar de o Conclave ter sido curto e terminar no dia seguinte, principiava todo o frenesi ao redor do novo papa, e só pouco tempo antes as coisas haviam voltado ao normal.

Hans retoma o passeio pela cidade, deixando para trás os guardas sonolentos. "Só eu não tenho sono."

Não consegue deixar de ter um sentimento de posse em relação a tudo que o rodeia. Ao fundo, já se eleva o obelisco de Calígula, bem no meio da praça elíptica projetada por Bernini. É irônica a história do mundo: por vezes, encontra-se a obra de um doido maníaco mesmo no centro do lugar mais santo do mundo católico.

Prossegue calmamente, sentindo a aragem fria passar-lhe pelo rosto, quando algo lhe chama a atenção. À sua esquerda ergue-se o Palácio Apostólico, e no terceiro andar as luzes do quarto do papa estão acesas. Olha para o relógio: são quatro e quarenta da manhã.

"Este papa acorda cedo." Lembra-se de que, ao regressar do jantar com a mãe, ainda não eram onze horas e as luzes estavam na mesma. Zeloso, como um Guarda Suíço que se preze, decide voltar e consultar os guardas que pegara dormindo. Encontram-se agora em uma conversa; o sargento lhes espantara o sono de vez.

— Meu sargento — saudaram os dois.

— Digam-me uma coisa: Sua Santidade chegou a apagar as luzes do quarto durante a noite?

Enquanto um encolhe os ombros para expressar desconhecimento, o outro é peremptório.

— Durante o meu turno aquelas luzes nunca se apagaram.

Hans sabia que, apesar de os ter apanhado ferrados no sono, não podiam ter adormecido por mais do que alguns minutos.

— Estranho — profere o sargento.

— Sua Santidade costuma acender as luzes, mais ou menos, a esta hora. Mas esta noite não as apagou — completa o guarda. — Deve estar trabalhando nas tais mudanças que vão acontecer por aqui.

— Isso não nos diz respeito. — Muda de assunto. — Tudo normal?

— Tudo normal, sargento.

— Muito bem. Até logo. Fiquem de olhos bem abertos.

Retorna ao edifício da Guarda e sente finalmente as pálpebras pesarem; ainda pode dormir algumas horas. Olha de novo para as luzes acesas nos aposentos do papa.

"As coisas mudaram mesmo por aqui", cogita o sargento, esboçando um sorriso. Agora dormirá; tudo é como tem de ser.

✦ ✦ ✦

Já se haviam passado quinze minutos desde que irmã Vincenza deixara a bandeja de prata em cima da mesinha, ao lado da porta dos aposentos de Albino Luciani, se bem lembrados estamos do medo que ela tem de passar no infausto corredor que volta a percorrer novamente. Está na hora de ministrar a Albino os medicamentos para pressão baixa. A medicação dele não consiste em nada além disso; Vincenza tem apenas que afiançar que Albino tome suas vitaminas, ao final de todas as refeições, e, ao deitar, aplica-lhe uma injeção para estimular a glândula supra-renal. Assim que lhe ministre os medicamentos da pressão, todos os dias, religiosamente, entre as quatro e meia e as quatro e quarenta e cinco da manhã, Albino tomará seu banho matinal, aprimorará seu inglês com um curso de fitas cassetes, isso das cinco às cinco e meia; não voltaremos a empregar o termo "religiosamente", mas é como se fosse, já que a rotina matinal é imutável, pelo menos para ele. Depois, Albino vai rezar em sua capela particular até as sete — os mesmos hábitos que tinha na residência anterior, embora lá a capela fosse bem mais modesta.

Tão logo chega à porta dos aposentos de Albino, Vincenza depara com uma situação estranha: a bandeja de prata com o bule de café, a xícara e o pires estão no mesmo local onde os deixara minutos atrás. Retira a tampa e confirma que o bule ainda está cheio, intocado. Em quase vinte anos acompanhando Albino Luciani, nunca tal coisa havia acontecido, nem ele nunca deixara de responder ao seu "Bom dia" com outro alegre "Bom dia, Vincenza".

Na verdade, não era bem assim antes de mudarem de residência; Vincenza batia à porta e entrava com a bandeja de café, e ia ela própria servi-la a Albino, em mãos — hábito que os novos assistentes e conselheiros reprovavam com veemência, considerando-o uma violação do protocolo, e por isso, para agradar a gregos e troianos, decidiram-se pelo meio-termo: Vincenza continuaria a levar o café todas as manhãs, mas o deixaria à porta dos aposentos de Albino, como a vimos fazer diligentemente esta madrugada. Ela volta a encostar o ouvido à porta. Nenhum ruído ou movimento é audível; fica na dúvida entre bater ou não à porta e começa a fazê-lo com timidez.

— Bom dia — sussurra receosamente. Afasta-se, confabulando o que haveria de fazer.

"Na nossa terra, entrava e não me preocupava com essas coisas." Olha para a porta. Da fresta por baixo dela vê-se luz. Albino está acordado. Volta a bater à porta, agora com mais ímpeto e sem vergonha; "é assim mesmo, mulher".

— Dom Luciani! — chama.

Nenhuma resposta. Volta a bater à porta. A mesma falta de resposta. Não lhe resta alternativa senão entrar nos aposentos de Albino, contra todos os ditames da lei do lar em questão. Coloca a mão na maçaneta dourada e gira-a.

"Que se danem os conselheiros e o protocolo!"

Entra, pé ante pé, e depara com Albino sentado na cama, encostado à cabeceira, com os óculos na cara, uns papéis na mão e a cabeça inclinada para o lado direito. A expressão alegre e o sorriso encantador com que Albino presenteava Vincenza e todos os que o rodeavam fora substituída por um esgar agonizante. Vincenza aproxima-se de Albino com o coração aos saltos. Não é uma visão adequada a uma doente cardíaca; mesmo assim, e com os olhos lacrimejantes, Vincenza, a valente Vincenza, pega a mão de Albino e toma-lhe o pulso. Um, dois, três, quatro, cinco segundos; fecha os olhos numa contagem interior, as lágrimas a escorrerem pelo rosto.

"Oh, meu Deus."

Puxa o cordão que pende por cima da cama de Albino, e se ouve uma sineta ecoando pelas outras divisões.

"Tenho de ir chamar as irmãs", pensa, com o corpo palpitando de adrenalina e nervosa. "Não, primeiro vou chamar padre Magee. Não. Ele dorme lá em cima, no sótão. O melhor é chamar padre Lorenzi."

A campainha pára de tocar, mas, por mais estranho que pareça, ninguém aparece para ajudar Vincenza, como se todos soubessem que hoje, não importa quem puxe o cordão, quem quiser que se levante, ou Albino que se desembarace sozinho. Corre para fora do quarto e, sem pensar, abre a porta dos aposentos de padre Lorenzi — que dorme perto do quarto de Albino —, esquecendo todas as regras de etiqueta e protocolo, que se danem! O secretário de Albino, padre John Magee, dorme no sótão até que seu quarto, também ao lado do de Albino, seja reformado.

— Padre Lorenzi! Padre Lorenzi! — grita ela.

Lorenzi acorda confuso.

— O que está acontecendo? — Quando cai em si, vê irmã Vincenza agarrada ao seu pijama, em prantos. — Que foi, Vincenza? Aconteceu alguma coisa?

— Padre Lorenzi, foi Dom Albino. Padre Lorenzi, o papa está morto!

O dia 28 de setembro de 1978 ficaria gravado na história como o dia da morte de Albino Luciani, o papa João Paulo I.

CAPÍTULO 3

Para Sarah Monteiro, nada se equipara à cidade metropolitana de Londres, que agora sobrevoa de volta à sua casa em Belgrave Road. O avião vem de Portugal, Lisboa, e lança-se à pista em infindáveis manobras há cerca de meia hora. Mas, para Sarah Monteiro, tudo aquilo era um prazer, depois de quinze dias de férias na casa dos pais, um capitão do exército e uma professora inglesa; daí o "h" que acompanha o belo nome Sara, influência da origem britânica materna, bem como do gosto por tudo que é britânico. Não que não goste de Portugal, longe disso: é um país lindo e fantástico, mas com longo caminho a trilhar em termos de personalidade. Apesar da idade avançada de suas fronteiras, as revoluções foram muitas e as renovações, poucas. À parte tudo isso, para Sarah, Portugal é paragem obrigatória, duas a três vezes ao ano, mais os natais, pois os pais fixaram residência no Alentejo, numa área rural perto de Beja, e respirar aquele ar do campo, muito diferente do da capital britânica, é algo sem o qual já não consegue viver.

O avião aterrissa de maneira suave, embora a mais suave das aterrissagens carregue sempre uma dose de solavancos e sacudidelas. Apesar do longo caminho até a área de desembarque, uns bons vinte minutos, todos se levantam e se acotovelam para serem os primeiros a pegar as bagagens de mão e a sair do avião.

— Acabamos de aterrissar no aeroporto de Heathrow. São seis e meia da tarde, mesmo horário de Lisboa. Na capital britânica faz vinte e um graus centígrados. Permaneçam sentados e com os cintos afivelados até a parada total da aeronave. Obrigado por voarem pela nossa Companhia — declara a comissária de bordo, mas quem lhe presta atenção? Apenas duas ou três pessoas, Sarah entre elas, que está acostumada ao entra-e-sai de aviões, se não para ir a Portugal ver os pais, para outros destinos, outras capitais e cidades; ossos do ofício de uma correspondente de vários jornais e emissoras da Europa, em Londres. Fato interessante os estrangeiros lhe pagarem para dar notícias de sua cidade. Tem mais dois dias de férias antes de voltar às redações, ao corre-corre da notícia, à busca incessante por algo bombástico, sangrento, anômalo.

Agora, sim, o avião parou, e os passageiros se apressam a sair pela porta da frente. É hora de pegar seu notebook e sua valise e sair. Pelo caminho, liga para os pais e diz que chegou bem; mais tarde falarão pela internet, quando chegar em casa. Percorre os longos corredores acarpetados em verde e preto e coloca-se na fila da imigração. São os procedimentos legais que cada terra soberana inventa para si mesma; porém todos acabam se entendendo, ou não seriam as viagens possíveis para lado nenhum, por fecharem as portas uns aos outros, o que às vezes acontece. Cidadãos da União Européia, da Suíça e dos Estados Unidos para um lado, cidadãos de outras nacionalidades para outro, todos com o passaporte na mão. Sarah é a próxima e aguarda junto à linha amarela, para não invadir o espaço do senhor de óculos que está à frente ou para não confundir o funcionário sentado atrás de um balcão.

— *Next, please.* — O próximo, por favor. A expressão no semblante do homem é de poucos amigos; bem podia ter escolhido outro guichê; a funcionária ao lado parece bem mais simpática, o sorriso não engana, mas o que está feito, está feito. Estende-lhe o passaporte e oferece-lhe seu melhor sorriso.

— É bom estar de volta. Como tem estado o tempo? — Pergunta circunstancial, apenas para iniciar conversa.

— Não consigo vê-lo daqui — responde o homem.

Não acordou bem, com certeza, ou a desavença com a patroa, se é que existe, foi feia. Caso contrário, o problema dele é a falta de patroa, fato por que o mau humor deve ser constante.

— Há alguma coisa errada com o seu passaporte.

— Desculpe? Como assim?

Um problema com o passaporte? Podia mostrar a identidade... Mas nunca dera problema, então por que razão daria agora?

— Porcaria de computadores!

O telefone do guichê toca, e o funcionário mal-encarado atende. Horatio, o nome do funcionário, a julgar pelo crachá de identificação cravado no casaco, ouve o interlocutor.

— Sim, mas o passaporte não passa. — Volta a ouvir e depois desliga o telefone.

— Agora está tudo bem. Pode passar.

— Obrigada.

Estranho, o infeliz do homem mexeu mesmo com seus nervos; agora só falta encontrar um taxista do mesmo tipo para a noite acabar bem. Ainda faltava ir buscar a mala, mais uma hora, isso se não houvesse extravios.

✦ ✦ ✦

Na sala de comando central, em algum lugar dentro do aeroporto, um computador dá um alarme. O funcionário, um jovem na casa dos vinte — para sermos precisos teríamos de lhe perguntar, coisa que não parece de bom-tom, tendo em vista que se encontra pronto para responder a um alarme que começou a piscar no computador. O pão nosso de cada dia — nesse caso, o pão dele — são coisas que estão sempre acontecendo. O jovem está vestido com camisa branca e calça preta; o volume dos ombros o denuncia como um agente da polícia que está neste momento descobrindo a origem do alarme que ainda pisca, vermelho. Foi um passaporte que o acionou, possivelmente adulterado ou inválido, ou caducado. Ele observa a câmera de segurança: uma mulher bonita, na casa dos trinta, está em frente ao guichê número onze, o de Horatio, um viúvo chato, embora escrupuloso; nada passará por ele se não estiver bem. Portanto, o que o jovem tem a fazer é anular o alarme e deixar o funcionário fazer o resto. Mas o procedimento de cancelamento do aviso não funciona. Isso nunca lhe havia acontecido. O melhor é chamar o superior.

— Senhor?

Um homem de cabelos grisalhos, na faixa dos cinqüenta anos, aproxima-se dele e inclina-se sobre o computador.

— Sim, John.

Chama-se John o nosso jovem. Nunca poderíamos ter adivinhado nome tão corriqueiro.

— Não consigo desligar esse alarme e não entendo por quê.

— Deixe-me ver.

O homem vê os dados que aparecem no computador e tecla algo nele, o que faz aparecer algumas informações, como o nome de Sarah Monteiro e alguns dados que passam muito depressa.

— Não se preocupe, John. Tratarei disso. — O homem dirige-se ao telefone e o pega. — Olá, Horatio, é o Steve. Deixe-a entrar. Sim, não se preocupe, deixe-a entrar, está tudo sob controle. — Coloca o dedo no botão que cessa a chamada e, sem pousar o fone, faz outra. — Ela acaba de chegar.

✦ ✦ ✦

As coisas não correram tão mal: só havia se passado meia hora e Sarah já estava dentro do táxi, fora do Terminal Dois, pronta para ir para casa.

— Belgrave Road, *please* — seguido do número que não divulgaremos por razões de privacidade, tão boas quanto outra qualquer. Mais meia hora ou quarenta minutos, dependendo do trânsito, e poderá tomar o tão desejado banho de espuma com a banheira quase transbordando, sais balsâmicos para perfumar o ambiente, morango e baunilha, uma mistura poderosa que relaxa os músculos e tranqüiliza o espírito, se é que ele alguma vez se inquieta.

Contorna a Victoria Station, sempre cheia de gente, e entra mais à frente na Belgrave Road, repleta de hotéis baratos, de um lado e do outro, e com muita gente carregando malas em ambas as calçadas. Uma rua tipicamente londrina; quase todas as casas com duas colunas sustentando o pórtico frontal, uma de cada lado, algumas trabalhadas, outras lisas, dependendo do gosto do construtor ou do proprietário. Casas centenárias, vitorianas, sem dúvida, mas sem mácula nas pinturas recentes, naquelas cuja fachada não é de ladrilho acastanhado.

O táxi vai praticamente até o final da rua. Perto da sua porta, o motorista se vê obrigado a frear bruscamente, fazendo com que Sarah quase se choque contra as proteções de vidro do veículo, destinadas a separar o taxista de clientes perniciosos. Um carro negro, de vidros escuros, colocara-se de repente à frente deles e permanecia parado, pouco se importando com quem estava atrás. O homem do emblemático carro de aluguel londrino aperta a buzina, enrubescido pela fúria.

— *Move on!* — grita ele para o da frente, que continua imóvel. — *Get the fuck out of the way!*

A fila de carros fica cada vez maior. Ouvem-se mais buzinas e queixas de motoristas apressados.

O condutor do carro da frente baixa o vidro e coloca a cabeça para fora, na direção do taxista inglês, profere um *Sorry, mate* e segue viagem.

Segundos depois o táxi pára em frente à porta de Sarah Monteiro, e o taxista é gentil o bastante para lhe tirar a mala. Depois de recebidas as libras devidas, ele parte em direção a outros clientes, outros desejos, outras libras esterlinas. Ao entrar em casa, Sarah depara logo com um monte de correspondência espalhada no chão. Postais de colegas, contas para pagar e, claro, propaganda de todos os tipos, e mais coisas para as quais não tem paciência nesse momento. Leva a mala até o quarto, no primeiro andar, vai encher a banheira e relaxa; afinal de contas, é a sua casa. Precisa de algumas coisas da mala e a abre, encontrando-a sem a chave. Nota esse fato; as fechaduras estão todas abertas, e ela se lembra de as ter fechado. Até se recorda onde, a que horas, o que mais estava fazendo, com quem falava e o que dizia quando as fechou.

Dentro, a roupa está revirada; alguém tinha aberto sua mala entre o Aeroporto da Portela e o de Heathrow. O melhor é ir lá, o que fará amanhã de manhã. Só lhe faltava essa! Tenta ver se falta alguma coisa na mala, mas, apesar de estar remexida, nada lhe parece a menos, tampouco a mais.

Dois minutos depois, está na banheira, desfrutando da bendita espuma e dos benditos sais, e mel em vez de baunilha, porque este acabara; mas o efeito é o mesmo: relaxante, repousante, calmante. Já nem se lembra da mala nem do mal-humorado funcionário do aeroporto.

Mais tarde, no meio de toda a pilha de correspondência, consegue abrir um envelope e vê o nome do remetente: Valdemar Firenzi.

Capítulo 4

Muito se poderia dizer do quadro para onde esse homem olha. A infanta Margarita, ao meio, e Isabel Velasco e Agustina Sarmiento, de ambos os lados; dois anões, do lado direito de quem vê, que fique bem claro; María Barbola e Nicolas Pertusato, este último com um pé em cima de um cão que dormitava. Atrás, nas sombras, Duenna Marcela de Ulloa com um homem não identificado, coisa difícil de acreditar, pois os pintores não são homens capazes de colocar objetos não identificáveis nas telas. Tudo tem o seu significado, e, se não se sabe quem é, assim quis o artista, também ele autorretratado na própria pintura, à esquerda, exercendo seu ofício para a posteridade: pintar as magnânimas figuras de Dom Filipe IV e de Dona Mariana refletidas num espelho por trás dele — pois de outra forma não conseguiríamos ver o reflexo do seu trabalho, já que a tela está de costas para nós. Para terminar, o contramestre da Rainha, Dom José Nieto de Velázquez, que está à porta, de saída. Belíssimo quadro, sem dúvida, mas não é ele que nos interessa, mas o homem que para ele olha. Convém esclarecer o local onde esse homem observa o quadro: é a sala número três do Museo Nacional del Prado, em Madri. É quase hora de fechar, mas ele não se constrange e continua a contemplar, quase sem pestanejar, a obra de Diego Velázquez, *As Meninas*, a pérola do museu.

— *Señor*, está na hora de fechar. Por favor, encaminhe-se para a saída — adverte educadamente um jovem segurança, porque há que respeitar os homens de idade, como esse que olha para o quadro que bem sabemos. O segurança é zeloso e quer se certificar de que sua ordem, proferida em forma de pedido, seja cumprida. Conhece-o de vista, dali, daquele mesmo local, onde o vê quase todos os dias olhando interminavelmente para o quadro, durante horas e horas; os turistas passando e ele, ali, como um quadro a olhar para outro.

— Alguma vez admirou esta pintura? — pergunta o homem.

O segurança olha ao redor: não há mais ninguém ali, então a pergunta deve ser para ele.

— Está falando comigo?

O homem o ignora e continua a fitar o quadro.

— Alguma vez admirou esta pintura? — repetiu.

— Mas é claro! Este quadro é como a *Mona Lisa* no Louvre.

— Tolice. Diga-me o que vê.

O segurança se acanha. O homem aparenta ter uma cultura acima da média, se é que essas coisas se vêem assim a olho nu; falar demais só provocará embaraço. Todos os dias passa por aquele quadro. Sabe da sua importância, mas não o porquê dela; é como a rua onde se mora: pensamos que já nasceu assim, com aquele nome, desde o início dos tempos. Mas não, tudo tem mão humana e algum significado histórico, religioso ou outro qualquer. Seja como for, é hora de fechar o museu, e o que importa é tirar o homem dali, fazer a última ronda e ir para casa. Os colegas ficarão cuidando do local. O segurança ainda levaria meia hora até Três Cantos, onde a mulher o esperava em casa com um *cocido* divino, embora ele não soubesse disso.

— Tem mesmo de sair — disse com mais firmeza, mas mantendo a educação, pois o homem não representa ameaça; pelo contrário, apenas parece estar magnetizado pelo quadro de Velázquez, que é bonito, no seu entender, mas não lhe perguntem mais. Olha mais atentamente para o velho, o *viejo*, e repara no tremor da mão esquerda e na lágrima que desce pela parte direita do rosto. O melhor é fazer-lhe a vontade e dizer qualquer coisa.

— É um quadro bonito. *As Meninas*, de Velázquez.

— Sabe quem são *As Meninas*?

— São essas garotas que estão no quadro.

— Tolice. *As Meninas* são aquelas duas ao lado da infanta Margarita, Isabel Velasco e Agustina Sarmiento. *Meninas* é uma palavra portuguesa com que a família real cognominava as aias da infanta.

— Ah... vivendo e aprendendo.

— Aquele pintor é o próprio autor do quadro, que aguarda que as aias convençam a infanta a posar para a pintura. Como pode ver pelo reflexo no espelho, a parte do Rei Dom Filipe IV e da Rainha Dona Mariana já está pintada. Trouxeram os anões e o cão para convencê-la, mas ela não cedeu, e o quadro nunca chegou a ser feito.

— Desculpe, mas o quadro foi feito. Está aqui à nossa frente.

— O quadro refletido no espelho, ora.

— Ah. Mas isso poderá ser verdade ou não; já o quadro em si é real.

— O que quero dizer é que o quadro dentro do quadro nunca o foi.

— Bem, se está dizendo, deve ter razão.

— Repare como uma simples birra de criança altera o curso da história, sem permitir que se faça um retrato de família.

— Mas possibilitou que se fizesse um que, porventura, é sempre maior do que esse.

— Talvez. O que quero dizer é que uma decisão, num determinado momento, afeta toda uma vida, todo um percurso pessoal, todo... — O homem começa a tossir e quase cai, não fosse a prontidão reflexa do segurança, que o ampara. Deita-o no chão da sala, à falta de lugar melhor.

— Tenho a boca seca — diz o velho roucamente.

— Vou buscar um copo d'água. Só um momento, *señor*.

O segurança sai correndo da sala número três do Museo Nacional del Prado. O velho, ainda deitado, tira um papel do bolso do casaco, uma carta amarrotada, escrita à mão — se por ele ou por outro, não o sabemos, mas sabemos que não a tirou para ler. Pousa-a no chão ao seu lado. Com a carta vem um retrato de Bento XVI, e logo procura por algo no outro bolso: um pequeno embrulho de veludo preto, que começa a abrir.

Água não é um gênero de primeira necessidade num museu; por essa razão, o segurança não volta à sala onde o homem o aguarda com a presteza que desejava, mas volta, e é isso que importa. Traz um copo d'água na mão, sobre um pires; não quer respingar o chão. Pelo rádio, pedira a um colega para que se dirigisse ao local, para ver o *viejo*, mas quando entra na sala novamente não encontra mais ninguém a não ser o velho, na posição em que o deixara. Agacha-se e repara prontamente que, afinal, não está como o deixara: o velho está imóvel, de olhos arregalados, inertes, morto. É isso, o *viejo* está morto! Levanta-se num rompante e quase deixa cair o pires e o copo. Pede ajuda pelo rádio e ganha coragem para observar o homem novamente. Os olhos do cliente estão fixados no quadro que contemplara durante horas a fio em vida e, no chão, junto ao corpo, há uma carta amarrotada e uma seringa vazia. Não resiste a pegar a carta, que está escrita em espanhol; depois de lê-la, levanta os olhos com a expressão tensa de quem carrega um enorme peso nos ombros.

— Por Santiago! Deus nos livre e guarde!

Capítulo 5

A Plaza de Mayo é o símbolo das manifestações históricas do povo argentino. Ao seu redor está a Casa Rosada, sede do governo nacional, e a Catedral Metropolitana. No momento, são essa catedral que prende nossa atenção e esse jovem que atravessa correndo suas colunas, a toda velocidade, e irrompe pela ampla nave adentro, abruptamente. Seu suor talvez seja reflexo do calor da noite, ou talvez não, e a respiração ofegante deve-se, evidentemente, ao passo de corrida que mantém desde a residência do pároco, a quem nomearemos Pablo — nome simples, como deve ser tudo no tocante a um padre, que não quer ou não queria ser reconhecido pela denominação verdadeira. A catedral está vazia porque está fechada ao público, mas o padre se encontra próximo à escadaria do altar, ajoelhado, com as mãos juntas, a proferir suas orações, seus pedidos e confissões, como o fazem todos os crentes de todas as religiões... ou não.

O jovem coloca uma das mãos no ombro do sacerdote, para fazê-lo saber de sua presença. Numa situação normal, retrocederia alguns passos e aguardaria pelo final da consagração paroquial ao Senhor; mas não há tempo — pelo menos assim parece, pois o jovem volta a colocar a mão no ombro de Pablo.

Depois de um sinal-da-cruz, o homem se levanta e torna para o adolescente, que recomeça a arfar.

— Que foi, meu filho? Veio à minha procura? Aconteceu alguma coisa na comunidade?

— Não, *señor* padre. Um homem... foi a sua casa... Perguntou pelo senhor.

Pablo repara na transpiração do jovem.

— Cruz-credo, Manoel, está suando em bicas! Não faz tanto calor assim. Veio correndo?

— Vim, *señor*.

Coloca a mão no ombro do jovem.

— Vamos, venha sentar-se comigo. Acalme-se e me conte. Quem era esse homem? E o que fez para deixá-lo nesse estado?

— Não o conheço... Parecia europeu, mas não italiano.

A expressão do pároco endurece, como se de repente tivesse se lembrado de alguma coisa, e o padre começa a transpirar como o ajudante.

— O que queria comigo?

— Vê-lo ainda hoje. Avisei que isso não seria possível. E aí ele disse que tudo é possível aos olhos do Senhor. Mas o pior...

— O pior? Fez-lhe algum mal?

— Não, senhor, mas deu para ver que ele não tinha boas intenções. — Baixou a voz. — Tinha uma arma. — Pablo pega um lenço para limpar o suor da testa. É perceptível a onda de ansiedade que lhe percorre o corpo, mas, ao fim de algum tempo, fecha os olhos e permanece alguns minutos nesse estado sem pronunciar palavra. Quando os abre, já não transpira, e a respiração se regulariza. Não há nada melhor que apelar à calma e aos guias para ver a luz no fundo do túnel, que nos coloca à parte de qualquer problema, por mais grave que possa ser.

— O que disse a ele?

— Que o senhor padre tinha ido ver um amigo no hospital.

— Mentiu, Manoel?

— Perdoe-me, padre Pablo, mas não sabia o que fazer. O homem tinha más intenções e uma tatuagem no braço esquerdo.

— Tatuagem? Com que desenho?

— Uma serpente.

— Quis entrar em casa?

O rapaz hesita antes de responder. Está nervoso; não são todos os dias que vemos uma arma, especialmente de posse de uma pessoa com a qual jamais encontramos antes e que nos dirige a palavra.

— Não, *señor*.

— Está bem, Manoel. Pode ir tranqüilo.

O jovem levanta-se menos afoito, beija a mão de Pablo e caminha até o centro da nave, onde faz o sinal-da-cruz antes de sair.

— Manoel...

— Sim, padre?

— Voltou a ver esse homem no caminho para cá?

— Não. Não. Mas eu estava tão nervoso que assim que ele foi embora vim correndo avisá-lo.

— Está bem, Manoel. Pode ir. Fique com Deus e confie sempre Nele.

Antes que o rapaz saísse, Pablo já estava ajoelhado, rezando novamente no mesmo lugar em que o encontramos da primeira vez. A mesma entrega e destemor. Os caminhos de Deus são intangíveis, mas, pela fé que esse homem emprega na oração, é bem certo que Ele existe, e que as linhas tortas com que tece o mundo e a história dos homens darão certo no final, sendo essa sinuosidade criada por nós — meios diferentes para atingir um fim, mas uma diversidade perfeita, porque não seria Deus capaz de criar nada defeituoso, por incrível que pareça.

Os passos que se ouvem não são do rapaz que sai, não: são de alguém que entra, firmes e resolutos, nem depressa nem devagar. Tudo é o que tem de ser, e o padre não vai a lado nenhum. Algo toca no ombro de Pablo, mas não é uma mão, tampouco algo humano; é um cano frio.

— Estava à sua espera — anuncia o padre.

— Não me surpreende. Existem homens com percepções extrasensoriais muito fortes. Espera mais alguma coisa?

Pablo faz o sinal-da-cruz e se levanta, fitando sem temor os olhos negros do homem; ou assim parece.

— Meu futuro a Deus pertence, assim como o seu e o de todos. O que é meu está guardado, não se preocupe. Não me veio dar nada que não fosse meu por direito.

— Ou tirar.

— Isso depende do ponto de vista de cada um.

— Onde estão?

— Felipe não lhe disse onde estavam?

— Infelizmente, não o encontrei com vida. Teve o atrevimento de não esperar que eu a tirasse por ele.

— Bem, não se pode ganhar sempre...

— Vou perguntar uma segunda vez. Onde estão?

— Buenos Aires, Nova York, Paris, Madri, Varsóvia, Genebra... há tantos locais por esse mundo afora!

Ouve-se um estampido, e o padre cai sobre os bancos, tirando alguns do lugar e fazendo tombar outros. O homem com sotaque do leste que víramos em Roma aproxima-se de Pablo, que tem o lado direito da barriga ensopado de sangue, como se nota pela mão vermelha do padre que aperta a ferida.

— Deus não está aqui para salvá-lo, caro *señor*. É melhor dizer onde estão.

— Deus já me salvou. Nunca os encontrará!

O homem aninha-se sobre Pablo e começa a falar-lhe ao pé do ouvido, como um namorado fazendo confidências.

— Sabe, padre, os ajudantes servem exatamente para isso: para nos ajudar nos afazeres e a encontrar coisas. Especialmente os mais nervosos e sem experiência. O senhor nem imagina a quantidade de informação que eles guardam. Não os encontrei, e sei que não me dirá onde estão... Mas uma pista aqui, outra ali... uma carta, um bilhete, um e-mail, um retrato...

Pablo está ferido pelo tiro e pelas palavras. Os dados estão lançados, ou as cartas do baralho, distribuídas, mas delas não fará parte este padre, que sai de jogo bem cedo — é pena —; porém há sempre a esperança de que o homem com a serpente tatuada no pulso saiba bem menos do que diz, acabe-se com isso, e cada um que siga sua vida, dependendo do ponto de vista.

— Estou certo de que Marius Ferris será mais cooperativo. Eu lhe darei cumprimentos seus — diz o homem, exibindo as costas de um retrato para o clérigo.

E dispara um segundo tiro, desta vez na cabeça. Em seguida, caminha calmamente até o centro da nave, faz o sinal-da-cruz e sai por uma porta lateral.

Capítulo 6

É sempre motivo de exultação voltar à terra natal nem que seja por dias ou horas, aspirar o odor marítimo do Báltico que inunda a cidade onde Deus quis que nascesse, como uma predição, uma mensagem nítida da missão que lhe fora confiada por um homem maior.

Caminha pelas ruas familiares de Gdansk, o coração econômico da Polônia, o berço do solidariedade para o mundo, a voz da luta pelos direitos dos trabalhadores e dos cidadãos. Já havia muito sabia que uma obra de responsabilidade o esperava, e assim foi: um telefonema no meio da noite para a rua Chmielna, seis anos atrás, mas poderia ter sido um telegrama, uma palavra ou onda telepática; a semente estava dentro do seu corpo, e a sentia. Agora, ao passar pelo pequeno apartamento onde passou a infância e o início da idade adulta, recorda a mãe e o pai que faleceram na juventude e o deixaram sozinho, por vontade divina, para completar o círculo de perfeição que ele via tão admiravelmente. O telefonema não aconteceu por acaso, como nada acontece, mas estava preparado para ele. É a primeira vez em seis anos que retorna a Gdansk, que revê o rio Motlawa. O Mestre ordenara que esperasse pela próxima fase do plano ali, e o Mestre sabe sempre o que faz. É um iluminado, um santo que protege na terra os interesses maiores da Trindade Divina. É quase meio-dia e percorre a rua Miesczańska em direção à Chlebnicka, vira à direita e depois à esquerda para a Dlugie Pobrzez˙e. Na Ducha, vai almoçar no restaurante Gdanska. Nunca pisara naquele restaurante antes, mas era como se o conhecesse desde sempre. A suntuosidade da decoração fazia lembrar mais a sala de jantar de um salão real do que a de um restaurante.

— *Na zdrowie* — cumprimenta o garçom, impecavelmente trajado.

— *Dzień dobry* — responde ele educadamente. Havia muito não cumprimentava as pessoas na língua materna, como também não era cumprimentado, lembrava bem. Pede a especialidade da casa, para dois, e pergunta se tem vinho tinto.

— *Tak* — responde o garçom. "Sim", em polonês.

E está feito o pedido do almoço. Veio tudo muito depressa e eficientemente; entenda-se por tal: ele estava bem servido. O criado afasta-se com um *smacznego* franco, algo que todos dizem quando pousam as travessas de comida. Fica a mesa ornada com dois pratos, uma garrafa de água e outra de vinho tinto.

— Como está? — ouve-se uma voz dizer por trás do homem vestido de negro sentado à mesa, mas sem ainda ter comido ou sorvido o que quer que seja.

— Muito bem, senhor. — Levanta-se servilmente o homem. Quem o tivesse visto havia pouco não diria que é a mesma pessoa; a segurança que inspirava se transformou em subserviência pelo sujeito que apareceu e se sentou à sua frente, traduzindo o segundo prato pedido pelo outro. Veste um terno Armani acetinado, negro também, pois esse tipo de gente tem sempre predileção pelo negro, sabe-se lá por quê. Pela forma como o outro o olha, não há dúvida: é o chefe.

— Fez um bom trabalho.

— Obrigado. É uma honra servi-lo.

Falam em italiano, um melhor que o outro, tratando-se esse outro do polaco, que fique bem claro.

— O Mestre saberá recompensar, como sempre, o seu empenho. Em breve, ele o convocará para que se dirija à presença dele.

— Fico muito grato pelo privilégio.

— Deve ficar mesmo. Essa honra não é dada a muitos. Ainda mais quando se trata de ficarem vivos depois de o verem. Só os mais íntimos e que o servem condignamente, como você.

O polaco baixa a cabeça como forma de reconhecimento e tira um envelope do bolso do casaco, passando-o por cima da mesa.

— Foi isso que encontrei em Buenos Aires. O retrato dual de que lhe falei. Graças a ele chegamos ao tal Marius Ferris que o Mestre mandou investigar.

O outro examina o retrato tirado de dentro do envelope.

— Curioso o que esses tipos inventam — diz, sem tirar os olhos dele. — De fato, o Mestre mandou-o investigar e já temos alguns dados. — É a vez de o chefe passar um envelope, sem disfarçar, por cima da mesa. — Tem ordem para avançar. Tudo de que precisa está aí dentro. — Aproveita para lhe passar o retrato novamente. — Guarde-o com você. O Grande Plano está em marcha. Cuidado com os olhos cobiçosos. Muita gente anda atrás disso. Sem falhas e sem levantar suspeitas. Até a próxima.

Sai sem mais uma palavra e sem nem sequer tocar o prato, e o que fica também não olha para trás. Pega o envelope e o guarda no bolso interno do casaco negro. Atira-se à especialidade da casa e, depois de bem satisfeito, paga e deixa uma gorjeta gorda ao empregado. O dia pede comemoração, e quem o serve será recompensado.

— *Dzi'kuje* — agradece o serviçal, contente pela nota verde americana que o homem bem-vestido lhe depositou na pequena bandeja de prata em que levou a conta. — *Do jutra* — disse ainda ao tranqüilo indivíduo, que é o mesmo que dizer "até amanhã".

— *Na razie* — diz o outro, e sai para a rua.

Lá fora, junto ao Motlawa, abre o envelope e comprova o seu conteúdo. Uma identidade espanhola com a sua fotografia, uma passagem de avião com partida de Frankfurt e destino conhecido, alguns papéis e a fotografia que trouxera de Buenos Aires.

— Então, é você a seguir — atesta numa entonação paternal, mas não para a pessoa na fotografia; a entoação paternal é dirigida ao ofício que o espera e que será finalizado como todos os outros: exemplarmente. Decide ir à Feira Dominicana para uma última lembrança da cidade que não voltará a ver. Tira o casaco, deixando divisar no braço esquerdo a tatuagem de uma serpente que lhe desce até ao pulso. Volta a guardar as coisas no envelope, não sem antes olhar uma última vez para o retrato que obtivera em Buenos Aires, naquela que fora a residência paroquial de padre Pablo, que poucos dias antes adotara uma outra, permanente, debaixo da terra. Tudo é o que tem de ser, no tempo certo, nem antes, nem depois. No retrato, o rosto de Bento XVI.

Capítulo 7

CONCLAVE

Fiquem tranqüilos, fiquem tranqüilos,
porque não fiz absolutamente nada para chegar aqui.

Albino Luciani à família, quando foi eleito papa

26 de agosto de 1978

— *Annuncio vobis gaudium magnum. Habemus papam* — proclamou o cardeal Pericle Felici, da varanda da Basílica de São Pedro, no dia vinte e seis de agosto de 1978. Mas, para chegar ao homem apurado pelo Espírito Santo e por mais cento e onze cardeais, muita água rolou, muitas reuniões disfarçadas de almoços, muita campanha eleitoral, no verdadeiro significado da expressão, disfarçada de desafetação; como a tarde em que o cardeal Pignedoli, rodeado de outros pares do colégio cardinalício, declarou não estar habilitado para assumir o cargo para o qual o incentivavam, e que o melhor era votarem no cardeal Gantin, um negro do Benin. A verdade é que muitos faziam o mesmo, mas o que queriam dizer, na realidade, era: "vejam como sou humilde; votem em mim!".

Tudo isso andou ao lado de Albino Luciani, que chegou a mandar consertar o Lancia 2000 que andava com problemas de motor. Informou ao padre Diego Lorenzi, seu assistente, que queria a viatura pronta o mais tardar no dia vinte e nove, para partirem de manhã cedo para Veneza, cidade de que era o cardeal Patriarca.

Mas quis o Espírito Santo e mais os cento e onze cardeais que as coisas saíssem de outra maneira — de novo as tortuosas linhas de Deus denunciando a pouca influência dos homens e colocando o cardeal Albino Luciani a rezar ajoelhado na cela número sessenta, no final das votações da manhã. Não tinham sido concludentes, mas continham surpresas impensáveis, como os trinta votos que recebera no segundo escrutínio, que o faziam apelar ao Senhor para que o dispensasse daquele fardo enorme. Não fora o que recebera mais votos — o cardeal Siri é que havia recebido —, mas a diferença era de cinco votos; contudo, o terceiro, o despretensioso cardeal Pignedoli, tivera apenas quinze, seguido do brasileiro Lorscheider, com doze.

Não se encare isso como uma competição, mas um meio para se chegar a um fim; o procedimento criado pelos homens para escolher o mais santo, o interlocutor de Cristo com os fiéis na Terra. Por mais que pareça um pacto político, trata-se de algo espiritual feito de forma política, desde Pedro, apóstolo de Cristo, sepultado algures debaixo desse país sacratíssimo. Os restantes dezenove votos foram dispersos, alguns para os italianos Bertoli e Felici, para o polaco Karol Wojtyla, para o argentino Pironio, o paquistanês Cordeiro e o austríaco Franz Koenig.

A luta, se assim se pode dizer sem ferir suscetibilidades — entenda-se como o significado mais puro do termo —, ocorreu entre Siri e Luciani, um com vontade de exercer, outro com vontade de fugir antes do término do Conclave. Este último, antes de entrar, dissera aos assistentes, familiares e amigos que, se fosse escolhido — probabilidade muito remota para ele e para todos: basta consultar os livros de apostas para ver que ninguém sabia da existência de um tal cardeal Albino Luciani, de Veneza —, diria "Peço desculpas, mas recuso". Tratava-se daquele a quem Paulo VI, de visita à Rainha do Adriático, ofertara uma estola e a colocara em seus ombros, à frente de todos, coisa pouco usual em Sua Santidade — nessa especificamente, que fique bem claro — e que tinha interpretações mais profundas, como o reconhecimento da lealdade do cardeal veneziano, nomeadamente na sua defesa (mais por obrigação que por aprazimento) à Encíclica *Humanae Vitae*, uma das mais infelizes da história. Coisas antigas que não interessam aqui; ou interessam, já que Paulo VI é um dos principais responsáveis por Albino Luciani ter se ajoelhado para rezar com medo de ser eleito por seus pares e pelo Espírito Santo. Uma coisa é falar quando algo é mera suposição; outra é quando se pode tornar realidade, como era o caso. "Votem em Siri," pedia ele ao Criador. "Tenho tanto para fazer em Veneza!"

Se não fosse por Paulo VI ele não estaria ali. Foi quem o fez cardeal. Mas, se pensasse assim, se João XXIII não o tivesse nomeado bispo, também não estaria ali; assim como não estaria se sua mãe, Bortola, não o tivesse dado à luz em Canale d'Agordo, no dia dezessete de outubro de mil novecentos e doze. São pensamentos que mais valem se afastar, pois tudo é o que tem de ser. O talento estava dentro dele, porque de outra forma o cura da aldeia, Filippo Carli, não o teria incitado a entrar no seminário de Feltre.

A primeira votação fora o prenúncio de que as coisas não seriam tão fáceis como esperava. O despercebimento pelo qual estava habituado a passar malograra de forma incompreensível: como explicar que tivesse vinte e três votos logo de início, dois a menos que Siri e cinco a mais que Pignedoli? São os desígnios do Além que interferem cá e lá. No final, juntaram os votos dos dois escrutínios e colocaram-nos no incinerador. Paulo VI previra todo o Conclave, nada lhe escapara em termos de segurança externa e interna, pois era o papa anterior que ditava as regras para a escolha do seu sucessor; tudo porque, pela primeira vez, proibira os cardeais com mais de oitenta anos de participar do Conclave, e todo cuidado era pouco; nenhum podia se infiltrar. Caso estranho, pois trata-se de homens espirituais, cristãos, crentes em Deus Pai Todo-poderoso, mas, acima de tudo, homens, com as limitações físicas que isso acarreta. Contudo, não previra a possibilidade de seus cardeais morrerem asfixiados; isso quase acontecia, pois ninguém se lembrara de limpar a chaminé. O resultado foi que pouca fumaça negra saiu para o exterior da Capela Sistina, e a maior parte inundou o interior. Se não fossem alguns valentes que se expuseram à excomunhão abrindo as janelas seladas, o Conclave teria terminado ali mesmo. Depois da suplicação, Luciani levantou-se e saiu da cela. Joseph Malula, cardeal do Zaire, cumprimentou-o efusivamente assim que o viu e deu-lhe os parabéns, mas Luciani abanou a cabeça entristecido enquanto se dirigiam para a capela, para proceder à terceira votação.

— Estou sendo mortificado por uma grande tempestade — afirmou para o outro.

Sabemos que Deus ouve todas as preces à Sua maneira, atende a tudo e a todos com o Seu amor irrestrito, que, como muitos dizem, prevalece sempre, seja qual for a nossa forma de agir, acreditemos ou não Nele; e assim, ao fim da terceira votação, Luciani desgrudou do seu rival — entre aspas; embora não as tenha, nem precise, sabemos bem a vontade que o outro tinha de vencer aquela corrida. Somou sessenta e oito votos contra quinze de Siri. Luciani estava a meros oito votos do Pontificado.

— Não, por favor, não...

Alguns cardeais sentados ao seu lado ouviram o desabafo do amigo. Willebrands tentou acalmá-lo.

— Coragem. O Senhor dá o fardo, mas também concede a força para carregá-lo.

Felici aproximou-se do nervoso Luciani e entregou-lhe um envelope.

— Uma mensagem para o novo papa — disse; uma frase curiosa para quem sempre havia votado em Siri.

O papel, no seu interior, tinha escrito as palavras *Via-crúcis*, um símbolo do Caminho da Cruz. Todos estavam emocionados dentro do Conclave: o Espírito Santo havia descido, pelo menos assim pensava a maioria. Era a vontade de Deus, seria naquele momento, sabiam-no com toda a certeza. Um papa escolhido por todos e por Um, por Todos e por um, num todo que daria origem a um novo Pontificado, um novo Santo Padre, o novo líder dos católicos.

E assim foi, sendo Luciani contemplado com noventa e nove votos, o cardeal Siri, com onze, e o brasileiro Lorscheider, com um — o de Luciani, em quem ele votara sempre. Destino traçado, destino percorrido, aplausos fervorosos, pouco mais de um dia para escolher um entre cento e onze: só mesmo inspiração divina. Tudo resolvido às seis e cinco da tarde, bem a tempo da hora de jantar.

As portas da Capela Sistina abriram-se e entraram os mestres-de-cerimônia, que seguiram o cardeal Carmelengo Villot, secretário de Estado do Vaticano do papa anterior e guardador das chaves de São Pedro até o final da eleição, ao lugar onde estava sentado Albino Luciani.

— Aceita a sua eleição canônica para Sumo Pontífice? — perguntou o cardeal francês.

Toda a capela se fixava em Luciani, paredes, tetos, pinturas, as figuras de Miguel Ângelo e o colégio cardinalício. Riberio e Willebrands encorajavam-no com o olhar, e Villot voltou a formular a pergunta.

— Que Deus vos perdoe pelo que fizeram comigo — respondeu por fim. — Aceito.

Tudo dentro do protocolo estabelecido havia séculos; um cerimonial que iria prosseguir até o final de sua vida — uma vida recém-perdida, para alguns; a luz de Cristo na Terra, para outros. Fosse como fosse, o Lancia 2000 permaneceria estacionado por muito tempo, e tão cedo Luciani não veria sua dileta Veneza.

— Por que nome deseja ser chamado?

Luciani titubeou novamente e ao fim de alguns momentos pronunciou, sorrindo pela primeira vez:

— João Paulo I.

O nome escolhido por um novo papa indica seu rumo. A mensagem que ele deixava com aquele nome era a de que nada voltaria a ser como antes. Muitos ficaram satisfeitos; começavam com uma inovação. Nenhum outro papa tivera dois nomes em quase dois mil anos de história. Luciani era, de fato, único, uma homenagem ao homem que o nomeara bispo e ao que o fizera cardeal, João e Paulo, um e outro, pessoas diferentes, unidos agora num só homem com intentos próprios.

— Meus parabéns, Santo Padre. — Era Karol Wojtyla quem falava.

A grande barafunda imperava na Capela. Luciani fora levado para a sacristia, os cardeais queimavam os boletins de voto com os compostos químicos que faziam embranquecer o fumo; mas, ao fim de algumas baforadas brancas, estas começaram a sair negras, talvez pela sujeira da chaminé, e as pessoas na Praça de São Pedro supuseram que ainda não havia papa. Os irmãos Gammarelli, alfaiates do Vaticano, andavam desesperados à procura de uma batina branca que servisse. Por norma, tinham sempre três prontas antes de cada Conclave — uma pequena, outra média e ainda uma grande —, mas daquela vez haviam aprontado mais uma, maior ainda que a grande, tendo em conta a lista dos doze papáveis. Luciani era muito magro e não fora contemplado nessa lista. Acabaram finalmente por se resolver e conseguiram vesti-lo pela primeira vez como Santo Padre do povo católico.

Suenens aproximou-se e cumprimentou-o.

— Santo Padre, obrigado por ter aceitado.

Luciani sorriu e disse:

— Talvez fosse melhor se eu tivesse declinado.

E por que não o fez? Porque se sentira desarmado pela rapidez do desenrolar dos acontecimentos, pela maioria expressiva, por sua humildade verdadeira e também porque, no fundo, se sentia capaz de executar a árdua tarefa. De outra forma, não a teria aceito.

Os cardeais começaram a entoar o *Te Deum*. As pessoas lá fora se dispersavam por pensarem que ainda não havia papa. O próprio comandante da Guarda Suíça, obrigado a receber o novo papa com uma saudação de lealdade de todos os homens, não tinha o séquito pronto para o acompanhar. A Rádio Vaticano dizia que o fumo era branco e negro; os irmãos Gammarelli discutiam na sacristia, culpando-se reciprocamente.

No meio de tudo isso, a enorme porta da varanda da Basílica de São Pedro abriu-se, e a voz do cardeal Felici troou pelos alto-falantes.

— *Attenzione.*

As pessoas acorreram todas para a praça novamente e ficaram em silêncio.

— *Annuncio vobis gaudium magnum! Habemus papam!*

✦ ✦ ✦

Diego Lorenzi era secretário de Luciani havia dois anos. Acompanhara-o a Roma desde Veneza e era um dos milhares que estavam na

Praça de São Pedro à espera. A fumaça que saía da chaminé desde as seis e vinte e cinco não era preta nem branca, era cinza, e estava naquilo há praticamente uma hora. Ao seu lado, uma família de suecos olhava para a batina negra que trajava. A menor das duas crianças loiras, tomada pelo espírito religioso do momento, perguntou onde realizava missas.

Lorenzi, sorridente, disse carinhosamente que estava em Roma apenas por alguns dias e que trabalhava em Veneza. Encontro de estranhos, normais no meio de tanta gente, todos aguardando pela mesma coisa: a escolha de um líder por um grupo de homens tocados por Deus; tão simples, tão complexo e tão profundo. Um espírito que salta para a praça, para Roma e para o mundo.

Para Diego Lorenzi, era toda uma experiência pungente, que em breve terminaria. No dia seguinte, de manhã cedo, conduziria o Lancia em direção a Veneza, seiscentos quilômetros de separação entre cidades e mundos. Então ouviu um *Attenzione* e viu o cardeal Pericle Felici aparecer na sacada da Basílica de São Pedro.

— *Annuncio vobis gaudium magnum! Habemus papam! Cardinalem Albinum Luciani.*

Ao ouvir o nome, Lorenzi começou a chorar copiosamente — de alegria, que fique bem claro. A menina sueca e os pais olhavam para ele, um padre tocado pela emoção do momento, como eles.

— Sou o secretário do novo papa.

A multidão manifestou-se alegremente, e ainda mais quando Felici anunciou que o nome escolhido era o de João Paulo I. Quase ninguém havia alguma vez ouvido falar em Luciani. Tudo que importava era que tinham um novo papa, nada mais, até verem a figura de Albino Luciani aparecer na sacada, vestido de branco, a sorrir. Um sorriso que penetrava o interior das pessoas, que despertava a alma para um estado letárgico de júbilo caloroso, uma efervescência de humanidade, benquerença e paz. Depois de Giovanni Battista Montini, o lúgubre Paulo VI, aparecia na varanda aquele homem, sorrindo como uma criança cheia de sonhos. Após entoar a bênção *Urbi et Orbi*, o sol voltou a brilhar na noite.

Capítulo 8

Desconhecem-se as razões ou os precedentes que levam grande parte dos diretores-gerais das inúmeras agências secretas estatais espalhadas por esse mundo afora a temerem e acatarem qualquer diretriz traçada por esse idoso de tez enrugada, que firma o andar com o auxílio de uma bengala encimada por uma cabeça de leão dourada.

Todas as especulações são aceitáveis; porém, podem não passar de ficção perto da verdade. E esta, embora não esteja ao dispor de ninguém, exceto do próprio, é sustentada por um fator inabalável e inquestionável: a CIA apóia todas as suas decisões, chegando até mesmo a emprestar efetivos e divisões inteiras para patrocinar a organização liderada por aquele frágil idoso de expressão dura. Claro que tudo isso funciona por dedução. Se a grande e mais ou menos prestigiada Central Intelligence Agency bate continência a um homem desses, dispondo-se a ajudá-lo e a colocar seus agentes à disposição dele, não é necessário fazer mais perguntas sobre o sujeito.

Assistindo-o de perto, há sempre um homem impecavelmente vestido num casaco negro Armani — cujo nome também se desconhece —, gozando da mesma incógnita nominal do velho. Onde um estiver com certeza estará o outro, salvo raras exceções em que o assistente tenha de ir pessoalmente encaminhar alguns assuntos ou eliminar outros, quando é imperativo que mais ninguém o faça.

Quanto ao velho, é costume vê-lo perambulando pelos extensos jardins da sua *villa* ou pela cidade — não se especifica que *villa* nem que cidade, por motivos que se subentendem; é gente muito influente essa de quem se fala para que provoquemos sua ira. Há muito não sai do solo italiano nem visita outras fronteiras. Tempos houve em que permanecia mais fora da pátria do que desejava; hoje em dia, isso acabou, pois pode dar-se a esse luxo. As novas tecnologias também ajudam a tornar isso possível, embora não dispense mão-de-obra de confiança nos locais em que tem interesses. Tanto melhor, porque nada se assemelha aos ares da sua terra, da sua amada Itália, da sua cidade e *villa* em particular, por muito que já tenha viajado por esse mundo afora.

Nesse dia, encontramos o velho sentado na esplanada exterior da sua *villa*, com os olhos postos no *Corriere della Sera* e no horizonte longínquo. Dali pode contemplar um mar de terra verde a perder de vista, que vai muito além das terras da sua propriedade, até desaparecer por trás de uma colina onde o sol mergulha, conferindo um tom alaranjado crepuscular que tenta combater, em vão, a penumbra que ganha terreno a cada segundo que passa.

Podia ter sido uma empregada zelosa, mas não; as luzes do jardim se acenderam devido à presteza dos vários sensores fotoelétricos espalhados pelo local, que fizeram todo tipo de cálculos para os quais estão programados e chegaram à conclusão de que a iluminação não era suficiente para quem quer que estivesse ali. A princípio ativam as lâmpadas lentamente, em harmonia com o pôr-do-sol, uma transição contínua e amistosa, o sol a se esconder por trás da colina, ao fundo, e as lâmpadas a fortalecerem cada vez mais seus filamentos até o máximo. O mais absorto nem reparará que a noite se espraiou e tomou conta do céu, uma vez que a luz que ilumina o jornal permanece favorável à sua leitura. Mas o velho reparou. Não que não consiga ler o jornal — isso não está em questão —, mas o mar de terra verde transformou-se numa profundeza escura, salpicada de pirilampos pequenos, alguns móveis, outros fixos. Nenhuma luz artificial tem poder para iluminar o mundo. Talvez só a da fé o faça, mas de modo espiritual. Sorri ao pensar nisso. Ultimamente sua linha de raciocínio descamba muito para o lado da espiritualidade. Pode começar com algo bem material; contudo, mais cedo ou mais tarde, acaba por roçar o espiritual, sabe-se lá por quê. É a idade pedindo clemência pelos pecados da vida. Mas ele não é homem de se vergar e pedir piedade, tampouco é clemente para com os outros. A vida humana tem apenas o valor da conveniência. Assim que essa acaba, deixa de ter utilidade, não importando a raça, o credo ou a idade. E o mesmo diz respeito a ele, apesar da sua longevidade. Quis Deus que vivesse tantos anos e enfrentasse tantos perigos, dúvidas e frustrações. Foi tudo obra Dele, todo o sofrimento por que passou e ainda passa. A diferença é a indiferença com que agora olha para certas provocações que Ele nunca hesita em lhe enviar. Seja um pequeno sinal, ou uma grande revelação, esse velho que aqui se senta sozinho na companhia do jornal entende-os bem. Ao contrário do comum dos mortais, ele não teme a Deus. Muitas almas pereceram às mãos ou às ordens desse velhinho de bengala, que tenta fazer parecer que a bengala está presente apenas por uma questão de imagem, quando a verdade é que já não consegue dar um passo sem ela. O tempo é implacável para todos, e não deixa ninguém de fora.

Seu assistente não se encontra nas redondezas, o que permite especular sobre seu paradeiro. Decerto está resolvendo assuntos do interesse do idoso, em algum ponto dentro ou fora do país, quaisquer que sejam a localização das matérias em questão, dos assuntos em cima da mesa. Apesar de denominarmos o homem ausente de assistente, ele é aquilo a que vulgarmente se chama secretário pessoal. Todos os poderosos os têm, incluindo o papa; e bem podemos dizer que esse homem sentado na cadeira de ferro da esplanada da *villa* tem tanto poder quanto o papa, ou até mais.

Há alguns anos, poderia se dar ao luxo de acender um charuto e deliciar-se com ele até a consumição total, lendo o jornal e lançando longas baforadas para o ar. Hoje contenta-se apenas com a leitura do diário, já que os pulmões não mais permitem veleidades tabagistas. Deus, aos poucos, vai-lhe tirando todos os prazeres terrenos. Uma tosse roufenha e súbita invade a calma da noite quente e abafa o desejo tentador. Pode muito bem resistir a essas tentações da carne e da mente. Outras coisas o preocupam, e não é homem de se preocupar com miudezas; no entanto, um lema o acompanha desde sempre: tudo tem solução.

Perdido num turbilhão de pensamentos, não dá pela presença sorrateira de uma serviçal, que traz um telefone na mão.

— Senhor?

Ela repete o chamamento à falta de resposta.

— Sim, Francesca. Diga. — Parece acordar de um sonho.

— Telefone para o senhor.

A empregada retira-se assim que entrega o aparelho ao patrão, deixando-o à vontade para cuidar de suas questões, fossem elas quais fossem, pois não ousava se meter na vida dele.

— *Pronto* — anuncia o velho com voz forte, denominador comum do controle: não há dúvidas quando se ouve o seu timbre duro; é ele quem manda.

Reconhece do outro lado a voz serena do assistente, que transmite os dados relativos à missão. Ao contrário do patrão, a voz dele é monotonamente monocórdica, relatando a ladainha com precisão e competência, valores herdados do velho que escuta. Sabe como ele gosta de tudo bem explicado e com sucinta celeridade; não há necessidade de usar dez palavras quando três bastam, como fazem certos escritores.

— Muito bem. Pode voltar. Vamos monitorar tudo daqui. — Mais alguns segundos de silêncio entrecortados pelos zunidos reproduzidos pelo fone. — Ele fará um bom trabalho. Não será difícil localizar Marius Ferris, conquanto aja exatamente como ordenei: na retaguarda... Fico à sua espera.

Um clique no botão e a chamada internacional é desligada, cortando a união virtual entre dois países distintos, uma linha invisível que permite a passagem das vozes e dos dados. Põe o aparelho em cima da mesa, para logo voltar a pegar nele. Agora também tem esses repentes: esquece, momentaneamente, o que devia fazer a seguir. Uma espécie de branco que passa pela cabeça, toldando o raciocínio lógico e frio a que está apegado. Por enquanto não se revelou prejudicial, manifestando-se apenas no cômodo lar, poucas vezes por mês. Mas sabe que é uma questão de tempo, até que o manto branco se demore, se instale e se apodere. Quando? Não saberá dizer. Meses, anos... é uma incógnita. É a vingança da vida sobre nós. Guarda sempre o conhecimento para si; não o reparte nunca com ninguém.

Faz nova ligação, rapidamente completada. Sabe quem é o interlocutor que atende, pois só ele está autorizado a fazê-lo.

— Geoffrey Barnes. Pode efetivar a neutralização do alvo. Aguardo confirmação. — E desliga sem mais palavras. Agora, sim, põe o aparelho em cima da mesa e volta ao jornal que o aguarda. — Sarah Monteiro, chegou a sua hora.

Capítulo 9

— Ninguém atende? — pergunta-se Sarah enquanto o fone, encostado ao ouvido, não lhe oferece a paz de espírito de reproduzir a voz pretendida. — Estranho.

Interrompe a chamada e faz outra. Aguarda uns segundos. Uma voz feminina, embora metálica, informa que o procurado não está disponível naquele momento; "no entanto, se assim o desejar, pode deixar mensagem".

— Pai... É a Sarah... — Leva a mão à cabeça. — Que estúpida! Se disse pai, só posso ser a Sarah. — Volta a falar para o bocal. — Hum... Liguei para casa, mas ninguém atendeu... hum... assim que puder, ligue-me. Preciso lhe falar urgentemente... hum... certo... até já, então.

Regressa ao teclado do computador. O MSN está ligado. O ícone que corresponde à palavra Pai aparece numa cor avermelhada seguido pelas palavras *off-line*.

— Aqui também não está. Gostaria de saber onde anda.

Pega um dos papéis amarelecidos que tinham vindo no envelope de um tal Valdemar Firenzi, encontrado no meio de toda a correspondência. São três, e estão todos escritos em italiano. Dois deles são uma mera lista de nomes e apelidos digitados numa máquina de escrever, cada um deles precedido por um número e iniciais que não compreende. Duas colunas que enchem a totalidade da primeira folha e que recheiam metade da segunda. Alguns apontamentos margeiam as colunas numa caligrafia firme e bonita. Certos nomes estão sublinhados com o mesmo traço firme que escreveu os comentários laterais, sem tremuras nem imperfeições de caneta, e alguns desses destacados convergem para uma seta com um dizer qualquer em italiano. Mas por que em italiano? O impulso inicial foi atirar tudo ao lixo. O remetente não tem endereço, fato por que a devolução está fora de cogitação. Vira o envelope para baixo. Uma pequena chave lhe cai no colo. Muito pequena. Talvez da fechadura de alguma mala. Da fechadura de uma porta não é, com certeza. Mas, entrementes, algo lhe chamou a atenção. A princípio, passa despercebido no meio de tantos nomes acabados em *ov* e *enkos* e nos outros de procedência italiana, anglo-saxônica, hispânica; mas a verdade é que está ali, evidente, sem deixar margem para dúvidas, sem sublinhado nem nenhum apontamento lateral, mas um círculo a contorná-lo, tinta recente, como para chamar a atenção — como a dizer: "olhe para cá". Raul Brandão Monteiro. Escrito pela mesma máquina que digitou os outros, oficial do exército português, pai desta Sarah Monteiro, intrigada por ver aquele nome naquela lista: cento e doze ao todo, dizemos nós, porque ela não os contou.

— O que faz aqui o nome do meu pai?

Analisa a folha subseqüente. Uns rabiscos, aparentemente escritos às pressas; assim o indica a letra estouvada, reconhecida rapidamente por Sarah, que também a usa nas conferências de imprensa. A jornalista identificando um colega de profissão? Talvez sim, talvez não. A verdade é que o nome Valdemar Firenzi não lhe é totalmente estranho, porém não recorda se é jornalista ou fonte. Ademais, nunca se comunicou na língua italiana, que não domina, e cuja ascendência o nome sugere. Não. Isso é outra coisa qualquer. A primeira coisa a fazer é aguardar o telefonema do pai, e a segunda é encontrar alguém que saiba ler e falar italiano.

18, 15 — 34, H, 2, 23, V, 11

Dio bisogno e IO fare lo. Suo augurio Ÿ mio comando

GCT (15) — 9, 30 — 31, 15, 16, 2, 21, 6 — 14, 11, 16, 16, 2, 20

— Preciso encontrar alguém que entenda italiano. Que droga!

Assusta-se com o som do telefone e dá um salto na cadeira.

— Até que enfim! — desabafa, aliviada. Só pode ser o pai respondendo ao telefonema. — Pai?

Silêncio do outro lado da linha. Mas não um daqueles silêncios sepulcrais. O som ambiente que lhe chega denuncia o ruído da rua, da cidade, carros passando, passos, vozes desconexas, conversas paralelas. Um telefone público ou um celular.

— Pai?

Nada. Talvez um engano, alguém que digitou erradamente os números, um celular dentro de uma bolsa a quem os encontrões do cotidiano fizeram carregar aleatoriamente aquele número de telefone. Algum admirador? Nenhum ex em matéria de amor — e falamos de namorados — tem antecedentes de perseguição maníaca. Não. O único capaz disso talvez seja Greg, companheiro da redação, mas com intenção de zoar. Contudo, entre a correspondência que recebera se encontrava um postal dele enviado do Congo. Nele explanava muito bem como fora, por si só, uma aventura o envio daquele postal com uma foto do rio Lulua. Embrenhara-se na selva profunda, de máquina fotográfica em punho. Conseguira encontrar numa aldeia uma picape que fazia a ligação semanal a Kananga, antiga Luluabourg. Fora a única forma de manter contato com a amiga da civilização.

— Greg? É você? Isso é alguma brincadeira? — não resistiu a sondar, pelo sim, pelo não.

Mas o ruído metropolitano que irradia do fone não confere com o tom congolês do postal, com a pacatez que, a seu ver, compactua mais apropriadamente com a inóspita localidade africana. Nada disso. A mente fervilha cogitando coisas; tudo por causa de um envelope proveniente da Itália, com remetente desconhecido de algum italiano, e de uma lista que se pressupõe antiga e onde figura o nome do pai no meio de tantos outros. Não é razão suficiente para tanta paranóia; mas desde que o policial do aeroporto lhe dissera que havia um problema com seu passaporte, ao qual se pode somar o fato de a mala ter sido aberta em algum lugar entre o Aeroporto da Portela, em Lisboa, e Heathrow — caso para resolver no dia seguinte, embora possamos afirmar que tempo não será algo que Sarah Monteiro vá ter de sobra nos próximos dias —, mais a carta, fez com que o alarme fantasioso de uma conjuração disparasse em sua mente. A carta é que a inquieta, mais do que todo o resto... A carta...

Seja como for, os segundos contam, a chamada ainda está no ar, e nem um "olá" ou outra coisa qualquer. Também não se ouve a respiração do interlocutor oposto; apenas o ruído de uma sirene da polícia. O típico lamento sonoro de emergência ou de "Saiam da frente" muito habitual em todos os países de primeiro e segundo mundo. Dos de terceiro não reza a história, ou é preferível que assim seja; longe dos olhos, longe do coração. O som irrompe do fone do aparelho e não da rua; pelo menos assim parece à primeira vista, ou escuta, e confirma-se com uma segunda mais atenta. Um carro da polícia passa próximo ao local de procedência da chamada. Um dado importante a quem isso importe. A chamada é interrompida abruptamente: nem um "adeus" ou um "Até logo". Somente um clique súbito a apartar dois locais diferentes, ou nem isso. O lamento sonoro do carro da polícia continua a se fazer ouvir, agora no mundo real, lá fora, na Belgrave Road. Os pirilampos azuis periódicos invadem as cortinas vermelhas fechadas e enchem o piso inferior da casa de Sarah com tons psicodélicos arroxeados.

Curiosa coincidência a dos carros de polícia passando ao mesmo tempo nos dois locais, a origem e o destino da chamada. É de fato curioso... Ou será...?

Muita coincidência?

Apaga todas as luzes do piso, mergulhando o apartamento na penumbra profusa dos espíritos inquietos. Arrasta criteriosamente o sofá creme de três lugares que está na sala, para o afastar da janela, e então se posiciona junto a ela. Respira fundo antes de abrir uma fresta da cortina, nada muito acentuado, apenas uma pequena brecha que dê para ver sem ser vista. Na rua, o ambiente normal de Belgrave Road durante a noite. Dezenas de pessoas passando para cima e para baixo. Mapas nas mãos, malas, sacos; cada um na sua e indiferente a Sarah Monteiro. O tráfego circulava de modo incessante, apesar de não ser das ruas mais concorridas de Londres. Automóveis de todos os tipos, táxis londrinos, o 24 estacionado no ponto do outro lado da rua, na direção de Pimlico/Grosvenor Road, largando alguns passageiros e deixando entrar outros.

Nenhum ser nem movimento suspeito. Também não o saberia distinguir no meio de tanta agitação humana, a não ser que fosse bastante óbvio. Se alguém a estivesse vigiando, não estaria com certeza vestido de negro da cabeça aos pés, como ela imaginava, com um sobretudo a cobrir-lhe as formas e fazendo de conta que lia um jornal encostado em um poste de luz. Segundo os filmes de espionagem, qualquer pessoa poderia ser um espião. Até o gari, que nesse momento recolhe os sacos de lixo da rua. Ou a mulher que fala ao celular no quarto do segundo andar do hotel Hollyday Express, em frente à sua casa. Ou podiam não passar de cidadãos comuns entregues ao cotidiano, um recolhendo os sacos de lixo da rua e a outra fazendo uma chamada para algum familiar distante.

— Está delirando — diz para si mesma, aplacando instantaneamente a tensão a que estivera submetida nos últimos minutos. — Que estupidez. Iam mesmo vigiá-la... Você é tão importante!

No entanto, algo lhe desperta a atenção quando o 24 parte levando os passageiros aos seus afazeres. Um carro negro de vidros escuros. É sempre suspeito. Assim são em todos os filmes: veículos com vidros que não permitem ver os agentes ocultos no interior, cheios de aparelhos de última geração que esquadrinham todos os movimentos, pensamentos e vontades. Pode ser alguém que veio buscar um hóspede no hotel. Será que está ali há muito tempo? Agora o lento gari já não lhe parece tão inocente, assim como a mulher no segundo andar do hotel, que nunca mais tira os olhos da rua nem desliga a porcaria do telefone. Serão agentes secretos todos eles?

O carro...

O carro negro de vidros escuros... não lhe parece nada inocente, muito pelo contrário. E há qualquer coisa nele que a aflige. O que será?

— Já vi esse carro — fala para si mesma em voz alta. — Já vi esse carro — repete. Sem dúvida que sim, Sarah Monteiro, que agora vê desfiar diante de si os arquivos cerebrais que guardam a imagem daquele veículo escuro altamente suspeito. Se fosse um homem, nem a marca ou o modelo o ajudariam a identificar o local e a hora onde o vira pela primeira vez. Mas a memória feminina de Sarah Monteiro, fotográfica e assincronicamente organizada, logo lhe mostraria quando e onde vira aquele carro estacionado do outro lado da rua: algumas horas antes, dentro do táxi londrino que a trazia do aeroporto de Heathrow. O carro que havia parado bruscamente à frente deles, e assim permanecera durante alguns instantes, sem dar sinais de vida. Depois o condutor que abriu o vidro, lançou o *Sorry, mate* e seguiu em frente. Era aquele carro. Sem dúvida. O que significa que pode estar estacionado do outro lado da rua há mais de três horas. O que significa que também pode não significar nada, e tudo não passar de um filme de espionagem que a carta desencadeara dentro da sua cabeça. E essa segunda hipótese, no seu entender, era a mais acertada.

O toque do celular a assusta de tal maneira que num momento está junto à janela e no outro está sentada no sofá, quase sem saber como. O choque de adrenalina a fizera esbarrar nas costas do sofá e, por sorte, ao tropeçar, caíra sentada no lado almofadado. Noutro dia, com menos sorte, poderia ter batido com a cara no chão. É melhor não ter deliberadamente esse tipo de pensamentos torturantes. Assim sendo, tem apenas de atender o celular, que, afortunadamente, permanece em sua mão.

— *Yes?*

— Olá, Sarah.

— Pai! Até que enfim... Onde estava?

Finalmente o progenitor responde à mensagem. O alívio de ouvir a voz serena do capitão Raul Brandão Monteiro, seu pai antes de qualquer filiação militar ou profissional, age nela como uma chamada de regresso à Terra. Nesse instante, tudo já passou e se tornou irrisório. Tudo por uma carta com o nome do pai nela escrito. Levanta-se e se dirige novamente à janela. Espiões, agentes secretos, sua vida vigiada e em perigo, o gari recolhendo os sacos de lixo que já não se vê lá fora. A cortina fechada do segundo andar do Hollyday Express, onde a hóspede falava ao telefone sem tirar os olhos da rua. Tudo passou. Apenas o carro permanece. Mas nem ele a alvoroça mais. É o carro de alguém normal, conhecido como civil, que teve a sorte de encontrar aquele lugar para estacionar. O fato de ser escuro e ter os vidros negros é uma opção pessoal do comprador; gosto não se discute, e mau gosto também não. Tudo passou, e a calma volta a tomar posse do seu lugar destacado na vida de Sarah.

— Fui levar a sua mãe...

— Aonde? Foi levar a mãe aonde?

— Sarah...

Mau. A voz do pai não está tão serena assim. Na verdade, nunca havia notado tanta agitação em sua voz. O súbito alívio que sentira havia segundos volta a dar lugar ao peso da dúvida, ao nervosismo deflagrado pela voz gutural, normalmente acolhedora e melodiosa; mas hoje não é um dia normal. O pai não está bem, o que faz com que ela siga os passos dele nessa matéria de humores e receios.

— Recebi um envelope de um tal...

— Eu sei. Não precisa dizer nomes. Sarah, lembre-se: a partir de agora, você não diz mais nomes nem a sua localização. A ninguém, entendeu? A não ser que eu diga que é de confiança.

— Pai, está me assustando. Sabe da carta?

Silêncio é a primeira resposta. Mas não é hora de mais omissões. Se houvesse segredos, se houvesse mentiras ocultas, agora era tempo de lhes dar vida, de lhes mostrar a luz novamente. E de corrigi-las.

— Pai, não me esconda nada, por favor. Seu nome vem numa lista...

— Droga, Sarah! Já lhe disse para não falar mais sobre isso. Sei o que recebeu... — A voz elevada contém o rancor de algo mantido na penumbra, fechado a sete chaves, bem no fundo do local para onde vão as coisas que não queremos voltar a relembrar. É isso que reflete o tom de Raul: o de alguém que perdeu o controle de algo que, mal ou bem, estava domado. — Sei o que recebeu — afiança, de um modo esforçadamente mais calmo —, mas eles não sabem, e estão com certeza nos ouvindo.

— Eles quem, pai? — Um pequeno indício de pânico assoma as palavras dela, provocando um tremor inconsciente, quase lacrimejante.

— Agora não é hora de falar. É hora de agir, filha. Lembra-se da casa da avó?

— O quê? O que interessa isso agora?

— Lembra-se ou não?

— Da casa? Claro que sim! Como posso esquecer?

— Ótimo.

Um vulto. O pequeno sintoma de pânico transformara-se num ataque sério. Sorte de Sarah que tal não se exprima verbalmente na forma de grito, mas antes num arrepio frio, que desvela os elos da espinha e os comprime de maneira que as costas se endireitam qual soldado em sentido numa formatura qualquer de quartel.

— Sarah — chama a voz do pai no outro lado da linha imaginária. Mas Sarah continua na sua letargia temerosa, ereta como um soldado a olhar a janela e o vulto que nela acabou de passar sem se dar conta de que alguém o espreitava. Alguém que rodeia a casa e se dirige para a porta.

— Sarah? — A voz do pai pede a atenção urgente da filha. Ela ouve os passos do lado de fora da casa. Seguros, firmes, pesados, cadenciados, sem pressa, o tempo a favor deles. Parece hipnotizada por seu som enquanto percorrem o resto do espaço entre a janela e a porta. Um monstro, um gigante de homem, pois nenhuma mulher seria capaz daquele efeito tenebroso, na opinião de Sarah. Um assassino profissional? Um torturador qualificado?

— Sarah! — soou a voz do pai, a puxá-la para a Terra.

— Estou ouvindo.

— Lembra-se do medo que sentia quando dormíamos e os animais ficavam muito perto da casa?

— Sim. Lembro-me perfeitamente. Ela ficava furiosa por eu ter medo deles.

— E com razão...

Ding. Dong.

A campainha.

— A campainha está tocando. Tenho de ir...

— Nem pense em abrir essa porta! — interrompe o pai, num rompante. Uma ordem, não um pedido.

— Pai, não sou mais um dos seus soldados.

— Eu sei. Desculpe, Sarah. Tenho muito a lhe contar. Coisas que devia ter falado há muito tempo, mas... isso vai ter de esperar até que esteja sã e salva.

Ding. Dong.

— Não posso lhe dizer o que fazer. Apenas que, aconteça o que acontecer, não abra essa porta. Mantenha os papéis sempre com você. Lembra-se do que a avó costumava lhe dizer quando você não queria sair pela porta dos animais?

— Pela porta da casa, que por acaso também era a dos animais, você quer dizer.

— Recorde o que ela costumava lhe dizer. Volte a me ligar mais tarde. Use outros meios.

A chamada se interrompe sem um "adeus" ou um "até logo".

Três pancadas fortes na porta despertam-na para as palavras do pai: o que a avó dizia quando ela chorava por não querer passar pelas enormes vacas que barravam a entrada comum. A mãe, inglesa legítima, nada habituada àquelas andanças, achava graça no modo de vida dos habitantes de Escariz, na região trasmontana de Chaves. Casas de pedra mal isoladas, escuras, sem eletricidade, sem água encanada, sem gás encanado — sem gás de nenhuma espécie, a bem da verdade. As origens do pai, às quais ele tanto gostava de regressar todos os anos. Talvez já não conseguisse passar mais do que uma semana naquele lugar perdido no tempo, mas, em cinqüenta e duas semanas, uma tinha de ser em Escariz para visitar a família e os amigos de outrora. Lembra-se de como odiava passar por aqueles animais enormes, com o rabo balançando no ar rente aos seus cabelos e com os enormes focinhos ruminantes que davam a impressão de terem sempre alguma coisa na boca. A avó tinha de afastá-los para a menina passar. Às vezes era o pai, quando a avó estava ocupada fazendo pão ou bolos de carne, ou fora, no campo, cultivando ou colhendo os legumes da época. Ou colhendo uvas, quando era tempo disso. O pai também os afastava com jeito. Não demonstrava nenhum medo deles. A partir de certa idade, a avó deixou de afastar os animais.

— Afaste-os você mesma — dizia. — Já é hora de deixar de ter medo deles — completava. — Se não fazem mal a mim que sou velha, também não farão a você. — E franzia as sobrancelhas para a menina, como para mostrar o óbvio.

— Mas tenho medo que pisem em mim.

— Bem, faça como quiser. Mas acredite: por mais medo que tenha, elas têm bem mais de você.

E levantava-se do banco de madeira em que acabara de tirar leite puro em um balde de lata. Dirigia-se à porta e, antes de fechá-la, fitava a menina.

— Vou buscar capim para os animais. Se quiser ir comigo, basta fazer como faço. Passe e ande. Faça de conta que não vê animal nenhum, menina. — E fechava a porta, deixando Sarah entregue à imensidão animalesca. Seis vacas que aqueciam a casa durante todo o inverno. No início, Sarah ficava imóvel, sem coragem para enfrentar o espaço que a separava da porta comum. Naqueles dias a avó voltava a abrir a porta, como o anjo zelador do bem-estar da menina.

— Ou você pode sair pela janela lá de cima. Há sempre solução para tudo. Só não há para a morte.

E a menina corria, subia os degraus em pedra grosseira e saía pela janela de um dos quartos. Mais tarde, começou a arriscar e percorria o chão de terra entre o final das escadas e a porta comum, olhando para o lado oposto ao dos animais. Ignorando-os, como dizia a avó. E acabou conseguindo fazê-lo mais vezes, até se tornar um ato sem importância. Graças à avó que...

Há sempre solução para tudo. Foram essas as palavras da avó. E era isso que o pai lhe tentou transmitir numa espécie de mensagem cifrada. "Não pode sair pela porta; arranje outra saída."

Larga o celular no sofá e pega os papéis enviados pelo tal Valdemar Firenzi. Da bolsa, colocada ao lado do computador, retira a carteira e, desta, os cartões de crédito — mulher prevenida vale por duas —, e põe tudo no chão. Avança para as escadas, olhando para trás, na direção da porta. Quem quer que esteja do lado de fora mexe agora na maçaneta. Seu coração dispara. Tira apressadamente os tênis que havia calçado depois do banho. Ainda bem que optara por vestir roupa fresca, leve e prática, calça de ginástica e um blusão com capuz, muito melhor do que se tivesse optado pelo roupão. Trajes esportivos básicos em detrimento do consolo prazeroso do roupão. Com os tênis na mão, sobe ao primeiro andar. A madeira dos degraus range e a denuncia, mas o fato de serem meias e não solas a pisarem as escadas acarpetadas faz toda a diferença. Esforça-se também por controlar o peso que emprega em cada perna, a cada passo, de modo que dê a idéia de um ranger natural de madeira velha, uma espécie de estalo que se ouve a toda hora nesse tipo de casa.

Tão logo chega ao primeiro andar, escuta o movimento das dobradiças da porta de baixo. Um estrépito grave que incomoda os ouvidos, ainda mais no meio da escuridão da casa. Havia muito tinha a intenção de mandar lubrificá-las, mas protelara sempre, por uma ou outra razão. Ficara na intenção; mas não pensa nisso Sarah Monteiro. O que a incomoda nesse momento é a porta que se abriu e os passos intrusos no interior da própria casa. Caminha em direção ao quarto, sempre de ouvidos atentos, os sentidos da sobrevivência totalmente despertos, assim como o medo aterrador.

O intruso passeia pelo andar inferior, calmamente, sem se incomodar em disfarçar sua presença. O peso do calçado faz estalar o soalho muito devagar. Sarah imagina-o passando o local a pente-fino, à cata de algo que nem mesmo ela sabe o que é. Uma sensação frustrante de impotência toma conta do seu corpo e lança-a num torpor de imagens desconexas do quarto onde acaba de entrar — o seu, mergulhado na escuridão. Uma cortina vermelha, igual às do piso inferior, filtra a luz externa, arroxeando a divisão e emprestando-lhe um ar soturno arrepiante. Afasta-a sem fazer barulho. O carro negro continua lá embaixo, no mesmo local onde o viu pela primeira vez. A impávida serenidade do veículo a destoar do seu próprio estado de espírito. "Não, é necessário manter a lucidez. Não se deixe abater", pensa. "Vamos, coloque essa cabeça para funcionar. O que tem de fazer?"

Os passos embaixo continuam a fazerem-se ouvir, como um martelo batendo em madeira. Rudes, fortes, desregrados, como a dizerem em voz alta: "Estou aqui!".

O que fazer? Há sempre solução para tudo. "Não pode sair por um lado, saia por outro", dizia a avó. Saia por outro... Saia por outro... Na casa da avó era possível sair pela janela do primeiro andar porque estava construída na encosta do monte, literalmente. Mas adaptar a realidade àquela casa, àquela cidade inglesa, absolutamente plana, não é a mesma coisa. No entanto, há sempre que se contar com a famosa circunspecção britânica. Tudo tem saídas de emergência, mesmo as casas. O perigo de incêndio em Londres é iminente, dadas as construções dos interiores feitas em madeira e a idade dos edifícios. De grande incêndio, bastou o de 2 de setembro de 1666. Até essa casa tem uma saída de emergência. Mas onde? Não existem portas nesse andar. As janelas abrem muito pouco. A não ser... a do banheiro. É isso! A janela do banheiro abre totalmente. E, ao lado, fixas na parede, há escadas de ferro para saída de emergência.

"A solução. Obrigada, vovó!"

Uma solução, um plano, um intruso. Sarah Monteiro respira fundo. O banheiro fica logo em frente. É só passar a porta, atravessar a extensão do corredor e entrar. Segundos, meros segundos, separam-na do exterior.

Um... dois... três...

Inicia a corrida, para tropeçar e cair logo no carpete do corredor. O intruso, que ouviu os passos de Sarah, lança-se para as escadas. Ela se levanta e corre para o banheiro. Pancadas fortes sobre os degraus. Sarah, dentro do banheiro, sobe para cima da banheira e tenta abrir a janela. A falta de uso emperrou o corrediço de tal maneira que nenhuma força a abrirá. Prova disso é a expressão de esforço no rosto de Sarah, que, não fosse a escuridão, mostraria o rubor declarado que lhe provoca o afogueamento da respiração. Os passos ultrapassaram as escadas e são audíveis no corredor. A pessoa em questão já não corre: caminha lentamente pelo corredor, espreitando cada divisão por onde passa.

Sarah faz uma última tentativa para abrir a maldita janela... nada feito. Aquilo não levaria a nada.

No corredor, um homem, envergando um sobretudo negro, enrosca o silenciador na Beretta.

Sarah esmaga-se contra a parede do banheiro. Talvez ainda dê tempo de fazer alguma coisa. Se conseguisse quebrar o vidro todo de uma vez... De quantos segundos necessitaria para quebrá-lo e sair? Cinco? Dez? De quantos segundos precisará o assassino para percorrer os poucos metros que faltam assim que escutar os estilhaços? Dois? Três? Talvez menos. Provavelmente morreria com um pé para fora da janela, se tivesse tempo para tanto. Provavelmente...

Mais um passo, outro... O ranger da madeira, o ranger dos dentes de Sarah, reflexos inconscientes do corpo alerta. O medo paralisa seus movimentos. Só consegue ouvir o ruído do soalho a cada passo, a respiração muito calma do intruso bem dentro da sua cabeça. Está acostumado àquilo, com certeza. Um profissional. Para ele, Sarah não passa de mais uma vida descontinuada, consegue ainda pensar a jovem. Uma vida sem nenhum interesse nem relevância para quem vem tirá-la. Um corpo em breve inerte, sem sonhos, sem projetos, sem nada. Um corpo não passa de um corpo. É então que a voz do pai e da avó substituem todos os outros pensamentos. "Lembra-se do que dizia a avó? Há sempre solução para tudo. Só não há para a morte."

De súbito, exacerbada por uma sensação de urgência, Sarah sai da banheira o mais silenciosamente possível. As meias e o seu diminuto peso ajudam nesse efeito. Procura algo, os olhos há muito habituados à pouca iluminação. O secador? Não. O *spray* de cabelo? Também não. Toalhas, perfumes, cremes, toalhas, vassoura... não, não, não. Encosta-se na parede junto à pia, impotente. Ao seu lado, à altura da cabeça, o extintor. Isso sim!

— Se julga que não vai ter luta, está muito enganado — balbucia em surdina, com o extintor nas mãos, sentindo-lhe o peso.

Comprime-se contra a parede, junto à abertura para o corredor. Segura o extintor com as duas mãos e mantém-se à escuta.

Três metros... uma passada... dois metros... uma passada... um metro...

Primeiro foi a nuvem de pó espumante com que Sarah pulverizou toda a entrada, aliando uma névoa densa à luz fraca. O intruso não deu sinais de vida durante alguns segundos, na tentativa de deixar pousar o produto liberado pelo extintor, mas logo Sarah voltou à carga, esvaziando o conteúdo. A segunda utilidade seria o de arma de arremesso, mas o silêncio do desconhecido tornou-se desesperador.

— Onde está? — geme em voz baixa.

Contudo, o homem não ia lhe fazer as vontades. Muito pelo contrário. A idéia era acabar com todas. E tudo terminou muito rápido. Viu a arma, segura por um punho envolvido numa luva de couro, atravessar a névoa. Assim que divisou o restante do corpo, agarrou o extintor com toda a força e impulsionou-o contra a cabeça do homem. Este esquivou-se, aninhando-se e avançando adiante, meneando o corpo até acabar de frente para Sarah Monteiro, de arma apontada. Em nenhum momento perdeu o equilíbrio. Movimentos precisos de quem conta com o imponderável. Sua massa corporal tapa quase toda luz exterior que entra pela janela e impede que Sarah consiga ver o seu rosto. Apenas uma silhueta grande que lhe aponta uma arma. Uma peça letal que lhe dará uma morte rápida.

Dois disparos. Sarah dá um grito abafado e deixa-se cair ao longo da parede. É isso que se sente quando se leva dois tiros? Nada? Será que a morte foi tão rápida que passou instantaneamente para o lugar para onde se vai quando se morre? O estrondo do homem caindo pesadamente de barriga para baixo no soalho retira-a dos desvarios espirituais. A cabeça dele ficou em cima de suas pernas. Os olhos apáticos, vazios, esbugalhados na direção dela, numa espécie de manifestação derradeira de incompreensão do que sucedera.

A melhor palavra para caracterizar o que se passou nos últimos segundos com Sarah Monteiro é *milagre*. Não um daqueles reconhecidos pela Santa Madre Igreja, com todos os exames físicos, documentais, testemunhais e ficcionais, mas um providencial, personificado na decisão engenhosa de Sarah, combinado com a sorte que o Além lança sobre os humanos em certas ocasiões, e que pode ser aproveitada ou não.

Nem Sarah compreendeu de imediato. Só instantes depois reparou em dois pequenos buracos no vidro da janela. Com medo, coloca um dedo nas costas do homem e sente a umidade do sobretudo. Sangue. Alguém desempenhara o papel de seu anjo da guarda. Mas quem?

— Senhor Raul, tem muito que me explicar.

Agora é hora de fugir.

Capítulo 10

Times Square. Um dos centros do mundo civilizado, comparável a Trafalgar Square, Champs Élysées, Alexanderplatz, Praça de São Pedro e por aí afora. Na praça do tempo, onde o relógio digital marca as horas, os minutos e os segundos que faltam para o novo ano, o barulho noturno é idêntico ao diurno. Nessa cidade de Nova York — e ainda mais nessa praça mítica do coração nova-iorquino, norte-americano e também de alguns europeus —, a publicidade luminosa enche os olhos dos turistas, a luz ofuscante do apelo ao consumismo, estímulo primeiro do mundo capitalista. O volume de trânsito é igualmente digno de nota: transportes públicos, automóveis, táxis amarelos, caminhões de carga, tudo a convergir para a Broadway e para a Sétima Avenida, onde estas se cruzam e se afastam para outros destinos no imenso emaranhado de ruas e avenidas, túneis e pontes de Manhattan.

Milhares de pessoas ocupam as ruas nessa parte da cidade. A que nos interessa: todo o quarteirão que circunda a Times Square até a Rua 42. Não que o lugar importe mais do que o homem que nele anda, com passos muito seguros e resolutos, o casaco aberto esvoaçando para trás como uma capa ao vento, tamanha a velocidade que imprime ao andar. De onde vem não é relevante informar, já que a lista é extensa — muitos lugares por esse mundo afora —; tudo para que se cumpra o objetivo, o Grande Plano traçado por uma mente mais brilhante que a dele. Passa indiferente à indiferença dos milhares de transeuntes que com ele partilham o passeio largo. Na enorme bilheteria da TKTS incrustada na 47, mesmo entre a Broadway e a

Sétima Avenida, o mais famoso cruzamento do mundo, coloca-se na fila e apura os ouvidos.

— Um para o *Chitty Chitty Bang Bang*, por favor. Para a sessão das sete — pede o idoso que está sendo atendido, duas pessoas à sua frente.

— *Chitty Chitty Bang Bang.* — Os lábios do homem do casaco abrem-se num sorriso. — Bastante apropriado.

Assim que chega a sua vez na fila, compra um bilhete para a mesma sessão da mesma peça, em cena no Hilton Theatre, na Rua 42.

Perambula alguns minutos pelas lojas e toma um cappuccino no Charley Co's. Poderia-se pensar que está apenas gastando tempo até o início da peça, mas um olhar mais atento — algo impossível de pedir às pessoas que por ali andam, imersas em sua vida — revela que esse homem não anda ao sabor da sua vontade. Segue os devaneios de caminhante de um outro, o idoso que comprou, apenas há minutos, um bilhete no posto de venda da TKTS.

Continuam o caminho para sul, pela Sétima Avenida, o homem de casaco sempre no rastro do outro, mais velho, a uma distância segura. Tem experiência no assunto, já que o movimento de trânsito e pessoas, ruídos e milhares de hipotéticos pontos de desconcentração não parecem afetar de forma alguma a perseguição. De qualquer maneira, nem precisa segui-lo, pois sabe perfeitamente qual o destino do idoso.

Um toque de celular, auxiliado pelo efeito vibratório, chama a atenção do homem. Alguém está ligando.

— Sim — atende com voz firme e decidida enquanto atravessa o cruzamento da Sétima Avenida com a 43. A magnitude dos arranha-céus não o impressiona de maneira nenhuma, o que demonstra que não é a primeira vez que visita a cidade. — Correu tudo bem? — Um esgar de impaciência. — O quê? Limpem a porcaria que fizeram! Não deixem vestígios! — Vira à direita na 42, visivelmente irritado. — Se as coisas não correrem como planejado, nem vale a pena dizer o que lhes vai acontecer. Quero a mulher prestando contas a São Pedro ainda hoje! Espero um telefonema de vocês com essa notícia.

Assim que desliga abruptamente o celular, marca outro número, controlando os passos do seu alvo. Apesar de idoso, na casa dos setenta, caminha vigorosamente, como um adolescente que vai a alguma festa onde sabe haver mulheres. Nesse caso, a mulher é personificada por um musical que está ávido por ver há algum tempo, embora, por razões pessoais, só hoje tal oportunidade se tenha apresentado. Não lhe passa pela cabeça que todos os seus movimentos estejam sendo monitorados a pouca distância por um homem de casaco que fala ao celular.

— *Hello*. Vamos ao teatro... Tudo calmo por enquanto... Ainda não deu nenhum passo em falso... — Aguarda uns instantes, inspira fundo e fecha os olhos. — Senhor, as coisas não estão correndo bem em Londres... O alvo escapou e tivemos uma baixa... Sim, eu sei, a baixa é o de menos... Já mandei limpar o local. — Escuta atentamente as recomendações ordenadas pelo interlocutor. — Não sei se eles vão conseguir dar conta do recado... talvez seja melhor o Mestre ativar a Guarda...

Pára no número 214, o Hilton Theatre, antes o Ford Center for the Performing Arts. O teatro é recente, remodelado em 1997, mas a fachada faz lembrar os teatros do final do século XIX, início do século XX. Talvez porque pertença mesmo a essa época. Na realidade, o Hilton Theatre, com entrada pela rua 43 e também pela 42, era dois teatros até 1997, o Lyric e o Apollo. A remodelação os juntou, transformando-o num dos maiores da Broadway. Contudo, quem estivesse à espera de um interior completamente adaptado aos tempos modernos sairia desiludido, pois o Hilton, apesar das exigências sutis de conforto com que foi beneficiado, mantém todo o peso da sua história de cem anos nas peças aproveitadas dos dois teatros.

O homem, ainda com o celular colado ao ouvido, entra no átrio e entrega o bilhete a um jovem, que o rasga. Procedimentos rotineiros, habituais em todos os teatros do mundo. O jovem indica-lhe seu lugar na platéia.

— Se desejar, pode deixar o casaco na chapelaria, senhor.

— Muito obrigado. Pode me dizer onde fica o banheiro?

— Claro. Primeira à esquerda, senhor.

O homem prossegue o caminho em direção ao banheiro, pelo menos até sair da vista do jovem "rasga-bilhetes".

— Confirme-me assim que a Guarda neutralizar o alvo em Londres... Sei que posso considerá-lo neutralizado, mas... *Okay*, senhor... Quanto a este, mantenho as coisas como estão até que ele se revele. Muito bem. Adeus.

Passa os banheiros e sobe pelas escadas até o primeiro balcão. A sala está praticamente lotada, mas depois de uma observação atenta descobre um lugar vazio na fila da frente, do lado direito. Excelente lugar. Não que esteja interessado em assistir ao musical dirigido por Adrian Noble, baseado no livro do famigerado Ian Fleming, o sumo criador do célebre Bond, James Bond. Sorri só de pensar na ironia. Agentes secretos, atividades confidenciais como a dele, Ian Fleming, James Bond... e *Chitty Chitty Bang Bang*, apesar do título sugestivo, nada tem de secreto ou confidencial. São duas horas e meia de puro entretenimento musical e humorístico; mas para esse homem, como para os atores da peça, é apenas um trabalho que se faz com satisfação.

As luzes da sala diminuem de intensidade até que se apagam. O instrumental providenciado pela orquestra instalada no palco entra em cena, preparando o público para o que virá. O homem tira um pequeno binóculo do bolso para apreciar melhor o que se passa no palco e na platéia. Dois minutos bastam para que se fixe na pessoa que procura: o indivíduo com certa idade, sentado numa das cadeiras da ponta direita da ala central da sala.

Um sorriso invade a boca do homem, que se recosta confortavelmente na cadeira do primeiro balcão. Aponta a mão como se fosse uma arma, indicador e polegar retesados, para o idoso lá embaixo.

— *Bang. Bang.*

Capítulo 11

"A primeira coisa a fazer é sair de Belgrave Road", pensa Sarah Monteiro. E, com isso na cabeça, vira inconscientemente à esquerda, para Charlwood Street. Com a sensação de quem não está completamente sozinha, olha para todas as entradas e janelas, onde alguém parece estar controlando seus movimentos, com uma expressão de impotência. O mundo é grande demais para inspecionar sozinha. E a verdade é que, seja por ela estar mais atenta, seja por qualquer outra razão menos axiomática, lhe parece que as pessoas a fitam nos olhos como a dizerem "Está perdida", ou "Eles estão atrás de você", ou mesmo "Ela acaba de passar no número 19 de Charlwood Street".

— Pare com isso! — obriga-se a dizer para si mesma. — Se alguém está atrás de você, não vai mostrar que o está fazendo. Pare com isso! — repete veementemente.

Vira de novo à esquerda e entra na Tachbrook Street. A idéia é encontrar um telefone público para ligar para o pai, mas prefere um local onde haja muita gente. E o único que lhe vem à cabeça nesse momento é Victoria Station. Por Belgrave Road seria mais rápido, mas o bom de Londres é que todas as ruas vão dar no mesmo lugar, conquanto as conheçamos, é claro. Assim, e para se certificar de que não está sendo seguida, não convencida dos constantes olhares para trás, vira novamente à esquerda na Warwick Way e depois à direita na Wilton Road. Percorre-a até Neathouse Place, uma pequena viela, onde vira à esquerda. Em Bridge Place, outra pequena rua, usa a entrada lateral que dá acesso à Victoria Station, bem em frente ao Holiday Inn com o nome da estação.

Tão logo alcança a estação central, sente-se mais aliviada. Embora o grande relógio instalado no interior da fachada principal anuncie meia-noite, o movimento é constante. Milhares de pessoas perambulam pela enorme estação cheia de lojas com todo tipo de ofertas comerciais.

Ao passar pelo McDonald's, o estômago lembra-a de que está há muitas horas sem comer. Não teve tempo de trazer a bolsa — afinal de contas, invadiram-lhe a casa e tentaram matá-la —; então, é natural que tal não lhe tivesse passado pela cabeça. No entanto, lembra-se agora, pegara os cartões de crédito antes de subir as escadas. Mulher prevenida vale por duas. Pois bem, um Double Cheeseburger e uma Coca-Cola hão de bastar para o momento.

Saciadas as carências físicas, procura uma cabine telefônica livre. Passa pelo meio das pessoas, que se acotovelam para olhar o enorme mostrador com os horários das partidas. Avisos sonoros programados apelam para que os usuários nunca abandonem a bagagem, sob pena de ela ser apreendida pelas autoridades. Passageiros saem dos trens para seguirem outros destinos de carro, metrô ou táxi.

Um dos pontos-de-venda de bilhetes limita-se apenas e tão-somente a viagens no lendário Expresso do Oriente, a julgar pelo painel publicitário que se pode ver sobre a entrada, de que esta estação é ponto de partida ou chegada, ou partida e chegada, conforme o caso. Agora com mais destinos do que o percurso original: Istambul, Constantinopla, Bucareste, Sinaia, Budapeste, Praga, Viena, Innsbruck, Veneza, Verona, Florença, Roma, Gare de l'Est, em Paris, e, finalmente, Victoria Station, em Londres. Todas elas cidades históricas, cheias de segredos e mistérios, intrigas e conspirações; no entanto, a essa hora a bilheteria já está fechada, e há segredos e mistérios mais prioritários para Sarah Monteiro.

— Sarah? — pergunta a voz masculina do pai, mal a filha conclui a ligação internacional.

— Sim. Mas por pouco você não recebeu um telefonema do necrotério avisando que sua filha foi morta com um tiro na cabeça — acusa ela, exasperada. — Que diabos está acontecendo? Entra um tipo na minha casa, aponta uma arma para a minha cabeça... Só não disparou porque alguém, que nem sequer sei quem, o matou antes disso!

— Foi isso que aconteceu? — A voz do pai parecia ainda mais estranha do que da primeira vez que falara com ele.

— Foi. Quem é essa gente?

— Filhota, não posso lhe dizer nada por telefone. Com certeza o meu está grampeado, e não posso dizer nada que comprometa nem a mim nem a você. Não sabe como me sinto por tê-la metido nessa confusão.

— Que merda! O que fazemos então? Não posso ir para casa, não posso dizer nada, não posso fazer nada... Que droga!

— Calma, filha.

— Não era para você, pai. É para quem quer que esteja ouvindo as conversas dos outros. Desculpe. — Respira fundo. — Bando de cafajestes. Diga-me só uma coisa: estamos falando de quem? Do MI6? Da CIA? Do FBI? Do SIS? Da Mossad? Quem?

— Só posso dizer que esses são uns anjinhos comparados a quem nos referimos na realidade.

— Fala sério?

— Infelizmente, sim.

— Em que você anda metido, pai?

— No tempo certo, você saberá, filha. Não são coisas em que esteja metido nesse momento. São erros do passado, dos quais me arrependo todos os dias, pode acreditar.

— O que devo fazer?

— Antes de mais nada, quero lhe pedir que não me ligue mais, aconteça o que acontecer. Nem para casa. Ninguém estará lá. No entanto, não tema por mim nem por sua mãe. Estaremos em segurança.

— A mãe também está metida nisso?

— Não. Era isso que ia lhe dizer agora. Sua mãe não sabia de nada. Aliás, tudo isso a pegou desprevenida, e foi difícil conseguir que se acalmasse. Está tão zangada comigo quanto você. Não posso lhes tirar a razão, mas peço que confiem em mim nesse momento. É crucial para que tudo corra bem. Isso é responsabilidade minha e entenderei o que julgarem melhor fazer depois que isso acabar.

— Partindo do princípio de que isso vai acabar bem para o meu lado.

Alguns segundos de silêncio do outro lado da linha após o comentário sarcástico.

— Isso *tem* de acabar bem para o seu lado. Disso dependem muitas vidas.

— Que bom sabê-lo. Fico muito mais aliviada.

— Concentre-se no agora. — O pai concede alguns instantes a Sarah para que ela se recomponha. — Está ouvindo, Sarah?

— Estou — replica ela, de olhos fechados.

— Uma pessoa está à sua espera para ajudá-la — continua o pai. — Pode confiar nele totalmente. Espera-a na Praça Rei Guilherme IV.

— *Okay*. Como o reconheço?

— Não se preocupe com isso. Ele a reconhecerá. Outra coisa...

— Como se chama a pessoa?

— Rafael. O nome dele é Rafael. Outra coisa: nunca use seu nome em lugar nenhum, nunca diga onde está... ah, e pague tudo em dinheiro vivo.

— O quê?

— Pague tudo em dinheiro vivo.

— Comprei comida há pouco com o cartão de crédito, que, por acaso, estou usando nessa ligação para você! — Uma centelha de pânico inunda-lhe os olhos. Já não se sente segura. Olha para todos os lados.

— Desligue imediatamente e vá para onde lhe disse.

— Não me disse que seu telefone pode estar grampeado? Como pode me mandar para um lugar...

— Estou certo de que nunca na vida ouviu falar da Praça Rei Guilherme IV.

E desliga.

Capítulo 12

Jeronimo Staughton é analista em tempo real de dados confidenciais. Entenda-se a designação da profissão como alguém que recolhe informação privada sobre determinado assunto importante para uma missão e a fornece aos agentes na área. Mas a denominação completa é analista em tempo real, o que significa que os dados ocorrem no momento da recolha; por exemplo, chamadas, movimentos bancários de qualquer ordem ou gênero, ou, então, imagens instantâneas feitas por um satélite ou por vários. O grau de confidencialidade varia conforme a missão, mas se enquadra sempre num de quatro níveis, sendo o quarto o mais alto e apenas acessível ao presidente dos Estados Unidos. Sim, porque Jeronimo Staughton trabalha para a Central Intelligence Agency, mais conhecida como CIA.

Vários outros elementos debruçam-se sobre aparelhos espalhados por toda a área. Monitores e uma parafernália de botões que mais fazem lembrar a cabine de um avião. Com *headphone*, Staughton aperta alguns botões e observa o efeito causado com a mestria de quem sabe o que faz.

"Onde se meteu?", pensa. "Vamos, só um sinal!"

— Então? Nada? — Um grito masculino irrompe pela sala.

Qualquer novato saltaria de susto com essas entradas inesperadas do chefe da divisão londrina da CIA, situada nas instalações desse edifício cuja localização não se pode revelar. Geoffrey Barnes, com seu vozeirão estrondoso, que faz tremer até mesmo as frias pedras de granito, tem desses rompantes; um grandalhão que, sabe-se lá como, consegue não fazer nenhum ruído ao andar. Inclina-se sobre Staughton, para quem tais entradas são o pão nosso de cada dia.

— Nada de nada.

— É uma questão de tempo. Esperamos que seja pouco.

Seguimos Geoffrey Barnes até seu gabinete, situado nesse mesmo andar, uma divisória em alumínio e vidro transparente, símbolo da separação de poderes, a designação de quem manda e obedece, ainda que haja gente bem acima dele, como o diretor-geral da CIA em Langley, nos Estados Unidos; e, já que se fala disso, o próprio presidente dos Estados Unidos, que, por norma, embora não seja essa a imagem que passa para o exterior, pouco sabe sobre a maioria dessas operações. Dessa, então, nem sequer tem conhecimento; e, no que depender de Geoffrey Barnes, nunca terá.

Um dos telefones que se encontram sobre a mesa de mogno, totalmente descabida naquele cenário futurista, toca com força. Dos três telefones que figuram naquela mesa, só um, o vermelho, é mais importante. Liga direto para a Sala Oval da Casa Branca, ou para o Air Force One, de acordo com a agenda do presidente. Onde quer que ele esteja há, com toda a certeza, um telefone vermelho para qualquer emergência que atente contra a segurança ou a soberania nacionais, ou ambas. Seja como for, aquele que toca é o segundo mais importante, e, por essa razão, Geoffrey Barnes hesita atendê-lo.

— Merda! — Fita o aparelho que não pára de tocar. — Já vai! O dono não está. Vou chamá-lo.

Uma das piores coisas que podem ocorrer a qualquer um dos serviços de inteligência espalhados por esse mundo afora é não ter informações. Para que servem senão para providenciá-las? Seu antecessor costumava dizer-lhe: "Quando o telefone toca, convém que tenha tudo que queiram ouvir; caso contrário, é bom ter imaginação fértil".

Nessa situação concreta, a imaginação de nada serve. Não se pode inventar que se matou um alvo quando o fato não ocorreu. A morte não se inventa: ou é, ou não é. Mesmo essa que está por pouco.

— Já vai! — grita para o telefone, a mão sobre ele. Mais dois segundos e o levanta. — *Ciao*. — O cumprimento italiano não é engano, é necessário, uma vez que o interlocutor só fala a língua de Dante, e umas tantas outras mortas, que não importam para Barnes.

Desenrola-se uma conversa de surdos, em que Barnes tenta desculpar a falta de informação com elementos externos que causaram uma baixa na agência, bem quando o elemento em questão ia objetivar a missão. Tudo isso causou uma confusão momentânea que permitiu a fuga do alvo. Seu rosto enrubesce, a começar pelo ouvido onde encosta o telefone, estendendo-se ao restante.

— Temos movimento — comunica Staughton, à porta do gabinete.

"Foda-se, ainda que tenha sido a tempo!", pensa Barnes. E indaga:

— O que é?

— É o movimento de cartão de crédito em Victoria Station. No McDonald's.

— Avisou o pessoal?

— Estão no local nesse exato momento.

— *Okay*. — Seguidamente informa a pessoa do outro lado da linha do acontecido. Pouco tempo depois, desliga. Está nervoso. — Staughton, mande os nossos permanecerem na retaguarda. *Eles* vão atuar com os deles.

— O quê? — Staughton parece confuso. — Tem certeza, senhor?

O olhar fulminante de Barnes é resposta mais que suficiente.

— É para já!

— Ah, Staughton, aproveite e peça para mim um hambúrguer.

Capítulo 13

O velho desliga o telefone, visivelmente irritado.

"Que se danem os americanos! Malditos!", pensa, levantando-se do sofá com a ajuda da bengala e caminhando lentamente até o pequeno móvel repleto de garrafas, copos e acessórios próprios para promover a degustação do líquido divinal, seja vinho ou qualquer outro fluido espiritual. Coloca duas pedras de gelo num copo, com a mão, e verte o líquido dourado em cima delas, afogando-as. Podia ter pedido a qualquer um dos empregados que lhe preparasse a bebida, mas prefere não ser incomodado. Essa não é uma noite qualquer. Poderia ser; mas a morte de um agente americano em plena conclusão de uma missão fácil levanta um leque de questões de ordem logística, e não só. A primeira é: quem mais tem conhecimento dos andamentos prévia e secretamente planejados? A segunda vem no encalço da mesma linha de raciocínio: como pode estar tão inteirado do acontecimento, a ponto de conseguir interceder a favor do alvo? Alguém não planejado entrou no jogo sem avisar. A partir daí, um segundo leque de perguntas se interpõe, das quais enumeramos as mais importantes: quem tem interesse em interferir nos seus negócios ou objetivos? Como poderiam ter conhecimento do plano? Uma única resposta satisfaz esses dois quesitos: um infiltrado. Um infiltrado nas hordas da CIA, que é, nesse momento, a agência responsável pelo trabalho na velha Albion. Não há dúvida, a melhor maneira de contornar essa situação é colocar a Guarda em alerta. A Guarda é infalível, além de uma divisão pertencente à sua organização. Na presente condição, não resta outra solução a não ser recorrer a esse grupo restrito e ordenar a Geoffrey Barnes que se mantenha atento na retaguarda até que novas ordens sejam emitidas da sua *villa*, o quartel-general da operação.

Esse velho é um homem de ação e decisão, mas ultimamente tem visto com bons olhos confabular com seu assistente em momentos como esse. Sempre soube escolher bem seus colaboradores, porém esse foi um achado. Diligente, competente, obstinado e pronto a servi-lo vinte e quatro horas por dia, todo santo dia. Sem família nem parentes longínquos de espécie alguma — não que fizesse diferença —, encontrar alguém como seu assistente o deixava muito mais tranqüilo em relação ao futuro. Alguém ficaria para zelar pelos interesses da secular organização quando ele deixasse esse mundo. Alguém que partilhava das mesmas idéias e planos no tocante à evolução do seu empreendimento nos anos vindouros. Seu sucessor natural. Uma hora o separa daquela *villa*, enquanto o jato que o transporta corta os ares. Ambos estão munidos com terminais de satélite, para estarem sempre em contato, mesmo no ar, mas não há necessidade de consultá-lo nesse caso. Além de concordar com a sua decisão, era provável que o assistente percebesse um resquício de fraqueza pelo fato de o próprio velho contatá-lo, como em busca de conselho. Se estivessem os dois na *villa*, seria diferente: iniciaria uma pequena conversa com ele e saberia o que pensa da situação.

"A idade é um fardo", cogita. Durante tantos anos decidiu sozinho sobre assuntos terrivelmente importantes e agora se vê perdido no meio de algo tão simples como eliminar uma mulher. Verdade seja dita, em condições normais a mulher já estaria morta. Mas um infiltrado é um problema muito grave. É por causa de gente como essa que se dão reviravoltas pavorosas na conjuntura internacional, fazendo-o perder tempo para mover as peças certas no momento mais oportuno. Porém, nunca nenhuma disputa política internacional lhe tirara o sono como aquela mulher. Uma hora é tempo mais do que suficiente para a Guarda resolver o problema. Quanto ao infiltrado, após a neutralização do alvo, trataria do assunto com Barnes. Até lá, manteria silêncio.

O copo já quase esvaziou do líquido dourado. Coloca-o na mesa que ladeia o braço do sofá e pega o telefone. É hora de começar a mexer as peças.

— Jack, os ianques se deram mal. Temos de ser nós para resolver a questão. — Volta a pegar o copo de uísque e leva-o à boca para umedecer os lábios. — Apanhem-na.

Capítulo 14

Victoria Station é servida por três linhas de metrô. A Circle e a District Line, que andam juntas de Tower Hill — zona da famosa Torre de Londres e da Tower Bridge, que também alberga o coração financeiro de Londres — até Edgware Road, ou vice-versa, separando-se depois para outros destinos mais longínquos, e a Victoria Line, que percorre todo o traçado subterrâneo entre Brixton e Walthamstow Central. Para quem estiver interessado em fugir, a District e a Victoria podem ser a opção mais acertada, uma vez que a Circle, como o próprio nome indica, anda sempre em círculos, acabando por voltar ao mesmo local de onde se partiu.

Contudo, para uma mente agitada como a de Sarah Monteiro, essas conjecturas não se aplicam de forma tão lógica e racional. O melhor veículo de fuga é a composição que aparecer em primeiro lugar, nem que tenha como destino as portas do Inferno. Tudo é preferível a deixar-se apanhar por uma organização desconhecida, pior que as piores organizações que conhece... partindo do princípio de que está mesmo sendo perseguida.

Compra um Day Travelcard de Zona 1-6 nas máquinas automáticas. Uma aquisição premeditada, uma vez que teve de pagar novamente com o cartão de crédito.

No que se refere a transportes públicos, a cidade de Londres está dividida em seis zonas. A zona 1 é a maior e abrange grande parte do centro histórico e turístico da cidade. À medida que nos afastamos dele, vamos entrando nas zonas seguintes, até a sexta. O Day Travelcard que Sarah comprou lhe permite entrar e sair em qualquer uma das duzentas e setenta e quatro estações dos quatrocentos e oito quilômetros do mais antigo metrô do mundo, durante todo o dia, portanto requer maior número de alternativas a quem quer que esteja em seu encalço, e também muita sorte.

Mas, mesmo assim, Sarah não está tranqüila. Para todos os efeitos, eles saberão sempre o ponto de partida. E acabarão sabendo o ponto de chegada, quando ele ocorrer. O pai assustou-a ao caracterizar a organização que a persegue. O fato de serem maus não quer dizer que sejam rápidos, pensa Sarah. Estaria o pai exagerando? Quanto tempo levarão para identificá-la e apanhá-la? Serão tantos que se possam espalhar por todas as estações? Pouco provável. A menos que seja uma organização governamental mais secreta que as outras. Mas que espécie de papéis ela terá nas mãos?

Que o jogo comece.

Introduz o bilhete na máquina. Assim que é expelido ela o retira, e a cancela abre-se para voltar a se fechar, mal ela passa. Não há como retroceder. As felizes contempladas foram as linhas Circle e District, então seja o que Deus quiser, se Ele tiver participação nisso. Desce as escadas até a plataforma escolhida aleatoriamente. A próxima composição dirige-se para Tower Hill e parará na estação dentro de dois minutos. Virá uma segunda destinada a Upminster daqui a três minutos. A District Line, uma das linhas mais antigas da cidade, aberta ao público ainda no século XIX, é das mais extensas da rede, embora esteja sempre em obras, pois o metrô é uma criatura em permanente crescimento.

Nessa parte do percurso, as linhas de ida e volta correm lado a lado, o que permite ver a plataforma do outro lado das linhas. Nesse momento acaba de chegar, no sentido oposto, uma composição com destino a todas as estações até Wimbledon. Os alto-falantes começam a anunciar em uníssono: *Please mind the gap between the train and the platform.*

— Droga. Devia ter ido para aquele lado — Sarah murmura para si.

A plataforma onde Sarah se encontra não tem muita gente à espera. Apenas dois homens vestidos de terno e gravata, com malas na mão e jornais debaixo do braço. Um grupo de jovens que na certa havia ingerido uns bons goles de bebida alcoólica, pelo coro de impropérios e brincadeiras sem graça. Uma mulher gorda cheia de malas. Um velhote a ler o *The Times*. Duas jovens, uma ouvindo música com fones de ouvido, alheia à realidade que a rodeia, a outra lendo um romance qualquer sobre organizações secretas, enigmas, vidas em perigo, segredos escondidos e assassinatos de papas.

O comboio que se detivera na plataforma em frente arranca a toda velocidade, soltando faíscas e deixando para trás um silêncio vazio de quem levou todas as formas de vida em seu interior. Do seu lado, Sarah ainda contempla as luzes vermelhas da composição que ruma a Wimbledon no meio do breu do túnel, até que se fundam à escuridão.

Um minuto, diz-lhe o mostrador para onde olha novamente. Sessenta segundos para que o comboio redentor lhe abra as portas do... desconhecido. Um vento frio penetra-lhe os ossos, vindo sabe-se lá de onde, tornando ainda mais desconfortável a situação. Está cansada e tem sono, mas o estado alerta relega essas sensações a segundo plano — o que, para quem está habituada a dormir de oito a nove horas por dia, numa rotina raramente incomodada por forças exteriores, mesmo informativas, significa uma fatura bem alta a pagar posteriormente. Para não falar do humor, ou da falta dele, que os atentados à sua rotina provocam. Natalie, uma colega da redação, experimentara várias vezes essas oscilações de humor provocadas em Sarah pela falta de descanso; numa dessas ocasiões, até correra risco de agressões físicas, apenas por ter levado o gravador de Sarah para uma entrevista. Contudo, nesse caso em particular, não é sua intenção se encontrar frente a frente com os responsáveis por seu estado de espírito. Eles que permaneçam tranqüilos dentro de uma picape qualquer, ou num desses espaços cheios de máquinas e aparelhos que emitem um alarme sempre que identificam qualquer passo em nome de Sarah Monteiro, como, por exemplo, o pagamento de um Double

Cheeseburguer e de uma Coca-Cola no McDonald's, uma chamada efetuada de cabine telefônica ou a compra com cartão de crédito de um Day Travelcard, tudo em Victoria Station.

Um zunido ecoa em sua mente, despertando-a para a realidade. Vê luzes amarelas no fundo do túnel, no mesmo lugar onde as luzes vermelhas do comboio anterior se desvaneceram, que aumentam de intensidade a cada segundo e condizem com o ruído que ouve. O comboio vem aí. No mostrador, já desapareceu o número um dos minutos. Apenas uma informação de segurança: *Stand back, train approaching*.

Já não é um zunido, é um troar de ferro contra ferro, e pouco depois o comboio alcança a plataforma, percorrendo-a até seu término, enquanto trava até se deter. As portas abrem, deixando sair os passageiros. Sarah entra assim que um homem com um turbante castanho libera a entrada e senta-se num dos vários bancos almofadados com padrão em tons avermelhados completamente horrendo. O vagão não tem muita gente; três pessoas espalhadas pelos vários lugares: um jovem todo esticado a dormitar, uma mulher árabe e outra negra, cheia de sacolas de compras.

À primeira vista, são apenas dois executivos vestidos com ternos negros que acabam de pôr os pés na plataforma oposta, onde os comboios passam com destino a Richmond ou Wimbledon, como aquele de um minuto atrás. Mas algo nos homens difere dos executivos londrinos normais, se é lícito falar em normalidade numa cidade como essa, onde nem andar nu deve ser visto como algo fora dos paradigmas da ordem. O alvoroço com que olham em todas as direções à procura de algo: é isso que marca a diferença. Não bastasse isso para fazer Sarah afundar-se no banco, o papel que têm na mão e que fitam constantemente, como para se certificarem se as pessoas à volta correspondem ou não ao retrato impresso, é argumento mais que suficiente. A sorte é eles estarem do outro lado e não a terem visto.

— Fecha a porcaria das portas e arranca... — sussurra, num apelo telepático ao maquinista. — *Come on!*

Mas o comboio continua parado e não dá mostras de que iniciará a marcha tão depressa. Para evitar confusão de tráfego entre os que vêm e os que estão mais à frente, existe uma combinação computadorizada de sinais de permissão e proibição que tornam a circulação segura, mas por vezes originam atrasos indesejáveis, como esse. Uma vez, ficou meia hora no meio de um túnel na Piccadilly Line, no horário de maior movimento, no auge do verão, num vagão completamente cheio, por causa de um incêndio numa estação mais à frente. Foi desesperador. Espera que não seja este o caso, embora um incêndio fosse muito mais bem-vindo que aquelas circunstâncias.

Levanta a cabeça um pouco para espreitar os supostos agentes. Estão mais para o fundo, do mesmo lado. Um deles coloca a mão em concha e fala sozinho, o que indica contato com alguém noutro local, uma central de apoio, ou outros colegas em outro lugar. Talvez um *All Clear* ou *Nothing here*.

Uns bipes intermitentes anunciam o fechamento das portas. Poucos segundos depois, o comboio acelera em direção a Tower Hill. Sarah suspira de alívio, e assim que a composição entra totalmente no túnel endireita-se no banco. Nunca pensou gostar tanto do som das rodas a se chocarem contra os carris naquele compasso ligeiro que faz lembrar ferro batendo em ferro.

De súbito, o comboio começa a frear, até parar totalmente no meio do túnel. Será que a viram e mandaram parar a composição? Pode não passar de mero sinal vermelho, embora soe a ela mais como um sinal de alerta. Levanta-se e se agarra a um balaústre, olhando para trás e para a frente. Através das janelas das portas nas extremidades da composição, Sarah tenta observar as pessoas nos outros vagões. No da frente, consegue enxergar dois homens e uma mulher do leste numa conversa bastante animada, pela forma como riem. Um jovem assiste a um filme num DVD portátil, e duas adolescentes bem-vestidas retocam a maquiagem.

O comboio arranca novamente com um solavanco que a desequilibra; os reflexos rápidos fizeram com que empregasse mais força na mão que segurava o balaústre. É então que o vê no vagão de trás. Metido num terno negro igual ao dos outros dois que divisou em Victoria Station, de pé, mais ou menos no meio do vagão, com um papel do tamanho de um retrato, comparando o rosto real com o impresso.

Confere. É Sarah Monteiro.

O homem coloca o dedo indicador em frente aos lábios, como a lhe dizer para ficar calada, e começa a andar para o vagão dela. Sarah faz o mesmo, mas no sentido contrário. Corre para a frente do comboio. Assim que alcança a extremidade, abre a porta atabalhoadamente e depois abre a do vagão seguinte, quando o perseguidor entra no vagão em que ela estava.

Os passageiros restantes observam aquele abrir e fechar de portas, mas logo se desinteressam e retornam aos seus pensamentos e sonhos particulares.

O homem persiste no intento e corre até as portas seguintes. Abre-as... mas, de Sarah, nem sinal. Não pode estar longe. Só pode ter ido, no máximo, até o próximo vagão. No mínimo ainda está ali, escondida entre os bancos. O homem percorre o terreno devagar, alheio aos russos, que riem às gargalhadas de qualquer coisa que algum deles disse. Mais alguns passos até as adolescentes, que o olham e riem entre si.

O comboio diminui a velocidade à entrada da estação de St. James Park. O homem pára, concentrado em todos os detalhes que desvendem a mulher que persegue. O comboio pára completamente em todo o comprimento da plataforma e abre as portas. O movimento não é grande àquela hora da noite, por isso é fácil perceber que Sarah não saiu da composição. Continua em algum lugar entre aquele vagão e o que está à frente. Recomeça a caminhar nesse sentido, mais depressa. Isso tem de acabar já.

Foi um rompante, um ímpeto de pura adrenalina movido pelo medo que faz duplicar ou triplicar as energias do corpo e impele os movimentos em direção à segurança. Num momento, bem aninhada no soalho, encostada a um dos bancos em frente à porta; no outro, saltando para a plataforma exterior e correndo a toda velocidade para a primeira saída que lhe aparecer adiante.

Dois tiros silenciosos, delatados pelos buracos que trespassam o vidro e pelo estilhaçar dos azulejos bem atrás de Sarah, à medida que esta corre para a liberdade. Mas tão depressa o homem sacou a pistola como voltou a guardá-la, quase como um mágico fazendo desaparecer uma carta, um lenço, um papel... uma flor. O executivo sai velozmente para o exterior e vê Sarah afastar-se da parte dianteira do comboio, correndo por todo o comprimento da plataforma, a três vagões de distância. Não vale a pena se cansar. Saca a arma e aponta, com a perícia de um profissional. Um sorriso. Que alvo tão fácil de acertar.

Alheio aos bipes intermitentes que anunciam o fechamento de portas, o homem aperta o gatilho mesmo quando Sarah volta a saltar para o interior de um dos vagões, quase ficando entalada na porta. Mas não fica. O tiro perde-se no escuro do túnel. A primeira coisa a fazer é voltar rapidamente à composição, mas as portas já estão fechadas, e o comboio iniciou a marcha. De arma em riste, aguarda que o vagão em que Sarah entrou passe por ele. Não o surpreende não conseguir avistá-la. Que queria? Que ela estivesse de pé a acenar-lhe? De qualquer maneira, corre o mais possível junto ao vagão enquanto despeja o carregador da arma. Quem sabe alguma bala perdida não se aloja na cabeça dela ou num órgão vital qualquer. É visível o meio sorriso de desapontamento que emana dos olhos do homem assim que o comboio entra no túnel e deixa St. James Park para trás. Segundos depois, coloca a mão em concha e murmura qualquer coisa para a central.

Ainda mal refeita do susto, Sarah sacode os fragmentos de vidro que caíram sobre si. O vento frio que entra pelas janelas partidas fustiga-lhe os cabelos. As lágrimas escorrem-lhe pelo rosto. Mal consegue fitar o rosto dos passageiros restantes: um executivo verdadeiro, com mala no lugar da arma e um terno creme todo sujo, por ter rastejado no chão do vagão, e a mulher gorda cheia de malas que vira na plataforma de Victoria Station, e que tivera menos sorte, pois fora alvejada numa perna e se agarra a ela enquanto o sangue verte manchando tudo. O primeiro impulso de Sarah é ajudar a senhora na sua dor, tentar estancar o sangue — o sentido do dever —, mas depois refreia o ímpeto; há outras coisas a tratar, tem de agir depressa. A senhora terá quem a assista quando chegar à próxima estação. O comboio desacelera à entrada da plataforma da estação de Westminster, até parar por completo. Assim que as portas se abrem, Sarah puxa o alarme do vagão e sai correndo dali.

Capítulo 15

LÚCIA

11 de julho de 1977

Por trás dessas portas verdes de madeira com atavios cinzelados na pedra da fachada que as abriga reinam segredos e devoções, mais as segundas que os primeiros, não fosse um local de silêncio e amor a Deus, com toda a carga espiritual que isso acarreta.

Desenhado por Frei Pedro da Encarnação, o Carmelo de Santa Teresa, em Coimbra, abriu suas portas a 23 de junho de 1744; bom seria se fizesse tanto calor como nesse mês de julho de 1977, quando dois homens aguardam serenamente depois de o mais novo ter batido à porta.

A porta se abre, mostrando uma Teresinha, como o povo as chama, que os acolhe o mais efusivamente que sua Ordem permite, manifestando conhecimento anterior dessa visita que agora se confirma. O véu escuro esconde os cabelos sobre o hábito branco que completa a vestimenta, dando, desde o princípio, um ar benigno e maternal, próprio dessas santas mulheres que se entregaram em tenra idade às coisas de Deus.

— Senhor Patriarca, que felicidade vê-lo.

— Muito obrigado. O prazer é todo meu, irmã. Este é o meu assistente, padre Diego Lorenzi.

— Como está? Façam o favor de entrar. Venham, venham.

Entram os dois, o Patriarca à frente e depois o jovem Lorenzi, e seguem a freira.

Irá celebrar missa na Igreja das Carmelitas, uma vez que a visita de um homem da Igreja a um país estrangeiro não o impossibilita de continuar a exercer o ministério. Nesse momento, uma satisfeita madre Prioresa vem ao encontro deles.

— Senhor Patriarca, não imagina quanto nos honra com sua visita — cumprimenta a idosa senhora.

— O privilégio é todo meu, garanto-lhe.

— Como sabe, irmã Lúcia faz parte da nossa comunidade carmelita. Ela gostaria de conversar com o senhor e pedir-lhe a bênção no final da missa.

— Certamente. Será um prazer.

E é assim que, após o final da missa, encontramos o Patriarca e Diego Lorenzi guiados pela mesma irmã que lhes abriu a porta. Passam por uma enorme grade que vai do chão ao teto, tal e qual as de uma prisão, com porta incluída e tudo, por onde as irmãs carmelitas recebem as visitas dos familiares ou outras. Contudo, o Patriarca de Veneza e seu assistente, homens de Deus do mais alto nível — credenciais do mais velho, evidentemente —, não terão seu encontro com grades a mediar a conversa. Não. Dom Albino Luciani falará com a irmã que o deseja ver sem essas intromissões de ferro que mal deixam ver o rosto dos interlocutores e que transmitem uma dimensão cavernal às conversas. Caminham pelo claustro discreto do Carmelo, cujos arcos não protegem da investida do calor.

— Barroco, Dom Luciani — afirma Lorenzi em tom de conversa.

— *Si*. Desenhado por um Padre Carmelita Descalço há mais de dois séculos.

— É verdade — realça a irmã. — Apraz-me que Sua Eminência nos brinde com sua erudição acerca do nosso modesto convento.

— Ora essa, irmã. Nada de mais. Nada de mais.

— Sua Eminência também é conhecido por aqui pela extrema humildade — graceja a irmã com lisura.

— Não me faça corar, irmã.

— Longe de mim, Eminência. Mas confirma-se que esse convento tem mais de duzentos e trinta anos. Infelizmente, para muitas de nós, não funcionou continuamente até nossos dias.

— A República — arremata Dom Luciani.

— Como? — Lorenzi sente-se um pouco perdido.

— O senhor Patriarca se refere à Instauração da República portuguesa em 1910. Em dez de outubro entraram violentamente no convento e expulsaram as irmãs que aqui viviam — explica a irmã.

— Não me diga... — Lorenzi ouvira falar de violência em conventos quando da ocorrência de algumas revoluções. Mas por causa da República era a primeira vez. — Republicanos?

— Sim, mas já nos tempos da monarquia, quando as políticas liberais começaram a proliferar no país, iniciava-se a abolição das Ordens Religiosas. E este Carmelo permaneceu aberto graças a uma licença especial emitida pela Rainha Dona Maria II, que durou até 1910 — completa Dom Luciani.

— Exatamente — confirma a irmã, maravilhada com o Patriarca. — As irmãs foram acolhidas por familiares e amigos e, mais tarde, começaram a ingressar em Carmelos espanhóis. Mas em 1933 Portugal já gozava de mais paz e, acima de tudo, liberdade religiosa. Então, três das irmãs expulsas regressaram a Coimbra com o objetivo de restaurar a comunidade do Carmelo, primeiro numa casa alugada, com muitas dificuldades. Em 1946, ouviu-se falar que os soldados iam abandonar o convento, e as irmãs fizeram tudo que estava ao seu alcance para recuperá-lo. E assim aconteceu, em 1947. Apenas duas haviam sobrevivido do tempo da expulsão, entre as quais a madre Prioresa, a quem foram entregues as chaves.

— Uma história muito tocante, irmã — afirma Dom Luciani.

— De fato. Mas sem dúvida Sua Eminência já a conhecia.

— É verdade que sim, mas nunca a ouvira da boca de uma irmã do Carmelo de Coimbra. Muito obrigado por partilhá-la conosco.

Prosseguem o caminho, já o claustro passado, no interior do convento, entre quatro paredes, onde o calor não consegue penetrar. Entram num aposento não muito grande, pobremente decorado, característica das irmãs carmelitas que não precisam de muito para viver;

apenas o essencial para levarem uma vida condigna ao serviço do Senhor. Algumas cadeiras de idade avançada, mobília secular, madeira dos primórdios da comunidade naquelas paragens. Uma mesa simples de carvalho e uma estante com alguns livros, nada grande; mal preenche a parede onde se encosta. Não esqueçamos, como já íamos fazê-lo — perdão —, da cruz de madeira que domina uma das paredes, e, por conseqüência, toda a sala. Apenas duas barras de madeira, cruzadas, a vertical maior que a horizontal, a cruz, como o próprio nome indica, sem nenhum Cristo cravado, mas cuja idéia está subentendida nela.

— Irmã Lúcia virá em instantes. Necessitam de alguma coisa? Um café, um refresco...

— Para mim, pode ser um café — pede Dom Luciani.

— Dois — completa Lorenzi.

— Estejam à vontade.

Cordialidades sinceras de pessoas da Igreja Católica Romana, casa de um milhar de milhões de pessoas, números redondos, mais ou menos estimados por alguém, o que deixa grande margem da população para as religiões restantes, e também lugar para os não-crentes, que não são poucos.

— Irmã Lúcia. Toda minha vida ouvi falar dela — profere Lorenzi num tom meditativo.

— Também eu, Lorenzi, também eu. É uma das personalidades históricas mais importantes para a Igreja neste século. Previu reviravoltas importantes. E ainda guarda mais um segredo.

— O Terceiro Segredo.

— Sim. O Terceiro Segredo.

— Será o mais importante?

— Os outros também o foram. Este não ficará atrás.

Curiosidade de padre novo, aguçada por um espírito fantasioso, normal na abordagem a esse tema. Afinal, quem não gostaria de ouvir revelado este Terceiro Segredo, ao qual já profetizam catástrofes e cataclismos, entre os quais o Apocalipse, o fim literal do planeta, a extinção da espécie humana e talvez das outras também.

— Está nesse convento há trinta anos.

— Uma vida dedicada a Cristo.

— Como nós. Como muitos.

— Claro, Dom Luciani.

— Lembre-se: não importa o pouco que receba ou o mal que lhe façam; somente interessa o bem que fazemos, sem olhar a quem.

— Sábias palavras, Sua Eminência — ouve-se uma voz feminina dizer. A velha Lúcia, cuja entrada ninguém deu conta. Um hábito igual ao da irmã que os recebeu a caminhar silenciosamente na impassibilidade dos anos que por ela passam, sem que disso se aperceba.

— Minha querida irmã, como está?

— Na graça de Deus, Eminência.

Ambos se dirigem um ao outro. Lúcia ajoelha-se para beijar a mão de Dom Albino.

— Deixe estar, irmã. Deixe estar. Se alguém aqui deve se ajoelhar, somos nós.

Tudo isso falado em português, a língua-mãe da irmã vidente, embora o pudessem ter feito em italiano, inglês, francês ou espanhol. Sabemos bem da fluida aptidão para línguas dessas pessoas da Igreja, um exemplo a seguir pelos demais cristãos, em benefício de a comunicação ser parte integrante de nossa vida.

Irmã Lúcia revela um vigor abundante para a idade; e o que lhe sobra em saúde tiveram seus amigos de infância a menos, ainda que todos tivessem sido informados por Nossa Senhora de quando abandonariam o alvéolo corporal. Francisco e Jacinta, ainda crianças, vítimas de doença epidêmica, a *influenza*, que muitos outros matou no ano do Senhor de 1919 e 1920. Lúcia perduraria, como é fato comprovado nesse encontro, nessa manhã quente de julho, na companhia de Albino Luciani, Patriarca de Veneza.

Relembremos a importância de Lúcia de Jesus no panorama cristão, para que se entenda o porquê de um Patriarca de Veneza se dignar a visitá-la ou aquiescer ao seu pedido de audiência, e, como ele, muitos outros. Alguns que até vieram a se tornar papas. Até Paulo VI a convidou para ir a Fátima a fim de conversar com ela por ocasião da sua visita ao território português.

Os três pastorinhos, como mais tarde ficaram conhecidos, tinham por hábito levar os animais para um local chamado Cova da Iria, onde hoje imperam a Basílica de Fátima e a Capelinha das Aparições. O que é fato comprovado pelas sumidades da época e por essa Lúcia aqui presente é que, no dia 13 de maio de 1917, os três jovens viram Nossa Senhora, mãe de Jesus Cristo. Dos três pastores, apenas Lúcia falou com a Senhora. Jacinta também conseguia vê-la e ouvi-la; só Francisco a via sem conseguir ouvir o que era dito. Pediu-lhes que voltassem ao local no dia treze dos meses seguintes e que rezassem muito. E os meninos assim o fizeram, à exceção de agosto, em que a aparição ocorreu noutro local e data, no dia dezenove, porque os pastorinhos se encontravam impedidos fisicamente, por terem sido encarcerados pelo cético Administrador do Concílio de Vila Nova de Ourém. Em setembro, a Senhora promete um milagre que prove a todos, inclusive à Igreja, ainda incrédula, o aparecimento aos três pastorinhos. A 13 de outubro, data da última aparição, a entidade em questão apresenta-se como Senhora do Rosário e pede que ergam naquele lugar uma capela em sua honra, o que veio a acontecer. Afirma também que a guerra que se desenrolava, a Primeira Guerra Mundial, acabaria em breve. E, conforme prometido, o milagre ocorreu; o Sol começou a rodar sobre si, de forma bem visível, parecendo precipitar-se sobre a Terra, livrando de todas as dúvidas os descrentes, que se achavam em número de cerca de setenta mil pessoas. O milagre do Sol, irrefutável, inegável. E, meses depois, a guerra acabou, efetivamente.

À medida que Fátima se abria para o mundo, tornando-se um fenômeno de culto internacional, Lúcia de Jesus agia com cautela, como se renegasse a vida nova que caracterizava agora sua terra natal. Após ter ingressado no Colégio das Irmãs Doroteias, em 1921, no Porto, rumou para a Espanha, onde permaneceu alguns anos. Em 1946, entrou na Ordem das Carmelitas, onde acabou por professar naquele mesmo convento de Santa Teresa, em 1949. Durante todo esse trajeto voltou a falar com Nossa Senhora, mãe de Jesus Cristo.

Regressemos à conversa que tem lugar nesta sala do Carmelo de Santa Teresa, que era para demorar apenas alguns minutos, mas já dura cerca de duas horas. Albino está encantado com a vidente, assim como Lorenzi. Nem uma vez mencionaram as aparições, tampouco o Terceiro Segredo, mas a conversa tem fluído prazerosamente acerca dos mais variados assuntos — religiosos, políticos, nacionais e internacionais, se assim se pode dizer, pois a religião não é cativa de nenhum país; gera cidadãos para o mundo. Mas o que mais aflige a vidente é a falta de fé que as novas gerações parecem perfilhar e as antigas não contrariam.

Tomaram café e beberam água; até chá apareceu durante a animada conversa, em que se falou de tudo e de nada. Agora torna-se apreciável uma pausa, também ela serena e nada constrangedora, que faz lembrar aquelas amizades antigas que valorizam o silêncio, e não exigem que as pessoas fiquem sempre tagarelando para que o fogo amigo se mantenha, como se à mínima paragem prosaica tudo se extinguisse irreversivelmente.

É o momento de digerir o que se falou, alimentar idéias, opiniões, recordar passagens, assimilar, aprender, respeitar, raciocinar; pois o jorro de palavras que nos sai pela boca e nos entra nos ouvidos não permite essa acepção em tempo útil. A melhor forma de darmos valor ao que dizemos e ao que nos é dito são esses silêncios, a altura em que tudo pára e pousa, lentamente, solidamente, no consciente e perdura.

É então que a voz se faz ouvir, dura, grossa, sobrenatural:

— *E quanto a si, senhor Patriarca, a coroa de Cristo e os dias de Cristo.*

Padre Lorenzi fita Lúcia pasmado, imbecilizado, estupidificado, pois aquelas palavras saíram da boca da religiosa, tão certo como ele estar aqui em carne e osso, nessa sala.

Dom Luciani recebe a mensagem de maneira mais serena, calma, o que não deixa de ser interessante se se levar em conta que é ele o alvo das palavras.

— Dom Luciani... — chama Lorenzi, mas o Patriarca ergue a mão como a pedir silêncio. Nenhuma palavra mais, para não interferir no transe da vidente. Uma premonição, um aviso, um mero conjunto de palavras dito por alguém mais sensível às energias do cosmo? Uma certeza. Esta é Lúcia, e o Além fala através dela.

Quem a visse pensaria que adormecera e se entregara ao sono dos justos, sentada na cadeira, com uma mão apoiada na mesa; mas eles sabiam mais do que isso. Lorenzi, na sua inexperiência, nunca presenciara ninguém em transe, mas Dom Luciani não mostra nenhuma agitação. Continua com a mão levantada, pedindo silêncio.

— Um segredo não revelado. Que lhe diz respeito, mas será usado para outras conveniências — continua a voz estranha a emanar da boca de Lúcia, num timbre completamente diferente, quase diabólico. — Deus perdoará e o senhor também.

Lorenzi permanece boquiaberto perante a cena. *Por Deus*.

Quase instantaneamente Lúcia abre os olhos, com a mesma expressão doce com que aparecera na sala:

— Deseja mais chá, Eminência?

— Aceito, irmã — diz Dom Luciani, fitando-a nos olhos, sem o mínimo indício de abalo ou temor pelo que acabara de ouvir. — Aceito com todo o gosto.

✦ ✦ ✦

Já do lado de fora, a caminho do carro que os transportará de volta a Fátima, Lorenzi não contém a curiosidade.

— Dom Luciani, que lhe pareceu tudo aquilo?

Luciani coloca uma mão no ombro de Lorenzi e olha-o com a serenidade a que o habituou desde que se tornara seu assistente, havia quase um ano.

— Ora, Diego, parece-me que Lúcia é uma senhora encantadora, não acha?

E nunca mais falaram no assunto.

Capítulo 16

O ar puro de Londres é diferente do da Amazônia, mas, ainda que mal-empregada, é a expressão correta para definir a sensação de arejamento que Sarah experimenta mal põe o pé em Bridge Street. A torre com o relógio mais famoso do mundo à sua frente, o Big Ben, anuncia-lhe a meia-noite e meia. Vira à esquerda para Westminster Bridge e corre. Há mais pessoas sobre a ponte, àquela hora, mas não muitas. Sente-se mais calma. O mais difícil era sair da estação, o que aconteceu sem problemas. Mas Londres é a cidade no mundo com mais câmeras por metro quadrado; pelo sim, pelo não, cobriu a cabeça com o capuz do traje esportivo. Nunca se sabe que meios pode essa gente ter ao dispor. Resiste à tentação de mandar parar um táxi — ainda não é hora. Primeiro tem de fazer uma última tarefa. Percorre a metade da ponte, com a enorme roda-gigante do London Eye como pano de fundo. Assusta-se com a sirene de um carro da polícia que passa a grande velocidade no sentido de Westminster Bridge Road. Olha para trás e vê uma quantidade enorme de sirenes e carros da polícia à entrada da estação de onde acabara de sair.

— Em último caso atiro-me ao Tâmisa — diz para si, plenamente convencida disso. Antes as águas turvas do rio do que ser apanhada. Ainda que não veja o porquê do envolvimento da polícia. Não. Deve ser por causa do vagão todo esburacado pelas balas e pelo tiro que a senhora sofreu.

Claro, é isso. Ou será que a organização tem tanto poder que também coordena a polícia? Não. Disparate. "Vá, concentre-se no que tem de fazer!" Finda a ponte, avança mais alguns metros na Westminster

Bridge Road até virar à esquerda na Belvedere Road. Mais um carro da polícia que passa a toda velocidade na rua que deixa para trás.

A idéia é parar na primeira cabine telefônica que encontrar. Enquanto esta não aparecer, o plano é caminhar, caminhar, caminhar, caminhar... até que encontra uma numa zona comercial perto de Waterloo Bridge.

Pega o fone, mas dessa vez não vai usar o cartão de crédito.

— Boa noite. Quero fazer uma chamada a cobrar... O meu nome? Ah... Greg Saunders... — O nome é pronunciado mais como pergunta do que como afirmação. "Será que cola?", pensa Sarah. Mas a telefonista nem quer saber da voz feminina com nome de homem e pede-lhe que aguarde um momento.

Instantes depois, a chamada se completa, e uma voz cumprimenta do outro lado da linha.

— Greg?

— Natalie, não é o Greg. Sou eu, a Sarah. Desculpe ter mentido, mas não tive escolha.

— Sarah? — A voz evidencia aflição.

— Sim, sou eu. Preciso que me faça um enorme favor!

— Sarah? Por que me ligou?

— Preciso que me faça um favor...

— Deve estar louca! Depois de tudo que fez? Nem pensar!

— Natalie, sei que não somos as melhores amigas, mas sempre nos ajudamos uma à outra!

— Isso não tem nada a ver com amizade, Sarah. O que você fez é impensável!

— Mas...

— Viaja de férias a Portugal e desata a matar gente a torto e a direito? Sarah, já nem sei quem você é. Não volte a me ligar.

Sarah está assombrada. Sai de férias para Portugal e, quando chega, o mundo cai-lhe sobre a cabeça de forma literalmente incompreensível.

— Natalie, não desligue ainda. Só você pode me ajudar. Por favor, não desligue! Que quer dizer com isso de matar gente? Por favor, explique-me. Sério, preciso que me conte tudo.

— Pensa que sou tonta?

— Natalie, por favor. — Talvez as lágrimas que lhe escorrem pelo rosto tenham, de algum modo, passado pelo bocal do telefone, mas o certo é que algo faz com que Natalie mude o tom rude com que a tratara desde o início da conversa.

— Muito bem... Está em todos os noticiários do país, minha querida — ela começa, com um traço de desapontamento. — Primeiro você matou um velho num museu em Madri, depois um padre na Argentina, e hoje deu cabo de um agente do serviço secreto americano. Ah, e mais interessante: na sua própria casa. Deixe-me ver mais... — Sarah não ignora o tom cáustico com que a amiga entoa a frase. — Ah, andou dando tiros no metrô e feriu uma mulher, que está mais para lá do que para cá. É uma assassina profissional que trabalha para uma organização chamada Último Papa. Mas por que estou lhe contando tudo isso? Como protagonista, já deve saber.

Sarah fecha os olhos e pensa. Mas não há o que pensar. O mundo está de fato se abatendo sobre ela.

— Natalie, não sei como convencê-la de que não fiz nada disso... — Sua voz indica mágoa e confusão e se mescla com uma súplica. Para Sarah é fundamental que Natalie acredite nela; é fundamental. — Não sou nenhuma assassina profissional, nem sei que organização é essa. Não sou uma assassina! Estive quinze dias em Portugal, só fui a Lisboa pegar o avião... como poderia ter ido a Madri ou à Argentina? Hoje cheguei em casa e tudo desmoronou. Recebi uma carta e alguém anda atrás de mim por causa dela. Morreu um homem na minha casa, eu vi, mas não foi morto por mim. Alguém o fez, mas não eu. Não sei se é agente secreto ou não. Só sei que queria me matar, e por pouco não o fez. Preciso que acredite em mim!

Um silêncio pesado reverbera pela linha, entre Belvedere Road e Pentonville Road, onde fica o estúdio de Natalie.

— Sarah, já teve o seu momento. Agora, por favor, deixe-me fora disso.

— Natalie, espere... Preciso apenas de um favor. Nem precisa sair de casa. Por favor, Natalie. Só você pode me ajudar!

Continuação do silêncio desconfortável enquanto Natalie pondera ajudar a colega de redação. É verdade que se auxiliaram sempre uma à outra, e, tirando o raro mau humor matinal com que por vezes a brindava, Sarah era boa pessoa. Mas quem vê cara não vê coração. Bem pode ser a assassina de que falam na televisão; mas, como jornalista e conhecedora do ramo, Natalie sabe que também pode não ser.

— Certo. Do que precisa?

— Obrigada, Natalie... — O súbito alívio repercute-se num tênue sorriso.

— Não me agradeça. Trate de se apressar, antes que me arrependa.

— Ah, preciso apenas que me diga onde fica a Praça Rei Guilherme IV.

— Só isso?

— Só.

— Isso é rápido. Quer que ligue de volta ou prefere esperar?

— É você quem está pagando. Faça como quiser.

— O.k. Então espere aí. — Sarah ouve um arrastar de cadeira do outro lado da linha. Natalie se prepara para se sentar em frente ao monitor do computador. — Ora, Praça Rei Guilherme IV. — Parece mais falar com seus botões do que com Sarah.

— Isso.

— Só um momento. — Um, dois, três, quatro segundos... — Tem certeza de que não sabe por que estão atrás de você?

— Não faço idéia.

— E que carta é essa?

— Também não sei. Está tudo em italiano.

— Que coisa! — Muda o tom de curiosidade jornalística para atendente do número das informações. — Bem, aqui está. Quer dizer, não está. Rei Guilherme IV... só há os jardins com esse nome, que ficam na zona de Crystal Palace. Espere mais um pouco... Ah. Também há a rua Guilherme IV... fica entre a Strand e Charing Cross Road. Deve ser isso. Não existe Praça Rei Guilherme IV.

— Tem certeza?

— Tenho. Deve estar enganada.

— Não estou nada. Quem me disse me avisou que eu nunca na vida ouvira falar dela. Presumi que se devesse ao fato de ser bastante afastada do centro. Nunca que não existisse.

— Mas não existe. Deixe-me fazer uma pesquisa. Tem tempo?

— Que remédio...

— Ora, se quiser, pode sempre perguntar a um policial...

— É tão engraçada, Natalie!

— Vamos ver. Guilherme IV. Nascido em 1765. Rei do Reino Unido e de Hanover entre 1830 e 1837. Filho de George III, sucedeu ao irmão mais velho, George IV. Foi o penúltimo rei da Casa de Hanover. Chamavam-no o rei navegador. Reformou o sistema eleitoral, aboliu a escravatura e o trabalho infantil no Império. Estou gostando do homem.

— Ora, não quero uma lição de história! Não tem mais nada?

— Não. Quem lhe sucedeu foi a Rainha Vitória... Deixe-me ver no Google...

Mais umas tantas batidas no teclado do computador e...

— Espere aí...

— Encontrou?

— Curioso.

— Então?

— Praça Rei Guilherme IV. Aqui está.

— Desembuche depressa! — Sarah não agüenta a ansiedade.

— Era o nome original de Trafalgar Square.

— Sério?

— Sim. Não há dúvida. Trafalgar Square era a Praça Rei Guilherme IV.

— Natalie, muito obrigada! Pode ter salvado minha vida.

— Ou não. Cuide-se bem.

— Depois nos vemos.

— Ah... Sarah... — chama Natalie.

— Sim?

— Se tiver algum furo jornalístico grande, lembre-se de mim!

Fim de chamada.

Capítulo 17

Trafalgar Square é a praça mais visitada de Londres. Ponto de encontro, de união, de comemoração, de júbilo, de nacionalismo, não tivesse a praça o nome de uma das maiores batalhas navais já vistas, ocorrida junto ao Cabo de Trafalgar, na Espanha, a 21 de outubro de 1805, onde os ingleses lutaram com as armadas espanhola e francesa por mais de cem anos. É vista de cima, a norte, pelo pórtico faustoso da sobranceira National Gallery. A largueza do local, as duas fontes laterais, a enorme coluna de granito, de cinqüenta e seis metros de altura, com uma estátua do almirante Horatio Nelson — o herói maneta de Trafalgar, que tombou nessa mesma batalha — no topo, contemplando o Palácio de Westminster, mais conhecido por Casa do Parlamento, que vela pela segurança nacional, conferem ao cenário uma hospitalidade capturada por residentes e turistas ao primeiro olhar. Quatro enormes leões de bronze, segundo se diz fabricados dos próprios canhões da desditosa frota francesa, flanqueiam a coluna, transmitindo uma sensação de proteção cósmica. Quatro plintos ornamentam os cantos da praça, três deles com estátuas: a nordeste a do Rei George IV, a sudeste a do general Sir Charles James Napier, conquistador do Paquistão, a sudoeste a do general Henry Havelock. O quarto plinto recebe esculturas temporárias, uma vez que nunca se chegou a um acordo sobre quem colocar lá. Originalmente iria acolher a estátua do Rei Guilherme IV, mas a falta de dinheiro inviabilizou o intento; por isso, assim como o nome com que iria batizar a praça, Guilherme IV ficou completamente desanexado do projeto que mandou edificar.

A essa hora da noite ainda se vê muita gente na praça; grupos de turistas, alguns casais espalhados. Ninguém suspeito, ou todos eles, pois quem vê cara não vê coração. O movimento, esse é constante. Carros, limusines, táxis, ambulâncias, ônibus, motos, bicicletas, em constante circulação em volta da praça e ao sabor dos semáforos. Ao fundo, o Arco do Almirantado, em honra à Rainha Vitória, abre caminho para a enorme avenida que leva ao Palácio de Buckingham. A leste, a igreja de Saint Martin-in-the-Fields, a South Africa House e a Strand, que liga Westminster à City. Mas a rua que nos interessa é a Charing Cross Road, mais especificamente na zona do Soho, a parte mais boêmia da cidade de Londres e onde vemos um táxi parar no cruzamento com a Great Newport Street.

O táxi se detém mais alguns instantes — contas entre passageiro e motorista que devem e têm de ser saldadas. Agora, sim, vemos Sarah Monteiro saltar para fora dele e fechar a porta. Antes, dirigira-se à estação de Waterloo, arriscara mais uma vez o uso do cartão de crédito numa máquina automática e levantara trezentas libras com a finalidade de apanhar um táxi e pagar em dinheiro. Tudo correu bem, como se pode demonstrar pelo que se vê: Sarah Monteiro na concorrida rua de Charing Cross, dirigindo-se, sinuosamente, para a bendita ou maldita Praça Rei Guilherme IV.

A princípio dissera ao taxista que desejava ir para Trafalgar; mas, depois de pensar bem, concluiu que, se tinha descoberto tão facilmente o nome da praça, quem a seguia podia fazê-lo com igual ou superior presteza. Então, resolveu corrigir a direção e dizer ao taxista que preferia sair a cerca de um quilômetro do local, em vez de se enfiar sem luta na toca do lobo. Segue pela Newport Court e vira à esquerda, em seguida à direita em Lisle Street, berço de *pubs* de todas as índoles e gêneros, e novamente à esquerda, até desembocar na cosmopolita Leicester Square, a grande rival de Trafalgar Square, se assim se pode dizer, uma pequena praça para pedrestes repleta de cinemas, cafés e restaurantes, berço das estréias dos grandes filmes americanos e ingleses. Um jardim com acesso limitado, aberto ao público durante o dia. Quatro entradas em cada canto, com estátuas de figuras relevantes no tempo de sua construção: Sir Isaac Newton, John

Hunter, um pioneiro na área da cirurgia, Sir Joshua Reynolds, o primeiro presidente da Royal Academy, William Hogarth, pintor de renome. E, já que se fala de um dos centros mundiais do cinema, colocou-se recentemente a estátua de Charlie Chaplin, o grande ícone universal da sétima arte, que nasceu para o mundo nessa cidade de Londres. Bancos no interior, que costumam estar sempre cheios, alinham-se em forma de cruz a quem queira contemplar a estátua de Shakespeare rodeado por golfinhos que enfeita o centro da praça. No chão, placas com as distâncias em milhas dos países que compunham o antigo império britânico.

Contorna a praça digirindo-se para o sul, ignorando o enorme pôster publicitário que adorna um dos cinemas Odeon; em breve *O Código Da Vinci* passará na grande tela daquela sala. Códigos e enigmas ela tem de sobra, não precisa de sugestões. A vida em risco, também: cada passo que dá encurta-a ainda mais, como todos; o problema está na falta de presciência que lhe permita enxergar o prazo de tal encurtamento — se já ali ao virar a esquina, ou mais tarde, naquela noite, ou daqui a muitas esquinas, ruas, avenidas e anos, quando mostrar Trafalgar aos netos ou bisnetos.

Desce para Trafalgar pelo lado da Canada House, diminuindo o passo para um ritmo cauteloso, entre olhares furtivos aparentando normalidade, para que não se pense que tem medo de alguma coisa ou está à procura de alguém. Circunda a fachada da National Gallery pelo lado direito e avança mais alguns metros até a escadaria central que mergulha para a praça. Turistas estrangeiros e ingleses ocupam alguns degraus, sentados, admirando a iluminação noturna e a serenidade do lugar. Sarah senta-se durante alguns instantes próximo de um grupo de italianos, para que quem olhe pense que faz parte de um grupo de jubilosos turistas. Aproveita para observar a praça, as fontes — uma à esquerda, outra à direita —, a sul a coluna de Nelson, as pessoas... O mais importante de tudo, as pessoas, pois os divinos seres aquáticos que polvilham as fontes e o almirante lá no alto nada podem contra ela. Há quem esteja dentro das fontes, banhando-se e molhando outros, numa diversão epidêmica que compele os curiosos à imitação. Esses também não representam perigo. E há todos os outros... os casais de namorados, os que estão sentados na borda da fonte ou no sopé da coluna, e os que não se conseguem tipificar, mas que não aparentam nenhum sinal de pertencerem a uma organização secreta chamada Último Papa.

Espia as fachadas dos prédios visíveis, ainda que bastante afastados, em busca de olhos insidiosos ou mesmo de atiradores furtivos. Essa gente já provou ser capaz de matar em público, e não se importa com possíveis danos colaterais. Em qualquer lugar alguém pode se esconder com uma arma silenciosa pronta a tirar-lhe a vida. Até mesmo no meio dos carros que passam. Dali, Sarah tem uma visão privilegiada da praça, e, não fossem os barulhentos italianos a roubarem-lhe a concentração, havia muito o teria visto.

Um simples gari, um dos vários que matizam o local com seus uniformes verde e amarelo fluorescentes, o carrinho e os acessórios necessários ao recolhimento dos detritos. Era muito parecido com aquele que vira da janela de casa havia poucas horas; mas o mais certo é que sua mente a estivesse enganando. O problema é que olha para ela de quando em quando e tenta disfarçar quando seus olhos se cruzam. Esse sujeito não usa a mão em forma de concha para se comunicar, mas antes um *walkie-talkie* comum. Um homem do lixo, que cata os excrementos dos outros — sem desprezo à nobre profissão: a cada ofício seus ossos —, não carece de *walkie-talkies* para executar a função. Não. Das duas, uma: ou aquele homem é o tal Rafael que o pai indicou, ou então... o melhor é não pensar.

Deixa-se ficar sentada mais um pouco, mas o italiano ao seu lado começa a se aproximar. Cervejas a mais disseminam pelo sangue uma sensação de assédio ao redor da mente, que anuncia ao moço os propósitos lascivos da mulher ao seu lado. Por que outra razão se sentaria tão perto dele?

— *Eh, Bella... Como state?* — cumprimenta ele, no meio de um mar de perdigotos alcoolizados.

Sem mais conversa, Sarah levanta-se e desce o restante da escadaria, misturando-se à multidão. Ninguém conseguiria aturar aquele bafo mais que um segundo. Com um virar súbito de cabeça, Sarah volta a procurar o gari. Este desvia o olhar muito rapidamente, mas não com rapidez suficiente para que Sarah não repare. Balbucia algo para o *walkie-talkie* e empurra o carrinho do lixo para outro local, até sair do ângulo de visão de Sarah. Ela observa os membros restantes da equipe de limpeza. Os que se exibem aos seus olhos não se importam em disfarçar sua presença, mas, verdade seja dita, também não parecem estar minimamente interessados em Sarah Monteiro, nem em nenhum outro transeunte; limitam-se a passar despercebidos e a limpar a área.

"Espero que ninguém tenha visto as notícias na televisão", pensa, enquanto vagueia rumo a uma das fontes, atenta, alerta, vigilante, tensa.

— Quem é você, Rafael? Mostre-se.

Entrementes, busca andar junto aos grandes aglomerados de pessoas, a fim de não se transformar num alvo fácil. O problema é não saber se também *eles* estão fazendo o mesmo. Sentir que a qualquer momento pode ser apanhada, agarrada, puxada por um braço, neutralizada, levar um tiro certeiro, uma picada venenosa disfarçada de encontrão e um pedido de desculpas, no final. Tantos filmes, tantos cenários, tantas hipóteses que povoam a mente e a imaginação de Sarah, de modo que o pânico se apossa dela e a faz baquear nos estreitos corredores da consciência. Gente, gente e mais gente, de todos os lados, uma fonte, caminha desordenada em direção à outra, os gritos, os risos, as gargalhadas, os beijos, os abraços, as conversas, as discussões, as lágrimas, tudo se pode encontrar nesse espaço, nessa praça, nesses passos, nesse caminhar nebuloso de quem entrega a vida à providência, ao Senhor, a Deus Pai Todo-poderoso, Criador do Céu e da Terra, segundo os crentes dessa religião, como Sarah, que acredita sem praticar, como muitos, incensuráveis.

— Sarah Monteiro?

Ouve alguém chamá-la. O gari.

— Sarah Monteiro? — repete o homem, acercando-se dela. — Venha comigo. É melhor para você.

Não espera pela anuência: agarra-lhe um braço e puxa-a pelo meio das pessoas. Em direção ao exterior da praça.

— É melhor ir com você para onde?

Nenhuma resposta.

— É o Rafael? — questiona Sarah, ainda mal desperta da dormência letárgica a que se tinha subjugado. O sujeito não responde e continua a puxá-la, agora junto à Coluna de Nelson.

Ouve um crepitar estático proveniente de um dos bolsos do casaco fluorescente do homem; vê-o tirar o *walkie-talkie* e dizer: *La porto alla centrale... si, l'obiettivo è con me... Negativo. Non posso finirla qui... benissimo.*

Reconhece prontamente o linguajar italiano, mas não o conteúdo da conversa. A voz que escuta do rádio é forte e cavernosa, a do líder. Será esse o Rafael ou um dos maus? Parece um filme de bons e maus... Se pelo menos ela soubesse de que lado está...

Por outro lado, o pai só lhe falou de um Rafael, e não de um grupo; mas esse presumível Rafael pode estar simplesmente preparando a saída. Ao fundo, repara num homem vestido de executivo, sem mala nem arma à primeira vista. O pior é a sensação frustrante de *déjà vu* com que os olhos dela alarmam o cérebro. A impressão certeira de que já o vira antes. E não é preciso ir muito longe para se lembrar... O homem que a perseguiu e disparou contra ela no metrô, que esburacou o vagão e alvejou na perna a senhora gorda.

Tenta soltar o braço, mas o gari tem-na bem presa.

Ele pára bruscamente e olha-a nos olhos:

— Não tente nada estúpido. Não há necessidade de apressar o inevitável. Mas se tiver de ser... — Para bom entendedor, meia palavra basta.

Falhara. Tentou não ser apanhada, saiu a um quarteirão de distância, mas que diabo podia fazer? O pai também podia ter escolhido outro lugar. Mas, com os telefones grampeados, era impossível fazer melhor. Uma charada complicada levaria uma eternidade para ser decifrada e, nesse ínterim, acabaria sendo apanhada. O mais certo é morrer sem sequer saber por quê. Assim seja.

Mas quem dá as cartas aqui embaixo não é o homem, por mais que se pense o contrário, sendo este homem aludido o do "h" maiúsculo, o que todos representa, a generalidade, e não o particular. E todo esse preâmbulo para explicar o carro negro que galga o passeio adjacente da praça e irrompe por ali dentro, entre a estátua de Sir Henry Havelock e a Coluna de Nelson. Freia com grande espalhafato, antes de girar sobre si próprio e parar totalmente.

— Eu cuido dela — comunica o executivo a quem o gari entregou Sarah.

— *Va bene* — responde o outro.

Sem mais locuções, o executivo leva Sarah para o carro, instala-a no banco de trás e senta-se no banco do passageiro da frente. O veículo arranca a toda velocidade, deixando a serenidade de Trafalgar para trás.

No carro, avançando em direção a Parliament Street, Sarah Monteiro fita o executivo. Meia-idade, expressão calma, bem inversa à dela, que olha para a frente. Dentro de Sarah, um turbilhão amotinado de sensações, dúvidas e angústias.

— Quem são vocês? — pergunta ela.

Silêncio. Nem um olhar pelo retrovisor interno.

— Quem são vocês?

Nenhuma resposta.

Sarah não saberia dizer com precisão quanto tempo andou dentro daquele carro; só que, algum tempo depois, o motorista parou o veículo a mando do executivo e saíram os dois para longe do alcance de sua vista. Apenas um voltou — o executivo —, que se sentou no lugar do condutor. Quando, cerca de vinte minutos mais tarde, entram num bairro residencial muito elegante e o carro reduz a velocidade, o coração de Sarah aperta-se de pânico. A hora está chegando. Abre-se o portão automático de uma garagem e o veículo entra, estacionando ao lado de um Jaguar novo em folha.

O homem abre a porta para Sarah.

— Vamos. Acompanhe-me — ordena, numa voz fria. Abre a porta de trás do Jaguar, e não precisa dar mais nenhuma instrução. Sarah entra no carro sem delongas.

— Para onde vamos?

Ele não responde.

Um esgar de dor trespassa as entranhas de Sarah. Já chega! Sai do carro e se prostra ajoelhada perante o homem.

— Estou farta! Acabe comigo de uma vez!

— Acabar com você? Sem saber que preciosidades guarda? Não, nem pensar. — A voz do homem altera-se, de fria para acolhedora. — Além do mais, que espécie de ajuda acha que lhe enviaria seu pai?

— Hã? Quem é o senhor? — Agora não entendia mais nada.

— Meu nome é Rafael. Sou seu anfitrião esta noite.

CAPÍTULO 18

PECORELLI

20 de março de 1979

Já era noite, e Carmine Pecorelli ainda se encontrava no seu gabinete, tratando de assuntos de interesse relevante para o seu *L'Observatore Politico*, na Via Orazio. Um semanário portador de notícias escandalosas, daquelas que os leitores tanto estimam ler, como as que falavam de insignes personalidades ligadas a organizações secretas, grandes desvios de dinheiro do erário público por meio de atividades ilícitas, homicídios inexplicados, entre muitas outras matérias.

Nos seus cinqüenta anos, podia congratular-se por ter acesso a notícias exclusivas, que mais ninguém conseguia arranjar, devido ao fato de circular nos meios importantes onde elas eram concebidas e porque tinha contato com pessoas poderosas. O seu *L'Observatore Politico* até era financiado por uma dessas pessoas poderosas, integrada no mundo político italiano.

Nesse início de noite, podíamos vê-lo de ouvido colado ao telefone. Um leve sorriso toldava-lhe os lábios enquanto se recostava na cadeira numa postura de conforto ou satisfação, ou ambos. Na verdade, aquele telefonema não tinha muito de relevante para o seu jornal. Seu interesse era outro — monetário: tratava de aumentar seu pecúlio pessoal, coagindo, para não dizer chantageando, o indivíduo do outro lado da linha, com base em informações que poderiam prejudicá-lo. Cabe explicar que o homem em questão, com quem Mino Pecorelli falava ao telefone, não era um fulano qualquer. Era nada mais, nada menos que o grão-mestre da loja maçônica Propaganda Due, Licio Gelli, da qual Pecorelli era membro.

— O melhor é nos encontrarmos pessoalmente para tratar disso — aventou Gelli.

— Concordo.

— Que me diz de jantarmos amanhã, aí em Roma?

— Perfeito. Não se esqueça de trazer o dinheiro.

— Que garantia tenho de que não vai voltar a usar a informação, Mino? Nenhuma. Faz idéia dos problemas que está causando à nossa organização publicando essa lista?

— Isso é jornalismo, Licio. Puro jornalismo.

— E quem me garante que não vai tentar fazer mais *puro jornalismo* no futuro?

— Quinze milhões são garantia mais do que suficiente.

— Quinze milhões?! — A frase foi pronunciada quase em forma de grito. Alguns momentos de expectativa. Gelli não estava em posição de discutir. — Não tínhamos combinado essa quantia, Mino!

— Mas cheguei à conclusão de que a informação vale isso.

— A lista não vale quinze milhões.

— Só a lista não — explicou Mino. — Mas o homicídio do papa João Paulo e o auxílio dado por você e pelo meu patrão ao Mario para fazer o Moro bater as botas valem muito mais.

— Sempre usamos o seu semanário para os nossos objetivos, Mino. A que se deve essa súbita mudança de atitude? Não o gratificamos o bastante?

— Quinze milhões é gratificação suficiente.

Licio refletiu por uns instantes sobre a intransigência de Mino.

— Amanhã negociamos isso ao jantar. Tem de baixar o preço.

— Não vou baixar o preço. Traga o dinheiro. — Pecorelli estava inflexível e não tinha intenção de baixar o preço. Quinze milhões era o preço, mas podia considerar subi-lo a qualquer momento, especialmente se Gelli dificultasse demais o pagamento.

— Até amanhã — despediu-se Gelli. — Às oito no lugar de costume. — E desligou.

Com um sorriso bastante pronunciado no rosto, Mino Pecorelli apagou as luzes, fechou tudo e saiu para a rua em direção ao carro. Tudo estava correndo bem para o seu lado. Não imaginava que naquele exato momento Gelli telefonava ao patrão, distinto membro do governo italiano, para contar o resultado da conversa.

— Nada feito. O Mino mantém-se intransigente. Ou pagamos, ou vai publicar — acusou Gelli.

— Não sei o que ele tem na cabeça! — reclama o patrão.

— Se pagarmos, vai fazer isso mais vezes. E já sabemos que não podemos confiar nele. Sabe coisas demais.

— Pode ficar descansado, Licio. Já tratei de tudo. Não nos incomodará mais. Demos a ele todas as oportunidades. Não nos quis ouvir, azar o dele.

— *Ciao*, Giulio.

— *Ciao*, Licio.

O contentamento de Carmine Mino Pecorelli era tal que até resolveu assobiar enquanto percorria a Via Orazio, sem quase ninguém, em direção ao carro, abreviando a distância a cada passo. Dinheiro fácil de ganhar, e não haveria lugar para remorso, ainda mais porque o tiraria de quem não prestava e não precisava. Nunca lhe passaria pela cabeça extorquir quem não pudesse pagar — principalmente por essa razão, por não poderem pagar; a falta de liquidez era motivo mais que razoável. Contudo, trastes como Gelli, que andavam sempre em jogadas obscuras e negócios duvidosos, roubando de um lado para beneficiar o outro e a si próprio, capazes de tudo para levar a cabo seus intentos, mereciam ser vergados por homens como Carmine Pecorelli.

Abriu a porta do veículo e se acomodou. Uma mão desconhecida não deixou que fechasse a porta. Viu dois homens de pé junto ao carro. Um deles, o que segurava a porta, colocou-lhe a mão no cabelo e puxou-o. Em seguida, largou a porta e sacou um revólver, introduziu o cano no interior da boca de Pecorelli, disparando duas vezes.

O problema de Licio Gelli deixara de existir.

Capítulo 19

O suposto Rafael dirige a uma velocidade normal, nem depressa nem devagar, para não levantar suspeitas; é alguém que sabe o que faz. Pega um pacote que está no banco ao seu lado e entrega-o a Sarah, que está atrás.

— O que é isso? — pergunta ela.

— Comida.

— Não tenho fome.

— Se fosse você, eu comeria. Um hambúrguer e uma Coca-Cola durante toda a noite não são alimentação suficiente...

— Como sabe que...? — Ocorre-lhe a resposta à própria pergunta.

— Esqueça.

A confusão desaba sobre Sarah. Foi aquele homem que a perseguiu no metrô e atirou nela, disso não há nenhuma dúvida; mas essa reviravolta, o fato de ele ser Rafael... será que buscava ludibriá-la de alguma maneira? Sim. Só pode. Deve estar à espera de que algum elemento superior da organização faça sua aparição e a interrogue com métodos atrozes que acabarão por matá-la, quer o satisfaça ou não. Está na posse de uma lista sobre a qual eles sabem mais do que ela. *Eles*... Pessoas que, numa cidade tão grande como Londres, conseguem apanhá-la sem lhe dar tempo de dizer um *Ai*. Reflexões sem resposta, articuladas sem provas nem juízos formados, as dúvidas são rainhas e senhoras nesse momento, e já há algum tempo. Pode ser que esse Rafael, verdadeiro ou não, abra o jogo, ou parte dele. Entretanto, dá-se conta de que está saboreando uma coxa de frango empanada.

— Imagino que tenha muitas perguntas a me fazer — começa Rafael, num tom pragmático.

— Hã? — Estava à espera de tudo, menos daquela gentileza cavalheiresca com que a brindava desde que entraram no carro.

Um silêncio desconfortável para Sarah cresce no carro, entre os assentos da frente e de trás; porém, tal silêncio não parece afetar minimamente o homem, que se mantém atento a conduzir. Para quem o acaba de conhecer, ele emana uma expressão de contentamento, como se a aflição dela o divertisse. Mas também pode ser esse seu estado normal, e a imaginação de Sarah é que trabalha a toda velocidade na fabricação de filmes, ainda que muito do que se tem passado comprove que não está em filme nenhum. Deve ser efeito da fome.

— Estou à sua disposição — completa Rafael, na tentativa de deixá-la à vontade, ainda que a entonação, num inglês perfeito, possa ter soado como uma ordem.

— Ah... — As perguntas todas que tinha desapareceram de repente. "Mas que diabos de jornalista é você, a quem faltam as questões no momento crucial?", pensa. "Concentre-se!" — Ah... Tem papel e caneta?

O homem solta uma gargalhada.

— Não vamos registrar essa conversa, Sarah. Não está aqui a trabalho. Aliás, negarei qualquer menção que faça ao meu nome no futuro. Nós nunca nos conhecemos, e assim permaneceremos até o fim dos nossos dias, acabem hoje, amanhã ou daqui a muitos anos.

Esclarecidos os pontos, Sarah decide começar pelo mais óbvio, aquilo que, mais que todo o resto, a inquieta sobremaneira.

— A primeira pergunta que me ocorre é: por que tentou me matar no metrô?

— Tentei?

— Sim! Ou não se lembra que disparou contra mim? Aliás, esburacou um vagão do metrô. Sabe disso muito bem.

— Humm... Lembro-me de ter esburacado um vagão do metrô. Atirei na parte interna da coxa de uma mulher... Mas em você não disparei.

— O que está tentando dizer?

— Estou dizendo que, se tivesse *realmente* disparado contra você, não estaríamos conversando agora. — Frisa bem o "realmente", para que não haja incertezas sobre o assunto.

— Percebi. Posso depreender que pertence à tal organização chamada Último Papa.

— Não existe nenhuma organização com esse nome.

— Como não existe? Os jornais acusam-me de ser membro dessa organização! Dizem que matei três homens!

— Ou a Sarah é muito perigosa, ou tudo não passa de ficção. Sabe, melhor do que eu, como os meios de comunicação são facilmente manipuláveis. — Os lábios de Rafael desenham um leve sorriso. — É verdade que esses homens morreram. Um se suicidou e os outros foram convencidos a deixar a vida terrena mais cedo. Mas ambos sabemos que não foi você, embora os últimos acontecimentos possam tê-la abalado de tal maneira que já não a deixem discernir o que é real do que não é... ou o que fez e deixou de fazer.

— Sei muito bem aquilo que faço e o que não faço! — assevera Sarah, peremptória. — E homicídio não faz parte do meu rol de pecados.

— Ainda... O futuro é uma incógnita para todos. Mas, ótimo, agrada-me termos esclarecido esse ponto.

— O que é essa organização? Pode me falar dela?

— Poder posso. A questão é se você está preparada para ouvir — retruca Rafael, seriamente.

— Não estou preparada, mas não tenho outro remédio.

— Claro. — Simula um sorriso e depois mira-a com ar ponderado. — Já ouviu falar alguma vez de Albino Luciani?

— Não.

— Mas você é jornalista...

— O que isso quer dizer?

— Não é óbvio?

Aparentemente, a insinuação de ignorância que ele lhe atirara não era nada óbvia para ela; ou melhor, apesar de óbvia, era incompreensível.

— Albino Luciani ficou mundialmente conhecido como João Paulo I, ou, de um ponto de vista mais popular, o "papa do sorriso". Alguma vez ouviu falar dele?

— Sim. João Paulo I. Tenho uma vaga idéia.

— Importa-se de me definir essa vaga idéia?

Sarah esforça-se para localizar no arquivo cerebral algo que lhe lembre o que sabe sobre João Paulo I, se é que sabe alguma coisa.

— Ah... Esse é o que esteve pouco tempo no cargo, não é?

— Sim.

— Certo. Cento e tantos dias. Acho que foi no século XIX. Não sei o ano.

— Não é óbvio? — questiona-se Rafael, suspirando.

— Não é óbvio o quê?

— Esqueça, estava pensando alto. Albino Luciani foi papa durante trinta e três dias e, ao contrário do que possa pensar, muito mais recentemente, em 1978, mais exatamente entre agosto e setembro.

— Só trinta e três dias? Tão pouco tempo?

— É verdade. Pouco tempo para uns, tempo demais para outros. A morte de João Paulo I está envolvida num grande mistério. A versão do Vaticano é a de um mero ataque cardíaco, mas há quem pense que foi homicídio.

— Homicídio? De um papa?

— Sim. Qual é o espanto? Acredite, não foi o primeiro.

— Mas por quem?

— A pergunta que se coloca aqui não é por quem, mas por quê. O motivo é mais relevante que o perpetrador.

— O.k. Por quê?

— Não há necessidade de entediá-la com pormenores demasiado técnicos, por isso me arrisco a fazer-lhe outra pergunta. Já ouviu falar alguma vez da P2?

— P2? Não, nunca ouvi.

— P2, sigla de Propaganda Due. É uma loja secreta de inspiração maçônica que visa tão-somente conquistar o poder político, militar, religioso e financeiro de todas as comunidades nas quais se insere. A loja P2 existe desde 1877 como uma dependência da Grande Oriente d'Itália e era freqüentada por membros que não tinham disponibilidade para se dirigirem às próprias lojas. Em 1960, tinha apenas catorze membros. Quando um homem chamado Licio Gelli se tornou grão-mestre da P2, esse número aumentou para mil em um ano. E no apogeu tinha dois mil e quatrocentos membros, desde generais a políticos, juízes, jornalistas, diretores de televisão, banqueiros, professores, padres, bispos, cardeais, tudo que se possa imaginar.

Rafael pára de falar quando um carro da Polícia Metropolitana os ultrapassa a grande velocidade, as sirenes a rutilarem revezando-se pela estrada afora. Por um momento, Sarah teme que a polícia pare à frente do Jaguar e os mande sair, mas isso não acontece.

— Em 1976, a Grande Oriente d'Itália expulsa Licio Gelli e todos os membros relacionados à P2 e se afasta desta, deixando-a entregue ao seu grão-mestre, cujo plano era ascender ilicitamente ao governo italiano com o seu Piano di Rinascita Democratica della Loggia P2. Plano de Renascimento Democrático da Loja P2. Que na realidade se tratava mais de um sistema totalitário que de uma democracia, coisa que havia praticamente conseguido em 1978, por intermédio da influência que a loja tinha. É claro que todas as pessoas que a enfrentassem arriscavam um afastamento precoce das lides terrenas. Muitos crimes, atentados e até mesmo massacres têm o selo da P2.

— Então está dizendo que foi a P2 que matou o papa em 1978?

— Ainda estamos no "porquê", e não no "quem".

— Certo. Antes de me explicar o porquê do interesse da P2 em matar esse papa, quero saber que doce tenho, ou que perfume uso, para que andem atrás de mim hoje.

Rafael aproveita um momento de silêncio para captar a total atenção da ouvinte.

— Porque Deus quis que você fosse contemplada com uma lista muito valiosa. Uma lista com nomes de membros da organização. É bastante antiga, tem mais de vinte e cinco anos; muitos deles já morreram, mas pode trazer vários dissabores a muita gente ainda viva, se algum dia vier a público. Algo por que vale a pena matar.

Sarah já não o ouve com a atenção inicial. Aquela informação a leva para outros mares bem mais revoltos. A lista. A lista que traz consigo representa o nome de membros finados e vivos da P2. Propaganda 2. A lista na qual figura o nome que lhe aperta o coração e a lança nas ondas revoltosas da incerteza e da perplexidade, o do pai, Raul Brandão Monteiro. Como é possível? Como pode ele ser membro da P2? Rafael lê seus pensamentos, mas nada diz, nada completa, nada elucida. É um caminho que tem de ser percorrido por ela, e só por ela. Dezenas, centenas, milhares de perguntas, conversa para uma vida inteira, tantas que nem sabe por onde começar. Talvez seja melhor iniciar por algo mais leve.

— O senhor pertence à P2?

Rafael pondera uns instantes antes de responder.

— Pertenço a algo superior. O que me guia é um plano, um Grande Plano, onde, por acaso, entra a P2.

— Não compreendo. Quer dizer que quem anda me perseguindo não é a P2, mas outra organização maior?

— E então, Sarah? Já raciocinou melhor que isso.

O suspiro de Sarah demonstra a entrada em matérias intrincadas. Será preferível esclarecer esse ponto sem artifícios.

— É a P2 que anda atrás de você. Ponto final, isso está definido. Agora, quanto ao meu relacionamento com a P2, convém frisar que terminou há minutos, quando entrou neste carro. Na realidade, eu era um infiltrado.

— Infiltrado? Se não pode vencê-los, junta-se a eles?

— É mais ou menos isso... — Rafael reflete por alguns instantes, antes de prosseguir. — Junta-se a eles e os destrói do lado de dentro. É claro que o meu trabalho ficou comprometido a partir de agora. A P2 já não anda apenas atrás de uma mulher, mas de um homem também. E acredite piamente quando lhe digo que vão nos encontrar... mais cedo ou mais tarde.

— Então de que serve termos esta conversa? Se é para morrer... — pergunta Sarah, exasperada, mais para si do que para Rafael.

— Tudo depende das cartas que tivermos para jogar — conclui Rafael, com um pequeno sorriso. — Tem a lista com você?

Sarah tira os papéis do bolso da blusa, seleciona os dois que compõem a lista e os passa a Rafael. Este os analisa em silêncio, sem diminuir a velocidade. Ao final de uns instantes, volta a entregá-los a Sarah.

— Conhece mais algum nome além do de seu pai? — interroga Rafael.

— Bem, depois do que me disse, estou certa de que esses nomes são capazes de aparecer todos no Google, provavelmente descritos como grandes homens.

— É provável que tenha razão. Mas olhe com atenção.

Sarah percorre as colunas da primeira folha, linha a linha, com muita atenção. A fraca iluminação dificulta a operação. Agora que tem mais informação, não estranha a predominância de nomes italianos em relação aos outros. Repara que os números que precedem cada nome são aleatórios e não obedecem a nenhuma disposição metódica. Depois de cada número, uma letra; em alguns casos, duas ou três.

— Os números não estão por ordem. E têm umas letras quaisquer.

— Esses são os números de registro de cada um na organização e a naturalidade. Por exemplo... — Pega novamente os papéis que Sarah tem na mão. — Vejamos este. Vem mesmo a calhar: o grão-mestre.

440ARZ Licio Gelli

— O número de registro dele é 440, e é de Arezzo. Compreende?

— Sim — responde Sarah, voltando os olhos rapidamente para o nome daquele que lhe diz mais respeito.

843PRT Raul Brandão Monteiro

— PRT. Portugal.

— A Sarah nem sequer era nascida quando isso aconteceu.

— Você também não.

Rafael sorri diante da observação.

Talvez tivesse uns cinco ou seis anos.

Continua a fitar os papéis com atenção, até deparar com outro nome conhecido, a boca aberta de espanto; nunca ninguém diga que já nada o surpreende. Ali está, nas mesmas letras da máquina de escrever, sem nenhum traço de caneta ou rabiscos informativos.

— Este MIL é de...?

— Milão. Mas não se iluda. Ele ainda não era político nesse tempo. E atualmente não é membro da P2.

— Sim, mas já foi. Até um primeiro-ministro italiano? A dimensão disso... quer dizer... nem sei o que pensar.

— Não pense.

— Cambada de filhos-da-puta — desabafa Sarah rapidamente, como se o palavrão tivesse saído contra a sua vontade. Fita-o envergonhada. — Desculpe.

— Xingue à vontade. A mim não me faz diferença, e estou certo de que a eles também não.

Sarah coloca de novo os olhos na lista. A grandeza horrenda daquilo que acabara de ouvir, provavelmente uma gota no mar de crimes, insídias, falsidades, maquinações, perpetrados por aqueles nomes e mais os que ali não estão gravados — onde se inclui o do pai, que, afinal, se tornou um completo desconhecido para ela. Como é possível, ao fim de todos esses anos, que alguém tão próximo, tão importante em sua vida — a ponto de ser um dos que lhe deram o ser, que acompanharam o seu crescimento, que lhe deram amor, carinho, afeição, valores que ela, ainda hoje, recorda e usa —, possa se tornar um canalha totalmente desprovido de princípios em poucos segundos? O próprio pai. Tenta imaginar seus limites; até onde seria ou será capaz de ir o capitão Raul Brandão Monteiro? Ele poderia ferir? Torturar? Matar?

— O que são esses rabiscos escritos à mão? — pergunta, desviando-se dos maus pensamentos.

— Uma das coisas que conferem valor incalculável a essa lista. Anotações de João Paulo I.

— Sério?

— Sério.

— E o que dizem?

— Deixe-me ver. — Pega os papéis da mão de Sarah. — É uma classificação. Sublinhou os nomes que conhecia e sua função. Por exemplo, este aqui, Jean-Marie Villot.

— Sim, mas não entendo italiano.

— Veja: *cardinal segretario di Stato*. É o cardeal secretário de Estado do Vaticano.

— Também era membro da P2?

— Claro.

— Então foi ele quem o matou.

— Essa é uma suposição jornalística. Tente não ceder a essas tentações.

— É uma suposição natural. Se ele pertencia à P2 e foi a P2 que matou o papa, logo...

— Ainda estamos no por quê, e não no quem.

Sarah lança um suspiro de frustração. Será que um dia tudo voltará ao normal em sua vida?

— O.k. E este papel, também são apontamentos do papa? E esta chave?

Sarah passa-lhe o papel com os rabiscos escritos às pressas. Rafael lê aquilo com muita atenção.

18, 15 — 34, H, 2, 23, V, 11
Dio bisogno e IO fare lo. Suo augurio Ÿ mio comando
GCT (15) — 9, 30 — 31, 15, 16, 2, 21, 6 — 14, 11, 16, 16, 2, 20

Examina a chave. Seu semblante altera-se a olhos vistos.

— O que isso quer dizer?

— Deus quer, e eu faço. Seu desejo é a minha ordem. Um italiano meio rude.

Alguns segundos depois, gira o carro cento e oitenta graus com grande estardalhaço, quase batendo num outro veículo, que buzina prontamente em protesto.

— O que aconteceu? — questiona Sarah.

— Vamos embora.

— Para onde?

— Encontrar alguém que saiba.

— Que saiba o quê?

Rafael manobra o automóvel a grande velocidade por uma rua estreita. Não parece estar empenhado em responder à pergunta.

— Que saiba o quê? Viu mais alguma coisa no papel? — pressiona ela.

O carro entra numa rua mais larga e vira para leste. Rafael acelera, sem se importar com as conseqüências da velocidade se avistado por forças policiais.

— Vi — diz por fim, sem acrescentar mais nada, como se aquele único vocábulo fosse explicação bastante. Em seguida, pega o celular.

— Viu o quê? — Sarah está claramente exasperada.

— Vi um código.

Capítulo 20

O Bentley se desloca a velocidade moderada no caminho de terra batida. Não é um caminho propenso a enlamear, nada disso; é cuidado, com arbustos tratados a flanqueá-lo e relva na parte central, onde as rodas não tocam. Uma passagem que liga alguma propriedade à estrada principal. É comum as moradias ficarem bem recolhidas no interior da mata. Assim também é mais fácil controlar a entrada de pessoas autorizadas ou estranhas, um curioso qualquer ou um ladrão; não que haja muitos por essas bandas.

O automóvel percorre os dois mil, novecentos e quarenta e três metros que separam a estrada municipal dos grandes portões de ferro automatizados. Abrem-se, cedendo passagem ao Bentley, o que demonstra ser alguém muito próximo do dono da casa, uma vez que o motorista não precisou parar o carro completamente nem tampouco fazer nenhuma apresentação do passageiro que ocupa o banco de trás.

Detém-se junto aos três degraus que dão acesso ao patamar da entrada. O passageiro não espera que o motorista lhe venha abrir a porta, como manda a etiqueta: faz uso da própria mão para acionar o puxador que a destranca e salta para fora do veículo, energicamente. Também não toca a campainha nem bate à porta: insere um código de seis dígitos no mostrador fixado na parede, findo o qual a porta recua alguns centímetros, aberta. Antes de entrar na moradia, sacode qualquer resquício de pó do terno Armani, ajeita a gola do casaco e, então, introduz-se no interior da *villa*.

É certo que o patrão ou Mestre — talvez esse último vocábulo seja o mais correto, dadas as circunstâncias da cumplicidade e dedicação — estará à sua espera na sala; não que seja hábito, mas as operações em vigor essa noite assim o exigem. Sem delongas, dirige-se à ampla divisão, onde o velho escuta algo ao telefone, com ar lívido.

Não é preciso muita experiência para perceber que as coisas não correm bem em terras de Sua Majestade. Se os elementos de que dispõe sobre a missão, facultados antes de sua viagem de regresso, estiverem atualizados, então Geoffrey Barnes falhou de alguma maneira.

"Não sei como esses americanos conseguem assar e cortar o peru no Dia de Ação de Graças. Devem precisar de manual de instruções", pensa o assistente, fazendo-se anunciar com um pigarro. O velho levanta os olhos e o cumprimenta com um aceno de cabeça. Aguça os ouvidos, ao mesmo tempo que prepara duas vodcas para tonificar os ânimos. Aprendeu com o amo que a pior decisão é a que se toma de cabeça quente; não há nada como uma bebida para refrescar a mente e preparar o espírito para duras batalhas. A mente é uma arma preciosa, que de nada serve quando está toldada pela ira e pela dúvida, os maiores inimigos do homem. Enchidos os copos de líquido alcoólico, pega-os, sorve imediatamente um pouco do que destina a si e aguarda a conclusão da conversa telefônica. A palavra que mais chama sua atenção é perturbadora.

Infiltrado? Isso é motivo suficiente para pôr um plano por terra. E explica a lividez do velho. Um agente duplo é sempre algo muito prejudicial, especialmente quando não é detectado a tempo.

Agora que ele já desligou o telefone, é hora de sentar e beber; depois, conversar, ponderar e decidir.

— Presumo que as coisas tomaram outro rumo desde nossa última conversa — afirma o assistente, entregando um dos copos ao velho e sentando-se no sofá. O velho senta-se também, a custo, e suspira. É muito raro vê-lo suspirar, embora nos últimos tempos ele fizesse isso mais constantemente. São nessas ocasiões que o assistente se dá conta de que há mais de quinze anos acompanha aquele homem de idade que tem sido como um pai para ele. E, durante esse tempo, tem assistido ao seu declínio, um ato espinhoso para quem o conheceu no pleno vigor físico e mental.

— Alteraram-se de maneira imponderável — disse, depois de tomar dois goles de vodca. — Daquelas ocorrências impossíveis de prever quando se elabora um plano.

— Ouvi-o falar num infiltrado — informa o assistente. Não há segredos entre os dois. — Geoffrey Barnes tem um traidor em suas fileiras?

O velho toma mais um gole, esvaziando o copo.

— Era preferível — ele balbucia.

— Era preferível? Como assim? — O olhar do assistente está repleto de avidez e insegurança. A resposta é óbvia.

— Aquilo que jamais deveria acontecer.

— Um infiltrado entre nós? — afirma, como se fizesse uma pergunta. — Nem consigo imaginar um cenário desses.

— Pois bem, pode começar.

— Mas onde? Aqui na Itália? Os novos membros?

— Não. A infiltração ocorreu na Guarda.

— Na Guarda?! Grande filho-da-puta! Faz idéia de quem seja?

O velho assentiu:

— Ele próprio se encarregou de se revelar.

— Quem é? — pergunta o assistente, irado. — Eu mesmo tratarei de eliminá-lo, após garantir que ele nunca esqueça por que o mandei para o inferno!

— O Jack — diz o homem, num tom frio.

— Jack? Qual Jack?

— Jack Payne — completa o velho, oferecendo alguns segundos para o assistente absorver a informação.

— E quem é ele na verdade?

— Já mandei averiguar. Mas não devem chegar a conclusão nenhuma. A verdadeira identidade dele deve estar muito bem camuflada.

— Já o teríamos descoberto se não estivesse.

O velho suspira novamente e diz:

— É uma situação imprevista, com a qual temos de lidar rápido.

O assistente levanta-se, refeito da alteração temperamental; agora, sim, podem tomar decisões de cabeça fria.

— Concordo. Contudo, penso que primeiro devemos nos concentrar na eliminação do alvo, como planejamos. Em que pé está isso?

— Você não compreendeu. A mulher está com ele. Apanhando um, apanhamos o outro — conclui o velhote, erguendo-se também.

— Acha que isso requer uma ida a Londres?

— Não me parece. Vamos nos manter fiéis ao plano, combinando esforços para acompanhar o fator surpresa, que é a entrada em cena de um infiltrado. A CIA vai acabar por encontrá-los.

— Mas podem demorar.

— De qualquer forma, nossa ida a Londres não vai adiantar nada. Servirá apenas para pressionar o Barnes.

— Que sugere, então?

— Mande preparar o jato para a viagem que temos escalada. Até lá, vamos deixar o Barnes fazer o trabalho dele. Ninguém pode viver sem se denunciar.

— Especialmente em Londres. Mas não se esqueça que ela está acompanhada de uma pessoa que sabe como enganar a vigilância.

— Sim, eu sei. Mas se conhece Jack tão bem quanto eu, apesar dessa novidade de se ter passado para o outro lado, você sabe que ele não é homem de fugir à luta. Nem deve estar interessado em se tornar um proscrito para o resto da vida.

— Talvez seja a melhor opção. Vou dar as ordens à tripulação.

Ao mesmo tempo que seu protegido sai da sala, o fax começa a funcionar. Ao fim de alguns segundos, engole uma folha branca, que sai com a impressão de letras e com uma fotografia. O velho pega o papel e contempla a fotografia de Jack Payne, o mesmo que se denominou Rafael perante Sarah Monteiro. Ao final da folha, uma frase em letras maiúsculas:

NO DATA AVAILABLE

Esmaga o papel no interior da mão fechada; contudo, a ira inicial já foi aplacada.

— Vou apanhar você, Jack. — Diz isso com certeza, enquanto a estocada firme da bengala no chão ajuda a perna lesionada a caminhar para fora da sala. Há outras coisas a tratar. Fita mais uma vez o papel amarfanhado e, antes de o atirar ao chão, murmura:

— Ela vai trazê-lo até mim.

Capítulo 21

Esse é o famoso Museu Britânico, albergue de grandes e importantes artefatos que compõem a história e a cultura humana. E não se fala de pouca coisa: são mais de sete milhões de peças que arrolam a passagem humana pela crosta terrestre, assim como por suas partes líquidas e geladas. Abriu ao público no longínquo ano de 1759 e, desde então, é visitado anualmente por milhões de pessoas, ansiosas por se deleitarem com as preciosidades que o mundo coleciona para nós, guardando-as no melhor estado possível, para que quando sejam encontradas possam ser admiradas em espaços como esse. As estrelas do Museu são, sem dúvida, as múmias reais, expostas na ala egípcia, em representação à arqueologia funerária desse povo, e a Pedra de Rosetta, presente desde 1802.

O Jaguar estaciona em frente ao enorme edifício, na Great Russell Street. Rafael e Sarah dirigem-se ao portão gradeado, cumeado por flechas douradas. Rafael aproxima-se de uma pequena porta, ao lado do grande portão, onde se ergue uma cabine com um segurança.

— *Good evening* — cumprimenta Rafael.

— Noite — saúda o outro em resposta, mascando chiclete. É um homem novo, vestido com a farda da empresa de segurança.

— Desejo falar com o doutor Joseph Margulies, por favor.

— Com o doutor Joseph Margulies? — A cara dele não se mostra nada amigável.

— Sim, ele está à nossa espera.

— Só um momento. — O homem entra na cabine para dar um telefonema de confirmação. Não tira os olhos de Sarah. Ambos aguardam.

Rafael ligara durante a viagem para o doutor e especificara-lhe a urgência de se encontrar com ele. O homem ainda se mostrou renitente, mas condescendeu, dizendo que ainda trabalhava numa exibição temporária no Museu Britânico e que viesse ter com ele ali.

Para Sarah, o silêncio dá lugar a pensamentos dolorosos. É um assunto difícil de abordar, mas inevitável.

— Onde... — "vamos, coragem agora!" — Onde meu pai entra nisso tudo? Qual é a posição dele na organização?

— Isso compete ao seu pai lhe dizer, não a mim.

— Droga! E onde o papa entra no meio disso tudo?

— Como catalisador.

— Catalisador? Como assim?

O segurança zeloso confirma o encontro e deixa-os passar para o interior do recinto que, na prática, ainda é exterior. São limites gradeados que dizem o que é dentro e o que é fora.

— O senhor doutor virá buscá-los em instantes.

— Muito obrigado.

— Não é a primeira vez que o senhor procura o doutor Margulies, não?

— Não. Mas nunca o fiz numa hora tão imprópria — conclui Rafael com um falso sorriso tímido.

— Se quiserem, podem ir para junto da porta.

Que simpatia de segurança. A cara carrancuda com que os recebeu fazia, porventura, parte do seu disfarce para afugentar intrusos. Todos temos de desempenhar personagens diferentes durante o desenrolar de cada dia. No trabalho uma, em casa outra, e outra ainda com os amigos. Não admira que, como resultado, existam tantas pessoas com distúrbios psicológicos.

Caminham em direção à entrada principal do museu, ao centro, com as partes laterais do edifício saindo para fora, concedendo à edificação uma forma em "u", feita de linhas retas. Quarenta e cinco colunas percorrem a fachada e as protuberâncias laterais, providenciando um ar imperial. Sustentando a arcada da entrada principal, com várias figuras em relevo no frontão triangular, mais colunas atrás e à frente, realçando o ponto primacial, concedendo a importância imponente das grandes entradas. Sarah tropeça nos degraus de acesso ao patamar.

— Se viéssemos em serviço secreto, seríamos apanhados — acusa Rafael em tom sério, embora com um toque de bom humor.

— Se viéssemos em serviço secreto, não nos teríamos apresentado ao segurança. Nem entraríamos pela porta da frente.

— Bem observado.

— Quer me dizer como o papa funcionou como catalisador?

— Essa lista que recebeu estava nas mãos dele na noite da sua morte. Fora-lhe enviada por um alto membro da P2 chamado Carmine Pecorelli, advogado e jornalista. Chefiava um semanário no qual divulgava todo o gênero de escândalos, o *L'Osservatore Politico*, que na verdade era um jornal financiado por um antigo primeiro-ministro.

— Quem?

— É melhor não saber.

— O que posso saber, afinal? — interrompe-o sarcasticamente.

— O que estou tentando contar.

Sarah suspira e senta-se no degrau mais alto, fatigada.

— Continue, então.

— Esse antigo primeiro-ministro era amigo íntimo de Licio Gelli...

— Espere um pouco. Quem é esse Licio Gelli?

— Licio Gelli era o grão-mestre da P2, como já lhe tinha dito. Um camaleão, um manipulador, às vezes de extrema-direita, outras de extrema-esquerda; passou por todos os quadrantes, conforme as conveniências. Para lhe dar um exemplo, a P2 combatia todas as ameaças de esquerda, contudo Gelli ajudou a fundar as Brigadas Vermelhas. Compreende de que tipo de pessoa falamos?

— O.k. Então, por que esse Pecorelli enviou a lista ao papa?

— Acredite ou não, porque queria ganhar dinheiro. A lista era uma forma de pressionar Gelli a pagar. No início, o *L'Osservatore Politico* servia os objetivos de Gelli. Mas depois Pecorelli achou que podia aumentar seu patrimônio, uma vez que lidavam com dinheiro roubado. E tinha muito por onde espremer Gelli, dado seu envolvimento num escândalo financeiro que desviou do estado italiano mais de dois bilhões de dólares em impostos petrolíferos. Tudo com a ajuda de altos membros da P2, é claro. Publicou alguns nomes no seu jornal, mas nunca foi tão longe como com a elaboração dessa lista, enviada dois anos antes a Paulo VI, mas que passou despercebida.

— E por que passou despercebida?

Agora é a vez de Rafael balançar os ombros, inquieto.

— É melhor não irmos por aí.

— Podemos ir por onde, então? Por que com João Paulo I a lista não passou despercebida?

— Porque ele não fez segredo dela e até mesmo contatou pessoas para saber de sua autenticidade. E o Vaticano não é o local mais indicado para a indiscrição. Há sempre ouvidos à escuta e olhos à espreita em cada parede. E, antes de as coisas chegarem ao papa, já passaram por mil mãos.

Sarah levanta-se e começa a andar de um lado para o outro, cismada.

— Se quando o papa morreu tinha a lista na mão, como o tal Firenzi conseguiu chegar a ela e por que a enviou a mim?

— Firenzi?

— Sim. Valdemar Firenzi. O nome não me é estranho, mas não consigo situá-lo. Sabe quem é?

— Não sei.

— Como não?

— Sarah, como e por que os papéis chegaram a você, não posso explicar, pela simples razão de não saber. A única coisa que sei de Firenzi é que trabalha no Vaticano. Mais perguntas, terá de fazê-las ao seu pai.

— Ao meu pai? Mas qual é o papel dele no meio disso tudo?

— Já respondi a essa pergunta.

Ouvem barulho de passos perto dali, e a conversa termina.

Sarah olha Rafael reprovadoramente:

— O que viemos fazer aqui? — pergunta em voz baixa.

— Decifrar o código.

Um homem gordo e de bata, na casa dos sessenta anos, aproxima-se deles, vindo do interior. Rafael reconhece o amigo Margulies.

— Doutor Margulies.

— Olá, rapaz. Isso é hora de incomodar um homem de Cristo?

— Todas as horas são horas de Cristo.

— Quem é essa?

Se há coisa que o doutor Joseph Margulies não tem são papas na língua, ainda que a expressão possa ferir Sua Santidade, tanto a que está em exercício quanto as anteriores... Esclareça-se que as papas são, nesse caso, femininas e não masculinas: papas de comer, que significam que o dito padre não se faz de rogado e diz o que bem entende, e não que tem algum candidato de Deus preso na goela. O que, aliás, não é possível; no entanto, explicar não ofende, e tudo fica em pratos limpos.

— Esta é uma amiga. Sharon... hã... — A difícil arte de inventar nomes não é o forte de Rafael. — Stone. Sharon Stone.

— Sharon Stone? — diz Sarah, decepcionada.

— Muito prazer, menina Sharon. — Olha para ela com ar calculado. — Eu a cumprimentaria, mas infelizmente não lavei as mãos.

— Não há problema. — "Que ridículo!", pensa.

— Ah, suponho que, para vir me incomodar quase às duas da manhã, deve ter engravidado aqui a sua amiga...

— O quê? — dispara ela num guincho.

— Não, Joseph. Estamos metidos em assuntos secretos, de interesse nacional. Não podemos lhe dizer o que é, senão teríamos de matá-lo. Mas tenho aqui uma espécie de enigma e gostaria de saber se pode me ajudar.

Rafael tira o papel do bolso e o entrega a Margulies.

— Hummm — foi a única coisa que disse durante os minutos em que ficou olhando para o papel. A partir dessa interjeição, ficou mudo e parado, como em contemplação mental de algum código alfanumérico existente em sua cabeça. Um, dois, três, quatro minutos... e acorda do transe. — Bem, seria bem mais fácil se a tivesse engravidado, sabe? Mas vou ver o que posso fazer. Sigam-me.

"Este homem não existe!" Sarah sorriu, meio sem jeito.

Entraram no interior do museu propriamente dito, e, após subir uma grande escadaria e virar à direita e à esquerda em vários pontos, seguiram por um corredor largo e escuro, muito comprido.

— Não façam barulho para não acordarem as múmias — recomenda Margulies em voz alta, sem cuidado nenhum.

Apesar de todas as interrogações remanescentes em sua mente, Sarah sente-se nesse momento uma alta conspiradora da corte em busca do resgate da soberania mundial, possuidora de um segredo que pode abalar os alicerces da Igreja e de alguns governos, embora nem ela o conheça na totalidade.

— Ninguém mais soube de você! Por onde tem andado? — questiona Margulies, dando um tapinha amigável no ombro de Rafael.

— Ah... andei em missão no exterior, como lhe disse.

— Oh, sim... Essa conversa da soberania nacional. Acha que caio nessa? Que se me contar terá de me matar?

— É a verdade, Joseph.

— Onde fisgou esta belezoca?

— Ele não me... — tenta aclarar Sarah.

— Bem... no Rio de Janeiro... num convento — responde Rafael, interrompendo o ímpeto de indignação de Sarah.

— Uma freira, hein? — O curador fita-o com veneração. — Samba no pé... Já vi tudo.

— Não foi nada disso... — começa Sarah, mas Rafael aperta-lhe o braço.

— Chegamos — anuncia Margulies, abrindo uma porta de duas folhas que dá para uma grande sala cheia de estantes com livros e várias mesas enfileiradas. Claro que tudo isso só se torna visível quando Margulies acende a luz; não todas, apenas dois abajures que conferem um tom soturno ao local. Sarah sente-se cada vez mais transportada para outro tempo, mais antigo, tempo de reis e rainhas, em que esses reinavam efetivamente, e não serviam apenas como objeto emblemático. Margulies pousa o papel numa mesa e se arrasta para uma estante específica. — Deixe-me ver... Criptografia.

— Precisa de ajuda? — prontifica-se Rafael.

— Não. Pode ficar sentado com a sua namorada.

Rafael olha para Sarah, e os dois miram-se momentaneamente. Os olhos penetrantes dela dilaceram os de falcão dele; a presa é uma ave de rapina. Surpresas compreensíveis.

— Que diabos foi aquilo? — pergunta-lhe ela, falando baixo.

— A curiosidade matou o gato. Dei-lhe só o que ele queria ouvir.

— Ah, e era isso que ele queria ouvir? Que fisgou uma freira brasileira chamada Sharon Stone?

— Não ligue. Os fins justificam os meios. Acha que ele ia gostar de saber a verdade?

— Não sei. Mas a verdade é a verdade. Não há por que ter vergonha dela.

Rafael agarra os braços de Sarah, junto aos ombros, e pressiona-os com alguma força para captar a atenção dela. Efeito alcançado.

— A verdade pode nos matar, Sharon. Você é a prova, ainda viva, disso. Não se esqueça.

Efeito duplamente alcançado. A verdade pode nos matar... Sábias palavras as dele; é aterrador pensar dessa forma, encarar o mundo dessa maneira, mas para o momento não pode ser outra a reação. Rafael larga-a e observa Margulies, que está sentado com três livros já abertos e o bendito ou maldito papel nas mãos.

— Onde o conheceu? — quer saber Sarah.

— O doutor Margulies? Foi meu professor há muitos anos e, embora possa não parecer, é muito sério. Estudou no Vaticano e tem conhecimentos profundos sobre criptografia. Se aquilo é algum código, ele vai decifrá-lo.

— Professor de quê?

— Isso é algum interrogatório?

— Não. Estou apenas querendo conversar.

— Foi professor de teologia.

— Teologia? É formado em teologia?

— Entre outras coisas.

— Então, o que acha do ponto a que a religião chegou, em que cardeais do mais alto nível podem ter aberto a porta para a morte de um papa, ou mesmo apertado o gatilho, ou colocado o pozinho no copo?

— Religião? Quem falou em religião? Deus não tem nada a ver com isso.

E, com essa, Rafael dirige-se para junto de Joseph Margulies, que continua imerso nas ciências da criptografia, deixando Sarah mergulhada em suas últimas palavras. De fato, a religião nada tem que ver com a situação. Nem Deus Pai Todo-poderoso, nem Jesus Cristo, filho de Deus Pai, nem santos, beatos, Pais-nossos e Ave-marias e Salve-rainhas, e por aí afora. Nada disso se enquadra no que tem ouvido ao longo da noite. Tudo tem que ver com poder, dinheiro, corrupção, política. Nada mais.

— Meu rapaz, isso vai levar algumas horas. Tenho de ir por tentativas para descobrir que tipo de padrão foi usado. Se é um código ou uma cifra. Não tem o que fazer?

Rafael pensa durante um instante.

— Tenho. Posso só passar o enigma para um papel?

— Vá em frente.

Sarah acerca-se de Rafael, intrigada.

— Aonde vamos agora?

— Sabe sair daqui? — pergunta o doutor Margulies.

— Sei, não se preocupe. Assim que souber de alguma coisa, ligue para este número. — Quando termina de passar a cifra ou o código (o tempo o dirá), entrega um papel com o seu número a Margulies e encaminha-se para a saída, seguido por Sarah.

— Aonde vamos?

— Cortar o cabelo.

— Como? A essa hora?

Percorrem o longo corredor e refazem o caminho que dá para a porta, que, por sua vez, leva ao recinto frontal ao edifício. Cinqüenta metros até os portões e à cabine onde o segurança se entretém com uma televisão em preto-e-branco. E, a seguir, Great Russell Street.

— Nós nos encontramos com o diretor do Museu Britânico às duas e meia da manhã; então, podemos muito bem acordar um cabeleireiro às três e tanto.

— Mas é mesmo necessário? Sua vaidade não pode esperar para quando tudo estiver bem?

— Não se trata do meu cabelo, minha querida. O seu é que está muito comprido.

Capítulo 22

Certos encontros estão destinados a acontecer mais cedo ou mais tarde. Seja com o bem, com o mal, a saúde, a enfermidade, um furo num pneu... O taxista que não conhece os limites de velocidade e nos cola ao banco de trás, e então rezamos para que não seja a última viagem da nossa vida... A mulher dos nossos sonhos, e dos sonhos dos outros, a nossa mulher, o nosso homem, ainda que o pronome possessivo nunca fique bem quando classifica como posse algo que não nos pertence na realidade. A pura ilusão de ser dono de um ser humano, se nem de nós próprios o somos. E, para quem pense o contrário, uma lembrança: nosso corpo desliga no dia que bem entende, e não há nada que possamos fazer para evitar isso.

Toda essa introdução para apresentar este homem de idade avançada que está à nossa frente. Caminha lucidamente, sem ziguezagues desequilibrados, no meio da horda de desconhecidos que, seguindo a teoria dos seis graus de separação, podem porventura conhecer alguém que o conhece. Talvez até seja essa a fórmula usada pelos serviços de inteligência e por organizações afins; entendam-se as segundas como os serviços secretos estatais, mas que, por norma, estão do lado do mal, dependendo do ponto de vista do objetivo traçado pelos estados. Para que melhor se compreenda, Hitler foi responsável pela exterminação de milhões, algo perfeitamente abominável aos olhos dos Aliados e da maior parte dos países do mundo; contudo, de acordo com o seu ponto de vista ele agia corretamente, pois ninguém considera os próprios atos hediondos. Se a isso adicionarmos que Hitler era o chefe maior de um Estado importante, então também se pode concluir que nem sempre os países têm razão e estão do lado do bem. Tudo isso parte sempre da linha muito tênue que separa os diferentes e confusos pontos de vista, os do bem e os do mal.

Seja como for, a teoria dos seis graus de separação pode muito bem explicar a razão por que esse homem esteja sendo seguido há várias horas. Ainda não se deu conta disso — é difícil no meio de tanta gente —, o que também conta pontos a favor da competência da pessoa que vai ao seu encalço. Ainda há pouco saíram do Hilton Theatre, onde viram o excelente *Chitty Chitty, Bang Bang,* e agora descem a avenida das Américas ou a Sexta Avenida, tanto faz, para sul. Alguns metros depois, após o cruzamento com a rua 38, o velho entra num edifício residencial. Um porteiro uniformizado cumprimenta-o com reverência.

O perseguidor passa a observar a uma distância segura. Olha para o número da porta e compara com as informações de que dispõe. Confere: é a residência do velho.

Mal este sai da vista, tira o celular do bolso e faz uma ligação. Momentos depois, uma picape negra pára ao seu lado. Ele entra no veículo, que permanece estacionado. É hora de ser paciente.

— Ele mora aqui? — pergunta o motorista, o outro ocupante do carro, numa língua qualquer do leste, holandês talvez.

O homem do sobretudo negro limita-se a acenar afirmativamente, sem tirar os olhos da portaria do luxuoso edifício.

Nova York é, de fato, um lugar glamouroso, chique, cheio de luxos para oferecer. Falamos de Manhattan, é claro, pois, como todas as cidades civilizadas, também tem seus podres, os pontos negros mal-afamados, que não interessam nesse caso, porque ficam fora de Manhattan e longe desta Sexta Avenida, onde os dois homens montaram guarda.

— As coisas correram mal em Londres? — nova pergunta do motorista.

— Sim.

— Diga-me uma coisa: por que não podemos entrar ali e dar um jeito no velho?

O homem leva tempo para responder, como a pesar vários elementos ao mesmo tempo.

— Porque ele é a chave.

A vigilância atenta prossegue durante mais algum tempo. Por fim, pede ao motorista que fique de olho na portaria enquanto tira um retrato de dentro do bolso. Um retrato já visto, o de Bento XVI, papa em exercício. Em seguida, mune-se de um isqueiro e começa a aquecer a parte de trás com cuidado. Aos poucos o retrato de Bento XVI se desvanece, dando lugar a outro, o do velho vigiado. Assim que apaga a fonte de calor, o retrato recupera as propriedades originais, mostrando o mesmo papa com seu sorriso amarelo e um braço a acenar aos fiéis.

— Ele é a chave.

Capítulo 23

MORO

9 de maio de 1978

Este homem que vemos aqui sentado, escrevendo, chama-se Aldo Moro. Ele redige uma missiva para a família, mais uma das muitas que tem escrito, também ao papa Paulo VI e aos principais dirigentes do seu partido, desde que se encontra cativo das Brigadas Vermelhas, nas mãos de Mario, já faz cinqüenta e cinco dias.

Ainda que possa não parecer, esse homem de aspecto tranqüilo e sereno já foi primeiro-ministro da Itália por cinco vezes. O novo governo, chefiado por Giulio Andreotti, não aceita negociar com organizações terroristas, como a das Brigadas Vermelhas, que exigem a libertação de vários presos políticos. Uma vez que isso está fora de questão, e o primeiro-ministro argumenta que o próprio cativo é contra qualquer negociação com esse tipo de gente, é difícil prever o que pode acontecer com Aldo Moro, líder do partido da Democrazia Cristiana na ocasião do rapto, em 16 de março desse ano de 1978.

Desde esse dia, Moro vê e fala exclusivamente com Mario. No início eram interrogatórios, tentativas de angariar informação, mas cedo passaram a longas conversas entre os dois homens. Moro revelou-se um homem admirável aos olhos de Mario e mereceu seu respeito e estima.

A posição do governo e dos militantes do seu próprio partido decepcionou Moro profundamente. Nenhum levantou um dedo para ajudá-lo, apesar de ele ter explicado, nas cartas que enviou, que o governo deve colocar em primeiro lugar a vida das pessoas. A maior parte dos membros da Democrazia Cristiana, assim como do governo, incluindo o próprio primeiro-ministro, acreditava que Moro fora coagido a escrever aquelas cartas que não refletiam sua opinião sobre o assunto. Nada mais incorreto.

Pode ser que Mario desista de suas pretensões e se dê por vencido. Ou talvez dê um sinal de força e mate Moro como forma de intimidação, assegurando o sucesso de futuros raptos. Ou talvez Mario não passe de um mero peão num tabuleiro de xadrez e não mande nada, apenas execute. Seja como for, Moro está convencido de que não sairá dali com vida.

Deixemos Aldo Moro redigir sua carta neste quarto da Via Gradoli e sigamos para outra divisão do mesmo apartamento, a sala onde Mario atende ao telefone. Estão mais três homens com ele. Dois vêem televisão e outro lê o jornal.

— Sim?

— É hoje — diz uma voz masculina do outro lado da linha. — Prossigam com o planejado.

— Será feito — assente Mario.

— Volto a ligar daqui a uma hora. O americano quer isso resolvido o quanto antes.

— Será feito — repete Mario, desligando o telefone. — Vamos acabar com isso — diz para os outros.

— Acha que é o melhor a fazer? — indaga o que lê o jornal, hesitante.

— Não está em nossas mãos. Não podemos retroceder.

— Ainda acho que o melhor é libertá-lo. Já fomos mais longe do que jamais pensamos. Nossa mensagem foi compreendida. Eles sabem que não estão seguros — declara o mesmo homem.

— Essa não é a nossa luta, Mario — diz um dos homens que estavam vendo televisão.

— Quando começamos isso, sabíamos aonde ia parar. Aceitamos fazê-lo — alega Mario.

— Não conte comigo para apertar o gatilho — anuncia o mesmo homem.

— Nem comigo — adverte o homem que partilha o sofá e que não tinha dito nada até o momento.

— Devíamos libertá-lo. Não somos capachos de ninguém.

— Nem pensar. Isso acaba hoje. Não vamos recuar — assevera Mario, tentando convencer-se de que se trata de uma decisão política, e não dele. O destino de Moro já estava traçado no dia 16 de março, era uma questão de tempo. Agora é hora de cumprir.

Dirige-se ao quarto e gira a chave da porta. Aldo Moro ainda está sentado, escrevendo a carta aos entes queridos.

— Levante-se. Vamos embora — ordena Mario, disfarçando alguma agitação.

— Para onde vamos? — pergunta Moro, terminando de escrever a missiva.

— Será transferido para outro local — responde Mario, pegando um cobertor e dobrando-o, sem nunca fitar os olhos do prisioneiro.

— Importa-se de mandar entregar isto? — Moro tem a carta nas mãos.

— Será entregue. — Mario pega a carta e coloca o cobertor debaixo do braço.

Os dois homens olham-se durante alguns instantes. Mario não suporta os olhos cristalinos e francos de Moro, e é o primeiro a desviar o olhar. Não é necessário dizer mais nada. Moro percebeu.

Descem até o carro estacionado na garagem. Moro com os olhos vendados, à frente, seguro por Mario, e os outros três atrás. Assim que chegam à garagem, mandam-no entrar no porta-malas de uma Renault 4 vermelha.

— Cubra-se com este cobertor — ordena Mario.

Assim que Moro se cobre, Mario, e só Mario, de olhos fechados, tentando convencer a consciência de que aquilo é inevitável, que não há outro caminho, descarrega onze balas em cima dele. Nenhum dos outros disparou sua arma. O plano foi cumprido.

— Cumprimentos dos senhores Kissinger e Andreotti.

Capítulo 24

Foi o próprio Rafael quem cortou o excesso de cabelo de Sarah, transformando-a quase numa outra mulher. Tudo isso no quarto de hotel onde os encontramos. Foi uma experiência tremenda, nunca imaginada por ela. Perder o cabelo daquela maneira? Não é justo. Toda a dedicação e empenho com que o tratava havia tantos anos — lavar, amaciar, limpar, secar; os produtos hidratantes, reconfortantes, os anos de penteado, alisamento —, tudo terminado por uma tesoura ávida por cabelo que, sem nenhum respeito nem temor, o cortou implacavelmente sob as mãos dele.

— Eu o odeio — desabafa Sarah assim que volta ao quarto, no final do banho, envolta numa toalha.

— Pense positivo. Dê-lhe tempo e ele voltará a ficar como estava — consola Rafael, deitado na cama.

— Você feriu meus sentimentos como nenhum homem fez.

— Dito dessa maneira, sinto-me enaltecido.

Sarah senta-se na beira da cama e suspira. Um suspiro sôfrego, de fadiga, desalento, frustração. Tudo isso por causa de uma organização que lhe arrancou toda a vida normal, até as pontas dos cabelos.

— Penso que estou mais confusa do que quando não sabia nada.

Rafael esboça um sorriso.

— É natural.

A poeira assenta durante alguns momentos. Rafael e Sarah respeitam o silêncio de cada um. Muitos fatores a ponderar, especialmente da parte de Sarah Monteiro; nomes novos, nomes antigos conhecidos, personalidades políticas, religiosas e de outros tipos, parentes que, bem-vistas as coisas, podem entrar no rol de nomes antigos conhecidos; histórias mal contadas, revelações medonhas, lojas maçônicas, grão-mestres, assassinatos. Que porcaria de mundo é esse em que estamos metidos, se até os homens que guardam a nossa fé não inspiram confiança, são mesquinhos, mentirosos e se matam uns aos outros? E o mesmo se pode aplicar aos políticos. E a toda a lista de supostos homens de bem que enchem a primeira folha em duas colunas e preenchem metade da segunda.

— O.k. O tal Pecorelli enviou uma lista ao papa. E por causa dela foi morto.

— Não deixe o espírito jornalístico tomar conta de você. Isso estraga tudo. Nunca disse que ele morreu por causa da lista.

— Não?

— Não. O que eu disse foi que Sua Santidade tinha essa lista nas mãos quando morreu. — Deixa que as palavras corretas façam sentido na consciência de Sarah. — Nunca disse que morreu por causa disso. As más matérias nascem das más suposições.

— Tudo bem. Chega. Já vi que adora jornalistas. — Retoma o fio da meada. — Ele mandou para o papa os papéis onde denunciava a P2. E depois? O que aconteceu a Pecorelli?

— Morreu em março de 1979, com dois tiros na boca.

— Que horror! Posso supor que esse tal Gelli o matou?

— Pode, mas nem sempre o óbvio é o correto. Quem o mandou matar foi o antigo primeiro-ministro que mencionei.

— O primeiro-ministro? Que porcaria de país é esse?

— É um país como todos os outros. Se soubesse metade do que se passa no seu, ou mesmo aqui, ou noutro lugar qualquer do globo, ficaria estarrecida.

— Humm. A civilização é uma miragem.

— Concordo.

— E por que esse antigo primeiro-ministro o mandou matar?

— Porque Pecorelli sabia demais sobre o envolvimento dele na Operação Gládio. Não sei se já ouviu falar.

— Tenho uma vaga idéia. Uma espécie de serviço secreto com um exército pronto para defender a democracia das forças comunistas em quase toda a Europa, uma *stay-behind operation*, manobrada pela CIA, pelo MI6 e pela Nato...

— E pela P2 também. Mas não precisa saber mais sobre isso. A Gládio é um caso arrumado e julgado nos tribunais. Esse governante há muito admitiu sua existência. Mas Pecorelli sabia mais alguma coisa. Nomeadamente, o envolvimento dele no rapto e assassinato de Aldo Moro, também em 1978.

Os olhos de Sarah abrem-se, exibindo grande confusão diante de tais revelações. Levanta-se e anda de um lado para o outro. Então diz:

— Meu Deus. Mas não foram as Brigadas Vermelhas?

— Fundadas por quem?

Dois segundos para pensar.

— Minha Nossa Senhora!

— Pois é, Sarah.

Sarah volta a sentar-se na beira da cama, sem nunca parar de fazer gestos com as mãos, não arranjando posição fixa para elas, e batendo numa cadência rápida com um pé no chão. Olha fixamente para Rafael.

— Temos algo para beber?

— Claro.

Ele se levanta e dirige-se ao frigobar, situado próximo à porta do quarto. Regressa com uma garrafa de água e uma lata de refrigerante.

— Água ou Fanta?

— Água. — Agradece, sorvendo quase de uma vez só o líquido refrescante que, apesar de suas qualidades, não consegue acabar com a secura dos lábios e da boca de Sarah, que mantiveram a aridez própria do frenesi de acontecimentos e confidências demasiado rápidos para um entendimento de velocidade normal. — Disse que a Gládio também era operada pela P2, além da CIA e dos outros. Isso quer dizer que os serviços de inteligência mundiais não só tinham conhecimento da existência da P2 como se davam com seus membros?

— Exatamente. Mas o tempo verbal é *têm*, e não *tinham*. Para que tenha uma idéia, a CIA financia mensalmente a P2 com onze milhões de dólares. E estão gastando muito dinheiro com você.

— Ainda lhes dão suporte hoje?

— Ainda hoje. Conseqüência do final da Segunda Guerra Mundial. O fim de Hitler, em vez de trazer a paz, trouxe a desconfiança entre os países, a disputa de interesses, o início da Guerra Fria, que foi prejudicial a todos. Os Aliados e os alemães alimentavam cada vez mais espiões, e os serviços secretos foram parte crucial para o desfecho da guerra. Cada um se defende como pode, e os serviços secretos tornaram-se primordiais para os estados, especialmente os mais fortes. Juntemos a isso o tráfico de influências, que é a arma das democracias modernas. O primeiro mundo é o local onde impera o dinheiro, e não o bom senso.

— Lojas maçônicas, políticos, militares, serviços secretos... Quem manda em nós, afinal?

— Teoricamente somos cidadãos livres.

— Sim, mas quem nos governa? Trata-se de algo orientado por organizações secretas que manipulam os governos em quem votamos?

— Essa é uma boa tese.

— É uma pergunta.

— Uma pergunta e uma resposta.

— Isso é medonho.

— Então não pense nisso.

— Diz isso como se fosse fácil.

— E é — declara Rafael. — Procure ocupar sua mente com outras coisas menos hediondas.

Sarah pousa a garrafa que ainda segurava nas mãos e as esfrega impacientemente. Tudo aquilo é demais para ela. Tudo aquilo é demais para qualquer mortal comum. Que teia de mentiras. O domínio à custa do sangue dos opositores.

"Censuram Hitler, mas no fundo não são melhores do que ele", pensa. Tudo vale para ter acesso fácil ao poder decisório, ao dinheiro e a todas as benesses que isso acarreta, como a supressão dos inimigos, dos que se pensa que são inimigos e dos que se intui que virão a ser inimigos. Depois colocam a culpa em pessoas como Sarah Monteiro, que tão tranqüila estava na propriedade dos pais em Beja. E quando chega é acusada de ter matado várias pessoas, nenhuma delas perto da propriedade, tampouco em Portugal. Seu medo é de que as coisas fiquem para sempre mal explicadas e que nunca ninguém apanhe o culpado, como no assassinato de JFK, de Aldo Moro, do papa João Paulo I ou do primeiro-ministro Sá Carneiro, afastados precocemente dos seus destinos por homens que desempenham o papel de Deus na Terra.

— Isso é medonho — repete. — O que faremos agora?

— Vamos nos encontrar com o seu pai.

— Onde? Ele está aqui em Londres?

— Como quer que eu saiba? Você é a filha.

— Já nem sei se sou filha do meu pai ou não. Não sei nada de nada. Está tudo muito turvo na minha cabeça.

— Sarah, compreendo-a perfeitamente. E deixe-me dizer-lhe que tem se portado de maneira exemplar, apesar das circunstâncias. Mas penso que seu pai é parte integrante de tudo isso, e deve ser nosso próximo destino.

— E pensa que eles não estão vigiando as fronteiras lá e aqui?

— Sei que sim. Mas já estou tratando disso.

Rafael levanta-se e tira um celular do bolso do casaco. Digita um número e aguarda. Assim que atendem, fala num alemão fluente. — *Hallo. Ich benötige einige Pässe.* — Olá, preciso de alguns passaportes. — *Ich bin dort in funf Minuten.* — Estarei aí em cinco minutos.

Capítulo 25

— Para quem ligou? — pergunta Sarah, novamente instalada no Jaguar, agora no banco de passageiro da frente.

— Para um alemão que lhe fará um passaporte.

— Só para mim?

— Só. Eu tenho vários.

— Ele é de confiança?

— Não.

— Como assim?

— Não quer dizer não.

— Vamos nos meter na toca do lobo?

— Esses falsificadores só funcionam com dinheiro. É o que movimenta esse negócio. O que significa que, se alguém lhe perguntar se fez um passaporte para nós, ele não vai negar.

— Mas... — pressiona Sarah.

— Mas só depois de lhe pagarem. Se pensa que ele irá correndo avisar alguém que estamos a caminho, pode ficar sossegada.

— Estou muito mais sossegada — ironiza, frustrada.

— Ótimo.

A viagem leva pouco tempo, nem cinco minutos, estacionamento incluído, à porta de um *pub* movimentado e barulhento. Ao lado, uma porta entreaberta, pela qual entraram sem tocá-la. Sobem as escadas até o terceiro andar, sem se importar com um casal de adolescentes que quase se devoram nos degraus. Pelo menos Rafael não se importa; já Sarah não consegue evitar um olhar de reprovação. Mas é certo que para os dois jovens foi como se ninguém tivesse passado, e continuam absortos em sua paixão, efeito do álcool sobre o discernimento lógico, afetando o comportamento, libertando o animal instintivo interior e, por vezes, trazendo conseqüências a médio prazo — digamos... nove meses.

— Viu aquilo? — pergunta Sarah, indignada.

— Sim, é um ato natural.

— Um ato natural nas escadas de um prédio?

— Quando a necessidade aperta...

— Que horror!

— Não me diga que não o faz?

— Não nas escadas de um prédio!

— Não ligue, amanhã eles já nem se lembrarão.

— Mas consegue imaginar as possíveis conseqüências disso? Ela pode engravidar, por Deus!

— Não me parece que esteja ali obrigada.

Chegam ao destino, e Rafael toca a campainha.

— Sarah, não se chateie com isso. Sério. Todos temos nossos carmas e não há como fugir deles.

— Que seja...

A porta se abre de supetão, fazendo com que Sarah solte um grito.

— E aí, cara, como está? — cumprimenta o alemão efusivamente.

— Tudo bem. E você?

— Sempre na boa. Entrem. Ei, tá acompanhado... legal...

— É, sabe como é... — diz Rafael, piscando para o alemão e entrando.

Hans é um jovem com pouco mais de vinte anos. Suas falsificações, além de rápidas, são limpas e não provocam suspeita em nenhum serviço de fronteira, pelo menos que se saiba. Nesse ramo, não se querem falsificações famosas; a idéia é que passem despercebidas.

— Bem, chefe, então me diga de que precisa, né?

— Preciso de um passaporte para a minha amiga. E para já, sacou? — Rafael entra na onda do alemão, ou assim quer que o germânico pense.

— Para ela. E pra já! Ah, saquei a sua... Você é o cara... — O jovem pega uma máquina fotográfica e agarra o braço de Sarah. — Encoste-se aí nessa parede.

Uma parede própria para fotografias de documentos pessoais, com algumas nuvens sobre o azul simbolizando a atmosfera neutra que esse gênero de retrato requer.

— Não ria.

— O quê?

— Não ria. Os passaportes têm de ter retratos com a pessoa mostrando uma expressão neutra. E você é a pessoa, né, maninha?

— O.k. — "Já vi que não bate bem."

Sarah simula a exigida expressão neutra, nem riso nem choro, enquanto Rafael observa uma parede cheia de fotografias.

— Quem é essa gente toda?

— Ah, isso? Toda a galera que já apareceu por aqui.

— Tem uma carteira de clientes extensa.

— Não posso me queixar... — Liga a máquina fotográfica a um computador e inicia o trabalho propriamente dito. — Você tem preferência pelo nome? País?

Sarah fica encabulada. Não havia pensado nisso.

— Ah...

— Sharon Stone — interrompe Rafael.

— Cara, eu curto esse nome! Até acho que conheço alguém chamado assim.

"Que *freak*", pensa Sarah.

— Quanto ao país, qualquer um da zona Schengen.

— O.k., *man*. Tem cinco mil?

— Alguma vez já vacilei com você, cara?

Sarah aproveita para se juntar a Rafael.

— De onde conhece essa figura? — pergunta em voz baixa.

— Não conheço. Conheço alguém que o conhece.

— Parece que ele o conhece há anos!

— Eu sei. Não é fantástico?

Hans dedica-se à falsificação, digitando informações no computador e trabalhando sobre a fotografia que acaba de passar para a máquina. Pouco depois, levanta-se e abre a porta de um armário. Pensa alguns segundos enquanto pega vários passaportes virgens de diferentes nacionalidades.

O verdadeiro mestre do disfarce transfronteiriço.

— Vai andar só pela Europa, amigão? — questiona o alemão.

— Boa pergunta. Pode ser que tenhamos de ir para as Américas — responde Rafael, pensativo.

Sarah fita-o intrigada:

— Américas?

— Certo, chefe. Então vou tirar um francês e outro americano. O francês pode ser usado na Europa, e o outro, nos Estados Unidos, beleza?

— Perfeito.

Sarah observa intrigada enquanto Hans tira do armário dois passaportes virgens, não preenchidos, um com selo norte-americano e o outro francês.

— Esses passaportes são verdadeiros?

— Por que acha que passam sempre sem serem detectados? — dispara Hans, como se a pergunta tivesse sido realmente estúpida.

— Isso é praticamente como ir à Embaixada, só que aqui você tem a oportunidade de escolher um país e inventar um nome — explica Rafael. — E é mais caro.

— Qualidade, irmão. A qualidade se paga — defende-se Hans.

O celular de Rafael toca.

— Sim?... Tudo corre bem... Não há problema... Onde?... Só temos mais uma parada a fazer e seguiremos para aí.

— Quem era? — interroga Sarah prontamente, antes mesmo de Rafael guardar o celular.

— O que a leva a pensar que tenho de lhe dar satisfações?

— Cara, você é o meu herói — interrompe Hans, maravilhado com a resposta de Rafael. Aproveita para colocar os dois passaportes numa impressora especial. Assim que o pousa numa espécie de digitalizador, fecha a tampa hermeticamente. — Certo, gente. Dez segundos e estará pronto.

Capítulo 26

Geoffrey Barnes continua agarrado ao telefone. Agora fala em inglês, e a voz dominante deixa entrever que não está falando com um superior. E, se isso não for prova suficiente, basta reparar no telefone que tem em mãos: não é o vermelho, o do presidente dos Estados Unidos, nem o segundo, com o qual atendeu o italiano; logo, exceções à parte, só pode ser aquele com o qual ordena, controla e supervisiona as operações na área. Vinte e sete anos de serviço e uma folha impecável propiciam certos confortos. O de poder, quase sempre, almoçar e jantar bem é o principal, já que Geoffrey Barnes é bom de garfo, ainda que sua primeira paixão seja o trabalho. Sem dúvida outro dos grandes confortos da posição é o fato de não ter de "pôr a mão na massa" e poder mexer as peças ao seu bel-prazer, sob o efeito do ar-condicionado, como se participasse de um jogo de xadrez, o que não é má comparação.

O objeto da ligação é o chefe de operações, conhecido como Charlie — codinome, evidentemente —, para falar dos progressos, ou dos recuos, da operação Último Papa.

— Desapareceu? — Barnes não quer ou não pode transmitir uma sensação de descontrole perante seus agentes, mas a verdade é que, interiormente, ganha cada vez mais terreno o desconforto em que essa missão se tornou, uma verdadeira pedra no sapato. Agora chega-lhe aos ouvidos, literalmente, que a mulher desapareceu quando a Guarda estava ao seu encalço, algo completamente surpreendente. Foi-lhe ordenado pelo italiano, se bem lembramos, que mantivesse seus homens na retaguarda enquanto a Guarda trataria de neutralizar o alvo. Com certeza o insucesso deles terá repercussões, mas, acima de tudo, atenta gravemente contra a infalibilidade da Guarda.

— Um infiltrado? Agente duplo? — "Meu Deus!", pensa, pois fica mal dizer em voz alta. — O.k., Charlie. Continuem trabalhando. Eles não podem se tornar invisíveis. — Desliga o fone e reclina-se na cadeira com as mãos atrás da cabeça. Respira fundo. "Se eles não aparecerem, estaremos encrencados!"

— Senhor? — É o nosso conhecido Staughton quem se apresenta no gabinete.

— Staughton — profere Barnes, como a autorizar o que quer que ele tenha vindo dizer.

— Senhor, ainda estamos na retaguarda ou temos autorização para agir?

Barnes pensa durante alguns instantes — não muitos, para não expressar indecisão. Tudo aqui é passível de leituras psicológicas, até o silêncio.

— Nesse momento, a vara de pescar está em nossas mãos. O primeiro a ver o peixe o fisga.

— O.k. — afirma Staughton com um sorriso nos lábios. — Interceptamos um telefonema para a Metropolitan Police, do Museu Britânico.

Capítulo 27

O Jaguar circula a velocidade moderada, volta ao Museu Britânico. Sarah olha para a frente, pensativa, contemplativa, irritada. Uma mulher não esquece quando é maltratada e dificilmente deixa que os outros esqueçam também; reflexo disso é a expressão carregada que traz no rosto. A maior parte das comunicações humanas centra-se nas expressões e nos gestos, em detrimento da oralidade. E aquele esgar de ressentimento e irritação funciona como uma mensagem, facilmente compreensível pelo destinatário sentado ao lado, com as mãos no volante, atento à estrada.

— Não espere nenhum pedido de desculpas da minha parte — diz Rafael, numa tentativa de acabar com as dúvidas em relação à frase maldita com que a brindou no apartamento de Hans. Se a idéia era colocar água na fervura, não escolheu a melhor maneira, pois não era aquilo que Sarah esperava ouvir.

— Está enganado! — dispara Sarah, olhando-o diretamente, de tal forma que ele não agüenta a acareação durante muito tempo e vira a cabeça para a estrada. De qualquer modo, alguém tinha mesmo de dirigir.

— Enganado?

— Não estou à espera de nenhum pedido de desculpas.

— Não?

— Não. Mas, ao contrário do que possa pensar, deve-me satisfações. E muitas.

— Eu sei.

— Sabe? — É a vez de Sarah se espantar.

— Sei. Apenas respondi daquela maneira porque o antro de um falsificador nunca é o lugar indicado para planos e revelações.

— Vai me dizer quem ligou para você então?

— O seu pai.

— O meu pai?

— Sim, o seu pai.

— E o que ele queria? — A necessidade de saber é tão intensa que a revolta. Não devia estar interessada. O pai é um falso, um manipulador, um possível assassino. Não devia.

— Queria saber como estão as coisas.

— E como estão?

— Dentro do possível — responde Rafael sem tirar os olhos da estrada.

Sarah também fita a estrada em silêncio. Como é possível pôr toda uma vida de cabeça para baixo em horas, segundos? Ontem tinha uma vida normal e hoje, três horas depois da meia-noite, não sabe onde se enfiar, perdeu o domínio total que, pelo menos, tinha a ilusão de possuir. Ainda que ilusório, era sempre preferível viver dessa maneira do que ter de enfrentar a dura realidade. A vida humana é um joguete nas mãos dos poderosos, e esses não são os que aparecem diante das luzes da ribalta. Os verdadeiros detentores do poder estão na sombra, decidindo sobre a vida de cada um, dos rivais, das possíveis ameaças, dos aliados, dos supostos amigos que, com um simples estalar de dedos, se podem tornar inimigos que devem ser derrubados temporária ou permanentemente.

— Se a CIA financia a P2, então posso supor que estava a par do plano para matar o papa. Ou será uma suposição jornalística?

— Será uma boa suposição.

— E qual o interesse deles em eliminar o papa?

— Isso pede uma resposta muito complicada.

— Já vi que tudo é muito complicado. Faça o seu melhor! — enfrenta-o Sarah, decidida. As respostas complicadas não podem ficar sem resposta.

Rafael dirige o olhar para ela durante alguns segundos e depois suspira, regressando à estrada e à condução.

— Se analisar o mapa geopolítico mundial dos últimos sessenta anos, não será capaz de encontrar uma única mudança que não tenha dedo da CIA e, por conseqüência, dos Estados Unidos.

— Espere um pouco. — Aquilo era informação a mais.

— Eu lhe disse que era complicado.

— Não é isso. Tem noção do que está dizendo?

— Perfeitamente. Nos últimos sessenta anos não houve revolução, golpe de Estado ou assassinato suspeito que não tivesse o dedo da CIA.

— Mas, afinal, eles não são os bons?

— Tudo depende do ponto de vista. Se falar com os familiares dos milhares de pessoas assassinadas em nome da CIA, encontrará outra opinião.

— Dê-me um exemplo.

— Dou-lhe vários. Salvador Allende, no Chile. Morto em nome de um golpe de Estado tramado por Pinochet, que, por sua vez, era totalmente financiado pela CIA. Adicione a isso as centenas de milhares de pessoas torturadas, presas e assassinadas nas mãos do mesmo Pinochet. Sukarno, na Indonésia, afastado por se dar com comunistas. Os americanos ajudaram os militares, através de Suharto, a derrubá-lo. Mais de um milhão de alegados comunistas foram mortos numa operação de limpeza financiada por eles. No Zaire, colocaram Mobutu no poder; no Irã, a Operação Ajax removeu o primeiro-ministro Mohammed Mossadegh, democraticamente eleito; na Arábia Saudita, manipularam o mapa como lhes apeteceu.

— Iraque — completa Sarah.

— Sim, mas esse é óbvio demais. A CIA afirmava com veemência a existência de armas de destruição maciça. Ao menos podiam tê-las colocado lá, para depois fingirem encontrá-las. Era o que eu faria.

— Agora pagam por seus atos.

— Não. Agora inocentes estão pagando por erros colossais de organizações que não sabem seu verdadeiro lugar. As organizações não são o espelho dos cidadãos. Agem por conta própria, sem o aval dos cidadãos do seu país.

— Somos todos potenciais vítimas do terrorismo.

— Eles inventaram o terrorismo. São vítimas das próprias armas que criaram.

Sarah mexe-se inquieta no banco.

— Isso é grave. Então o papa foi mais uma vítima nas mãos deles.

— Sim. Une-se o útil ao agradável. A P2 necessitava e a CIA não se importava. Assim como com Aldo Moro, embora nesse caso conviesse mais à segunda. Só há uma pessoa no mundo que a CIA nunca conseguiu neutralizar, apesar de inúmeras tentativas.

Sarah é toda ouvidos.

— Fidel Castro.

Capítulo 28

Como sabemos, por norma Geoffrey Barnes movimenta as peças no terreno do seu gabinete, no terceiro andar de um edifício, no centro de Londres, cujo endereço permanecerá em absoluto segredo, como já foi dito. Contudo, uma chamada feita para certa residência em Roma, mais propriamente a Via Veneto, o fez levantar o traseiro da cadeira e andar bem mais do que de costume. Muito mais. Na realidade, teve de se meter num dos carros da agência e fazer-se acompanhar de mais três picapes negras, sem contar com os agentes que já estão percorrendo a área.

— Estou de saída — informou-lhe a voz. — E quero isso resolvido antes de chegar ao meu destino. Trate disso pessoalmente ou não voltará a se sentar nessa cadeira. Mexa-se.

Pouquíssimas pessoas podem falar nesses termos com Geoffrey Barnes, mas os que o fazem é porque têm, de fato, tanto poder que Barnes nada pode contra eles. Limita-se a acenar com a cabeça, ou a balbuciar um "Sim, senhor", para expressar de forma explícita que o que quer que tenha sido ordenado será feito sem erros.

— Tem carta branca — foi a frase com que a voz se despediu, sem um "adeus" nem um "até logo"; somente a autorização de fazer o que bem entender, que jogue as peças de modo que dê xeque-mate o mais depressa possível. Caso contrário, o melhor é nem pensar.

Assim, e por isso, encontramos Geoffrey Barnes de arma no coldre, sentado no banco de trás do confortável MG, desconfortavelmente mirando as luzes que passam lá fora. Como é possível haver um infiltrado num nível tão elevado? As implicações disso serão desastrosas. E, para piorar, havia a dificuldade em liquidar o alvo. É imperativo recuperar os papéis e eliminá-lo, mas, se se confirmar a duplicidade do agente, a coisa não será assim tão fácil.

"Isso ainda vai acabar mal", pensa antes de espantar de vez seus fantasmas. O que tem de ser feito tem de ser feito. Não será uma mulher ou um agente duplo — ainda que não seja um agente duplo qualquer — que vão fazê-lo falhar perante seus superiores. Isso vai acabar mal, com certeza, mas para o alvo, conhecido civilmente como Sarah Monteiro, e para o seu protetor. "Maldito! Como pôde me fazer uma coisa dessas?", lamenta, com franqueza. Em seguida, vemo-lo pegar o rádio e inclinar-se no banco traseiro do MG, numa atitude dominadora. Estão quase chegando ao destino, e é necessário posicionar corretamente as peças, dessa vez incluindo ele próprio no tabuleiro de jogo.

— Espalhem os carros num raio de cem metros. Não podemos nos denunciar.

Roger that, ouve-se pelo rádio.

Capítulo 29

Quando o celular desse homem (que está sentado numa picape negra, em plena avenida das Américas, Nova York) toca, atende-se sempre, pois quem liga não pode jamais ficar esperando. A única desculpa aceitável para que tal aconteça é estar-se morto. Os mortos não atendem ao telefone, que se saiba. Novamente a língua italiana domina a conversa, com sua musicalidade latina muito própria; porém, conversa não é o termo apropriado, nesse caso em particular, já que o homem do sobretudo negro se limita a poucas interjeições e aquiescências enquanto ouve, com orelhas de ouvir — ou seja, muito atentamente —, o recado, a ordem, a informação e a notícia. Tudo dito sem fraquezas nem fragilidades, num timbre firme e rígido e desapiedado.

A voz de alguém que sabe o que quer e para onde vai, custe o que custar a quem quer que seja.

O sintetismo também é uma qualidade intrínseca na voz que em poucos segundos debita toda a informação, perfeitamente compreensível, sem levantar a menor dúvida por parte de quem ouve, literato ou não. Esse que o escuta, homem de ação, não de letras, vê nele um leão, alguém nascido para dominar, um rei sobre os homens. Ainda que seu desejo seja vê-lo em carne e osso, só esse pensamento o faz tremer até a raiz dos cabelos, e não há muito mais coisas que consigam o mesmo efeito. Nem uma arma apontada à cabeça, nem uma lâmina encostada à garganta.

É nesse êxtase de quem falou com Deus por ondas de rádio que o homem desliga o telefone. Recupera rapidamente o semblante atento; não é homem para ser visto com um sorriso nos lábios diante de sua equipe, ainda que nesse momento se componha de apenas uma pessoa, o motorista.

— Então? — O motorista nunca ouviu a voz do Mestre, mas mesmo assim sente imenso respeito, embora o melhor adjetivo seja temor, por essa pessoa desconhecida, por influência da incrível veneração que seu superior, sentado ao seu lado — homem de poucos sentimentos —, demonstra por tal figura. — Há novidades?

— As coisas voltaram a correr mal em Londres.

— Matar uma moça é tão difícil assim? Ainda por cima com a ajuda da CIA?

— Tínhamos um infiltrado.

— Quem? *Nós*, a Guarda?

O homem não responde logo. Observa o trânsito fluente da cidade que nunca dorme, os néons intermitentes, o apelo ao consumo... "Compre aqui. Oferecemos isto se comprar aquilo; leve três e pague dois; às segundas é mais barato; por cinco dólares, coma até explodir." Diversas maneiras diferentes de dizer "dê-nos seu dinheiro!". É assim em todas as cidades do mundo; é assim em todas as transações, até com esses dois que vigiam a entrada do edifício. Até o rapto em Roma foi pago, assim como o afastamento de padre Pablo em Buenos Aires, ou do velho Felipe, que se matou antes de se deixar matar, no Prado, em Madri, mas que imputou custos que tiveram de ser ressarcidos. Nada se faz de graça, e ideais não pagam as contas de ninguém.

— O Jack — responde por fim.

— Jack? *O Jack?* Têm certeza?

— Fugiu com ela. Não voltou a aparecer e matou Sevchenko.

— O motorista?

O outro limita-se a acenar, confirmando.

— Filho de uma grande puta! — completa o homem ao volante, sentindo a perda do colega mais por afeição profissional do que outra coisa, pois, afinal, eram colegas de profissão. — O Jack... Quem diria? Isso complica bastante as coisas.

— Muito mesmo. Tanto que o Mestre vem para cá.

Capítulo 30

— Desejamos falar com o doutor Margulies — informa o homem ao segurança que está na cabine junto aos portões do Museu Britânico.

— O doutor Margulies está ocupado. Quem deseja falar com ele?

— Somos da polícia e recebemos uma chamada...

— Ah, sim. Fui eu mesmo que liguei. Entrem, entrem... — acolhe o homem com ar formal, deixando que entrem no recinto (já visto por nós) os cinco homens engravatados. — Foram rápidos. Nem faz dez minutos que liguei. Não é costume andarem fardados?

— Somos agentes à paisana — diz o mais gordo, exibindo o crachá muito rapidamente, mas o bastante para satisfazer o segurança que masca chiclete. — Soubemos que estiveram aqui dois criminosos procurados por todo o país e também na Europa.

— Foi exatamente por isso que liguei — informa o segurança. — Quer dizer, quanto ao homem, não sei se é criminoso. Não é a primeira vez que vem aqui. A mulher, essa sim. Reconheci-a tão logo a vi, dos noticiários. É a tal portuguesa que matou aqueles homens todos.

— Disse no telefonema que vieram procurar um doutor chamado Margulies?

— Foi isso mesmo. O diretor do Museu.

— Sabe o que queriam dele? — sempre o mais gordo a perguntar.

— Não faço idéia.

— Muito bem. Pode nos levar até lá?

— Claro. Sigam-me.

Avançam os seis em fila indiana, o segurança à frente, o gordo em segundo e os carneirinhos a seguir. Percorrem o caminho até o local onde se encontra o doutor Joseph Margulies, atarefado com seus afazeres criptográficos. O sorriso do segurança zeloso manifesta o bem-estar em que se encontra. Foi uma boa ação ter ligado para as autoridades, para o número que passava em rodapé na tela da *Sky News*.

A Polícia Metropolitana pede a todos os que virem a pessoa na foto para que liguem para o 0202...

O segurança ficou escandalizado com o que ouvira acerca da mulher que matou um agente secreto americano e — o que mais o tocou — dois sacerdotes. Um rosto tão angelical como o da mulher que apareceu na televisão não deixava antever tal crueldade. Bem sabemos que a televisão exagera em dobro os predicados e as imperfeições das pessoas; ainda assim, nada na moça fazia supor uma atiradora profissional, matadora de padres. Fosse como fosse, o segurança ficou com esse rosto na cabeça e pediu justiça divina em suas orações, mas nunca pensou que a veria pouco depois, quando ela e aquele homem que a acompanhava apareceram à porta. Foi o sinal de que necessitava. A justiça divina pedida, Deus a enviar-lhe um ser corrompido, capaz de atos macabros, e lhe dizendo: "Faça algo por esta alma". Nem foi tarde nem cedo; a princípio, ainda temeu pela vida do doutor Margulies, por isso manteve-se no encalço deles. Algum tempo depois, viu-os sair. Droga! Oportunidade perdida. Entretanto, foi investigar as intenções deles com o diretor. Estava metido no meio dos livros, entregue aos seus pensamentos e raciocínios.

— Está tudo bem, doutor Margulies?

— Perfeitamente, Dobins.

— Precisa de ajuda?

— Não. Pode voltar ao seu posto. Só estou aqui para ver umas coisas para um amigo — revela Margulies, sem tirar os olhos dos livros e do papel. — Eles voltarão daqui a pouco, por isso tenho de me apressar.

Música para seus ouvidos. A malfeitora ia voltar. Era sua oportunidade. Deus assim quer. De outra forma não lhe enviaria dois sinais seguidos.

Ficam, desse modo, explicados os acontecimentos que propiciaram a interceptação da chamada para a Polícia Metropolitana.

O segurança zeloso pára em frente à porta da sala onde se encontra o doutor Joseph Margulies.

— É aqui.

Sem delongas, o gordo aponta uma pistola com silenciador ao segurança.

Bang. Bang.

— Tirem-no daqui — ordena. Depois abre a porta e entra na sala. — Doutor Margulies? Meu nome é Geoffrey Barnes.

Capítulo 31

Tudo calmo nas imediações do Museu Britânico. Rafael estaciona no mesmo lugar da primeira vez. Refazem o trajeto que os leva pela Great Russell Street até os portões. Ninguém está na cabine. Rafael toca uma campainha. Aguardam.

Sarah está imersa em pensamentos. Não é difícil para Rafael adivinhar o tema: assimila ainda a informação que ele lhe contou. Percebe-se que não seja matéria fácil de lidar; os heróis americanos são, na realidade, lobos em pele de cordeiro. Todo aquele ideal de oportunidade — "o sonho americano", "todos os homens são iguais" — não passa de propaganda. A realidade é bem diferente; não é a que se vê nos filmes nem nas séries, onde os vilões são sempre oriundos de outros países, normalmente russos ou hispânicos, nunca americanos. Afinal, não há heróis; ou, se existem, não são quem pensamos. Habitam no silêncio, sem proclamarem para si o enaltecimento dos seus feitos, sem quererem ver recompensadas suas ações valorosas.

Finalmente, um segurança surge correndo, vindo do edifício, um homem calvo.

— O que querem?

— O doutor Margulies está à nossa espera — afirma Rafael.

O homem fita-os durante alguns segundos com uma expressão gélida. Avalia-os da cabeça aos pés e, pelo ar carrancudo, que nem tenta disfarçar, percebe-se que os dois não passaram no teste. Porém, deixa-os passar, lavando as mãos como Pilatos; é Margulies quem eles querem ver, e está fora do seu alcance impedi-los.

— Façam o favor de entrar.

Sarah não gosta dos trejeitos do homem, que acaba de derrubar sua teoria de que todos os calvos são boas pessoas. Mais uma, numa noite em que tudo que tem de garantido não passa de mera cabeleira falsa sobre uma cabeça que é, na realidade, completamente careca. Uma cabeleira tão bem colocada que, na maior parte das vezes, consegue desempenhar bem sua função de enganar e omitir o que está por baixo. Por instantes, também Sarah desejou nunca ter destapado esse manto de cabelos falsos. Por acaso, alguém o fez por ela: o tal Firenzi, que ainda não sabe de onde conhece; porque, se tivesse controle dos plenos poderes de sua vontade, ainda que ilusória, o mais certo é que nunca destapasse a cabeleira, mesmo que soubesse o que tinha por baixo... e o que haveria depois, só o futuro mostraria. Cada um joga com a informação que tem em determinado momento, e só alguns privilegiados a têm em maior quantidade que os mortais comuns; apesar disso, nunca a conseguem ter toda.

Sarah segue Rafael pelo longo corredor, ignorando que sua teoria sobre os calvos está correta, que são todos boas pessoas, exceto quando têm uma arma apontada para a cabeça que os obriga a agir como marionetes.

Indiferente aos devaneios de Sarah, Rafael encurta o caminho a cada passo vigoroso no sentido da sala onde Margulies ainda se deve encontrar atarefado.

— Será que o doutor decifrou a mensagem? — pergunta Sarah, curiosa, em voz baixa, para não ecoar na austeridade do local. Além do mais, as paredes tinham ouvidos nos tempos passados da história, e, como aquilo transpirava história por todos os poros, nunca se sabe quem pode estar escondido atrás dos olhos de um quadro ou numa passagem secreta.

— Não.

— Não? — "Fala com uma certeza..."

— Não. Se tivesse decifrado, teria ligado.

— Será assim tão complicado?

— Não sei.

— Aquilo pareciam rabiscos escritos às pressas. Como nas conferências de imprensa. Quem escreveu estava atrasado para apanhar o trem ou o barco. Acha que conseguiria elaborar um código assim tão complicado?

— Não sei. Por vezes, o óbvio é muito mais difícil de encontrar. Está diante dos olhos e não o vemos.

Verdade verdadeira essa saída da boca de Rafael: nada é mais difícil do que o básico, que serpenteia pelos labirintos do fácil, cegando os cultos e os literatos pela simplicidade atroz.

Abrem a porta da sala onde haviam deixado Margulies e onde este ficara, sem nunca pensar que tal cenário seria possível de ver. Três homens sentados, vestidos de negro, assim como Rafael; o doutor Margulies, entre eles, tem o semblante visivelmente abalado pelos hematomas e pelo sangue que lhe escorre da boca. O traje escuro cobre outros ferimentos que se alastram pelo restante do corpo, mas a bata tem algumas manchas vermelhas.

— Jack — diz o gordo.

— Barnes — torna Rafael calmamente.

— *Jack?* — Sarah se confunde perante o novo nome, mas vê sua explicação ser postergada por uma pancada que Rafael leva na nuca de um dos dois homens engravatados que surgem por trás, vindos do nada: os tais olhos por trás do quadro ou numa passagem secreta.

Rafael cai, mas não perde os sentidos. Coloca uma das mãos no local da dor; ato instintivo, automático, o de massagear para ver se passa o mais depressa possível.

— E a menina só pode ser a famosa Sarah Monteiro — afirma Geoffrey Barnes, confortavelmente sentado.

Sarah encolhe-se por ser o centro das atenções, e quem as provoca não tem expressão nada amistosa.

"Barnes?" O medo toma conta dela. Lembra-se das palavras de Rafael: "Acredite quando lhe digo que vão acabar nos encontrando; tudo depende das cartas que tivermos para jogar". O pânico pode ter como sintoma deixar as pessoas mais estúpidas: a adrenalina liberta-se, o temor influi bloqueando as vias do raciocínio lógico, fazendo com que uns urinem, outros vomitem ou, como se disse anteriormente, se perca a capacidade sensorial e racional, o que nos torna estúpidos. Talvez por isso Sarah pense que não dispõe de nenhum trunfo para jogar com esses homens, que definitivamente não parecem estar para brincadeiras.

— Essa não é a Sharon Stone? — questiona o doutor Margulies, arfando de dor.

Geoffrey Barnes dá uma gargalhada aguda, aterrorizante, típica desse tipo de vilão, se é que ele é, de fato, um vilão. Os atos ficam com quem os comete, mas quem os avalia que decida por si mesmo.

— Sharon Stone? Posso lhe garantir que ela não é a Sharon Stone!

— Suponho, então, que também não seja uma freira do Rio de Janeiro — continua o doutor Margulies, que, dessa vez, leva um golpe na cabeça. Chega de brincadeira, ainda que os homens de Geoffrey Barnes, incluindo ele próprio, ignorem que o homem não está fazendo graça.

— Dê-me os papéis — ordena Barnes.

"Os papéis?" Sarah nunca mais se lembrara da maldita lista, a responsável por tudo que acontecia. Olha para Rafael, que se levanta com muito custo. Um dos homens, o que lhe bateu, aproveita para puxá-lo pela gola do sobretudo enquanto outro o revista. Retiram-lhe duas armas munidas de silenciador e dão-lhe outra pancada na cabeça, que o devolve ao soalho.

— Vai ter de fazer mais do que isso para acabar comigo — avisa Rafael com dificuldade, mas determinado, ao agente que lhe bateu.

— A seu tempo — avisa Geoffrey Barnes —, a seu tempo. — Volta a olhar para Sarah. — Os papéis?

Ela vislumbra um trunfo, uma luz no fim do túnel. Logo verá onde vai dar.

— Estão num lugar seguro. — A voz dela não soa muito firme; alguns intervalos deixam adivinhar a fragilidade da carta que tem na manga.

— Não me faça rir. Nem perder tempo! — O aviso está dado.

— Acha que eu viria aqui com o ouro pronto para entregar ao bandido? Por quem me toma? — "Entregar ao bandido? Devo estar louca!"

Seja como for, Geoffrey Barnes não esperava luta por parte dela. Uma vez neutralizado o alvo secundário — Jack para ele, Rafael para Sarah, embora esta já não saiba o que pensar a respeito disso —, o certo era Sarah entregar-lhe a lista sem farsas nem resistências.

— Você não sabia que estaríamos aqui. Não me faça perder a paciência...

— O senhor é quem está me fazendo perder a minha. — "Está cavando a própria sepultura, mas agora não pode retroceder." — Como tem coragem de me subestimar? Eu sabia... ah... — As palavras começam a faltar, é melhor pensar depressa! — ... ah... eu sabia que mais cedo ou mais tarde iriam nos apanhar. Era só uma questão de tempo.

Rafael olha para ela desalentado, temporariamente fora de combate. "Qual é a dela?" O melhor é que tenha um bom plano, senão acabará com os dois; os três, se juntarmos ao grupo o doutor Margulies, que, coitado, ainda não conseguiu juntar as peças do quebra-cabeça a que assiste.

Barnes exibe uma expressão pensativa, sem nunca desviar os olhos de Sarah. Esta, por seu turno, preferia que ele pestanejasse um pouco para poder aliviar a tensão a que está sujeita; mas o olhar de Barnes é isso mesmo, um teste, e enquanto ele não baixar a guarda ela terá de enfrentá-lo de igual maneira, sem deixá-lo perceber o medo que a rói por dentro, medo dele, medo de todos, de tudo.

Barnes meneia a cabeça para um dos homens que estão atrás de Sarah e Rafael, para controlar uma possível fuga.

— Reviste-a.

"O.k., acabou", pensa Rafael, meio encostado à perna de uma das várias mesas que se alinham pela sala.

Um deles, o que não bateu em Rafael, acerca-se de Sarah, que se endireita e abre os braços, pronta para a pesquisa corporal. E, se ela espera algum tipo de cerimônia só pelo fato de um desconhecido colocar as mãos em seu corpo, está muito enganada. O homem usa as mãos ao seu bel-prazer, sem nenhuma limitação ética ou de etiqueta, apalpando todas as partes do seu corpo de forma que nunca nenhum homem fez, nem quando tinha todas as liberdades e autorizações. Só falta mesmo meter as mãos por dentro da roupa; uma já está a caminho do tesouro feminino, bem por dentro das calças, enquanto sente o bafo dele na parte de trás do pescoço. Quem os visse em outro contexto pensaria outras coisas, porém neste só uma coisa se pode pensar e dizer...

— Basta — ordena Geoffrey Barnes.

— Nada — informa o agente, afastando-se profissionalmente.

Rafael fita Sarah, intrigado. "Nada?"

— Nada — repete Barnes para si mesmo, refletindo sobre o próximo passo a tomar.

Sarah continua nervosa. Chegaram à encruzilhada crucial, àquela onde só se pode ir em frente ou virar à esquerda ou à direita, e nunca retroceder; o ponto sem volta que só alguns passarão.

Quanto a Barnes, decide optar por uma abordagem diferente, uma espécie de desvio para chegar ao mesmo propósito. Conceder algum fôlego à mulher, deixá-la respirar mais livremente durante alguns momentos, os últimos de sua vida.

— Vamos esquecer os papéis por ora.

"Isso não me agrada. Qual é a dele?", pergunta-se Sarah mentalmente. Navegar por mares turbulentos foi o que fez durante toda a noite. Não podia, de maneira nenhuma, perder o pouco controle que conquistara nas últimas jogadas. Apesar de saber que não passava de ilusão.

— O amigo de vocês, o Margulies aqui, estava empenhado numa tarefa que os senhores lhe pediram. Sabemos que os papéis não estão com ele, mas esses livros de criptografia lançam outros indícios. Sabe para que servem livros de criptografia? — A pergunta é para Sarah.

— Para estudar criptas? — A resposta em forma de pergunta é um atestado de estupidez à indagação de Geoffrey Barnes, que espuma de raiva perante as palavras desafiadoras de Sarah. Pela primeira vez Barnes levanta-se e com dois passos rápidos vence o espaço que os separava. Só quando a cabeça de Sarah se vira para trás é que ela se dá conta do impacto no rosto. A dor é imediata, e pouco depois a língua identifica o sabor do sangue. Um fio escorre-lhe de um dos cantos da boca, no local onde o lábio foi atingido.

"Corno... Quase me quebra o pescoço!" Os olhos de Sarah marejaram instantaneamente, mas não libertaram nenhuma lágrima. Efeito do corpo trabalhando para atenuar os prejuízos.

— Para a *cripta* vai você, e não vai demorar — afirma Barnes, olhando para Sarah com a mesma frieza anterior. Depois volta à sua cadeira e se instala. — Agora que esclarecemos esse ponto, deixe-me explicar-lhe o que penso ter acontecido. A Sarah recebeu mais alguma coisa com os papéis. Uma mensagem cifrada que, segundo creio, sua limitada cabecinha não conseguiu decifrar. Então, procuraram o doutor Margulies. Estou certo?

— Se está certo, sem dúvida ele tem a mensagem com ele — diz Rafael, tentando transferir as atenções para si.

— Correto — anui Barnes. — Mas, infelizmente, seu fiel amigo a engoliu antes que pudéssemos lê-la. E, como podem ver pelo estado dele, tentamos persuadi-lo a nos dizer o que descobriu. Ao que parece, não fizemos nenhum progresso.

"Engoliu-a?" Pensamentos de Sarah e Rafael. Grande Margulies. Saíra mais valente do que se pensara. Engoliu a mensagem cifrada. Homem corajoso.

— Portanto, não tem nenhum valor para nós — conclui Barnes. Um gesto para o homem que está atrás de Rafael, responsável pelas pancadas na cabeça que o vergaram. O agressor se dirige a Margulies, arrasta-o para o centro da sala e manda que se ajoelhe. Margulies tem as mãos presas atrás das costas.

Sarah nem quer pensar no que está prestes a acontecer e desvia o rosto. Nunca viu ninguém morrer nem de morte natural, muito menos assassinado. Só de sentir a presença de Margulies a dois ou três passos, ajoelhado perante um destino inevitável, não consegue conter as lágrimas. É uma dor maior que qualquer bofetada. Apesar de conhecer Margulies há pouquíssimo tempo e de não o ter em boa conta pela forma como foi recebida, nenhum inocente merece uma morte dessas.

— Ora, a Sarah quer desviar a cara do espetáculo que preparamos para ela? — diz Barnes, incomodado. — Nem pensar.

O homem que a revistou volta a se aproximar dela, e uma mão forte na parte de trás do pescoço obriga-a a presenciar a cena.

— Não — resmunga ela, quase cedendo.

— Oh, sim — diz-lhe o homem, que firma a cabeça junto ao seu ouvido. — Assista à beleza de ver a vida deixar um corpo. Não verá espetáculo mais belo!

Um sorriso sarcástico entra pelo ouvido dela, provocando-lhe asco em níveis nunca antes sentidos.

Margulies, ajoelhado, murmura uma ladainha para si próprio, a despedida, a entrega do seu espírito ao Criador, para que este o receba nas melhores condições. A vida não é eterna, todos o sabemos, mas a forma como encaramos os últimos suspiros, adicionada aos atos vividos durante a passagem terrena, é que torna os homens dignos ou não. E Margulies se entrega com grande bravura e valentia, como se toda sua vida estivesse contada, o próprio *motus* da morte esperado com serenidade. No fundo, como se seu papel, escrito no Além, tivesse chegado ao fim e anunciado sua saída de cena.

Rafael fita-o seriamente. Não demonstra nenhum sentimento visível pelo doutor, uma vez que este Rafael, ou Jack, não é um homem transparente, e o caminho para suas entranhas sentimentais serpenteia labirinticamente, confundindo-nos. O fato é que não tem o menor constrangimento em enfrentar a cena, provavelmente amparado por anos de experiências idênticas.

A cabeça de Margulies inclina-se para a frente, dando espaço ao seu carrasco para apertar o gatilho. O cano silenciador encosta-se à nuca. Margulies olha para Rafael uma última vez.

— Conte as letras — sussurra.

Sarah não ouve o murmúrio que o doutor Joseph Margulies lança para Rafael. Está muito perto do precipício mental. Podem obrigá-la a enfrentar a cena, mas não a podem forçar a manter os olhos abertos. Feche os olhos depressa, Sarah. Feche os olhos. Defenda-se da violência visual, não deixe que a torturem.

Um baque abafado termina tudo. O baque que corta as raízes que se prendem à vida. O corpo morto cai no chão, inerte, numa poça de sangue que Sarah não vê, mas imagina. As lágrimas rolam pela face, descontroladas. Por fim, abre os olhos e enfrenta a dura realidade. O corpo de Margulies caído no chão de barriga para baixo, com o rosto virado para Rafael e um buraco vermelho no alto da nuca.

"Filhos-da-puta! Cornos sem sentimentos!", pensa Sarah, ciente pela primeira vez de que, faça o que fizer, não sairá viva dali.

— Mais um para o seu currículo — afirma Barnes com um sorriso nos lábios. — Sarah é extremamente perigosa. Que ninguém se meta com ela! — Endireita-se na cadeira. — Agora, voltemos à localização concreta dos papéis. Estou certo de que sua mente está mais aberta a revelá-la.

Deixemos os trocadilhos de mau gosto de Geoffrey Barnes e concentremo-nos no agente que executou competentemente a tarefa de eliminar o doutor Joseph Margulies, que Deus o tenha em eterno descanso. Ainda tem a arma na mão, aquela que cospe o veredicto final sobre o destino dos homens. E o que importa no agente é mesmo a arma que ele tem na mão, pronta para matar o próximo: o homem que ele conhece como Jack e que se revelou um agente duplo, a mais alta traição que se pode cometer, punível com a morte. Com Jack morto, a mulher entregará tudo que sabe sobre a localização dos papéis e depois...

E depois nada. Um pontapé parte-lhe logo o joelho e o faz cair aos gritos. Antes de perceber o que lhe aconteceu, jaz morto com um tiro da própria arma, a qual Rafael lhe tirou num piscar de olhos. O que acontece a seguir tem de ser explicado por partes, embora na prática tenha levado entre três e quatro segundos.

O ato contínuo foi alvejar na cabeça o agente à direita de Barnes, com Rafael ainda no chão, junto ao cadáver do primeiro agente. Dois fora, três em jogo. A partir daí perde-se o efeito surpresa e começam as reações. Barnes e o agente ao seu lado esquerdo agacham-se por trás da primeira coisa que confira proteção. Barnes vira uma mesa para se escudar, e o outro aproveita a cadeira mais próxima. Enquanto isso, o agente que segurava a cabeça de Sarah tenta usar o corpo dela como proteção. A típica cena do vilão e da refém, que nesse caso não se concretiza, porque, antes de o homem colocar a mão em Sarah, leva uma cotovelada no peito que o deixa dobrado. Sarah nunca pensou ser capaz de bater em outra pessoa, porém a realidade prova o contrário. No segundo seguinte, o agente é neutralizado por Rafael com um tiro certeiro.

— Saia daqui! Depressa! — grita Rafael a Sarah, usando o primeiro agente como escudo contra balas. — Saia! Fuja! Eles não podem disparar contra você!

Sarah corre para a porta sem olhar para trás. Barnes e o outro disparam sobre Rafael, mas este continua incólume por trás do agente. Iça-o e o arrasta em direção à saída. Dispara alguns tiros de cobertura e sai porta afora, deixando o cadáver do agente, totalmente cravado de balas, encostado à soleira da porta como um fiel escudo protetor ou alguém à espera de alguma coisa.

Barnes se levanta prontamente e coloca as mãos em concha:

— Código vermelho. Código vermelho. Os alvos estão em fuga. A mulher tem de ser capturada viva. Repito, a mulher tem de ser capturada viva!

Olha para o agente sem vida a escorregar pela soleira da porta abaixo, o rosto virado para ele, ainda num esgar de surpresa.

— Filho-da-puta!

Capítulo 32

Rafael corre para o lado do corredor que desconhece e começa a abrir portas aleatoriamente. Se tivesse tomado o caminho por onde haviam entrado, o desfecho seria mais certo, mas vira Sarah, no pânico da fuga, virando para esse lado, e ela era muito mais importante que o seu próprio bem-estar, que a sua própria vida. Pelo caminho desmonta a arma e vai atirando as peças para o chão. A idéia é não dar mais uma arma aos perseguidores; aquela tem o carregador vazio, mas os homens de Barnes com certeza possuem carregadores. O segundo objetivo é marcar propositadamente o caminho. Quando se tem certeza da trilha que uma pessoa armada segue, os perseguidores têm mais cuidado, pois nunca se sabe o que se pode encontrar ao virar cada esquina ou atrás de cada porta. A verdade é que Rafael não tem nenhuma arma no momento, mas, no meio da confusão que provocou, eles já não sabem disso. A prioridade de Rafael é encontrar Sarah. Com certeza o edifício está lotado de agentes especiais preparados para capturá-la. Com ele, talvez tenha uma chance; porém, pensando bem, essa é uma suposição pretensiosa de Rafael, uma vez que a jovem se safou muito bem de um homem como Barnes. Bem demais, na verdade.

E o encontro dá-se mais rapidamente que o previsto. Ao virar uma esquina, Rafael consegue evitar um extintor apontado para sua cabeça por meros milímetros. As duas mãos fincam-se na base do objeto, enquanto olha para Sarah, visivelmente transtornado.

— Você e os extintores!

— Desculpe — pede Sarah, aliviada. — Pensei que fossem eles.

— Eu lhe disse para fugir. Se fossem eles, agora estaria em maus lençóis.

— Estou em maus lençóis há bastante tempo, *Jack*. — O tom sarcástico com que assinala o nome Jack marca bem o pedido, a exigência de explicações.

— Vamos embora. Temos de sair daqui.

Entram por uma bifurcação à esquerda e correm. A luz é diminuta, mas há muito que os olhos se habituaram. Rafael é como um animal com os sentidos alerta, fitando todos os lados à espera da ameaça, da ave de rapina, do predador oculto pelos arbustos; nesse caso, escondido atrás de uma parede ou em qualquer nicho, pois o Museu Britânico é um labirinto babilônico profuso, repleto de esconderijos.

— Onde escondeu os papéis? — quer saber Rafael, curioso, mas sempre atento. O corredor chega ao final e a porta indica uma escada. Rafael abre-a, sente os degraus, tateia-os e ambos os descem até o andar inferior.

— Estão guardados num lugar seguro — informa Sarah, com ar desafiador. — Você arriscou muito ali dentro.

— Apenas arrisquei a mim. Como você não tem a lista, estava a salvo, teoricamente.

— Teoricamente?

— Sim. O próximo passo seria matar-me, e, se isso não fosse suficiente para fazê-la abrir a boca, começariam a torturá-la. Por fim, acabaria por falar, acredite.

Sarah escuta tudo abismada.

— Tire-me daqui, depressa!

— É o que estou fazendo.

Assim que alcançam o patamar inferior, Rafael abre uma porta e espreita.

— O.k. Agora vai andar sempre colada a mim. Não descole por nada desse mundo.

— E se lhe acontecer alguma coisa?

— Use-me como escudo.

Ela o olha horrorizada.

Nesse instante, a fraca luz que resta se apaga. Apenas sobram os sinais que indicam a saída de emergência.

— E agora?

— Agora, vamos. Eles também estão às escuras.

Saem para um enorme salão, a King's Library. É então que vêem um homem com uma arma com lanterna acoplada, que aparece do lado do Grande Átrio. Agacham-se atrás de um pedestal que sustenta uma arma, pretensamente uma espada, da Idade do Ferro. O homem avança muito cautelosamente. A lanterna na arma ilumina pequenos locais, precisos; o círculo de luz onde Rafael e Sarah não podem aparecer, sob pena de serem capturados.

O pânico é tanto que Sarah teme até respirar e não é capaz de esboçar nenhum gesto, para que a fricção da roupa não a denuncie. O homem continua pé ante pé, no próprio tempo, com sua paciência, senhor dos próprios temores. Talvez por isso não tenha sido rápido o suficiente para se defender quando Rafael o agarrou por trás, pelo pescoço, e o quebrou sem pensar duas vezes. Volta a possuir uma arma, e a primeira coisa que faz é desligar a lanterna acoplada a ela.

— Vamos — ordena.

Sarah levanta-se e olha para o jovem agente. A luz fraca, proveniente não se sabe de onde, confere tons acinzentados ao seu rosto. Vislumbra os olhos dele a contemplarem o vazio, mas a língua de fora é o que a choca mais.

— Está morto?

Rafael olha para ela incrédulo.

— Claro que está morto. Que droga de pergunta é essa?

Param junto a uma porta enorme que dá para o grande átrio coberto do Museu Britânico. Uma adição recente, muito ampla, com um edifício redondo no centro que tanto alberga a Reading Room quanto várias lojas no piso inferior e um restaurante no andar de cima. Do lado oposto à saída do museu, em cada canto, estendem-se mesas e cadeiras fixas no chão, que servem os dois cafés que fornecem comidas rápidas e bebidas aos milhares de visitantes diários, oriundos dos quatro cantos do mundo. Obviamente, nesse momento estão fora de serviço. Não é hora para visitas, a não ser as impróprias.

— Não podia atordoá-lo? Tinha de matá-lo?

— Como queria que eu fizesse isso? — Ele suspira impacientemente. — Anda vendo muitos filmes. Só nos filmes encosta-se a mão em certas partes do corpo do oponente e ele desmaia.

— E é a melhor solução.

— É a melhor solução, mas não é possível. Acredite, se eles nos apanharem, não vão ter piedade. E, quando não precisarem mais de você, não vão desacordá-la. Vão lhe dar um tiro bem no meio da testa!

Sarah arrepia-se. Fim de papo. Comprimem-se à parede do grande átrio e avançam rapidamente em direção à saída. Mais à frente ergue-se um balcão redondo em tom acinzentado. Apesar de ser tudo pardo àquela hora da noite por causa da fraca iluminação, essa é mesmo sua cor natural. É a recepção, o local onde se encontram os aparelhos para as visitas com suporte de áudio, uma espécie de guia virtual. Contudo, a distância ainda é grande, e a amplitude do espaço, medonha. O pior que pode acontecer a alguém perseguido é ser apanhado a céu aberto. E na prática estavam a céu aberto, ainda que uma redoma de vidro protegesse o espaço das intempéries.

A luz da lua é agora perceptível, matizando toda a área de um branco-acinzentado, embora, já que se fala de prática, não seja a luz real da lua, mas o reflexo do Sol nela, como todos sabemos. Teorias e conhecimentos que não preocupam Rafael nem Sarah, que já têm a mente ocupada com problemas bem mais reais.

— Não estou gostando disso — desabafa Rafael em voz baixa, encolhido contra a parede. — Está muito calmo.

— Não disse que para eles também está escuro?

— Isso foi para acalmá-la.

Antes que Sarah pudesse reagir à resposta, Rafael é impelido contra a parede e deixa-se escorregar até o solo. A mancha escura que deixa na parede tira todas as dúvidas: foi atingido. Sem pensar, Sarah tenta erguê-lo. Rafael geme.

— Desse lado não. É melhor deste. — Indica-lhe o outro braço, o que não foi atingido.

Sarah se esforça e o ampara. Ao fundo, da zona dos cafés, surgem dois vultos, que se aproximam.

— Mais depressa — diz Sarah, apressando o passo.

— Pegue a arma.

— Está doido?

— Pegue a arma. Dê dois ou três tiros a esmo — insiste Rafael.

O balcão ainda está a vinte metros, muito para percorrer. Sarah olha para trás. Os vultos ganham terreno. Decidida, tira a arma da mão de Rafael. Estica o próprio braço para trás, sem nunca virar a cabeça nessa direção. Fecha os olhos por dois segundos. Um, dois, três tiros. Missão cumprida; isso deve tê-los afugentado.

Dez metros para o balcão da recepção.

Dá uma espiada para trás, muito rapidamente, e volta ao objetivo do momento. Faltam cinco metros, mas... Não pode ser. O melhor é certificar-se outra vez. Olha com atenção: os vultos estão deitados no chão, fora de combate.

"Sou uma assassina!"

Mas não há tempo para pensar. Os tiros agora provêm do outro lado do edifício circular. Acertam no chão e na parede ao redor deles, silenciosos, mas fazendo faíscas na pedra e levantando lascas. Por fim, protegem-se no balcão da recepção. Os tiros fazem-se ouvir do lado de fora durante um breve período. Intimidação. Depois param, e o silêncio retorna.

— Você fez de mim uma assassina. Matei aqueles dois! — Disse isso com uma irritação incontida, as lágrimas a marejarem os olhos.

— Bem-vinda ao clube.

— Bem-vinda ao clube? Seu filho-da-puta! Eu nem sequer estava olhando!

— Se acha que por causa disso não conta, engana-se. Vai bonitinha para o inferno. — Rafael tira o sobretudo e rasga a roupa no local onde o tiro entrou, quase junto ao ombro. Um buraco de entrada e outro de saída. Melhor assim. Teve sorte. — Entrou e saiu.

— Ah, é? Então é uma feridinha de nada. Não sei por que tanta choradeira. Parecia que ia morrer nos meus braços.

— Isso ainda pode acontecer.

Sarah cala-se ao ouvir o comentário. Estão ali recuperando o fôlego, apenas e só; a história está longe de ter findado. No entanto, termine como terminar, Sarah sabe que nunca mais voltará a ser a mesma pessoa.

— Jack — ouve-se uma voz dizer, em algum lugar no átrio —, faz idéia da despesa que está me dando?

— Que pena, hein, Barnes? Pena que não acredito em você — grita Rafael em resposta. — Dinheiro nunca foi uma preocupação sua. Não é seu. Ou é sujo, ou é dos contribuintes.

— Jack, Jack, Jack... — prossegue Barnes, como para fazer valer seu ponto de vista. — Não falo de dinheiro. Esse é o menor dos meus problemas. E sabe de uma coisa? Amanhã o museu vai abrir as portas e nada disso aconteceu.

— Eu sei.

— A despesa é a que você causa *a mim*. Vê o papelão que me faz passar perante meus superiores? Acha mesmo que vai sobreviver a um novo amanhecer?

— Se Deus quiser.

— Deus não dará as caras por aqui! — grita Barnes. — Basta que me dê os papéis e vai se encontrar com Ele de forma indolor, prometo.

— Ainda que estivesse disposto a ajudá-lo, não posso, Barnes. Não sei deles.

— Então, para que você me serve, Jack?

— Para nada. Mas você pode me ser muito útil.

Rafael se levanta e puxa Sarah para si, violentamente. Esta se contorce ligeiramente com o esticão. O balcão esconde suas mãos dos outros cinco agentes, Barnes incluído, não deixando que se veja Rafael tirar a arma da mão de Sarah. À exceção de Barnes, todos têm as armas apontadas para os dois, o que não é uma sensação nada agradável, em especial para Sarah.

— O que está fazendo? — pergunta Sarah em voz baixa. O coração parece estar entalado na garganta.

— Explique-se! — ordena Barnes, impaciente.

— Não pode se dar ao luxo de matá-la, porque não sabe onde ela deixou os papéis. Como ela é seu único elo com os papéis, o que acha que pode acontecer se eu a matar agora mesmo? — Ergue a arma e aponta-a para uma das têmporas de Sarah.

— O que pretende fazer? — Sarah sente-se desfalecer.

Barnes assiste à cena durante breves segundos, na expectativa. As cartas fogem-lhe das mãos, e as opções minguam. Quatro homens de armas apontadas para Rafael, impotentes perante uma única que nem sequer está apontada para eles.

— Ora, Jack... Não seria capaz de atentar contra a vida de um inocente... — Um riso amarelo bastante revelador.

— Barnes, conhece-me muito bem. Sou feito da mesma porcaria que você.

Barnes ignora o insulto. Não passam de provocações destinadas a causar efeitos rápidos no alvo que, normalmente, as sente e responde; mas não aqui, não com esses homens habituados a reagirem a coisas completamente diferentes. Nesse momento, Geoffrey Barnes sente-se, de repente, como um peão no jogo de xadrez que habitualmente costuma manobrar a distância. E não é uma posição nada confortável, sobretudo quando a estratégia adversária se revela difícil de vencer; e, ainda por cima, quando são eles os próximos a jogar. Qualquer movimento em falso pode pôr tudo a perder, para os dois lados, e isso Geoffrey Barnes tem de evitar a qualquer custo. O melhor é dar vantagem ao adversário e depois roer-lhe a corda. Os grandes estrategistas da história sempre souberam qual a melhor hora de recuar para, em seguida, apanharem os oponentes desprevenidos. Foi essa sabedoria que os tornou vencedores, e assim agirá Barnes: com tato, precaução. Nada está perdido.

— O que quer fazer? — pergunta, adivinhando a resposta.

— Vou dizer o que quero fazer. Sairei daqui com ela e você dirá aos seus homens para guardarem as armas e ficarem quietinhos vendo-nos passar. Esses homens e os que estão espalhados por aí.

— Vamos ser razoáveis, Jack...

— Mais razoáveis que isso? — pergunta Rafael sarcasticamente. — Estamos nos comportando como adultos, não lhe parece?

— Com certeza podemos chegar a um acordo de cavalheiros — sugere Barnes.

"Acordo de cavalheiros?", pensa Sarah. "Só podem estar brincando!"

— Tem razão. Vamos ser razoáveis — diz Rafael. — Vou sair daqui com ela e você dirá aos seus homens para guardarem as armas e ficarem quietinhos vendo-nos passar. Esses homens e os que estão espalhados por aí — repete.

Geoffrey Barnes não tem outra opção. Coloca a mão em concha para chegar ao microfone que tem acoplado à manga do casaco.

— Abortem a operação. Baixem as armas. Deixem-nos passar.

Se a ordem foi cumprida nas outras partes do edifício, não sabemos; mas aqui, no grande átrio do Museu Britânico, ninguém baixou as armas.

— Baixem as armas. É uma ordem! — repete Barnes vigorosamente. A vontade é una: a dele. Ninguém decide por si próprio, a não ser que ele ordene isso, o que não aconteceu.

Por fim, os agentes que o ladeiam cumprem a diretiva.

— Deixem-nos passar! — volta a avisar o diretor da divisão britânica da CIA.

Sarah, no meio de tudo isso, não tem tempo nem vontade de se sentir um joguete. O medo é tanto, apertada contra o peito de Rafael, que as lágrimas lhe rolam pela face. Se o tal Barnes se vê obrigado a acatar a ordem de Rafael, ou Jack, ou seja lá como ele se chama, é porque esse Rafael, ou Jack, ou seja lá como se chama, não é aquilo que parece. Um homem cruel só se rende ou recua perante outro do mesmo tipo. Resumindo, ele pode mesmo matá-la, e falou sério quando disse que o faria.

Saem do balcão, sempre colados, e vão recuando em direção à porta. A desconfiança paira dos dois lados como se ao mínimo gesto suspeito tudo pudesse descambar para a tragédia. O cano frio da arma contra a têmpora de Sarah, pressionado de forma dolorosa, magoa-a, mas não tanto quanto a situação nova em que se vê: não conhecer as intenções do seu pseudo-salvador, o tal grande plano que o move.

Já passaram as primeiras portas, as que dão para o Grande Átrio; faltam as da saída para o exterior e mais trinta ou quarenta metros até os portões principais de ferro que guardam a área circundante ao edifício, com suas pontas douradas em forma de flecha.

Ao passarem o segundo par de portas, sujeitam-se ao ar frio da noite. Vêem mais alguns agentes encostados às colunas, as armas baixadas, inconformados com todo aquele cenário surreal. Descem as escadas e percorrem, sempre com os olhos bem abertos, o espaço que falta até os portões principais, adornados com o brasão da Elizabeth Regina II, sempre com os corpos juntos e a arma apontada à cabeça de Sarah. Daí ao carro é um instante, e, pouco depois, arrancam em direção à Bloomsbury Street.

Geoffrey Barnes sai de rompante para fora do museu. O suor lhe escorre pelo rosto, cheio de fúria patente. A fúria transparece aos subalternos.

— Não os percam de vista! Quero saber todos os passos deles!

Capítulo 33

— Qual foi sua idéia? — pergunta Sarah aos gritos enquanto o carro vira a grande velocidade para Bloomsbury Street.

— Mas escapamos, não foi? — responde Rafael, sem olhar para ela.

— Não sei. Não faço a mínima idéia! Nesse momento, não tenho noção se estamos melhor ou pior.

— Posso lhe responder isso. Estamos pior. Eles estão em nosso encalço e não será fácil despistá-los.

Viram à direita na New Oxford Street e prosseguem. O esgar de dor manifesto no rosto de Rafael deixa adivinhar a agonia do ferimento. Mal ou bem, as coisas estão mais calmas, e o corpo sente que pode despertar de novo para as marcas sofridas recentemente. No cruzamento com a Tottenham Court Road, os semáforos anunciam vermelho e o Jaguar pára.

— Troque de lugar comigo — pede Rafael.

— O quê?

— Troque de lugar comigo! Dirija. Não estou em condições.

Após uma atabalhoada mudança de lugares, durante a qual os semáforos abriram e voltaram a fechar de novo, provocando um coro de buzinadas, ultrapassagens e insultos, e que fez Rafael gritar algumas vezes de dor por causa da falta de cuidado de Sarah para com sua ferida, recuperaram a compostura a tempo de não levarem outra série de buzinadas, ultrapassagens e insultos. Convém realçar que Sarah não teve culpa nem fez de propósito; os carros são que não foram feitos para que os passageiros mudem de assento dentro deles.

— Não é melhor tratar disso?

— Agora não há tempo. Eu agüento.

— Bem-feito! Fez por merecer.

— Siga em frente — ordena ele.

— Por quê?

— Porque sim! — irrita-se Rafael. — Mas tem razão. Você é quem manda. Afinal de contas, você é quem sabe onde escondeu os papéis.

Sarah segue em frente pela Oxford Street, a maior rua comercial de Londres. Inclina-se para abrir o porta-luvas e tira de lá a lista, atirando-a ao colo de Rafael.

— Está aí! Tinha-a guardado e esqueci-me dela quando saímos do carro.

— Seu esquecimento foi a nossa salvação... dessa vez.

Durante vários minutos, não dizem nada um ao outro.

Os pensamentos iam conquistando seu espaço: as ponderações, as decisões, as dúvidas.

— Não sei para onde vou — diz Sarah, por fim.

— Não importa. Pelo menos os chatearemos bastante. Siga em frente. Não interessa se passar várias vezes no mesmo lugar.

O silêncio voltou a pesar.

— Você dispararia mesmo? — pergunta Sarah, finalmente. — Imagine que as coisas dessem errado... me mataria?

— Mataria — responde Rafael sem pensar duas vezes. — E em seguida mataria a mim mesmo.

Sarah fecha os olhos durante uns breves instantes, apesar de ter vontade de nunca mais abri-los. Mas os outros poucos carros não têm culpa dos seus dilemas, das toneladas de problemas que enfrenta, ainda que, indiretamente, diga respeito a todas as pessoas, de todas as raças e credos. Ele a mataria mesmo, e o tal Barnes sabia disso. Sente-se a Eva Braun de Hitler.

— Acredite, era um favor que lhe faria... caso as coisas acabassem mal — esclarece Rafael agarrado ao braço, deixando escapar um suspiro de cansaço e dor, simultaneamente. — Antes morrer que cair nas mãos deles. Não ter a lista com você, quer tenha se esquecido ou não, foi genial.

— Quer dizer que, se voltarmos a ficar na mesma situação, mas não tivermos mais nenhum trunfo, você será o primeiro a puxar o gatilho. Primeiro em mim, depois em você mesmo.

— Exatamente — afirma Rafael, sem demonstrar nenhuma sensibilidade aparente sobre o assunto.

— Foi meu pai que lhe deu essa ordem?

Rafael olha para Sarah, que se dá conta disso e lhe devolve o olhar, tirando momentaneamente os olhos da estrada.

— Não. Mas tenho certeza de que aprovaria tal recurso em situação semelhante.

— Claro. — Sarah volta a olhar para a estrada. — Claro, *Jack*. — Ênfase propositada no "Jack", realçando desilusões e outra história por contar, mais segredos, mentiras e omissões. — Seu nome é mesmo Rafael?

— Quem sabe?

— Jack?

— Não.

— Então?

— É melhor que não o saiba.

— Claro. Minha segurança é fundamental... mas só até certo ponto.

A ironia não passa despercebida a Rafael. É hora de esclarecer esse ponto.

— Olhe, Rafael é o nome do seu salvador, que não tem se saído mal até agora. Com altos e baixos, é certo, mas com algum êxito. Jack é a alcunha de John Payne, membro da P2 que hoje se revelou um infiltrado. Por isso, tecnicamente, John Payne morreu.

— Aquele tal Barnes o tratava com algum respeito, medo até. Quem é ele?

— Um diretor da CIA. Um crápula corrupto. Fiz algumas missões sob suas ordens e lhe digo: o fato de ele ter saído do gabinete a fim de participar pessoalmente da ação mostra que estamos dando um trabalho danado.

— E isso é bom ou mau?

— É bom porque significa que ainda estamos vivos. É mau porque vão canalizar mais recursos. Não levarão muito tempo para pedir ajuda a Langley.

— O.k., Jack Payne ou arcanjo Rafael, qual é o seu verdadeiro nome?

Rafael ri pela primeira vez desde que se conheceram.

— Boa tentativa.

— Tentar não ofende. — Sarah tira por instantes os olhos da estrada.

— Muito bem, Rafael John Payne, o que faremos agora?

Rafael fita-a atentamente antes de responder.

— Agora? Vamos desaparecer.

Capítulo 34

Como pode um plano que vinha correndo tão bem nas etapas anteriores descambar para o descrédito nas últimas horas de sua conclusão?

— Ainda há tempo de mudar a rota para Londres, senhor — avisa o assistente ao ouvido do velho, comodamente sentado na poltrona estofada do seu jato particular. — Considere como um pequeno desvio.

— Nem pensar! — protesta ele veementemente. — Respeitaremos o plano até o fim.

— Não corremos o risco de eles alterarem o plano de maneira irremediável?

— Tenha fé, meu caro. As coisas vão acabar se resolvendo.

— Costumamos deixar a fé para os crentes — argumenta o assistente, uma vez que pensa que esse desvio pode fazer a diferença. — É importante recuperarmos os documentos.

— Os documentos são a razão de tudo isso. Essa viagem é motivada por eles, não é necessário me lembrar. Além disso, como já lhe disse, nossa presença em Londres não serve de nada. As coisas estão em bom andamento.

— Como? Eles estão enrolando e nos fazendo perder tempo.

— Mas estão ao nosso alcance.

Os olhos do assistente iluminam-se subitamente, assim como seus sentidos. O Mestre tem um plano.

— Quer partilhar comigo suas intenções? — pergunta, para demonstrar que o compreende.

— Logo verá. Tem acesso a mais informações que a maioria dos homens; por isso, em breve juntará as peças e descobrirá tudo.

— Como queira — afirma o assistente, regressando ao seu lugar, não sem alguma irritação. O velho adora sonegar informação, mantêla em seu poder até que se torne inútil. Quando atinge a inutilidade é porque já cumpriu seu objetivo. É um artifício necessário nesse ramo, mas odeia que o use com ele. Se não o conhecesse melhor, diria que o velho não confia nele; mas sabe que não é isso. A explicação até é bem simples: é um aviso para seus fantasmas e para ele próprio, um "estou aqui, ainda dou as cartas, ainda decido e mando no meu destino e no dos outros".

A pequena janela junto à poltrona do velho deixa ver a escuridão da noite que, auxiliada pela luz reduzida da cabine, oferece o corpo à letargia sonolenta. Porém, não há tempo para dormir. As peças estão em movimento, onze mil pés abaixo, de um e outro lado do Atlântico. Algumas não se comportaram como previsto, mas será esse o trunfo dele. Quando a guerra se combate com as mesmas armas, vence o mais astuto. Sua estratégia é vencedora. Seu inimigo não é a mulher, como inicialmente pensara. O alvo a abater é Jack Payne, e, a partir do momento em que se deu conta disso, ficou ciente de que tudo voltaria ao normal rapidamente.

Parte do braço esquerdo da poltrona creme armazena um telefone por satélite, que nele encaixa perfeitamente. O velho levanta o gancho e digita uma dezena de números. Aguarda o tempo necessário para que a chamada se complete, e, após dois toques, alguém atende.

— *Ciao*, Francesco — cumprimenta com um sorriso frio nos lábios. — Chegou ao meu conhecimento que perdeu um colega seu recentemente... — Deixa que a informação faça efeito no interlocutor, esboçando um sorriso fleumático. — Pois então. Considere isso uma novidade em primeira mão... O corpo aparecerá a seu tempo... — Volta a deixar que a informação seja absorvida do outro lado. — Mas não é por essa razão que telefono. Posso vir a necessitar dos seus serviços... Quando? Ontem... Quero que embarque no próximo avião... No aeroporto lhe darão todas as informações necessárias, e depois você fica de prontidão até que o chame ou o dispense. — E desliga sem mais dizeres.

— Em breve, ambos estarão na minha presença — murmura para si mesmo, os olhos fixos na janela. — E aí veremos quem é o mais esperto.

Nesse momento de cogitação em voz alta, o assistente volta a se aproximar do Mestre; a irritação passou, aparentemente.

— Londres ligou — informa em voz baixa. Há informações que são para partilhar apenas entre os dois, para mais ninguém. — Aconteceu o pior.

Capítulo

35

A CÉSAR O QUE É DE CÉSAR

Setembro de 1978

O Santo Padre franziu o cenho quando, ao rever sua agenda e comprovar as audiências e os contatos que deveria manter nessa manhã, encontrou uma comissão do Departamento de Justiça da cidade de Nova York. Em dias anteriores, havia adicionado uma nota em que anunciava que a dita comissão se faria acompanhar por membros do FBI e do Banco Nacional de Itália.

Aquela solicitação tinha sido combinada meses antes, quando Paulo VI ainda pertencia ao mundo dos vivos. Seguramente, sua enfermidade impediu que reunião tão estranha acontecesse. Nas anotações de agosto, além de suspender o encontro indefinidamente, especificou que os membros da dita comissão seriam recebidos numa audiência pública, entre um grupo de religiosas belgas de Liège e um grupo de órfãos procedente de Gênova.

A última nota não suspendia o encontro, mas colocava-o entre uma representação de viúvas piedosas de Piamonte e um colégio religioso espanhol.

O papa João Paulo I entrou num dos gabinetes auxiliares e observou pausadamente os dois sacerdotes que exerciam o cargo de secretários particulares.

— Estes senhores se sentirão desconfortáveis na audiência. Chamem-nos até meu gabinete agora, o mais rápido possível... Ah, é uma visita de cortesia. Não é necessário informarem ao cardeal Villot. Obrigado.

Poucos minutos depois, Dom Albino Luciani preparava um café quando um dos jovens secretários entrou para o avisar. Seis homens aguardavam-no na sala. O papa sentiu-se um pouco intimidado perante a presença imponente deles. Contudo, todos eles inclinaram humildemente a cabeça quando cumprimentaram o pontífice. Horas mais tarde, não podia recordar com precisão o nome de todos. Os italianos eram inspetores e auditores do Banco de Itália, e os quatro americanos pertenciam ao FBI e ao Departamento de Justiça, mas todos asseguraram que trabalhavam para departamentos e seções relacionados com delitos financeiros.

— Senhor — disse um dos americanos, claramente pouco acostumado aos protocolos do Vaticano —, agradecemos profundamente que nos tenha permitido...

— Oh... — interrompeu João Paulo I com um sorriso e num inglês aceitável. — Estão se perdendo os bons costumes na Casa do Senhor. Desejam um café? Temo que pelo menos eu necessite...

Sentaram-se a uma mesa baixa que ocupava um canto do gabinete, com cadeiras confortáveis e um singelo crucifixo de prata no centro. Albino Luciani parecia disposto a escutar aqueles homens, um tanto embaraçados na presença de um clérigo seguido por milhões de fiéis em todo o mundo. Um dos agentes do FBI, temendo que a reunião se diluísse com o café que tomavam, rompeu todas as barreiras.

— Senhor, nós lhe trazemos um relatório conjunto que indica atividades ilícitas nas instituições financeiras ligadas à Santa Sé.

Albino Luciani observou o agente com uma expressão profundamente séria.

— Diga-me sobre o que fala esse relatório conjunto. O Senhor, como disse, escuta-os.

— As finanças do Vaticano — disse o agente, sem notar a brincadeira do pontífice — estão ligadas ao IOR, e este está ligado ao Banco Ambrosiano de Roberto Calvi, que, por sua vez, se liga aos negócios de Michelle Sindona e à sua Banca Privada. Sabemos que Sindona é a ligação entre Roberto Calvi e o bispo Marcinkus. Recordo que Sindona é chamado "o banqueiro da máfia", e, nos Estados Unidos, foi emitido um mandado de captura contra ele por fraude fiscal, por delitos financeiros e crimes em organizações mafiosas. E, se me permite, recordo também que Roberto Calvi pertence à loja maçônica P2, dirigida pelo fascista Gelli, instigador da Operação Gládio. Certamente não esqueceu as bombas da Piazza Fontana em 1969.

— Está me dizendo que com o dinheiro do Vaticano se colocam bombas em Milão?

— Não. Estou lhe dizendo que se colocam bombas em Milão e em vários outros lugares do mundo. Desde a Polônia até a Nicarágua.

Dom Albino Luciani não moveu um músculo do rosto, embora o fogo que lhe ardia na garganta talvez bastasse para incendiar o Palácio Apostólico.

O agente do FBI, com o contínuo assentimento dos procuradores do Departamento de Justiça, não estava disposto a se deter.

— Roberto Calvi e Paul Marcinkus fundaram em 1971 o Cisalpine Overseas Bank, em Nassau, nas Bahamas. Eu lhe direi para que serve esse banco: para lavar dinheiro do tráfico de drogas, para lavar dinheiro procedente do tráfico de armas, para encobrir especulações imobiliárias fraudulentas, para lavar dinheiro procedente de prostituição, de pornografia e outras atividades semelhantes. Dali, por meio de uma rede de sociedades interpostas que aparecem claramente no relatório, desviam-se fundos para lugares distintos. Por exemplo, para as organizações sindicais da Polônia, para governos ditatoriais, como o de Somoza, ou para organizações revolucionárias ou terroristas.

— Não lhe parece estranho que financiemos fascistas e revolucionários ao mesmo tempo? — pergunta o papa Luciani.

— Não financiam políticas; financiam delitos. Na Itália, estão subornando e chantageando políticos de todas as cores. Se ler o *Il Corriere della Sera* com atenção, poderá vê-lo claramente. No fim das contas, é o jornal oficial dos Gelli, dos Sindona, dos Calvi e dos Marcinkus.

— Santo Padre — tomou a palavra um dos auditores do Banco de Itália —, o Banco Ambrosiano tem um déficit de mil e quatrocentos milhões de dólares. E, como sabe, o Banco do Vaticano tem uns vinte por cento das ações do Ambrosiano. Deve tomar medidas, porque o Banco de Itália não pode arriscar...

— Senhor — interrompeu um procurador do Departamento de Justiça americano —, a administração norte-americana vai atuar de todas as maneiras. Viemos comunicar-lhe que será difícil que esse escândalo não respingue na Santa Sé. Cumpro ordens superiores ao lhe entregar este relatório. Pode ser que demoremos um ou dois anos a torná-lo público, mas nós o tornaremos. Durante esse tempo, senhor, poderá manobrar de forma que tente que a Santa Sé permaneça afastada dessa rede mafiosa.

— Sim, meu filho. Mas não sei se disponho de tanto tempo.

— Santidade — exclamou um dos auditores italianos —, afaste-se de Marcinkus, de De Bonis, de Calvi...

Albino Luciani levantou-se da cadeira com o rosto visivelmente abatido. Havia muitos anos, quando presidia o Banco Católico de Veneza, sabia que Marcinkus e os seus não geriam as finanças da Igreja conforme os ditames de Deus, mas conforme as sombrias e contornáveis regras de Wall Street.

O papa abriu a porta e saiu do gabinete sem se despedir. Diante de um espelho, numa das divisões dos aposentos privados, apoiado sobre uma mesa de mármore repleta de pequenas caixas de ébano, pequenas custódias de prata, bolas de cristal e molduras com fotografias, Dom Albino Luciani cerrou os dentes com fúria. Naquela solidão, varreu a mesa com o braço, e todos os objetos se partiram em mil pedaços ao caírem ao chão, espalhando-se pela sala.

— Malditos! Converteram a Casa do Pai num covil de ladrões!

Capítulo 36

Geoffrey Barnes não pregou os olhos durante toda a noite. Ao contrário do que é costume, não teve sequer direito a uma refeição decente que lhe atenuasse o mau humor. Seu lanche resumiu-se a uma caneca de café requentado e um sanduíche meio velho de bacon e queijo. Há quem chame isso de comida, mas para Geoffrey Barnes é um insulto. Um duplo insulto, se considerarmos que, no meio da noite, logo que chegou às instalações que ocupa em Londres, foi brindado com chá preto e biscoitos de manteiga, os únicos produtos alimentícios disponíveis. Geoffrey Barnes não é homem de chá preto ou de qualquer outra cor, muito menos de biscoitos de manteiga.

"Malditos ingleses... Só comem merda", pensou na ocasião em que lhe apresentaram tal cardápio. Porém, a situação não melhorou no lanche. Com certeza o sanduíche era de algum agente que não tivera oportunidade de comê-lo; provavelmente era um dos que tombaram no cumprimento do dever, durante a refrega no Museu Britânico, a pior mancha em sua folha de serviço desde que ingressara na agência havia vinte e sete anos.

Apesar de, neste caso, o mandante ser um italiano, ou pelo menos é nessa língua que falam, Geoffrey Barnes está muito mais preocupado do que se estivesse sob as ordens do próprio presidente dos Estados Unidos, muito mais facilmente manipulado que o sujeito da P2.

Falara com ele durante a noite, duas vezes, embora o italiano estivesse em pleno vôo, em viagem sabe Deus para onde. Barnes explicou os fatores que o levaram a tomar as decisões que tomou. O homem não reagiu nem bem nem mal, tampouco esboçou qualquer espécie de sentimento. Apenas se limitou a dizer:

— Os papéis são a parte fundamental do processo. Pelo visto, subestimamos nossos adversários; mas isso não voltará a acontecer. Adote todos os meios necessários. Assim que tiver os papéis em seu poder, elimine todas as testemunhas. Compreendido?

— Sem dúvida, senhor — anuiu Barnes, fechado em seu gabinete. Não é bom mostrar fragilidade perante os agentes.

O segundo telefonema foi para ordenar que nunca os perdesse de vista, acontecesse o que acontecesse, sacrificando-se o que fosse necessário sacrificar; os danos colaterais são normais, espinhos nas rosas do ofício, e não há como evitá-los.

— Coloquem a culpa num grupo árabe qualquer. No dia seguinte, fazem-se uns desfiles, homenageiam-se as vítimas, condena-se o terrorismo e fica resolvido o problema. — Tudo foi dito sem nenhuma ponta de emoção.

— Será feito — assentiu Barnes, pensando, evidentemente, que tal não sucederia. Tenta-se a todo custo evitar que os civis, os inocentes em geral, saiam afetados pelo desenrolar das operações. Contudo, Barnes sabe que pode sempre se perder uma bala. Ou várias. Uma bomba pode explodir no momento errado, ou os alvos podem, pura e simplesmente, estar acompanhados — e, com muita pena ou nenhuma, os acompanhantes têm de seguir o destino dos acompanhados, pois não convém deixar nódoas por limpar, fios pendurados; seria pior a emenda que o soneto.

— Outra coisa: aguarde minhas instruções. Não faça nada sem que eu o autorize.

E desligou a chamada da forma brusca a que Barnes já se habituara. Eram cinco da manhã.

Passou uma hora desde o segundo telefonema, e há pouco mais que isso Sarah e Jack circulam pela cidade de Londres, levando seus agentes numa visita guiada pelo centro histórico, pelas principais atrações da cidade — e não são poucas —, um salto aos arredores, para logo voltarem ao centro, apresentarem seu bom-dia à Rainha enquanto passam junto ao Palácio de Buckingham, seguindo pelo The Mall até Trafalgar, onde tudo começou para Rafael e Sarah. Depois voltam a entrar pela Charing Cross Road ou por outra rua qualquer. Um passeio a velocidade moderada, para não se perder nada, como todo passeio deve ser. Os relatórios que recebe a cada dez minutos pelo metódico Staughton não revelam nenhuma alteração, fato que começa a entediar os agentes e o próprio Barnes. Mas são os aguilhões da labuta: ela deve ter alguns; não pode ser tudo um mar de rosas.

— É estranho nem sequer tentarem fugir — pensa Barnes em voz alta, sozinho no gabinete. — Nem pararam para colocar gasolina. Alguma vez terão de fazê-lo. — Continua a meditação oral enquanto aguarda novas informações, iguais às que tem recebido desde que regressou ao quartel-general. — Preciso de uma refeição decente. É disso que preciso. O Jack e a mulher não podem passar desta manhã.

O Jack. "Tive uma enorme desilusão com você, filho-da-puta!" Jack Payne era uma lenda na P2, de tal maneira que a CIA o recrutava para seus trabalhos mais delicados. Jack Payne era sinônimo de competência, de trabalho feito, e agora está fazendo o que sabe... do outro lado da fronteira. A verdade é que a P2 é uma organização egoísta. Apesar de gostar e exigir que alguns efetivos da CIA sirvam a seus propósitos — uma forma inteligente de usufruir da tecnologia americana a custo zero, ou melhor, recebendo sua avença mensal —, a P2 não via com bons olhos — como ainda não vê, já que é um fato atual — o empréstimo de seus membros à agência do Tio Sam, especialmente os agentes de elite, entre eles o célebre Jack Payne. Mas, por vezes, quando a organização maçônica considera que a prazo pode ganhar algo com isso, autoriza a utilização de alguns dos seus membros, como aconteceu no passado com Jack, em três ou quatro missões que desempenhou sob as ordens de Barnes. Jack Payne era o tipo de homem que um diretor gosta de ter em seu quadro. Barnes chegara até mesmo a lhe propor que considerasse entrar para a agência e trabalhar com ele, permanentemente.

"Que coisa mais estúpida de fazer. Ia ser o meu fim na agência", cogita Barnes, recostado na cadeira, cansado pela longa noite. Este lugar, neste gabinete, conquistado com muito suor, trabalho e entrega. *No pain, no gain,* costumam dizer os americanos, com muita razão. Pois a Barnes essa cadeira custou caro. Sua posição na agência é o resultado de grande esforço, muita dor, várias horas sem dormir e sem uma refeição decente, como hoje. Se há uma coisa que esta noite lhe recorda são os tempos incertos da Guerra Fria, em que o mundo andava louco. Hoje, as loucuras são outras, mas os objetivos e os métodos, os mesmos: ganhar vantagem sobre os adversários durante o máximo tempo possível.

Barnes não perderá tudo aquilo por que lutou com tanta teimosia, doa a quem doer. Afinal, coordena a máquina mais eficiente do país mais poderoso do mundo.

Uma das coisas que aprendeu nos anos todos de serviço é que a vida continua sempre, e só faz falta quem aqui está. Embora o fato de ter tomado conhecimento da duplicidade de Jack Payne seja, em termos comparativos, como receber a notícia de que o presidente dos Estados Unidos está, afinal, do lado dos russos, em breve tudo voltará ao normal. Assim sendo, a história de Jack Payne pertence ao passado: já foi, já era, com a agravante para o traidor de que jamais figurará nos compêndios históricos; permanecerá para todo o sempre como um vilão omisso, alguém que podia ter sido grande, mas cujos passos cavaram a própria sepultura. Contudo, o que mais chateia Geoffrey Barnes é que para Jack Payne, ou qualquer que seja o nome dele, tudo isso é completamente indiferente. Não se prende a ideais de nações nem de nenhum outro que a represente na obscuridade. Jack Payne é fiel apenas aos seus ideais. Um entre muitos, mas que também não fará diferença no fim, quando Geoffrey Barnes der cabo dele.

"Devia estar louco quando decidiu se meter comigo, Jack."

De repente a porta se abre, revelando um Staughton esbaforido, que põe fim aos pensamentos de Geoffrey Barnes.

— Senhor...

— Staughton...

— Eles desapareceram.

Capítulo 37

— Agora? Vamos desaparecer. — Foi o que Rafael disse a Sarah, se bem lembrados estamos, ainda dentro do Jaguar.

Continuaram por mais algum tempo o passeio pela capital britânica; a cidade começava a despertar lentamente para um novo dia. Já com o carro na reserva, pedindo que o abastecessem, sob o risco de ficarem parados, Rafael pediu a Sarah, no cruzamento da King's Cross Station, que virasse à esquerda e mantivesse velocidade reduzida. Feito isso, Rafael muda-se para o banco de trás, sob o olhar curioso de Sarah.

— Que diabos está fazendo?

Baixa o banco de trás para ter acesso ao porta-malas e tira uma caixa verde de madeira. Volta a colocar o banco na posição correta, senta-se e baixa os vidros dos dois lados. Em seguida, abre a caixa de madeira e começa, de forma sistemática e cadenciada, a atirar as pequenas bolas que forram seu conteúdo para um e para o outro lado da estrada, com enorme precisão, de maneira que as faz rolar para debaixo dos automóveis estacionados ao longo da rua.

— Haja o que houver, não pare enquanto eu não mandar — ordenou.

Sarah seguia em frente, curiosa com o que ele estava fazendo. Boa coisa não era, disso tinha certeza, mas a expectativa aguçava-lhe a curiosidade. Alheio a tudo isso, Rafael continuava seu metódico plano: uma bola aqui, outra ali, enquanto o carro subia a rua a cerca de cem metros de Euston Station. A fila de carros que acompanhava aquela motorista tão prudente já era considerável; rodavam obedientemente atrás dela, mesmo porque não tinham escolha.

— Agora acelere e pare em frente à estação — disse Rafael, arremessando uma última bola.

— O que está fazendo? — pergunta Sarah.

— Falta pouco agora — foi a resposta dele.

Foi então que aconteceu, o carro já bem perto de Euston Station.

— O.k., pare agora!

Sarah obedeceu e, em seguida, assistiu ao inferno na Terra. Um conjunto de explosões que vinha desde o cruzamento de King's Cross na direção deles, sempre nas partes laterais da Euston Road, fazendo levantar carros no ar, causando incêndios, acionando alarmes de viaturas, lojas e residências. *Bum. Bum. Bum. Bum.* As bombas deflagravam uma a uma, semeando o pânico e a destruição.

— Você é doido?

— Não é um espetáculo? — ele comenta com ar circunspecto.

— Espetáculo? Isso...

— Vamos. Não temos tempo a perder.

Saem do carro, onde Rafael deixou dois dispositivos acionados dentro da caixa. O mar de explosões continuava a subir a rua, junto aos passeios. Ouviam-se gritos em cada pequeno intervalo. Os moradores do lugar acordavam de forma violenta. Dentro em breve iriam ser vistas pessoas em pijama e roupão saindo para a rua, buscando a proteção do ar livre, da rua, do céu aberto.

Rafael espalhou ao acaso mais algumas bolas na parte da frente da rua, aquela que o Jaguar não percorreu, de forma que criasse uma aura protetora. Ao som das explosões, Rafael e Sarah correram para a Euston Station.

— A lista! Esqueci-me da lista! — exclama Rafael, dando meia-volta para ir buscá-la no Jaguar parado no meio da rua.

Entraram no pequeno jardim sobranceiro e continuaram a correr, correr, correr. As explosões pararam durante alguns segundos, deixando fumaça e pó no ar, e estragos que outros se encarregarão de contabilizar. No meio do jardim, Sarah olha para trás, bem a tempo de ver o Jaguar ir pelos ares. Um estrondo enorme, que o elevou a alguns metros no ar. Assim que cruzaram as portas envidraçadas da estação — ela, Rafael e outros tantos fugitivos que já nem sabiam qual o melhor lugar para se protegerem —, explodiram as bombas finais. Só alguns policiais fardados, com seus coletes fluorescentes, corriam no sentido contrário, entregando o corpo à luta.

Rafael pegou a mão de Sarah para que ela não se entregasse a devaneios sentimentais diante do que presenciara.

— Faz idéia da monstruosidade que fez? — grita ela enquanto é puxada, escada abaixo, em direção ao subsolo.

— Os fins justificam os meios.

E sem mais palavras desceram ao subsolo, onde o ponto de táxi se localizava. A partir daí, foi tudo muito mais simples. Aproveitaram a confusão gerada para rumarem a Waterloo, à estação internacional, a tempo de apanharem o último Eurostar com destino a Paris. Último porque o governo britânico decidiu fechar o espaço aéreo e todas as ligações ferroviárias e marítimas com o continente, por tempo indefinido, ato normal quando acontecem catástrofes como essa.

Aproveitaram a confortável viagem de TGV para descansarem um pouco. Dormiram quase todo o percurso, pelo menos Sarah; pois sabemos que Rafael o fez com um olho aberto e outro fechado, como é típico de pessoas como ele. Fez duas rondas pelos vagões até ficar satisfeito. Tinham mesmo desaparecido, por algum tempo.

Duas horas e trinta e sete minutos depois, chegavam à mítica e histórica Gare du Nord, no centro da cidade-luz, patrimônio da moda, boa comida e mulheres bonitas, entre outros prazeres que Rafael e Sarah visitarão em outra oportunidade, quando tiverem a agenda menos cheia.

Comeram algo ali mesmo, na estação, enquanto os clientes e passageiros restantes, à espera dos próprios horários, fixavam os olhos nas televisões, na angústia de saciarem a vontade de saber mais acerca do já chamado Bombardeamento de Londres. Muitos tentavam ligar para familiares ou conhecidos, mas os telefones não funcionavam na capital britânica, pois as linhas, congestionadas, entraram em colapso. Muitas pessoas aguardavam pelo próximo Eurostar para Londres, ignorando as horas ou os dias que teriam de esperar. O mundo rotineiro dos homens altera-se em segundos, como neste dia em que o mundo acordou para mais uma catástrofe.

— O Bombardeamento de Londres! Viu o que fez? — atacou Sarah. Com ela, a sensação frustrante de estar num filme ou no meio de um pesadelo do qual, por mais que se esforce, não se consegue acordar.

Rafael ignorou-a e perguntou ao garçom, num francês sem sotaque, quais eram as últimas notícias e estimativas de mortos e feridos.

— Oh, *monsieur*, há muitos feridos sem gravidade, não sei quantos, diversos feridos graves, e algumas televisões dizem que há um morto; outras falam em três, mas na rádio afirmam que não há vítimas fatais até agora — informa o garçom, como se se tratasse de um menu suculento à disposição no café.

— E quem foi? Já se sabe?

— Ainda estão investigando. Mas foram os árabes, na certa.

— Claro. É horrível. Obrigado — agradeceu Rafael, levantando-se e dando uma gorjeta boa, em libras, ao empregado.

Dali, apanharam um táxi para Orly, sem mais se pronunciarem sobre o caso do Bombardeamento de Londres. Por incrível que pareça, a vida continua, e existem outras prioridades.

Capítulo 38

O Airbus A320 estabiliza a trinta e cinco mil pés de altitude e voa a uma velocidade de novecentos quilômetros por hora. Em aproximadamente duas horas aterrissará no Aeroporto da Portela, em Lisboa, local para onde se destinam os cento e onze passageiros deste avião — entre os quais Sarah Monteiro, nome oficial Sharon Stone, cidadã francesa, e Rafael, o salvador, na falta de apelido, cujo nome oficial é o sempre útil e vasto joão-ninguém, proveniente do Reino Unido. O vôo TP 433 decolou do Aeroporto de Orly há pouco mais de vinte minutos, atrasado, para variar; e agora que ambos estão mais despertos é hora de Rafael voltar a responder a mais perguntas da jornalista que o acompanha.

Para quem nunca tenha colocado os olhos num Airbus A320, convém apenas esclarecer que é composto de duas partes — primeira e segunda classe —, sendo que os lugares de primeira estão situados à frente do avião: sete fileiras de cadeiras estofadas, três de cada lado. Duas cortinas separam a diferença de preço e tratamento do restante do avião. A segunda classe corresponde a vinte e seis fileiras de cadeiras, também com três lugares de cada lado. O conforto é relativo, uma vez que, se a pessoa à nossa frente estiver com vontade de tirar uma soneca e reclinar a cadeira ligeiramente para trás, pode tornar a viagem desagradável. O mesmo pode acontecer se os três lugares estiverem ocupados, pois fica-se sem espaço até para ler o jornal. Chega, porém, de lamúrias, porque a viagem dura somente duas horas e meia. Eis a situação: o avião está lotado. Rafael se acha sentado do lado da janela, e Sarah, no lugar do meio. Por sorte ou azar (é totalmente indiferente), o lugar junto ao apertado corredor ficou vazio; caprichos de *check-in*.

Rafael olha pela janela. O céu está limpo, mas àquela altitude a única dedução possível é de que estão sobrevoando a terra.

Sarah olha fixamente para Rafael, com outras coisas na cabeça mais angustiantes que a vista. Não é justo que inocentes sofram à custa do bem-estar deles, e é revoltante saber que Rafael nada sente em relação a esse aspecto. Cresceu habituada ao valor incomensurável da vida humana, não só da dela, mas das que a rodeiam, e sempre a chocou a maneira como muitos encaram a vida dos outros. O melhor exercício que Sarah faz todas as vezes que se vê perante uma notícia catastrófica ou alguma situação em que se perderam vidas humanas é colocar-se na hora no lugar das vítimas. E se fosse eu? Se os outros dão tanto valor à sua vida, como dou à minha, como devo me sentir? Dizem que as notícias são como um prato apresentado à hora do jantar. Mastiga-se, engole-se e defeca-se. Nunca se fica ciente de que a guerra que deu no noticiário da televisão não termina ao mesmo tempo que na tela. As coisas perduram, continuam, não são apenas mais um programa destinado a entreter as massas. A guerra é real, de pessoas verdadeiras que choram, sofrem e morrem. Pessoas como nós, como Sarah; nem mais, nem menos. Se no lado do comum dos ocidentais reina o ditado "longe dos olhos, longe do coração", de Rafael nem isso se pode dizer: é como se tivesse feito o correto e, desse ponto de vista, o que está feito, está feito, e não se fala mais nisso.

— Não sente remorso? — pergunta Sarah, por fim.

— Com o quê?

— Ainda pergunta?

Ele concede a si mesmo alguns segundos antes de responder.

— Não. A morte é apenas um dia da nossa vida. Agora vamos ao que importa.

— E o que importa? — indaga Sarah.

— Vou contar-lhe a história.

As comissárias de bordo iniciam a distribuição da refeição de praxe, um sanduíche e uma fatia de bolo, mais bebida e chá ou café para acompanhar. Começam também as idas ao banheiro, dificultando o trabalho delas, uma vez que o carrinho não deixa espaço para passagens.

Sarah não percebe essa agitação, preferindo ouvir.

Uma vez, Rafael ouvira dizer que "os pais estavam em Jerusalém". Provavelmente a expressão se referia aos míticos construtores do Templo de Salomão. Esses veneráveis arquitetos haviam transmitido seus conhecimentos aos carpinteiros e pedreiros do Ocidente, os mesmos que na Idade Média levantaram as catedrais. Eram os maçons. Os que utilizavam o maço, o escopro, o esquadro, o compasso e o fio-de-prumo. Esses poderosos artesãos conheciam os segredos de Deus. Hoje, inclusive, em Notre Dame ou em Reims, ou em Amiens, pode comprovar-se que esses homens conheciam verdadeiramente os segredos de Deus e sabiam o que Ele desejava para o mundo. Jesus Cristo, Nosso Senhor, advertiu: "Dai a César o que é de César e a Deus o que é de Deus". Isso era do conhecimento de todos, políticos, professores universitários, médicos, banqueiros, funcionários públicos, militares, escritores e jornalistas. Até o papa sabia. "Deus está em toda parte, filho, até nos cofres dos bancos e nas fábricas de armas."

Pelo que Rafael ouvira, os maçons haviam estado nos cadafalsos da França revolucionária, quando a cabeça dos nobres e dos reis rolou ensangüentada. Posteriormente, estiveram por trás das guerras e das mudanças violentas de regime na Europa e na América. Os membros da P2 podiam se dar por satisfeitos. Pertenciam à mesma saga de muitos presidentes dos Estados Unidos e da Europa.

A comissária de bordo entrega o invólucro com os sanduíches aos dois, que baixam as respectivas mesas. Sarah pede uma Coca-Cola; Rafael, água. Mastigam em silêncio, entregues às próprias meditações, respeitando o espaço de cada um. Instantes depois, Rafael continua.

Em Roma, a Gran Oriente de Itália começou a sofrer cisões internas no início do século XX. Foi então que se fundou a Propaganda Due. Aqueles que manobravam as intrincadas linhas do mundo lamentavam que a maçonaria estivesse na boca de toda a gente, que seus nomes aparecessem na imprensa e que suas ações fossem controladas por políticos ineptos e fracos. O número 2 lhes conferia a sombra que procuravam. Acabaram as infiltrações, as declarações e as fotografias. A P2 não existia. Ninguém deveria saber nada dela. A *loggia copperta* acolheu todos aqueles que, coroados pelo conhecimento de Deus, dedicavam esforços a levantar o Reino dos Céus na Terra.

— Foram tempos amargos para eles — relata Rafael a Sarah, que escuta com avidez. — Estavam fascinados com Hitler e Mussolini, mas, segundo eles, tanto um quanto outro traíram seu espírito...

Licio Gelli, que começou a freqüentar a maçonaria italiana em meados do século XX, foi o verdadeiro impulsionador da Loggia P2.

— Gelli tinha mais idéias que qualidades para levar a cabo seus projetos — disse a Sarah. O grão-mestre da Gran Oriente de Itália conferiu-lhe poderes que estavam muito além de suas capacidades. Gelli era um pequeno empresário da Toscana que venerava o *Führer*, o *Duce* e o Generalíssimo. Por isso, alistou-se como voluntário para combater na Guerra de Espanha. Também foi espião nazi nos Bálcãs, colaborou ativamente com a CIA e promoveu alguns golpes de Estado na América do Sul.

— A ascensão de Gelli na organização é um mistério — continua Rafael. — Os caminhos do Senhor são insondáveis. Por essa razão, é surpreendente a quantidade de incapazes que alcançam o poder, a glória e a fama.

Mas o certo é que Licio Gelli estava na cúpula da Loggia P2 no início dos anos 1970 e em 1971 converteu-se num dos homens mais poderosos do mundo nas sombras. Gelli, sempre disposto a conspirar, fundou a Loggia P1, ainda mais secreta que a P2, destinada exclusivamente a encobrir presidentes, altos dignitários, secretários-gerais e diretores.

Os companheiros mais idosos haviam falado a Rafael das reuniões com cerca de vinte veículos à prova de bala, negros, brilhantes e com vidros escuros, que, segundo se dizia, estavam à porta de qualquer hotel de luxo perto do lago Como, ou em Genebra, ou em Baden Baden. Permaneciam durante duas ou três horas e depois saíam, e seus carros desfilavam por estradas secundárias até se perderem na rede rodoviária européia.

Provavelmente, foi Gelli quem convenceu grande parte dos maçons da organização Justiça e Liberdade a engrossar as fileiras da P2, compostas de políticos de todas as linhas, militares e banqueiros, e todos se mostravam encantados por pertencerem a uma sociedade tão seleta.

— A vaidade é um grande erro, Sarah. Gelli não pôde evitar o prazer de se deixar fotografar com Juan Domingo Perón na Casa Rosada.

Quando Gelli se viu acossado pelos juízes, em meados dos anos 1970, desfez sua organização e desvinculou-se de qualquer outra instituição maçônica. Foi assim que a P2 se converteu numa entidade ultra-secreta e o próprio Gelli começou a ostentar o título de grão-mestre. Esses tempos eram os anos da família. A P2 operava exatamente da mesma forma que a máfia ou a Camorra. Eram chamados os Gelli. E os ideais neofascistas de seu grão-mestre impediam que a organização avançasse para o Grande Plano Divino. Não obstante tudo isso, seu trabalho foi bastante construtivo, por outro ponto de vista, porque seus colaboradores infiltraram-se em todas as instituições do Estado italiano, no Vaticano e em diversas agências de segurança estrangeiras.

Muitos políticos pensavam naquela época que o verdadeiro presidente do país era Licio Gelli, que manipulava os meios de comunicação, as sondagens, as campanhas eleitorais e as votações, para que, à frente do Estado, se colocasse uma pessoa designada previamente por ele.

Rafael observa Sarah.

— Gelli cavou sua sepultura quando permitiu que a lista de membros caísse nas mãos de Pecorelli.

Os juízes começaram a fazer perguntas, e o velho Gelli viu-se obrigado a se refugiar no Uruguai.

— E assim chegamos à atual direção da Loja — continua Rafael. — Afastaram Gelli e ocuparam-se em colocar a organização no bom caminho. Foram anos de muito trabalho. Tinham que modificar a Constituição, reformular o sistema judicial e de ensino e convencer alguns... homens. Craxi, Andreotti, Bisaglia... Não importava muito a que partido pertenciam. O importante é que colaboraram... Até mesmo alguns nem faziam idéia de que estavam colaborando. Os jornalistas, de modo geral, foram bons rapazes. Gostam de dinheiro — conclui Rafael.

Atualmente, a Loja é um corpo de sombras que ninguém consegue descobrir. É uma fantasia de adeptos das conspirações, uma lenda urbana sem sentido, uma organização que apenas provoca receio aos pesquisadores solitários de internet. Não existem. E não existir é muito recomendável quando se pretende levar a cabo um plano como o deles.

Sarah começa a compreender que a organização estendia e estende sua rede por todo o mundo. Incluindo o Vaticano, onde a Loggia P2 se chamava Loggia Ecclesia. Quando o papa João Paulo I morreu subitamente, a Loja contava com inúmeros membros que exerciam suas funções nos palácios da Cidade Santa.

— Nos anos 1980, Roma era o melhor lugar do mundo. O bispo Marcinkus ocupava-se das finanças, e tudo que passava por suas mãos se convertia em ouro — continua Rafael. — É certo que investiam em pornografia, em laboratórios que fabricavam anticoncepcionais ou em outros negócios pouco adequados à imagem da Igreja, mas o investimento em fábricas de armamento, infiltrações políticas, subornos, chantagens ou lavagem de dinheiro são muito mais produtivos a longo prazo.

— Não sei se pretende me dar uma imagem da realidade ou me aterrorizar — reclama Sarah com um olhar pensativo.

Rafael opta por ir também em direção às próprias reflexões.

Um silêncio sereno instala-se entre os dois.

— Isso é intragável — lamenta-se Sarah, pousando mais de metade do sanduíche no invólucro branco.

— Eu até gosto. São daquelas coisas a que uma pessoa se habitua.

— O que eu precisava agora era tomar um banho. Humm. Seria bom demais... — Sarah estica-se no banco, espreguiçando braços e pernas.

— Pode-se arranjar — informa Rafael, terminando o sanduíche e desviando a atenção para o bolo de cenoura. — Quando aterrissarmos, cuidaremos disso.

— Isso é uma promessa? — pergunta Sarah com o que pode ser um sorriso nos lábios.

— Não. Nunca faço promessas. Mas é a minha palavra.

Deixam cair o silêncio durante mais alguns instantes frugais, em que o som dos motores do avião se sobrepõe aos murmúrios e às conversas desconexas dos demais passageiros, entendendo-se a palavra *desconexa* por prosas verborréicas com destinatário próprio, que sobem ao ar e pairam por momentos, transformando-se num som, numa palavra que se mistura a todas as outras que decorrem ao mesmo tempo, criando a mixórdia de discursos separados, própria dos locais com muita gente; o chamado burburinho.

— Acha que meu pai está bem? — Sarah quebra o silêncio.

— Está. Não tenha medo. — A segurança da voz de Rafael imprime certeza.

— Meu medo, neste momento, é sermos presos no aeroporto — brinca Sarah, ou pelo menos tenta, com certeza motivada por um fundo de seriedade e algum receio.

— Pode ficar descansada. Isso não vai acontecer.

— Como pode ter tanta certeza?

— Porque é uma das vantagens de ser um infiltrado. Podemos ter meio mundo atrás de nós, mas sabemos como eles pensam; por isso, estamos sempre um passo à frente. E o importante é mantê-lo.

— E como eles pensam? — Sarah inclina-se sobre Rafael, realmente interessada em saber.

— A primeira coisa que fazem é limpar a cena e fazer o próprio inquérito. O Governo com certeza já fechou todas as vias de comunicação com o país. Ninguém entra nem sai.

— Até quando?

— Até quando for necessário, ou até quando os operadores turísticos e as companhias aéreas começarem a pressionar. Assim como quem foi apanhado no meio do turbilhão e tem de seguir para outros países. No máximo dois dias.

— Isso significa que o tal crápula da CIA também não pode sair do país?

— Isso seria ótimo, mas não. Eles têm autorizações especiais e os próprios aviões. Se nos localizarem, se colocarão logo a caminho, mas por enquanto estamos seguros. Garanto-lhe isso pelas próximas horas.

A voz dele acalma-a inexplicavelmente. A garantia de um assassino sem remorsos, que até agora tem cumprido sua função com distinção, ainda que com custos enormes de suportar.

— O que faremos depois de falarmos com meu pai? — sonda Sarah, tentando perceber os planos que ele possa, eventualmente, ter.

— Um passo de cada vez — responde Rafael. — Logo verá.

— Você tem ar de quem planeja várias jogadas à frente.

— É verdade. Mas, neste caso, o objetivo é levá-la à presença do seu pai. E isso é fundamental. Depois, os próximos passos se apresentarão por si mesmos.

— Chá ou café? — pergunta a comissária, ao lado deles.

Chá para Sarah, café para Rafael; líquidos diferentes a satisfazer prazeres iguais.

— Quando chegarmos a Lisboa, já deveremos ter nossa fotografia nos principais jornais e todas as autoridades atrás de nós — diz Sarah com uma risada nervosa.

— Isso nunca vai acontecer. É do interesse deles que não existamos para o mundo, bem como que o deixemos o mais breve possível. Sete palmos abaixo da terra ou atirados ao rio com um peso de cem quilos preso aos pés. Isso não importa. Mas, enquanto tivermos esse trunfo, ninguém vai nos colocar nas drogas dos jornais. Se o fizessem, poriam tudo a perder.

Sarah compreende a explicação lógica dele. Como é possível manter a calma numa situação tão precária como a deles? Especialmente quando estão dentro de um tubo a trezentos metros de altura, sem acesso a informação, planejando seus passos lá embaixo, com uma certeza surpreendente.

"Espero que esteja certo", pensa Sarah com intensidade, como um desejo ardente. Espera mesmo.

— Maldito Firenzi! Como ele podia ter meu endereço? — reflete Sarah. — Bem, tendo em conta que meu pai é membro da organização, até compreendo, ainda que mal, que soubesse onde moro, ou que tivesse arranjado meu endereço de alguma maneira. O que custo a entender é: por que eu?

Rafael não esboça nenhuma tentativa de resposta. Volta a levar a mão ao braço.

— Está doendo?

— Está — responde Rafael, massageando o braço. Horas antes, durante a viagem, fizera um curativo no banheiro. A dor atenuara um pouco, mas agora voltava a sentir as marcas da noite.

— Precisa de alguma coisa? Posso ajudá-lo?

— Não, obrigado, eu agüento. Fiz por merecer, é bem-feito — dispara Rafael, lembrando o comentário noturno.

As comissárias de bordo recolhem os invólucros que continham os sanduíches e as pequenas fatias de bolo, mais os copos de plástico. Na maioria, estão vazios; um ou outro intocado, de passageiros que não têm fome ou encaram os vôos com alguma tensão, suficiente para o estômago se fechar e não aceitar ofertas digestivas.

Pouco depois, o comandante informa a cabine que em breve iniciará a descida para Lisboa, onde é menos uma hora que em Paris, e que Lisboa apresenta céu limpo e temperatura amena. Agradece por viajarem pela TAP e espera vê-los, em breve, de novo na sua companhia.

Se fosse um vôo normal, Sarah estaria atenta a todos esses rituais; mas este nunca esteve programado, é-lhe imposto pelo destino ou por prévias combinações espirituais. À medida que se vão em direção a Lisboa, sobrevoando o interior norte da pátria de Sarah, o sentimento de angústia aumenta no peito, tornando difícil a respiração.

— Conhecia aquelas pessoas que dizem que matei?

— Claro.

Embora seja uma resposta que pressupõe um esclarecimento adicional, Rafael remete-se ao silêncio, desviando o olhar para a janela, apreciando a descida para altitudes mais translúcidas. O mundo visto de cima é todo plano, sem altos e baixos, sem desigualdades, como um manto perfeito, como tudo aquilo que compõe o Universo.

— E? — insiste Sarah.

— O agente secreto americano está explicado. Na realidade era tcheco, naturalizado americano, mas isso é irrelevante. O espanhol chamava-se Filipe Áragon, e o argentino, Pablo Rincón. Ambos receberam informação concernente aos papéis de João Paulo I.

— Papéis como os meus?

— Como deve imaginar, o papa tinha vários papéis com ele. Essa lista que recebeu é apenas parte do conteúdo.

— Mas eles também receberam papéis?

— Isso não sei lhe dizer. A única coisa que sei é que, infelizmente, não conseguiram escapar, como você.

— Se receberam os papéis, então agora estes devem estar nas mãos da P2. Se, por outro lado, só receberam informações sobre, digamos, a localização dos restantes, a P2 também deve ter se apoderado dessa informação quando os liquidou — especula Sarah. Liquidar é uma palavra muito melhor que assassinar, embora o fim seja o mesmo; uma forma de suavizar a dura realidade.

— É provável. Não sei. O procedimento só seu pai conseguirá explicar.

— Como você consegue agir assim? Confiar, manipular, tomar decisões se não tem acesso à informação toda? Como funciona se só conhece partes? — A curiosidade de Sarah é notória.

— Somos apenas uma peça que faz parte de uma grande máquina. O que importa é que conheçamos nossa parte e a desempenhemos bem, acreditando que estamos do lado certo. Quanto ao quebra-cabeça todo, só interessa a quem o monta.

— E não tem curiosidade?

— A curiosidade matou o gato.

O avião procede às manobras normais de aproximação da pista, propícias a enjôos e a pressões nos tímpanos, e, minutos depois, aterrissa suavemente.

— Acabamos de aterrissar no Aeroporto da Portela, em Lisboa... — informa a comissária de bordo na lengalenga ritual.

— Pelo menos não nos atingiram com nenhum míssil enquanto estivemos no ar — desabafa Sarah, brincando, amenizando a tensão do vôo e tentando não antecipar o que a espera. Sua propensão para imaginar filmes, o reencontro com o pai... Não adianta pensar nisso, a vida real não é um filme, e tudo que passou até agora esteve muito longe de seus devaneios mais prodigiosos: fugir no metrô e ter de escapar de tiros de armas verdadeiras; matar agentes da CIA, ainda que sem querer, no Museu Britânico; e, como cereja em cima do bolo de qualquer obra-prima de Hollywood, a cena bombástica e apavorante de Euston Station.

— Míssil. Também não exagere. Isso só aconteceu uma vez, e por engano — afirma Rafael.

— O célebre caso do malogrado TWA-800, eu sei. Mas nunca foi provado.

— Já sabe que as verdades oficiais são a melhor mentira possível.

— Sim...

— Especialmente quando esse avião foi atingido por engano.

— Por engano?

— O alvo principal alterou a rota no último minuto.

— E qual era o alvo?

— O Air Force One.

Capítulo 39

Jeronimo Staughton faz das tripas coração para cumprir as ordens de seu diretor. O mau humor dele é notório, o do chefe. Staughton não se pode dar a esses luxos, ainda que também tenha passado a noite em claro; não tem subalternos em quem descontar nem família por perto. Os pais gozam da aposentadoria em Boston, Massachussets, e as mulheres nunca agüentaram seu ritmo de trabalho. Quem trabalha na agência está de tal maneira comprometido com o dever que este começa a devorá-lo aos poucos, acabando por cortar os laços familiares, amizades profundas inabaláveis, tornando seus efetivos verdadeiros agentes secretos, praticamente sem vínculos com o mundo exterior, o que facilita o desempenho das missões.

Jeronimo Staughton não é muito diferente nesse aspecto, embora mantenha inalterados os laços com os progenitores e o restante da família. Ainda há pouco avisou a mãe que estava tudo bem com ele e que não sofrera nenhum dano no Bombardeamento de Londres. Apenas ficara sem transporte para ir trabalhar, pois foram todos suspensos na zona metropolitana. Para a mãe, Staughton é técnico de informática na sucursal londrina de uma empresa americana, o que não deixa de ter um fundo de verdade.

Os amigos de infância desapareceram com o tempo, conseqüências da vida de cada um e da falta de convívio e contato. Quanto às mulheres, Jeronimo Staughton ainda tentou, há que lhe dar crédito por isso. Por duas vezes esteve perto de um compromisso matrimonial perante Deus e a Justiça. O 11 de setembro de 2001 pôs por terra a primeira tentativa; mas não se pode culpar a moça com quem se casaria, pois Staughton ficou três meses sem voltar para casa após o atentado às torres gêmeas, limitando-se a dar um mísero telefonema semanal informando que na semana seguinte voltaria. O mesmo aconteceria com mulher diferente em 2003, antes e depois da Segunda Guerra do Golfo. Com casamento marcado para 9 de abril — isso mesmo: o dia da chegada das tropas fiéis à sua causa a Bagdá —, Staughton permaneceu incomunicável durante cinco meses, enviando um e-mail esporádico que informava seu estado físico e psicológico, dizendo que regressaria no mês seguinte. É evidente que, quando o regresso se efetivou realmente, a noiva já havia partido para outro condado, de tal maneira magoada que não atendia aos seus telefonemas. Resolveu então colocar um ponto final em relações duradouras, e hoje, com trinta e dois anos, mal habituado à extemporaneidade sexual, vive para o trabalho, até que um dia alcance um lugar que lhe permita ter uma família a quem possa dedicar tempo, carinho e amor. Porém, seu receio mais premente é transformar-se numa espécie de Geoffrey Barnes, sem ligações com o mundo afetivo, cujo interesse maior, depois do trabalho, é encher a pança num restaurante qualquer onde se coma bem — algo que em si mesmo é uma missão quase impossível de realizar numa cidade onde não é possível comer pior. Não, isso não pode acontecer. Não pode se transformar num ser que acaba com tudo à volta se não tiver comido bem. Além do mais, para Staughton, Geoffrey Barnes é um filho-da-puta, insensível e sem escrúpulos; em suma, é o chefe.

— Está pronto? — irrompe Barnes, debruçado sobre o monitor do computador que Staughton observa.

— Ainda não. Está quase.

— Já conseguiu alguma coisa?

— O que tenho está na impressora.

Barnes dirige-se à impressora, encostada à janela, e pega o monte de papéis que ela depositou na bandeja. Cerca de dois centímetros de espessura em informação. Vai levar horas a processar. Não é tarde nem cedo; olha para a sala atulhada de movimento. Homens e mulheres de um lado para o outro, outros no computador, gritos, ordens, acenos de mão, ligações telefônicas, um grupo de três jovens tendo uma conversa divertida.

— Ei, vocês três — chama Barnes —, quero isso analisado em detalhes. E, de onde saíram esses, vão sair mais. — Os sorrisos desvanecem-se e eles obedecem prontamente à ordem. — Reportem ao Staughton qualquer achado.

— Sim, senhor.

Barnes recolhe-se ao seu gabinete. O dia está passando, e não há novidades. A situação está crítica, muito crítica.

Os jovens sentam-se a uma mesa para cumprir a ordem enquanto um deles, mais corajoso, dirige-se a Staughton.

— O homem não comeu hoje?

— Não comeu, não bebeu, não dormiu e não transou. — Staughton cospe, sem tirar os olhos do monitor.

— Estamos ferrados!

— Reze para que os encontremos rapidamente, porque senão estaremos mais que ferrados.

O agente inclina-se para Staughton como para lhe contar um segredo.

— Cheguei hoje, cara. Não faço idéia do que procuramos.

— Jack Payne, um traidor, e Sarah Monteiro, uma jornalista bem jeitosa. Procuram-se vivos.

— Jack Payne? *O Jack Payne?*

— Esse mesmo.

— Trabalhei com ele uma vez. Salvou-me a vida.

— Agora já não fará o mesmo. Se o encontrar, vai matar você. Só hoje já apagou sete e arrebentou a Euston Road.

— A Euston Road? Foi ele?

— Foi. O Bombardeamento de Londres é da autoria desse filho-da-mãe.

— Estou sem palavras.

— Também não precisa delas para trabalhar, Thompson. Vá, não há tempo a perder — despacha-o Staughton.

— O que está fazendo?

— Acessando as listas de passageiros que deixaram o país esta manhã. É gente que não acaba mais.

— Isso é uma agulha num palheiro. Eles devem ter documentos falsos.

— Eu sei. Mas no momento é nossa única hipótese. Temos de encontrar essa agulha.

— Deixe-me dar um telefonema. Já venho — afirma Thompson, afastando-se em direção a uma mesa que não tem o telefone ocupado.

Embora o mundo da informação sigilosa nunca pare porque a colheita é feita em nível global — pois mesmo entre países ditos aliados há desconfiança mútua, sempre, vinte e quatro horas por dia, sete dias por semana —, aquele edifício situado em rua incógnita ganha outra vida durante o dia. Homens e mulheres para cá e para lá, tratando dos interesses nacionais e internacionais e analisando informação relevante angariada por agentes espalhados pelos quatro cantos do mundo.

Geoffrey Barnes, durante o expediente, até usufrui de uma secretária particular que filtra as chamadas e providencia todas as suas ordens e desejos. Por isso, seu humor logo será atenuado por um almoço decente, que a assistente encomenda num restaurante razoável no final da rua. É evidente que o entregador não passa da portaria. É claro que a portaria é totalmente normal, igual à de todos os outros edifícios, com porteiros que transmitem a certeza de que não existe nada suspeito naquele edifício, nenhuma agência secreta governamental de um país forasteiro: apenas e tão-só um prédio residencial.

Barnes observa a sala exterior através do vidro, sentado em sua cadeira. Precisava que toda aquela gente estivesse envolvida no caso; infelizmente, tal não é possível. O mundo é grande, e para os Estados Unidos as prioridades são outras — pelo menos é o que o gabinete do presidente pensa. Pondera pedir a Langley mais efetivos; o pedido não será recusado, mas significa dar o braço a torcer. É o mesmo que informar o quartel-general de que não se está conseguindo dar conta do recado. Não; por ora, deixará as coisas como estão. Se até o final do dia eles não aparecerem, terá de repensar essa decisão. Entretanto, algo lhe chama a atenção lá fora, ou a falta de algo. Levanta-se e sai para a sala comum, dirigindo-se com passos furiosos até a mesa onde os dois agentes analisam as listas de passageiros que deixaram o Reino Unido até o encerramento do espaço aéreo e das fronteiras terrestres.

— Então? Resultados?

— Nada. Já considerou a hipótese de eles ainda não terem saído do país? — pergunta um dos agentes.

— Saíram. Tenho certeza. — Olha para o local que lhe chamou a atenção. — O Staughton?

— Saiu com o Thompson.

— Com o Thompson? Onde foram?

— Não disseram.

— Trabalho de campo não deve ter sido. Estou furioso com esses dois.

Caminha esbaforido de volta ao gabinete, até que é interceptado pela secretária.

— Senhor...

— Meu almoço já chegou?

— Deve estar quase.

— Estão demorando mais do que o costume.

— Estão demorando o mesmo tempo de sempre, senhor. Vinte minutos.

Barnes bate a porta do gabinete. As opções estão esgotando. "Isso vai acabar mal para mim!"

— Senhor Barnes — chama a secretária, metendo a cabeça dentro do gabinete. Ainda não disse tudo.

— Diga.

— Tem uma chamada na linha dois.

— Uma chamada? Só me faltava essa! Quem é?

A mulher engole em seco antes de responder.

— Do Vaticano, senhor.

"Do Vaticano?", Barnes pensa aturdido. "As coisas estão esquentando!"

Capítulo 40

OS JARDINS DO VATICANO

Setembro de 1978

Soror Vincenza procurara Dom Albino durante toda a tarde. Enquanto percorria os corredores do Palácio Apostólico com uma pequena bandeja, um copo d'água e um comprimido num pires, deteve-se junto a uma janela e viu-o sentado num banco dos jardins. O Santo Padre segurava a cabeça com as mãos e parecia tomado por pensamentos dolorosos.

— Minha Nossa! — resmungou Vincenza, quase sem querer.

A anciã desceu as escadas que levavam aos maravilhosos Jardins do Vaticano e avançou por um dos caminhos que conduziam a uma rotunda. Um pouco mais além se encontrava Dom Albino, com sua sotaina branca impoluta, sentado, olhando os sapatos.

Irmã Vincenza plantou-se à frente dele.

— Os médicos recomendaram que passeie pelos jardins, Santo Padre. Não lhe disseram para se sentar nos jardins.

Dom Albino observou a fiel servidora com um sorriso bondoso nos lábios.

— Sim. Recomendaram-me que andasse para que esse inchaço que tenho nos pés desapareça. Mas o fato é que com os pés inchados não posso caminhar. Então, o que posso fazer?

Soror Vincenza, acostumada à lógica implacável de Dom Albino, reconheceu que os médicos não haviam sido especialmente habilidosos na prescrição daqueles passeios.

Sem trocar nenhuma palavra, o papa pegou o comprimido e o copo que Vincenza lhe oferecia e, depois de olhar o medicamento com uma expressão de resignação, ingeriu-o, deleitando-se mais com a frescura da água do que com as prometidas faculdades benéficas da pastilha.

— Você conheceu meu pai, irmã Vincenza? — perguntou Dom Albino à aia, que continuava de pé à sua frente. — Quando entrei no seminário de Feltre, aos onze anos, meu pai ficou dois meses sem dirigir uma palavra à minha mãe. Como sabe, minha mãe era uma mulher muito devota, mas meu pai...

— Dom Giovanni era um rebelde — disse Vincenza.

— Não. Dom Giovanni, como você disse, era socialista. Embora, em face do que está ocorrendo, não sei se um imigrante, um jornaleiro ou um trabalhador que tenha vivido sempre na miséria possa ser outra coisa. O fato é que, quando entrei no seminário, meu pai disse: "Enfim, terá que se fazer um sacrifício". Eu diria que, para um fervoroso anticlerical, ele teve uma premonição muito semelhante à visão espiritual. Eu pensava nele quando chegou.

— Deus o ajudará a carregar o fardo, Santo Padre.

Dom Albino fitou irmã Vincenza com benevolência. De nada valia iniciar uma conversa sobre o modo como os diretores do Banco do Vaticano haviam se servido dele. Que poderia pensar aquela freira ingênua se lhe assegurasse que o dinheiro da máfia era lavado através de empresas de fachada nas bolsas de Zurique, Londres e Nova York? Em que estado ficaria a sensível fé de soror Vincenza se soubesse que o afável cardeal Villot aparecia com o número 041/3 nos arquivos secretos da Loja P2, desde 6 de agosto de 1966? Como poderia dormir aquela venerável anciã sabendo que seu Dom Albino não comandava a Igreja de Jesus, mas um conglomerado econômico que acabaria explodindo em suas mãos se ele não remediasse a situação? E, no que dizia respeito a si próprio, como poderia olhar nos olhos daquela boa mulher sabendo que sua Igreja se tinha convertido num covil de ladrões?

— Eu poderei suportar o fardo, Vincenza — disse Dom Albino. — Mas não sei se outros estão dispostos a me suportar.

— Confiança em Deus, Dom Albino — dizia a anciã enquanto regressava ao Palácio Apostólico. — Confiança em Deus...

João Paulo I permaneceu alguns minutos naquele banco da rotunda, envolto em pensamentos e fitando os pés inchados. Era hora de voltar ao gabinete. Tinha tanto a fazer. Com um gesto de resignação, levantou-se, e em seus lábios refletiu-se a dor dos tornozelos.

— Enfim, como disse o velho Dom Giovanni... terá que se fazer um sacrifício.

E regressou ao seu gabinete caminhando lentamente, com as mãos nas costas.

Capítulo 41

Fazia apenas duas horas que haviam aterrissado na capital de Portugal — fixada por El-Rei Dom Afonso III, em 1255, e que permanece até os dias de hoje, a cidade das setes colinas, fundada por Ulisses, Rei de Ítaca, segundo as lendas, mitologias, histórias de encantar que se perderam no tempo — e já estavam no ar novamente. A vida não pára para Rafael e Sarah; não pára para ninguém, a bem da verdade. Parar é morrer. O tempo corre, e todos os segundos são importantes, valiosos, especialmente quando a vantagem ainda está do lado deles. O futuro a Deus pertence, ou às combinações prévias de Geoffrey Barnes com a portuguesa e o... cidadão de nacionalidade incógnita.

Sarah enfim teve direito ao banho, não prometido, mas acertado, num quarto do Hotel Altis, na rua Castilho, onde também aproveitaram para almoçar tardiamente.

Para Sarah, não deixa de ser estranho partilhar um quarto de hotel com um desconhecido, mesmo tendo passado com ele situações que jamais conseguirá apagar da lembrança e que a ligam a Rafael como a nenhum outro homem. No entanto, esgueirar-se pelo quarto envolta numa toalha branca, com ele ali presente, ainda que indiferente — ou pelo menos assim o demonstra —, não deixa de constrangê-la.

Na televisão, as notícias estão obviamente focadas em Londres, nos efeitos devastadores provocados pelo desditoso bombardeamento. Mais um dia infame que perdurará na história como um atentado à liberdade, aos direitos e às garantias conquistados pela maioria dos países ocidentais havia alguns séculos, e em outros poucos anos antes, mas que se vêm espalhando e derrubando fronteiras.

— O atentado já foi reivindicado pela organização terrorista Al-Qaeda... — informa o jornalista.

— O quê? — pergunta Sarah, aumentando o volume da televisão e sentando-se na beira da cama, ainda envolta na toalha branca. Em condições normais, teria outra cobrindo o cabelo, mas grande parte dele ficou num hotel em Londres. — Como pode ser?

— São os serviços secretos trabalhando — afirma Rafael, deitado na cama, de olhos fechados, descansando.

— Sim, mas como se inventa uma história desse tipo? Ninguém consegue descobrir a verdade?

— Eles são a verdade. Como vê, estamos limpos.

Na tela aparece a fotografia dos terroristas que espalharam os engenhos e se fizeram explodir dentro de um Jaguar. Três árabes, em preto-e-branco, e os respectivos nomes embaixo. Sarah observa atenta, completamente aturdida com a dimensão gigantesca daquilo em que está metida. O poder necessário para movimentar aquelas peças todas, a interação entre agências secretas capazes de proporcionar uma história, uma verdade daquelas, é de tal forma gigantesco que nem Sarah consegue imaginar como o fizeram em apenas cinco ou seis horas. Mas a verdade é que o fizeram, e isso deixa Sarah de cabelos em pé, arrepiada.

— Treze mortos é o balanço até o momento, entre os quais se incluem os três terroristas suicidas... — continua o jornalista, direto de Londres, ou pelo menos assim parece pelo cenário de fundo, com a Catedral de São Paulo a imperar sobre os edifícios restantes ao redor.

"Treze mortos!", pensa Sarah, franzindo a testa. *Treze mortos*. Um número horrível com o qual conviver. Mesmo um seria difícil de suportar, mas treze... Treze pessoas inocentes, talvez crianças... Os olhos marejam até não mais conseguirem conter a produção lacrimal e libertam pelo rosto abaixo fios copiosos de dor intensa e verdadeira. Um balanço temporário, que pode ver o número alterado, sempre para mais, nunca para menos, pois quem está morto não ressuscitará. Só um na história o fez, mas foi quem foi, de tal importância que os calendários passaram a se referir ao tempo antes dele e posterior à sua passagem.

Sarah vira-se para Rafael, que continua a descansar, impávido e sereno, como se aquele número treze, provisório, não o tivesse afetado minimamente. Isso a revolta sobremaneira, porque não é a imagem que a voz dele transmite. A distância com que vê as coisas, a insensibilidade que demonstra, não corresponde ao calor da sua voz, ainda que, por vezes, diga apenas uma ou duas palavras, só, como para se defender do mundo exterior. Alguma coisa esconde esse homem que se diz chamar Rafael.

Na tela da televisão, as imagens de uma Londres destroçada passam para o jornalista em estúdio, acompanhado dos especialistas-em-quase-tudo que esboçarão as teorias de como tudo aconteceu e por quê. Peritos em assuntos do mundo que ignoram a ignóbil verdade, mas falam sobre a mentira como verdadeiros conhecedores. Idiotas. Entretanto, o foco volta a incidir sobre o jornalista em Londres.

— Só uma notícia de última hora, neste dia horrível, que voltou a acordar o mundo para a tragédia, mas que nada tem a ver com o atentado. A portuguesa Sarah Monteiro, que estava sendo procurada pelas autoridades européias, foi finalmente detida, esta manhã, aqui em Londres.

A imagem mostra uma mulher saindo de um carro da polícia metropolitana, com um casaco a lhe cobrir a cabeça, entrando na sede da polícia, o famoso edifício da Scotland Yard.

— As surpresas não param, hoje — desabafa Sarah, boquiaberta.

— Estamos duplamente limpos — diz Rafael, espreguiçando-se.

— Por que fizeram isso?

— Para que forças externas não se metam. Estão totalmente convencidos de que deixamos o país.

— É essa a mensagem que tira disso?

— É — diz Rafael, levantando-se. — Vou tomar banho e vamos embora.

Quando Rafael sai do banho com uma toalha ao redor da cintura, não encontra Sarah no quarto. Não se preocupa muito com o caso, deixa cair a toalha e... ela entra precisamente quando começava a vestir as calças. Sarah disfarça o embaraço virando o rosto.

— Aonde foi? — pergunta Rafael, continuando a se vestir e ignorando o constrangimento dela.

— Fui à recepção.

— Fazer o quê?

— Tenho de lhe dar satisfações?

— Não. Mas se eu não souber onde está não posso protegê-la.

— Só fui à recepção. Já estou de volta, sã e salva — afirma Sarah sarcasticamente. — E agora? Vamos embora? — pergunta, mudando rápido de assunto.

— Deixe-me acabar de me vestir.

É então que Sarah repara no ferimento dele. No braço, quase junto ao ombro, duas incisões grandes e muito inchadas. A entrada e a saída da bala.

— Isso não está com boa cara.

— Vai passar.

— Deixe-me desinfetar, pelo menos. — Sem esperar resposta, Sarah dirige-se ao banheiro e pega o estojo de primeiros socorros alojado no interior do armário do lavatório. Molha uma toalha de rosto com água quente e pega outra seca. Dirige-se ao quarto e põe tudo em cima da cama. — Sente-se aqui.

— Deixe estar. Isto já esteve pior.

— Sente-se! — É uma ordem.

Rafael obedece e senta-se na beira da cama. Sarah abre o estojo e começa a limpar a ferida com a toalha molhada. Em seguida, passa a toalha seca para criar aderência. Então coloca água oxigenada num algodão e desinfeta a ferida, os dois orifícios. Para fechar, cobre-a com um curativo. Trabalho finalizado, e Sarah ergue o olhar. Rafael também tem o olhar fixo nela. Há quanto tempo? Podemos dizer que desde o início do curativo que Sarah fez com tanto cuidado. Não desviam os olhos um do outro durante alguns instantes, até que começa a ser constrangedor, pelo menos para Sarah, que, apesar disso, continua a corresponder.

— O que foi? — pergunta ela, por fim.

— Nada — responde Rafael, desviando finalmente o olhar e acabando de vestir a camisa. — Obrigado.

— Sempre às ordens — diz Sarah, levantando-se e arrumando os acessórios de primeiros socorros. — Ora, que bela tatuagem tem aí... — observa, tentando descontrair o momento estranho.

— Quando vir uma dessas em mais alguém, fuja e não olhe para trás.

— Por quê?

— Porque é a tatuagem da Guarda.

— Da Guarda? Que Guarda?

— A Guarda Avançada da P2. Uma espécie de pequeno exército preparado para ações rápidas. Hoje você acabou com a infalibilidade do grupo.

— Eu não. Você — corrige Sarah, ao mesmo tempo que a tatuagem da serpente, que desce do braço até o pulso, fica oculta de vez pela manga da camisa.

— É melhor ligar para a recepção e chamar um táxi.

— Não é necessário.

— Vamos apanhar em outro lugar?

— Não. Não vamos de táxi.

E assim se encontram agora sobrevoando Lisboa de helicóptero, em direção ao norte.

Em breve Sarah verá o pai, e isso não lhe sai da cabeça. Se pudesse, evitaria o encontro, protelaria durante mais algum tempo, até concluir a ligação dele no meio de toda essa confusão, até conseguir uma explicação plausível de alguém de confiança sobre o envolvimento do pai no seio da organização. Claro que deseja ardentemente ouvir algo do tipo "Seu pai é inocente" ou "Seu pai era um infiltrado e nunca matou ninguém". Seria tão bom que Rafael pudesse lhe dizer uma coisa dessas!

— É sua primeira vez em Lisboa? — pergunta Sarah, afugentando os pensamentos paternos.

— Não. Já vim várias vezes. Por aqui passa muita informação, e temos de estar onde ela anda.

— Aqui em Lisboa?

— Aqui em Portugal. Lisboa, Porto, Coimbra...

— Interessante. E gosta de Lisboa?

— É uma cidade lindíssima. Aliás, Portugal inteira é uma jóia. Verá daqui a pouco uma delas.

— Para onde vamos?

— Logo verá.

A mesma resposta evasiva de sempre, sem acrescentar nada, a não ser curiosidade... e ansiedade.

O helicóptero continua a viagem, agora para noroeste; ao fundo vê-se o oceano Atlântico; Lisboa e o Tejo já ficaram para trás.

— Sabe que esta já foi a capital do mundo? — pergunta Sarah melancolicamente.

— Sei. É o povo que deu novos mundos ao mundo.

— Seria bom que ainda fosse assim.

— É tudo uma questão de vontade. Portugal é o país mais velho da Europa. É preciso que comece a se comportar como tal.

Cinco segundos de silêncio, findos os quais o piloto se vira para Rafael e avisa que estão na zona. Este coloca uma mochila nos ombros e pega um apanhado de cintos, cordas e acessórios metálicos, que coloca ao redor de si.

— O que está fazendo? — pergunta Sarah.

— Coloque isso — ordena Rafael, entregando-lhe um conjunto de cintos que lembravam equipamentos de alpinista.

— Para quê?

— Não faça perguntas difíceis. — Rafael tira-lhe o conjunto das mãos e o coloca ele mesmo. — Vire-se de costas para mim — pede no final.

Sarah vira-se e, mal o faz, ele aproveita para prender seu equipamento ao dela com a ajuda de várias presilhas e grampos.

— Importa-se de me explicar que diabos está fazendo?

— Preparada?

— Para quê?

Não chega a ouvir a resposta. No momento seguinte, já saltaram.

Capítulo 42

Sentada nas escadas, concentrada no jogo em curso no seu Playstation Portable, a pequena nem percebe os dois homens que passam por ela em direção a outro andar. Esses jogos têm tal poder hipnótico, capaz de prender crianças e adultos ao aparelho durante horas a fio, em qualquer lugar, uma vez que a portabilidade trouxe essa vantagem. Caso contrário, a menina teria ouvido o homem de trás protestar contra o da frente, queixando-se de que aquilo não está certo e de que o lugar dele não é ali.

Mais ninguém se apresenta ao caminho na subida; os habitantes de Londres, à exceção da menina do *game* e dos dois homens que por ela passaram, estão em suas casas, atentos ao caos noticioso, ou nos hospitais, à espera de saberem dos seus familiares ou entes queridos que ainda não ligaram para informar sobre seu paradeiro.

É, sem dúvida, um dia triste para a capital britânica, submetida ao jugo do terrorismo islâmico. Muitos estarão junto ao telefone, ansiando pela chamada que lhes liberte o aperto sentido no peito. Um "Estou bem, não se preocupe". Mas as horas passam e o telefonema não se faz ouvir.

Começa-se a ligar para hospitais, para a polícia, perguntando sobre o paradeiro do filho, do pai, da mãe, da esposa, do namorado, do marido — mas ninguém sabe dizer nada. Pode também estar em qualquer hospital e não ter sido ainda identificado; pode estar debaixo dos escombros, em outro local qualquer e não ter absolutamente nada a ver com o ocorrido; pode estar morto. E isso é o que ninguém quer ouvir. Esse é o telefonema que ninguém quer receber.

Os efeitos provocados por Rafael perdurarão por muito tempo sob a fachada de um golpe islâmico. Todos condenarão. A maioria retornará à normalidade rotineira, com medo, no início — um medo que se desvanecerá a cada dia que passa. Outros reterão as marcas do incidente para o resto da vida: a queimadura, a amputação, a dor física e psicológica que jamais será esquecida. E há os restantes. Aqueles que mais perderam. O ente querido, o familiar que nunca mais voltou para casa, que nunca mais telefonou nem atendeu aos nossos telefonemas, que nunca mais foi conosco ao café. O ato de uma só pessoa pode afetar o mundo inteiro. Nesse caso, foram três árabes, mas as autoridades já estão ao encalço do cérebro da operação e, claro, de Bin Laden.

O certo é que a pequena continua absorta no meio de uma chuva de meteoritos que tem de contornar com sua nave espacial. É nova demais para compreender as implicações do que aconteceu em sua cidade, e com sorte nunca terá de passar por isso.

Os fones de ouvido que conferem som ao jogo impedem-na de ouvir o estrondo causado pelo pontapé na porta do terceiro andar. O inquilino acorda sobressaltado ao som da porta caindo literalmente no chão. Tenta fugir pela janela, mas a arma do primeiro homem que entra no apartamento convence-o a não fazê-lo.

— Hans, meu querido Hans — cumprimenta Thompson alegremente, aproximando-se dele enquanto Staughton entra logo atrás, também de arma em punho. — Como vão os negócios?

Capítulo 43

Depois de uma noite inteira de vigília com os olhos postos na porta do edifício onde o velho entrou no dia anterior, os dois homens permanecem nos mesmos lugares, e pelo menos o que está sentado no banco de passageiros continua imbuído do mesmo sentido vigilante do dia anterior. Fizeram turnos de duas horas, ainda que o motorista não tenha voltado a pregar o olho, quando, perto da uma da manhã, o rádio lhe apresentou notícias impressionantes provenientes do outro lado do Atlântico: o Bombardeamento de Londres. A partir daí, os comentadores e peritos forenses discorreram sobre toneladas de teses e teorias que se propagaram através das ondas radiofônicas, e continuam a fazê-lo nessa hora da manhã.

Apesar de Nova York ter acordado para mais um dia de trabalho — ainda que dizer "acordar" na cidade que nunca dorme seja um pouco exagerado —, sente-se a consternação no ar, o ambiente pesado motivado pelo atentado transatlântico. O 11 de setembro de 2001 deixou marcas profundas na sociedade americana, especialmente, é óbvio, no seio nova-iorquino. Percebem melhor que ninguém a dor profunda, o impacto psicológico devastador que os cidadãos de Londres sofrem nesse momento. Tudo isso, apesar de distante, reabre feridas, remete a recordações que dia após dia tentam esquecer, mas que permanecerão para sempre.

— Estou todo moído — reclama o motorista.

— Os carros não foram feitos para dormir — responde o outro.

Servem-se de *donuts* e cappuccino que o primeiro foi buscar num café a menos de cinqüenta metros. Já durante a noite haviam mantido o corpo desperto com a cafeína que o motorista ia buscar constantemente numa loja, aberta vinte e quatro horas. Alimentara conjecturas sobre a razão que leva os estabelecimentos abertos durante todas as horas do dia a possuírem portas como os outros, quando, na realidade, nunca lhes fazem falta. Tudo isso mentalmente, sozinho, porque o chefe não é muito dado a conversações. E, no meio de suas inferências solitárias, pensava em Jack Payne, o grande Jack, e em sua sorte. Ao mesmo tempo que o censura, inveja-o. É preciso coragem para dar um passo desses. Quanto mais não seja, é preciso muito sangue-frio para andar no meio da Guarda e, muito importante, não ser desmascarado por ninguém; pelo contrário, ser o próprio a fazê-lo no momento oportuno... para si mesmo. O velho Jack Payne.

Uma raposa. E já que se fala em velho...

— O alvo saiu à rua — diz o motorista.

— Estou vendo.

— Vai segui-lo?

— Não. Você vai.

— E você?

— Vou fazer uma vistoria no apartamento dele.

— Assim é que se fala — felicita o motorista, satisfeito. Finalmente alguma ação.

— Não o perca de vista. No final, ligo para saber onde está.

O motorista sai da picape, calmamente, e coloca-se no encalço do velho. A perseguição é feita a pé, usando-se depois os transportes que o alvo vier a usar. Parece difícil e é, especialmente se ele se meter num táxi ou num outro veículo civil qualquer. Quando isso acontece, a primeira coisa a fazer é tentar entrar num táxi na hora; se tal não for possível, é bom que tenham anotado o número do táxi ou a placa do veículo civil. Em seguida, é só fazer uma chamada e fornecer os dados do carro, mais o lugar de onde partiu. Minutos depois, recebe-se um telefonema em resposta, com os dados do local por onde passará. Depois, basta apanhar meios de transporte que o levem ao local mais próximo. Pode, claro, tornar-se um jogo de gato e rato, pois as informações podem ser contraditórias. Agora está na Sétima Avenida em direção ao Central Park. Olha, virou para a Broadway e vai no sentido oposto, em direção à Times Square. Por fim, acabam por chegar ao destino, seja ele qual for; e, quando isso acontece, o agente volta ao controle da situação.

Nesse caso particular as coisas estão facilitadas: o velho é adepto de caminhadas, apesar da idade, ou talvez esse gosto tenha proporcionado tal longevidade e lucidez. Ambos caminham em direção ao Central Park, um por hábito, o outro por simpatia ou dever. O da frente é quem manda, por enquanto.

— Por que não lhe metemos uma bala no meio dos olhos e liquidamos o assunto? — pergunta o motorista ao ar. — O que ele tem de tão especial que o torna diferente dos outros?

✦ ✦ ✦

Só um quarto de hora depois o homem consegue entrar no apartamento do velho. Trabalho profissional, executado com muitos cuidados, uma vez que ultrapassa a alçada da sua função até o momento. As ordens do Mestre são explícitas e não englobam uma entrada no apartamento, pelo menos para já. Aliás, proíbem expressamente qualquer ato que coloque em risco o plano principal, o Grande Plano. O que explica então as ações desse homem? Arriscar-se dessa forma? Colocar em perigo todo o trabalho realizado e, acima de tudo, a própria cabeça a prêmio, sabendo que o Mestre carrasco não se negará a cortá-la? Só uma resposta pode esclarecer tudo isso: o homem anda atrás de uma vantagem, de algo que possa agradar sobremaneira ao Mestre que está para chegar.

Planejou bem a subida. Apresentou-se na portaria como vendedor de bíblias. O porteiro só faltou engasgar de tanto rir.

— Olhe que esse senhor deve ter mais bíblias em casa do que aquelas que o senhor vende — disse ele, ainda todo vermelho e limpando as lágrimas dos olhos.

— Ele costuma comprar. Não me lembro é do andar em que mora.

— É no sétimo — respondeu o porteiro prontamente. — De qualquer maneira, ele já saiu. Deixe seu cartão que eu lhe entrego.

— Muito bem.

Deixou o cartão e aguardou a uma distância segura. Não levou dez minutos até que um carro estacionasse à frente e o porteiro viesse abrir a porta para a madame e os filhos que entraram no edifício. Dever de porteiro fardado a rigor. Nesse meio-tempo, o homem já está na escada de serviço, a caminho do sétimo andar. Ninguém o viu entrar.

Agora, dentro do apartamento, revira-o, no bom sentido, que significa deixar tudo como está, no devido lugar. Comprova-se a presença de vários exemplares do Novo Testamento, edições diferentes, tamanhos e encadernações variados. Provavelmente uma coleção, sendo que alguns volumes apresentam o peso dos anos, das décadas, dos séculos, de disseminação da palavra cristã pelo mundo.

A decoração do apartamento é bastante sóbria; mobílias antigas, mas nada muito luxuoso. Os tons escuros predominam, assim como as cruzes de Cristo espalhadas por todas as divisões. O catolicismo também se reflete num altar de madeira, pequeno, mas que dará, sem dúvida, para rezar missas para dez ou quinze pessoas; mais do que isso, lotará a pequena divisão onde ele se encontra.

Uma hora e três telefonemas depois — feitos para controlar os passos do velho que ainda passeia pelo Central Park, calmamente, enchendo de tédio o motorista, agora no papel de vigia —, o homem dá por terminada a busca. O rubor do rosto e a expressão dos olhos emanam uma energia furiosa. O que quer que pretendesse encontrar não está naquele apartamento, é certo. Fez até uma procura minuciosa a orifícios ocultos, cofres e presenças disfarçadas. Olha pela janela, para baixo; o movimento na Sexta Avenida é constante e incessante. Localiza a picape, estacionada, sem problemas. Reúne a energia necessária para recuperar a calma. Não pode sair do prédio de cabeça quente; isso propicia a ocorrência de erros.

Suspira profundamente, pensativo. "Nada!"

Capítulo 44

O Palácio Nacional de Mafra é uma das relíquias do valioso patrimônio arquitetônico português e europeu. Situado na vila que lhe dá o nome, o enorme palácio foi mandado construir pelo Rei Dom João V, fruto de uma promessa do monarca, caso a Rainha, Dona Maria Ana da Áustria, lhe desse descendência. O nascimento da princesa Dona Maria Bárbara assim o exigiu, e o Rei não poupou recursos para erguer aquela obra de arte em estilo barroco. Além de um palácio real luxuoso, que ocupava todo o andar superior, o edifício continha um convento para mais de trezentos frades franciscanos, uma basílica e uma das mais belas bibliotecas da Europa, forrada a mármore e madeiras exóticas. As estantes rococó albergam mais de quarenta mil livros, com encadernações em couro gravadas a ouro. Além de muitas preciosidades literárias, acolhe uma primeira edição de *Os Lusíadas*, de Luís Vaz de Camões. Há muito não há nele frades franciscanos, desde que as ordens religiosas foram dissolvidas em 1834; mas, além do tesouro que representa em si mesmo, também os possui no interior. A basílica tem duas torres e uma cúpula, seis órgãos com repertório exclusivo, que não pode ser ouvido em mais nenhum outro local, e dois carrilhões, fabricados em Antuérpia, com noventa e dois sinos, considerados os melhores do mundo.

— O que estamos fazendo?

— Vamos encontrar seu pai.

— Aqui? — Sarah está de péssimo humor. Não bastava ter um encontro imediato com o pai, ainda fora atirada de um helicóptero, presa a Rafael, sem nem sequer lhe perguntarem se estava ou não disposta a um salto de pára-quedas. Então é isso: que alternativa tem ela senão estar pronta para tudo? O que virá a seguir? Uma escalada sem cordas, só com mãos e pés e a ajuda das formas naturais da rocha? Uma ida à Lua? Sim, porque somente lá é que conseguirá se ver livre de toda a corja que anda ao seu encalço. Ou talvez não. A P2, através da CIA, é bem capaz de lançar um *space shuttle* em sua perseguição. Não está segura em lado nenhum. Ou quem sabe esteja. Tudo depende das cartas que jogou aliadas às que ainda virão pelo caminho.

— Ele vem para cá? — pergunta Sarah no mesmo tom irritado com que encara tudo desde a descida junto ao pinhal.

— Já está aqui.

Passam as enormes portas do convento, acedendo ao seu interior magnífico. Rafael demonstra saber para onde vão, como sempre, e isso a irrita profundamente.

— Ele não devia estar num quartel?

— Não. Não se iluda com o fato de ele ser militar.

Sarah desiste. Rafael não vai contar mais do que aquilo. É um conta-gotas humano: vai liberando as coisas aos poucos e sempre em doses iguais.

A aura antiga do convento começa a acalmar o espírito dela, que admira os afrescos, os castiçais, as paredes nos seus floreados gravados em pedra. Uma energia positiva e serena que baixa sobre os visitantes. Um grupo escolar está à frente deles, auxiliado por um guia que explica as razões das coisas e dos lugares.

— Saramago, o prêmio Nobel de Literatura, descreve em seu livro *O memorial do convento* — não sei se já leram, mas, quem não o fez, aconselho fazê-lo — as desventuras e peripécias da construção deste convento, que o Rei Dom João V decidiu erigir como agradecimento pelo nascimento da filha, Dona Maria Bárbara.

Rafael e Sarah juntam-se ao grupo, escutando atentamente o guia. Deixam que eles se afastem até saírem de vista e entram por uma porta de acesso restrito. O coração de Sarah fica aos pulos. Está quase.

— Sabe que se diz que a altura do convento é igual à profundidade do seu subterrâneo? — pergunta ela, nervosa.

— Já ouvi falar — responde Rafael, no tom habitual de quem já está pensando na jogada seguinte.

Entram naquilo que fora o hospital, com uma capela confinante de onde os enfermos podiam ouvir a sagrada palavra do Senhor. Num dos cantos, Rafael abre habilmente uma pequena porta de madeira. Descem uma escada estreita, em caracol, que se estende por vários metros, à luz de uma lanterna que está nas mãos de Rafael.

— Dizem também que o subterrâneo está inacessível há séculos por causa dos milhões de ratos que vivem lá. — A voz dela começa a enfraquecer, revelando inquietação e ansiedade. — Perderam-se tesouros inestimáveis por causa disso — completa.

Chegam enfim a uma porta cujos gonzos enferrujados e madeira bolorenta denunciam idade avançada e falta de uso. Tudo é escuro à volta. Sarah começa a imaginar morcegos despertos do seu sono secular, sem incômodo, enraivecidos por causa daqueles dois intrusos e preparados para abrirem os olhos vermelhos e atacarem, mergulhando-os em sangue em três tempos. Rafael abre a porta, que produz um ranger agudo impróprio para os ouvidos.

— Cuidado com a cabeça — alerta Rafael, baixando a sua para passar pela porta estreita. Sarah faz o mesmo, na expectativa de encontrar um novo mundo, recuar alguns séculos, aos tempos áureos do século XVI, em que Portugal dava as cartas no mundo, dando-se ao luxo de dividi-lo em dois com os espanhóis, no famigerado Tratado de Tordesilhas. Mas a verdade é que o convento não foi construído nesse século, mas noutro, posterior, quando o ouro proveniente do Brasil ainda dava para tudo, mas a influência internacional minguava a olhos vistos.

Assim que coloca os pés do outro lado da passagem estreita, depara com a dura realidade do... nada. A mesma penumbra que encontrara na escada e que a lanterna não consegue superar com seu fino feixe.

— O que é isso? Onde estamos?

— Segure aqui — pede Rafael, entregando-lhe a pequena lanterna.

Sarah aproveita para iluminar o local, alheia aos movimentos de Rafael. A única coisa que consegue ver é terra. Terra e mais terra, não conseguindo discernir se aquilo é o prosseguimento da passagem ou uma espécie de catacumba.

— Importa-se de apontar para este lado? — pede Rafael, como se estivesse à espera disso desde o início. — Deve estar em algum lugar por aqui.

— O quê?

Fixado na parede irregular feita de pedra ou terra — Sarah não consegue identificar — está um pedaço de pau envolvido em uma espécie de trapo no topo. Uma tocha.

Instantes depois, e com a ajuda de um isqueiro, Rafael acende-o, espalhando uma luz alaranjada que conquista parte da escuridão. Vêem-se perante um enorme túnel escavado na pedra e sem fim à vista, pelo menos até onde o poder de iluminação da tocha alcança. Alguns ratos escondem-se nos buracos mais próximos, fugindo da intrusão, mas longe de configurarem milhões, ou mesmo milhares. Sarah esperava um subterrâneo suntuoso, cheio de luz e ostentação, dezenas de criados em sentido, à espera de ordens dos fidalgos ou das senhoras que dançavam num imenso salão. O sonho nunca corresponde exatamente à realidade. Em vez disso, encontra uma escavação grosseira que mais não será que uma passagem para qualquer lado.

— Onde estamos?

— Bem-vinda às catacumbas do Convento de Mafra — informa Rafael, olhando a expressão boquiaberta de Sarah. — Vamos?

Sarah não responde. Apresenta um estado letárgico tão estático que, por instantes, se sente incapaz de proferir qualquer palavra.

— Meu pai irá se encontrar conosco aqui? — pergunta por fim.

— Não, seu pai mora aqui.

Capítulo 45

MARCINKUS

29 de setembro de 1978

Esta não é uma noite qualquer. Pelo contrário. É a noite de todas as decisões, aquela que delineará o futuro dele e de mais alguns envolvidos. É de tal maneira importante que, para o bem ou para o mal, ficará conhecida entre eles como A Noite. Se o desfecho ocorrer conforme o planejado, jamais voltarão a falar no assunto; se, por outro lado... O melhor é não pensar nisso.

Combinaram que o resultado seria comunicado a todos às primeiras horas da manhã, para não criarem desconfianças entre os curiosos de fora com chamadas noturnas. Olhando pela milionésima vez para o relógio dourado que lhe adorna o pulso, lê nos ponteiros cinco e quarenta e cinco da madrugada. O pior de tudo é a espera. Esta lenta espera que corrói a mais serena das almas. E não é ele homem para se afligir com ninharias. Tampouco é pessoa de guardar remorsos; não, os fins sempre justificam os meios. Meio mundo depende das ações conjuntas dele e dos outros. Mas também é verdade que esses outros estão fora do Vaticano, de Roma e até da Itália, nesta noite de mudança extrema. Se, por qualquer razão, algo correr mal, ele será o primeiro a ir parar na cadeia... Mas o melhor é não pensar nisso.

É importante eliminar aquele obstáculo, o derradeiro entrave à continuação do esquema financeiro perpetrado por eles.

Talvez por isso, ou também por isso, nem se aproximou da cama nas últimas horas. Seria tempo perdido, ainda que dormir fosse o mais sensato a fazer. Mas quem o poderia fazer? Só alguém tão frio quanto um cubo de gelo. O corpo, nessas horas, não se rege pela sensatez, não quando a vida depende das ações dos outros.

Prefere antes pegar um charuto. Não há nada como o fumo azul dos puros cubanos. Descreve voltas serenas e insuspeitas, lentas e espirituais, e seu perfume invade as divisões com elegância e refinamento incomparáveis.

Paul Marcinkus saboreia-o com deleite e liga a televisão, onde está sendo transmitido o resumo de uma partida de golfe. Neste momento, enquanto um jogador elegante com um jérsei amarelo disputa o torneio com o todo-poderoso Jack Nicklaus, Deus vai pondo fim a uma jornada cheia de amarguras. Apenas o Masters de Augusta ou o Open britânico podem mitigar as angústias da vida. Ainda que seja justo reconhecer que nada se equipara a Wimbledon, é claro.

O que põe doente o bispo de Illinois é o odor de sacristia. Não consegue compreender o desgosto de alguns cardeais ante a exaltação dos prazeres da vida. Beatos tolos, ousa dizer quando algum sacerdote humilde lhe recorda que a ostentação da Igreja não é um bom exemplo para os fiéis do mundo. A essa altura, mesmo quando a advertência provém de algum membro da cúria, o bispo Marcinkus recorda-lhes uma passagem evangélica que deixa os inimigos desarmados: Chegou o Filho do homem, que come e bebe, e dizem: "Este é um comilão e um bebedor, amigo de puritanos e pecadores, mas sua sabedoria foi reconhecida por suas obras". Para sua sorte, os prelados que o reprovavam jamais lhe recordaram o fragmento em que Jesus advertia que não se pode servir dois senhores, especialmente se um deles é Deus e o outro, o ouro.

— É um número três — resmunga Marcinkus, pois o comentarista da RAI não sabia que taco o golfista estava usando.

O papa Paulo VI confiou-lhe a direção dos negócios financeiros do Vaticano, quando tinha apenas quarenta e sete anos, em 1971. O bispo ainda conseguia lembrar o papa, doente, admitindo que depois do Concílio Vaticano II as arcas da Santa Sé estavam cheias de teias de aranha. "É uma missão divina", pensou Marcinkus com uma ponta de ironia. O Instituto para as Obras de Religião, o IOR, na realidade, albergava em seu seio prestigiadas organizações financeiras que necessitavam de revitalização e modernização.

Uma das primeiras instituições bancárias modernas a dependerem da Santa Sé foi o Banco Ambrosiano, fundado em 1896 por monsenhor Tovini. Essa entidade financeira, como Marcinkus havia lido em vários relatórios antigos, destinava-se ao apoio de organizações morais, obras pias e grupos destinados à caridade.

— Naturalmente — diz Marcinkus em voz alta, enquanto recorda que um dos diretores do Banco Ambrosiano fora sobrinho do papa Pio XI. — A caridade é o mais importante.

Nos anos 1960, o Banco Ambrosiano transferiu sua sede para Luxemburgo, um país que adora dinheiro. Os países pequenos são uma delícia: Luxemburgo, Mônaco, Andorra, Vaticano, Bahamas... Em Luxemburgo, criaram o Banco Ambrosiano Holding, cujas obras pias se espalharam pelo mundo todo.

O sorriso na expressão de Marcinkus revela que está pensando nesses grandes anos 1970, quando Michelle Sindona, incompreensivelmente apelidado de "o banqueiro da máfia", começou a estreitar laços de amizade com Roberto Calvi. Segundo o bispo, Sindona não era um homem precavido. Acabou por ser preso nos Estados Unidos e foi condenado na Itália por operações financeiras ilegais. Por respeito a Calvi, Marcinkus não podia fazer outra coisa senão se declarar admirador do mafioso. Por essa razão começaram a travar-se fortes relações entre o IOR e o Banco Ambrosiano. Por meio de técnicas de alta engenharia financeira, Marcinkus decidiu absorver a Banca Católica de Veneto, na época presidida por um clérigo ignorante chamado Albino Luciani. Marcinkus tem de fazer um esforço sobre-humano para recordar as breves e amargas reuniões que manteve com o Patriarca de Veneza naquela ocasião. E, anos depois, há meros trinta e três dias, quando Luciani foi eleito papa, Marcinkus pensou que o veneziano só tinha em mente a vingança. Hoje pudera comprovar que estava certo. Luciani acusou grande parte da cúria de corrupção moral e pretendia levar a cabo uma reformulação no seio da Igreja. Por sorte, Villot estava encarregado dele nesse mesmo instante.

A Igreja se salvara graças aos esforços de Marcinkus, graças às suas relações com grandes nomes das finanças, graças a homens piedosos que o aconselharam bem. Não há nada de mal em tentar obter uma rentabilidade alta e, além do mais, colaborar nas distintas obras de caridade.

Mas Albino Luciani não entendia. Não entendia nada. Não aprendera nada ao longo daqueles anos todos. E ameaçara destruir a todos.

Então, na televisão, Nicklaus fez um *birdie* e a bola entrou suavemente no buraco.

— Genial. Genial.

Por várias vezes sentiu o impulso de ligar ao secretário de Estado. Se alguém sabe o resultado final da execução do plano, é ele. Mas decide não fazê-lo. O mais certo é estar ocupado, ou tratando do funeral do papa, Deus queira, para debelar o máximo possível uma tentativa frustrada de homicídio. De qualquer forma, por uma ou outra razão, não atenderá, o que o porá ainda mais nervoso. Talvez se ligasse para Gelli ou Calvi em Buenos Aires... mas denunciaria gravemente sua insegurança. Não, só resta esperar. Mais uma hora, mais uma hora e meia, e a notícia chegará. A pior hora e meia da sua vida.

Sempre esteve habituado a controlar as coisas ao seu redor, até o mais ínfimo pormenor, ainda que quem fosse chamado a descrevê-lo não levasse mais de cinco segundos para dizer que é um preguiçoso de um metro e noventa, extrovertido e alegre. Sim, excetuando essas últimas semanas do papado de Luciani, o bispo Marcinkus é um homem alegre e exuberante. O baixo Luciani tem este mérito: conseguiu assustar realmente o norte-americano; quem o visse também diria que não é mais o mesmo. Especialmente nos últimos dias, não foi capaz de disfarçar o receio que o acometeu.

Esse é o homem que gere uma fortuna incalculável, que por meio de associações bem cultivadas movimenta milhares de milhões de dólares, cuja origem prefere manter em absoluto segredo, não por remorso, mas para evitar hipotéticos processos judiciais e penas de prisão. Dinheiro de armas, de drogas, de desvios, dinheiro de contribuintes roubado do Estado italiano e de outros, de títulos falsificados. Sim, essa foi genial. Quando roubou os americanos mandando emitir cento e cinqüenta milhões de dólares em títulos falsos. Sim, estamos falando de um homem da Igreja, de um bispo, mas, acima de tudo, de um gestor. Gestor das obras de Deus Pai Todo-poderoso. E Deus quer dinheiro, patrimônio, um império capaz de canalizar os fundos para combater males prioritários, como o comunismo e os que saem da linha orientadora da Palavra. Não os pobres e os desfavorecidos. O Vaticano é grande demais para se preocupar com essas ninharias.

Revê pela centésima vez o dossiê que o acompanha há alguns dias, onde estão impressas algumas das jogadas mirabolantes que ele, Gelli e Calvi maquinaram em benefício próprio. Um dia alguém há de descobrir aquilo — não o dossiê, já que tem intenção de destruí-lo, mas uma transação entre os milhares delas que ainda hoje lavam o dinheiro sujo, transformando-o em legal assim que penetra nos santificados muros da Santa Sé. Mas não hoje, nem — no que depender dele — nunca.

Porém, nesse aspecto, ele está na posição mais confortável de todos os envolvidos, isso partindo da premissa de que o veredicto por eles traçado sobre João Paulo I foi cumprido com eficiência. E esse conforto deve-se ao fato de ele residir num Estado dentro de outro Estado, que lhe concede o privilégio da imunidade necessária para passar incólume a qualquer tipo de julgamento que venha a ocorrer extramuros. Benefícios clericais próprios de quem defende os interesses do Senhor. Não podem, evidentemente, serem julgados por humanos, pois Deus tem a última palavra sobre suas almas. Já outros não são tão favorecidos pela sorte. Chegou ao conhecimento do grupo que Roberto Calvi, o "banqueiro de Deus" do Banco Ambrosiano, está sendo investigado secretamente. Alguma boca do Banco D'Italia foi bem alimentada para alertá-los sobre o assunto. Seja como for, não é nada que tenha pernas para andar, por enquanto, mas é sinal de que alguém começa a se mexer, as contas começam a não bater direito no outro lado. Qualquer dia, Calvi se verá às voltas com um inquérito.

Sindona, em Nova York, também já tem os americanos no seu encalço. Mais do que isso, estão completamente em cima dele. Dificilmente se verá livre daquela escória.

Conhece bem a persistência dos sacanas de seus compatriotas. Já Gelli é raposa velha, com uma visão sublime do tabuleiro de jogo. Se um dia for apanhado, há muito que todos os outros já estarão apodrecendo na cadeia. Por isso, é de suma importância esta noite; é de suma importância que o mal seja expurgado dos interiores do Vaticano. Poucas semanas antes, agentes do Departamento de Estado norte-americano reuniram-se pseudo-secretamente com o papa (nunca nada é realmente secreto no Vaticano), graças a Deus, para falarem sobre ele. Sobre sua gestão econômica danosa, sobre suas negociatas, como dizem eles, e associação criminosa com pessoas como Calvi, entre outros. Foi isso mesmo: tiveram o desplante de tratá-lo por criminoso. Mas estão redondamente enganados. Não aqui, não aqui nesse pequeno Estado. Aqui as leis americanas de nada valem. Aqui valem suas deliberações, as de Paul Marcinkus.

Guarda o dossiê no cofre e decide sair. São seis e meia da manhã; precisa apanhar ar. O final de setembro liberta a alvorada um pouco mais tarde, mas já se sente uma penumbra menos difusa. O ar ainda é frio, mas nada que não se suporte. Ainda não chegou o gelo que transforma o bafo em vapor. Se algum conhecido o visse perambular pela cidade àquela hora, lhe perguntaria, certamente, se se sente bem. Marcinkus não é famoso por acordar com as galinhas, muito menos antes delas.

Um pequeno chuvisco salpica o piso da Praça de São Pedro. Poucas são as pessoas que por aqui andam nessa hora. Ainda que os turistas gostem de rentabilizar ao máximo os dias de férias espirituais, não há mais do que uma dezena de pessoas no recinto.

Mira toda aquela plenitude terrestre completamente absorto, circunspecto, soturno. Nem dá pelo guarda suíço que o cumprimenta ao passar por ele.

— *Buon giorno*, bispo Marcinkus — cumprimenta.

— Ah?... *Buon giorno.*

O homem chega-se a ele em tom conspirador:

— Daqui a uma hora não se vai poder andar aqui.

— O quê? — pergunta Marcinkus, de volta à realidade.

— Não sabe? — a voz em surdina não é realmente necessária; não há ninguém ao redor deles num raio de vinte metros.

— Não sei o quê?

— O papa. O papa foi encontrado morto!

— Oh, Virgem Santíssima! — exclama Marcinkus.

Se para o guarda aquilo pareceu uma perfeita manifestação de pesar, para o americano foi um agradecimento aos céus. Mal cabe em si de contentamento. Apenas esboça um tênue sorriso assim que o guarda sai do seu campo de visão. Tudo está bem, tudo ficará bem.

Capítulo 46

O jato corta o ar à velocidade máxima, a uma altitude de quarenta e dois mil pés. Tempo é o que não têm as pessoas no seu interior, que, ao contrário dos aviões normais, não vão sentadas em seus lugares com os cintos apertados, organizadamente. Nada disso. A cabine desse jato é como o escritório do edifício que ocupam em Londres, com várias pessoas de um lado para o outro gritando ordens, debruçadas sobre computadores ou outras máquinas, falando ao telefone; um sem-fim de ações em nada diferentes das que praticam em terra. Aliás, a única diferença é não poderem ir à rua tomar café.

Os únicos cuidados prementes nesse tipo de vôo são as sempre perigosas decolagens e aterrissagens, nas quais os passageiros são obrigados a sentar-se nos vários lugares espalhados pela cabine.

Assim na terra como no céu, Geoffrey Barnes tem seu gabinete separado do restante da plebe, com uma poltrona em couro, bastante confortável, de onde controla esse jogo que já leva tempo demais para ser resolvido. Thompson revelou-se uma aquisição importante, colocando-os novamente em jogo e no rastro de uma pista. Ele se serve de um café no gabinete do diretor enquanto se senta numa cadeira sem os luxos da de Barnes.

— Sharon Stone. Que filhos-da-puta — afirma Barnes, pensativo. — O tipo não estava brincando.

— Que tipo? — pergunta Thompson.

— Um no Museu Britânico. Não importa.

Ao contrário do gabinete em Londres, este não tem vidros que permitam a Barnes inspecionar o trabalho dos agentes; contudo, ele prefere assim; dessa forma também ninguém pode vê-lo em seu gabinete, e ele pode fazer o que bem entender... ou não fazer.

Aqui fora, Staughton trabalha no seu ofício de sempre, e naquele que prefere acima de qualquer trabalho de campo: análise e cruzamento de dados. Seja num avião, numa casa, numa picape, tudo é melhor do que ter de sair a campo para angariar informações, como há pouco, no apartamento de Hans. Jeronimo Staughton não tem o talento necessário para isso. A arma dele é o computador. A impressora ao seu lado começa a trepidar e a passar tinta no papel, criando documentos legíveis a uma velocidade estonteante.

— Esses caras mexem com os meus nervos! — reclama para si mesmo, tenso, por causa dos quatro homens vestidos de negro, sentados ao fundo da cabine, imóveis desde que o avião decolou. Em nenhum momento falaram uns com os outros; parecem homens-estátua num mercado qualquer, à espera da moeda para mudarem de posição. Ternos iguais, impecavelmente passados, lembrando os agentes do filme *Matrix*. Para ficarem iguais só faltam os óculos escuros.

Outra coisa que Staughton não suporta: os ternos e o estilo formal dos agentes. Prefere calças jeans, ou vestir-se como lhe dá na veneta, desde que não apareça com barba de três dias e o cabelo de quem acabou de acordar. No dia em que obrigarem todos os efetivos da agência a vestirem terno e gravata, Staughton será o primeiro a apresentar o pedido de demissão.

A impressora lança o último papel, e Staughton, reunindo-os todos numa pasta, avança para o gabinete do chefe.

— Não agüento mais olhar para aqueles caras! — reclama assim que entra no gabinete.

— Então não olhe — sugere Thompson.

— Aqueles são os da Guarda? — pergunta Staughton. — Não parecem nada perigosos.

— Fale baixo, Staughton. Aqueles tipos são uns animais — adverte Barnes. — Novidades?

— Bem, apanharam o Eurostar em Waterloo, até Paris, e depois tomaram um avião em Orly que aterrissou em Lisboa há duas horas. Já temos homens tentando descobrir o que têm feito e onde estão.

— Sharon Stone — suspira Barnes. — Que filhos-da-puta!

— Alguma idéia do objetivo da visita? — pergunta Thompson.

— Falar com o pai dela. Sem dúvida — informa Barnes.

— Mas ele não está na fazenda da família em Beja. Já rastreamos esse terreno. Agora estamos investigando familiares.

— Só temos uma chance, meus caros — avisa Barnes. — Eles não vão usar os passaportes duas vezes. Jack não vai cometer esse erro.

— É uma merda quando a presa é alguém que sabe como fazer as coisas — lamenta-se Thompson.

— Staughton, qual é a hora estimada de chegada? — quer saber Barnes.

— Daqui a duas horas devemos aterrissar no Aeroporto Militar de Figo Maduro.

— O.k. Coloque o pessoal para investigar hotéis, empresas de aluguel de carros, companhias de táxis, de aparelhos aeronáuticos. Arranje intérpretes para auxiliar quem tiver dificuldade com a língua. Mostrem a fotografia deles, mas não os deixem ficar com ela. Não queremos a polícia portuguesa no caso e, claro, muito menos jornalistas. *Low-profile*, mas rapidez. Trate disso. Queremos pistas quando aterrissarmos.

Staughton, que entra com uma pilha de papéis, sai com uma de afazeres; mas é assim que se sente bem, no meio da papelada, das ordens e do processamento da informação. Uns tantos telefonemas e dá início à operação, põe a máquina para funcionar de maneira que produza pistas o mais rapidamente possível. Só resta esperar que esse Jack Payne não seja mais esperto do que todos eles, e que não tenha o dom da invisibilidade. Se ele e a mulher não aparecerem, vão rolar cabeças na agência.

"E aqueles filhos-da-puta parecem umas estátuas. Estão me dando nos nervos."

— Por que eles optaram por ir para Portugal procurar o pai dela? — pergunta Thompson, ainda relaxado no gabinete de Barnes.

— Penso que foram procurar respostas. E definir a estratégia para o futuro.

— Mas ele não é membro da P2?

— Teoricamente.

— Teoricamente?

— Teoricamente, há duas facções na P2. A moderna e a antiga. O pai dela pertence à antiga.

— Então há duas P2?

— Não se pode dizer isso. Há uma P2. Os antigos membros não mandam nada na atual conjuntura. Mas que existem, existem. E estão dando um trabalho dos diabos.

— Tudo isso é manobra deles?

— Sim. Até o Vaticano já está alerta. Temos de pôr as mãos nos papéis o mais depressa possível, senão a merda vai cair no ventilador.

— E o que acontece se jogarem a merda no ventilador?

— Nós somos a merda, Thompson, e vamos todos pelos ares!

Capítulo 47

— O que quer dizer com "seu pai mora aqui?" — pergunta Sarah, enquanto percorrem o longo corredor cavado na rocha. É alto o suficiente para que andem ambos de pé, e ainda sobram metros. Quem o construiu não queria que quem o utilizasse corresse o risco de se ferir.

— Exatamente isso — responde Rafael, apontando a tocha para o alto. Parece saber para onde vai.

— Como é possível? — admira-se Sarah, que não concebia como alguém podia viver ali.

— Somos descendentes dos homens das cavernas. Isso é um luxo em relação àqueles tempos.

— Bem, não deixa de ser verdade. O convento tem subterrâneos — comenta em voz alta, abismada.

— Costuma-se dizer que, onde há fumaça, há fogo — avisa Rafael, agora que o túnel vira à esquerda. — Não estão repletos de ratos nem são luxuosos como se pensa, mas aqui estão.

O coração de Sarah aperta-se a cada passo. Aproxima-se o momento do reencontro com outra pessoa que ainda ontem era seu pai e hoje é um misto de desconhecimento e desilusão. Como é possível nunca ter desconfiado da sua exemplaridade, da sua conduta social? Na verdade, ela o tinha como um herói, um homem digno, sem nenhuma mácula que atentasse contra sua honra, quer como pai, quer como militar, quer como homem. Ontem tudo isso caiu por terra. Nem honra, nem exemplaridade, nem nada. O pai tornou-se o senhor Raul, alguém essencial para o que se vai passar a seguir em sua vida e que, pensa, lhe proporcionará entendimento sobre tudo o que desabou à sua volta desde que voltou para Londres. Agora, de volta à terra natal por força das circunstâncias, percorre o subterrâneo luso, as catacumbas do convento de Mafra, conhecidas por poucos, pisadas por menos ainda, convencendo a si mesma a ser forte, a não se dobrar perante o senhor Raul, pai biológico por inerentes questões científicas, e só. Apesar disso os olhos marejam, sem transbordar, e, absorta nesses pensamentos, só após algum tempo repara na enorme porta de madeira que delimita o final do túnel corredio, ao fundo, já abrangida pela luz alaranjada da tocha. Algo passa voando por eles a grande velocidade, fazendo com que Sarah solte um grito. Definitivamente, um ser vivo.

— É um morcego. É só um morcego — acalma-a Rafael.

Sarah repara na abertura de onde o bicho saiu e na outra em frente, laterais ao túnel, onde ele se meteu. — Que buracos são aqueles?

— Passagens para outros lugares.

— Que lugares?

— Trata-se de uma rede de túneis que vão dar em galerias independentes, abrigos e passagens. Nunca tive tempo de explorar toda sua extensão, por isso não sei ao certo aonde vão dar estes — explica Rafael calmamente. — Sabia que no tempo das invasões francesas a família real ponderou mudar-se para cá? — indaga Rafael, acabando de vez com seus pensamentos.

— Sério? Dom João VI? O que foi para o Brasil?

— Esse mesmo. Como é óbvio, optaram por ir para o Brasil. Seria mais seguro.

— E mais distante.

Portugal fora invadido por três vezes, na primeira década do século XIX — as chamadas Invasões Francesas de Napoleão. E, por três vezes, os grandes e terríveis exércitos napoleônicos foram expulsos das fronteiras portuguesas com a ajuda do exército inglês, liderado pelo célebre Duque de Wellington, Arthur Wellesley, que também acumulava os títulos de Duque da Vitória e Conde do Vimeiro.

Por fim chegam à porta, e Sarah aguarda que Rafael a abra. Mas ele não faz nada disso. Acerca-se da gigante peça de madeira que sela a entrada para outro lugar e dá três pancadas fortes. Uma. Silêncio. Duas. Silêncio. Três. Silêncio.

Não precisam aguardar muito para ouvir os ferrolhos e as fechaduras serem acionados do outro lado. Sarah sente-se ansiosa à medida que a enorme porta é aberta. Um breve silêncio que a Sarah pareceu mais longo do que foi na realidade, causando um frio tremor na barriga, os nervos a apoderarem-se do corpo, antecipando a abertura da porta. O ranger da dobradiça denuncia o movimento. Quando há espaço suficiente para que passem à vontade, aparece um homem que os fita com um sorriso genuíno nos lábios. Sarah se corrói por dentro, mas não deixa que o nervosismo se manifeste, exceto por uns tremores nos membros superiores e inferiores. Este é Raul Brandão Monteiro, seu pai.

— Como está? — pergunta Rafael, dando-lhe um abraço emocionado com tapinhas fortes nas costas. O reencontro de amigos.

— Tudo bem — diz o outro em resposta.

Findo o abraço, Raul olha para a filha, os olhos lacrimejantes implorando perdão.

— Sarah, filha... — aproxima-se dela.

Com os olhos marejados, o primeiro impulso de Sarah é levantar a mão para bater no pai. Este trava o braço dela lançado no ar e, em seguida, faz o mesmo com o outro, que por centímetros não aterrissa na sua cara.

As lágrimas escorrem pelo rosto dos dois. Água de dor, de mágoa, de desilusão. Com os dois braços de Sarah presos pelos pulsos, Raul puxa-os para si e abraça a filha com muita força.

— Desculpe, meu amor! Desculpe — pede ele ao ouvido dela, manifestando sinceridade.

Sarah, renitente, ainda tenta não retribuir o abraço do pai, mas o corpo do progenitor transmite-lhe a segurança que só os pais conseguem, a envolvência paterna, o clamor do sangue, o sentido protetor, e, quase inconscientemente, dá por si agarrada a ele, com vontade de não mais o largar.

Entrega-se a um choro convulsivo, daqueles de baba e ranho que ocorrem mais freqüentemente na infância. Um choro curador e restaurador que alivia, que esvazia a alma, que dá alento, esperança, solução, força, luz no fundo do túnel...

Como a luz que vê do outro lado da porta, no final de um corredor forrado de azulejos com motivos das descobertas portuguesas pintados de azul. As caravelas da Ordem de Cristo a enfrentar os mares revoltos, o Adamastor, os novos povos, os inimigos... Cada quadro separado por uma estrofe d'*Os Lusíadas*, a obra da nacionalidade, escrita pelo grande poeta Camões, mais gigante morto do que vivo, que quando faleceu, na miséria, levou consigo a pátria, que se viu nas mãos dos espanhóis, só vindo a ser recuperada sessenta anos depois, no ano do Senhor de 1640, mais precisamente a 1º de dezembro, dia ainda hoje comemorado no país.

Acalmam-se os cumprimentos, refreiam-se os sentimentos, e tudo começa a normalizar.

— Vamos — pede Raul à filha, carinhosamente. — Venham, venham.

Rafael fecha a porta, repondo as trancas e devolvendo a segurança ao abrigo. Apaga a tocha, pois ali não precisam dela. Há luz suficiente, candelabros fixados na parede em toda a extensão do corredor. Ladrilhos de mármore cobrem o chão, concedendo ainda mais austeridade. Na verdade, ao ver-se ali, naquele local, Sarah compreende agora que a rispidez da rede de túneis, seu reboco tosco, é apenas um meio para atingir um fim. As passagens não necessitam de luxos: esses guardam-se para os abrigos. A enorme porta representa realmente a separação de dois mundos.

Ao fim do corredor da heróica aventura lusitana estende-se uma grande varanda para os dois lados. Várias colunas sustentam o peso dos arcos. Nas beiras estão colocados corrimões em ferro forjado, para quem queira admirar o salão que se abre por baixo. Um enorme espaço com todos os confortos necessários à vida cotidiana. Duas escadarias dão acesso a ele de cada lado da varanda, curvando noventa graus e desembocando ambas quase no centro do salão. No teto em forma de cúpula pende um lustre enorme que ilumina todo o local. Tapeçarias estendem-se pelas paredes, um piano de cauda, vários sofás, almofadas e uma mesa de jantar com vinte lugares. Asas dadas à imaginação, aquilo faz lembrar a Sarah, por qualquer razão, um harém; só faltam as odaliscas... e o sultão.

Ainda em cima, na varanda, Sarah repara em três portas de cada lado, provavelmente aposentos particulares, biblioteca e coisas do gênero.

Raul encaminha-os para a escadaria da esquerda, e assim que descem os degraus de mármore os convida a se sentarem num sofá grande.

— Querem comer algo? — pergunta Raul ainda de pé. — Ou beber? Não tenho muito, mas sempre se pode arranjar qualquer coisa. — Sua voz revela alívio por vê-los.

— Está aqui sozinho? — indaga a filha, arisca, ignorando a oferta.

— Estou.

— E a mãe?

— Está bem, não se preocupe.

— Por que não a trouxe para cá com você?

— Porque ela não ia agüentar nem um dia aqui. Isso não tem televisão, nem rádio, nem internet, nem rede...

— Onde ela está? — continua, num tom assumidamente rancoroso. O choque do reencontro já passara, assim como o encadeamento de sentimentos comuns entre pai e filha. As lágrimas secaram, e a mente voltou a tomar posse das ações, relembrando o que se passou, as dúvidas que pairam no ar, tudo o que está em jogo.

— Numa casa segura. Nos arredores do Porto — responde o pai. — Já a coloquei a par de tudo. A reação dela não foi a melhor, como pode imaginar... — Um aceno de cabeça da parte de Sarah confirma: ambos conhecem a mulher de quem falam. — A vontade dela era ir buscá-la em Londres, mas quando percebeu a dimensão do problema acedeu ao meu pedido. Ela não pode andar por aí. Se a apanhassem, poderiam usá-la como moeda de troca, sabem disso. Aliás, fui informado de que as operações da CIA estão muito ativas no país.

— Imagino — afirma Rafael. — Mas ainda devemos estar seguros durante algumas horas.

— Horas? — Sarah não deve ter compreendido bem.

— Sim, horas — repete o pai. — Essa gente está muito bem preparada. Podem não refazer todos os seus passos, mas há sempre um rastro que se deixa, e eles o apanham com certeza.

O medo volta a apoderar-se das veias de Sarah, acelerando-lhe as batidas do coração e produzindo arrepios frios.

— Eles podem nos descobrir aqui?

— Aqui não — esclarece Rafael rapidamente. — Mas podem situar-nos em Mafra.

— Como?

— Descobrindo, na empresa onde alugamos o helicóptero, que saltamos nessa área. O helicóptero vai parar no Porto exatamente por causa disso. Mas quando aterrissar e virem que os passageiros não chegaram ao local o piloto não vai guardar segredo. Todavia, com isso ganhamos algum tempo.

— Então também podem saber em que hotel ficamos?

— Teoricamente, podem. Se procurarem em todas as recepções de hotel por esse país afora. Mas se localizarem o taxista que nos levou do aeroporto ao hotel não corremos perigo, porque...

— Eu sei — interrompe Sarah, lembrando-se de que quando apanharam o táxi no aeroporto a indicação dada por Rafael fora o Hotel Le Meridien. No final da corrida, quando Sarah pensava que ia finalmente tomar seu banho, Rafael começou a caminhar no sentido oposto à porta do hotel. Perguntou-lhe aonde ia, e ele respondeu que não iam ficar ali. Andaram a pé mais de um quilômetro até o Hotel Altis. Agora que percebeu a tática dele, ficou mais aliviada. Podia ter posto tudo a perder. — Eles pensarão que ficamos no Le Meridien.

— Exatamente.

— Por que não viemos de táxi ou alugamos um carro, como qualquer pessoa normal faria, em vez de nos atirarmos de um helicóptero? — pergunta Sarah, visivelmente alterada.

— Porque aqui estamos seguros e o plano era trazê-la o mais depressa possível. Estimo que eles estejam algumas horas atrás de nós, mas não podia facilitar. De carro ou de táxi havia grande probabilidade de nos apanharem se já estivessem em Portugal. Entenda, não afirmei que estão em nosso encalço ou que já cercaram Mafra. Nada disso. Mas há essa possibilidade, e temos de encará-la.

— Estou vendo — diz Sarah, pensativa. Ao fim de uns instantes, olha o pai direto nos olhos. — Pelo visto não temos tempo a perder. Por isso, comece a me contar tudo o que sabe, desde o princípio, sem omitir nada.

Raul senta-se de frente para eles, separado por uma mesa de centro escura e muito trabalhada.

— É justo. Tem todo o direito de saber. O que Rafael lhe contou até agora?

— Nada de bom. Coisas horríveis de tomar conhecimento, ainda mais depois de recebermos uma lista de crápulas onde o nome do nosso pai está incluído.

— Vamos com calma, filha — pede Raul em tom cordato.

— Com calma? Pede-me para ter calma? Há uns tipos de uma seita chamada P2 atrás de mim, servem-se da CIA para fazer isso, e quer que eu esteja calma? Ainda por cima depois de saber que eles mataram gente importante. Até um papa!

Raul repara no tom sarcástico da filha.

— E quem me garante que não foi você, pai?

— Não fui eu. Posso garantir. Agora vai ficar aí quieta e ouvir o que tenho para dizer. Mas primeiro vou servir um copo de vinho do Porto a todos, entendido? — O tom militar se impõe na voz do Capitão Monteiro, ofendido com a idéia de que a filha possa pensar que ele matou João Paulo I. Levanta-se e cumpre o que disse: enche três cálices com um Porto Ferreira Vintage e entrega um a cada. Rafael permanece impávido e sereno, sentado ao lado de Sarah feito anjo protetor. Raul regressa finalmente ao seu lugar e molha a boca com o líquido virginal admirado em toda a parte do mundo.

— Ao longo da vida, um homem comete erros. Não sou exceção. Em 1971 ingressei na P2 porque achei que podia fazer a diferença. Em Portugal, vivíamos numa ditadura, e a P2 podia permitir-me fazer alguma coisa para mudar isso. Ou pelo menos assim quis acreditar. Quando percebi realmente o objetivo que movia os líderes, me afastei depressa. Infelizmente, ninguém deixa a P2 por livre e espontânea vontade. A não ser que seja do interesse da organização. Não fui o único português, como deve ter visto na lista. E havia muitos mais que tiveram a sorte de não aparecerem nessa, nem na outra que veio a público em 1981.

— Eu reparei — adverte Sarah. — Nomes bem conhecidos da nossa política.

Raul ignora os comentários da filha.

— Indo ao que interessa, minha relação com a P2 terminou em 1981. A minha e a de muitos outros. Mas a organização continua a existir, como pôde testemunhar da pior maneira. Durante minha "estada", por assim dizer, na P2, nesses dez anos nunca coloquei a vida de ninguém em perigo nem nunca matei ninguém. — Raul diz a última frase olhando nos olhos da filha, para que não pairem dúvidas. — Vigiei muitas pessoas em Portugal, pessoas que a organização queria que estivessem sob vigilância constante. Outros eram estrangeiros, residentes ou de passagem. Pelo que sei, só dois desses alvos acabaram mortos posteriormente, mas não por minhas mãos. Um deles foi Sá Carneiro.

— Minha Nossa Senhora! — deixa escapar Sarah. — Mais um.

— Isso conclui a minha ligação.

— E como começa a minha?

— Já saberá. Primeiro tenho de explicar que papéis são esses. Estamos falando de treze folhas.

— Treze? Mas eu só tenho duas. Quer dizer, três. Tinha três. Mas uma se perdeu... na barriga de um homem. — Vira-se para Rafael. — A do código.

— Que código? — pergunta o pai, de súbito. — Não, esperem, depois falamos sobre isso. Agora me deixem apenas terminar. Essas treze folhas incluem a lista, quatro folhas com informações sobre altos funcionários do Vaticano, e não é só; ainda há outra lista onde estavam indicadas as futuras nomeações do papa, algumas das quais teriam efeito no próprio dia em que ele morreu, várias anotações sobre medidas papais a tomar a curto, médio e longo prazo — onde se podia prever um papado polêmico para a ala mais conservadora da Igreja — e o Terceiro Segredo de Fátima.

— O Terceiro Segredo de Fátima? — Sarah fica curiosa. — O que João Paulo II revelou em 2000?

Raul lança um olhar surpreso a Sarah:

— Claro que não. O *verdadeiro* Terceiro Segredo.

— E o que revelaram em 2000 não era o verdadeiro?

— O verdadeiro Terceiro Segredo revela a morte de um homem vestido de branco pelas mãos dos próprios pares.

Raul faz uma pausa para deixar que seja absorvida a mensagem que acaba de transmitir e aproveita para beber mais um gole de Porto.

Sarah ainda reflete sobre a informação curiosa que o pai lhe deu, tentando avaliar sua dimensão e seus efeitos. No seu entender, aquilo tudo é grande demais para que se possa lidar de ânimo leve; se pudesse escolher, optaria por ocultar tudo, de forma que nunca pudesse ser desenterrado por ninguém.

— Então, por que eles vieram com aquela história em 2000?

— Porque tinham de inventar alguma coisa. E era preferível defraudar as expectativas do que dizer que o Terceiro Segredo consistia no assassinato de um papa.

— Claro! — afirma Sarah, ainda meditativa. "Tem lógica", pensa. "Tem lógica." — Compreendo que não seja fácil lidar com uma coisa dessas — completa.

— E não é. Por isso levaram tanto tempo se desvencilhando dele. Depois fizeram aquilo em 2000, tudo muito bem encenado; os fiéis compraram, os infiéis também, e o caso ficou resolvido.

— Percebo — continua Sarah, o cálice de Porto com o líquido ainda intocado. O de Rafael já é só mesmo isso, um cálice, com um fundo rosado denunciando que antes estivera cheio. — Como esses papéis aparecem agora?

— Isso...

— Vou reformular a pergunta: se os pares do Vaticano mataram o papa, por que não guardaram os papéis... ou os destruíram?

— Vamos esclarecer uma coisa: o Vaticano, como instituição, não teve nada a ver com isso. Um grupo de homens mal-intencionados, ainda que se ocultem por baixo de um hábito ou de um barrete vermelho, não faz toda a Igreja. Hoje, como em 1978, há gente má no

Vaticano; a diferença é que não estão em lugares tão influentes. A cúria romana, apesar de tão controladora e conservadora como em 1978, porventura até mais do que nessa época, não recebe hoje nenhuma influência da P2 capaz de manipular conclaves ou determinações papais. É claro que atualmente há outras organizações que desempenham esse papel, mas não consta que lavem dinheiro e mandem fazer títulos falsos.

Sarah escuta escandalizada:

— Manipular conclaves? E os cardeais? E o Espírito Santo?

— O único Espírito Santo que conheço é um banco — afirma o pai, ironicamente. — É evidente que os conclaves são, acima de tudo, um ato político, sujeito a influências e manipulações exteriores, como qualquer eleição partidária. Há papáveis que, até a data de início do Conclave, fazem campanha na tentativa de angariar o maior número de votos. A cúria escolhe seu candidato apoiada por organizações fortes, e, quando os cardeais entram em conclave, está praticamente tudo decidido.

— Então é tudo fachada?

— Teoricamente.

— Teoricamente?

— A Igreja tem várias facções. A mais conservadora, representada pela cúria, e outras mais liberais. Não interessa nomeá-las todas. A partir do momento que uma dessas facções ganha predominância, os outros cardeais aderem a ela.

— Seguem para o lado cuja locomotiva da composição está em movimento.

Raul espanta-se com a expressão da filha.

— Sim. Pode-se colocar a coisa nesses termos.

— E foi isso que aconteceu em 1978?

— Não. A cúria não conseguiu eleger o cardeal Siri, que era o da sua preferência. Uma facção de cardeais não-italianos se uniu e colocou-se do lado de Albino Luciani. Foi a sentença de morte dele.

O silêncio volta para tomar conta daquele salão, em algum lugar debaixo do Convento de Mafra, devorando as palavras e transformando-as em teorias que Sarah canaliza à sua maneira, e Rafael, à dele. Ainda que a maior parte das revelações de Raul sejam do seu conhecimento.

— Já no segundo Conclave de 1978, o ano dos três papas, não correram riscos e elegeram alguém que pudessem controlar — recomeça Raul. — Desnecessário dizer que acertaram na *mouche*. Não só era um papa totalmente manipulado pela cúria como, *a posteriori*, conseguiu uma empatia fantástica com os fiéis.

— Não fazia essa idéia de João Paulo II.

— Ninguém faz. Mas ninguém de boa-fé o pode censurar. Primeiro porque recebeu um aviso muito sério em 1981, apesar de o plano original ter contemplado um afastamento permanente, e não um conselho. E depois porque o Vaticano, indiretamente, colocou cerca de um bilhão de dólares no bolso do Solidariedade.

— Solidariedade?

— Um sindicato polaco, criado em Gdansk, que acabou conseguindo derrubar o regime comunista instaurado no país. Com fundos do Vaticano e dos americanos.

— Sempre o comunismo como alvo — reclama Sarah.

— Sim. Não são apenas os americanos que vivem obcecados com os comunistas. O Vaticano também.

— Mas não respondeu à minha pergunta. Por que quem matou o papa não guardou os papéis? Era o que eu faria.

— Repare — continua o pai, num tom esclarecedor. — O papa não morreu pelos papéis que tinha nas mãos. Apesar disso, um dos mandantes teve o cuidado de retirá-los posteriormente dos aposentos do pontífice. Entregou-os ao executante, que rapidamente os levou para fora do Vaticano. A ordem era para os destruir, mas ele nunca o fez.

— Por quê?

— Boa pergunta. Penso que para ganhar vantagem sobre os adversários. Ou mesmo para salvaguardar sua vida se, no futuro, os mandantes quisessem descartá-lo.

— O.k. — diz Sarah, balançando a cabeça em sinal de entendimento.

— Então, está na hora de falarmos no porquê. Por que mataram o papa?

— Vai beber o seu Porto? — pergunta Rafael de súbito.

Havia muito que não se ouvia sua voz. Sarah desvia o olhar para ele. A pergunta foi feita numa ocasião imprópria; mas a sede não segue momentos oportunos, instala-se quando bem entende e pede atenção imediata.

— Não — responde ela, entregando-lhe o cálice. — Sirva-se.

— Obrigado — agradece Rafael, pegando a taça sem cerimônias.

Sarah resolve que o melhor é expor todas as suas dúvidas o mais depressa possível e acabar com aquilo.

— Pai, quero saber quem matou o papa, por que, quem é o Firenzi — "o nome me diz algo, mas não consigo lembrar o quê" — e onde entro no meio disso tudo.

— Desculpe interromper, Capitão, mas é melhor continuarmos a conversa no carro.

— No carro? Que carro? — questiona Sarah, pasmada.

— Um carro que tenho lá fora — explica o pai. — Acha que íamos de quê?

— Não sei. Com ele tudo é possível — admoesta Sarah, olhando para Rafael. — Mas vamos para onde? Não estamos bem aqui?

— Estamos. Mas em breve Mafra estará cheia de agentes e não podemos correr o risco de não ter por onde fugir. É imperativo termos margem de manobra. Sempre um passo à frente — explica Rafael.

— Acha mesmo que eles conseguem nos localizar em Mafra?

— Tenho certeza.

Capítulo 48

Aproveitamos esse interlúdio induzido para recuarmos alguns dias, a Roma, a este apartamento que se situa em plena Via Veneto, num terceiro andar, e onde o movimento é constante nas áreas comuns do prédio. Um entra-e-sai de inquilinos, familiares, amigos e mensageiros que sobem e descem as escadas vezes sem conta. Porém, nesse terceiro andar reina um silêncio ordeiro, desde que, de madrugada, três homens entraram. Quem visse repararia que se demoraram apenas dez minutos, e que apenas dois saíram, deixando o terceiro no seu interior... Mas ninguém viu.

O terceiro elemento não dá nenhum sinal de vida desde essa hora, nem passos de uma divisão para outra, nem o abrir de uma torneira, ou de um armário, ou de uma gaveta. O vizinho silencioso que qualquer pessoa deseja. Talvez tenha bebido demais durante a noite, numa *trattoria* ou num bar, e os amigos, prudentes, zelaram pelo seu bem-estar e o trouxeram para casa, onde agora dorme até que o corpo recupere a compostura perdida. Talvez trabalhe por turnos e os colegas o tenham acompanhado até sua casa para beberem um pouco antes de eles mesmos regressarem às suas. Assim sendo, o homem pode estar dormindo o sono reparador que o fará encarar outra noite de trabalho. Muitas teorias, muitas explicações possíveis. O fato é que não se ouve o homem, mas ele está lá dentro.

Atente-se agora nesse senhor de idade que sobe as escadas com esforço, apoiado numa bengala, acompanhado por um homem que traja um terno Armani de cor negra e lhe ampara a subida do lado contrário ao da bengala. Tão logo chegam à porta fechada do terceiro andar onde não se vê vivalma, o assistente coloca uma chave na fechadura.

— Espere — ordena o senhor de idade, ofegante. A subida o deixou muito cansado. — Deixe-me recuperar o fôlego — explica. Quem o ouvir pensará que é asmático.

O assistente obedece prontamente, endireitando-se quase como se estivesse na posição militar de sentido. Ainda leva algum tempo até o senhor de idade regularizar a respiração, mas, assim que o faz, adota uma pose senhorial, em que a bengala é apenas um adereço, e não um suporte. Pelo visto, a imagem é importante para ele. Um gesto basta para que o assistente saiba que pode, enfim, abrir a porta. Roda a chave duas vezes, e um ligeiro empurrão revela o hall de entrada do apartamento. Entram sem cerimônia, o senhor de idade à frente, evidentemente, e o outro depois, fechando a porta atrás de si, sem fazer barulho.

— Onde ele está? — pergunta o velho, impaciente.

— Disseram que o colocaram no quarto.

Caminham até o quarto, onde um homem está preso à cama. A coberta suja de sangue, proveniente de um ferimento no ombro. O suor é intenso no rosto e no corpo em geral, e o homem veste apenas uma camisa de manga curta e uma cueca. Levanta a cara para olhar as visitas; apesar da posição humilhante, ninguém o verá vergar. Esse é o homem que conhecemos como monsenhor Valdemar Firenzi.

— Monsenhor — cumprimenta o homem com um sorriso cínico nos lábios.

Monsenhor Firenzi fica atônito quando o vê.

— Você? — balbucia.

— Eu mesmo. — Rodeia a cama e coloca-se ao lado do monsenhor, sentando-se numa cadeira que já estava lá quando entraram. — Pensou que conseguiria escapar?

— Escapar de quê? — O espanto ainda não deixou a expressão no rosto de Valdemar Firenzi.

— Não se faça de sonso, meu caro. O senhor tem algo que me pertence. E venho apenas reaver o que é meu.

Valdemar Firenzi olha para o assistente, que despe, nesse momento, o casaco acetinado e o pousa cuidadosamente nas costas de outra cadeira.

— Não sei do que está falando.

O soco vem do nada e rompe-lhe o lábio, libertando um filete de sangue. Quando recupera a posição, vê o assistente quase em sentido, como se não tivesse feito nada, com uma profunda expressão de calma.

— Meu querido monsenhor, longe de mim querer usar táticas de tortura no senhor para recuperar o que é meu. Mas desiludiu-me sobremaneira. De uma forma que não sei se conseguirei superar. Afinal de contas, o senhor *roubou* algo que me pertence. — Inclina-se sobre Firenzi, captando sua atenção. — Percebe a gravidade da situação? O senhor *roubou*. Quer dizer, se não posso confiar num homem da Igreja, então em quem posso confiar?

O senhor de idade levanta-se e anda pelo quarto, pensativo.

— Consegue compreender o dilema em que me colocou? Nem na Igreja posso colocar minha esperança, meu amor. O senhor acabou com tudo isso. Pergunto-lhe, meu caro monsenhor: e agora? — Fita-o nos olhos. — E agora?

— O senhor sabe muito bem o que fez — afirma Firenzi.

— O que fiz? O que fiz? Diga-me se não é disso que o mundo vive. De fazer. Todos fazemos.

— Não se faça de idiota! — reclama Valdemar Firenzi. O soco surge como um corretivo. No mesmo local do primeiro, como a mostrar que não se pode falar nesse tom ao senhor de idade.

— Não tenho o dia todo. Quero os papéis na minha mão o quanto antes. Por isso, trate de dizer onde estão.

Mais um soco, esse sem razão aparente, já que o pobre clérigo nem sequer esboçou uma palavra. Todo um lado do seu rosto está inchado, e os dentes mancham-se de sangue, que escorre para a camisa.

— Deus dá o fardo, mas também concede a força para carregá-lo — limita-se a dizer.

— Muito bem. Veremos até onde vai a força que Deus lhe deu — afirma o senhor de idade, acenando para o assistente.

Duas horas depois, os três personagens encontram-se nas mesmas posições. O assistente com a camisa caríssima salpicada de sangue e todo suado, o senhor de idade impávido e sereno aos pés da cama, e monsenhor Valdemar Firenzi em estado de semiconsciência, balbuciando versículos da Bíblia Sagrada com grande desconexão e visível sofrimento. Tão visível que nos eximimos de descrevê-lo; cada um que imagine como ficará um velho ao fim de duas horas levando pancada sem revidar.

O som de um celular interrompe o espancamento que, apesar dos efeitos práticos no corpo, não produz a tão almejada confissão sobre a localização dos papéis. O assistente procura com calma o celular no bolso do casaco; felizmente arregaçou as mangas da camisa, assim não há perigo de sujar o Armani com o sangue. Já o suor não pode ser evitado.

Enquanto isso, o senhor de idade acerca-se novamente de Valdemar Firenzi. O rosto consternado, cansado, já não tem idade para tais coisas.

— Vamos, monsenhor, basta me dizer a localização e tudo acaba imediatamente... Garanto-lhe. Não precisa sofrer mais.

O homem da Igreja olha direto nos olhos dele, de modo penetrante, buscando forças realmente fornecidas por Deus, pois de outra forma não o faria. O sangue lhe escorre pela boca; por todos os lados, para sermos mais precisos, sem contar o que engoliu. A voz sai-lhe firme, embora se denote a dor misturada em toda aquela umidade, ajudada ainda mais pelo sal do suor.

— Deus já o perdoou. E, se Ele o fez, eu também o faço.

O velho da bengala leva dois segundos para digerir a frase e um para lançar um esgar furioso, repleto de ódio.

— Seja feita a sua vontade!

O assistente desliga o celular e fala baixinho ao ouvido do chefe:

— Encontraram três endereços nos aposentos dele, no Vaticano.

— Que endereços são esses?

— Dois padres, um de Madri, outro de Buenos Aires. E uma jornalista portuguesa radicada em Londres.

— Hummm, curioso.

— Os perfis foram investigados. À exceção da mulher, eram todos membros da organização.

A decisão não leva mais que um instante para ser tomada:

— Ligue para o nosso homem. Ele que faça uma visita aos padres e em seguida espere por ordens em Gdansk. Você depois irá lá pessoalmente.

— Perfeitamente, senhor — acede o assistente, no mesmo tom servil. — E o que fazemos com o monsenhor?

— Dê-lhe a extrema-unção — responde sem hesitar. — Espero por você no carro.

Com um tapinha amigável no ombro do assistente, o senhor de idade se retira sem se despedir do monsenhor Valdemar Firenzi, sem um último olhar. Também não ouve o baque abafado que acabou definitivamente com o sofrimento do clérigo. De celular colado ao ouvido, desce as escadas com o auxílio da bengala. Já não precisa fazer pose senhorial; a imagem de velho decrépito lhe assenta bem, ainda mais porque se assemelha à verdade. Alguém atende do outro lado.

— Geoffrey Barnes? Temos um problema.

Capítulo 49

— O papa morreu porque sabia demais — continua Raul, sentado no banco do passageiro frontal do Volvo, olhando para trás, para a filha, que aproveita o espaço entre os dois bancos da frente para se apoiar e se aproximar mais do pai. Rafael dirige, absorto; para Sarah, é óbvio que ele já conhece a história que o pai conta, então se exime de ouvi-la novamente e procura outras distrações na estrada. — E estava disposto a tomar medidas em relação ao que sabia.

— E o que sabia assim de tão grave?

— Além de ter conhecimento de que elementos importantes da hierarquia da Igreja, incluindo seu secretário de Estado, o cardeal Jean-Marie Villot, pertenciam a organizações maçônicas, ato punido com a excomunhão automática, também teve o azar de perceber que seu Instituto para as Obras Religiosas, o IOR, mais conhecido como Banco do Vaticano, tinha à frente um homem corrupto que, em conluio com outro igual a ele em caráter, mas no Banco Ambrosiano, lavava dinheiro da máfia e de outras fontes duvidosas.

— Está falando de quem?

— Paul Marcinkus, do Banco do Vaticano, e Roberto Calvi, do Banco Ambrosiano. E, claro, o principal, que manipulava esses dois: Licio Gelli. A mente que orquestrou todo o plano de lavagem.

— Mas como isso foi possível?

— De forma resumida, por meio de empresas de fachada instaladas na América do Sul e no norte da Europa e, posteriormente, comprando bancos no exterior ou usando dependências do Ambrosiano para fazerem entrar ou desviar o dinheiro. Muito dinheiro. Enquanto o negócio corria bem, Calvi foi apelidado por Paulo VI como "o banqueiro de Deus". A certa altura, elevaram a fasquia, ou seja, Gelli elevou a fasquia ao exigir que lavassem cada vez mais dinheiro, sempre usando o Vaticano e o Ambrosiano. É óbvio que as suspeitas começaram a surgir, e, apesar de serem banqueiros brilhantes, Calvi e Marcinkus cometeram erros, muitos erros. E acabaram por redundar no que ficou conhecido como o Escândalo do Banco do Vaticano. Mas isso já foi depois da morte do papa.

— Então mataram o papa porque ele ia arruinar seus planos — completa Sarah.

— Exatamente. Não só ia arruiná-los como colocá-los a descoberto. Todos acabariam na cadeia. O lixo era tanto que, para lhe dar um exemplo, o Banco do Vaticano, através da P2, esteve intimamente ligado à compra dos mísseis Exocet com que os argentinos combateram os ingleses na Guerra das Faulkland. Percebe as implicações disso?

— Virgem Santíssima!

— Mas volto a ressaltar: estamos falando do Banco do Vaticano sob a gestão de Marcinkus, e não da instituição em si, que não teve culpa de se ver gerida por um canalha. Inclusive, serviam-se de um mafioso chamado Michelle Sindona, que os ligava à máfia e providenciava grandes quantidades de dinheiro.

— Também fazia parte do grupo?

— Fazia, mas não teve nada a ver com a morte do papa. Sindona tinha as mãos cheias de sangue de muitas pessoas — magistrados de renome e tudo —, mas, a essa altura, já tinha a corda no pescoço, afundado nos próprios problemas. Respondia pelos crimes econômicos perante a justiça norte-americana, em Nova York.

— E nunca ninguém percebeu nada em relação aos outros?

— A partir de certo ponto, várias polícias européias e até mesmo o Departamento de Justiça americano começaram a ligar as coisas e a encontrar muitas ilegalidades. Contudo, o polvo era muito grande e levaram tempo até encontrar todos os tentáculos. Mas João Paulo I recebeu secretamente, em setembro, funcionários do Departamento de Justiça norte-americano, que o colocaram a par da situação, para que tomasse as medidas que considerasse convenientes. João Paulo I soube, a partir daí, que havia criminosos no Vaticano e que tinha de se desfazer deles. Mas eles deram o primeiro passo.

— Foram eles que o mataram?

— Foram os mandantes. Tão culpados quanto quem executou.

— Especifique mais. Quero ouvir os nomes.

— Licio Gelli, Roberto Calvi, Paul Marcinkus e Jean-Marie Villot. Esse último teve presença ativa no caso, já que permitiu a entrada do mandante e se desfez de tudo em tempo recorde. Sua Santidade foi encontrada às quatro e quarenta e cinco da manhã, e às seis da tarde seus aposentos já estavam completamente limpos e selados, e a chave em poder do cardeal Camerlengo Villot, pela segunda vez no espaço de pouco mais de um mês. E em pouco mais de doze horas Villot fez desaparecerem todos os vestígios da passagem de Albino Luciani pelo Palácio Apostólico.

— Isso é que é competência.

— Isso é que é pressa; foi pressa demais. Às cinco e meia da manhã desse mesmo dia, quarenta e cinco minutos depois de terem encontrado o papa morto, os embalsamadores já estavam no Vaticano. Com tanta coisa para fazer, era suspeito ter logo ali os irmãos Signoracci à mão. Ainda mais se lhe disser que a lei italiana só permite a embalsamação vinte e quatro horas após o óbito.

Sarah limita-se a abanar a cabeça com todos aqueles fatos.

— E ainda mais estranho parecerá se lhe disser que às seis da tarde desse mesmo dia João Paulo I já estava embalsamado.

— E as vinte e quatro horas que se lixem!

— Exato. Villot cometeu uma ilegalidade monumental. Mas por que razão?

— Para limpar a casa o mais depressa possível.

— Claro.

— Mas que tipo de veneno consegue ludibriar os médicos?

— Ele não foi envenenado.

— Não?

— Não. E nenhum médico foi ludibriado.

— Então, isso quer dizer...

— Veja — interrompe o pai. — O maior leigo, confrontado com tais elementos, veria que alguma coisa não se encaixava. Um simples ataque cardíaco nunca levaria Villot a agir tão imprudente nem tão rapidamente. Sobretudo se tivermos em conta sua experiência. Um homem vivido, que foi secretário de Paulo VI e que não agiu dessa forma no funeral dele, um mês antes. Muito pelo contrário.

— De fato, não se percebe.

— Percebe-se. Jean-Marie Villot esteve envolvido na conspiração para matar o papa. Como informante privilegiado de Gelli, Calvi e Marcinkus, ainda manteve a esperança de conseguir controlar as ações de Luciani. Mas este jogou forte e decidiu fazer substituições de monta em toda a estrutura do Vaticano, afastando o joio, incluindo Marcinkus e o próprio Villot, que seriam substituídos pelos cardeais Felici e Benelli, respectivamente. Aí, os quatro homens perceberam que estavam perdidos, e o sempre voluntarioso Gelli tratou de implementar o plano, colocado em prática na noite de 28 para 29 de setembro.

— Quem o matou exatamente?

— Ninguém sabe o nome dele. Mas acredito que seja o homem que anda atrás de todos nós.

— Então controla a P2.

— Sim. Quem executou João Paulo I era e *é* membro da P2.

— E não sabem o nome dele?

— Só um apelido.

— Qual?

— J. C.

— Onde entro nisso tudo? — pergunta Sarah, ajudando o pai a recuperar o fio da meada.

— Sim. Onde você entra nisso tudo. — A última frase, apesar de proferida em voz alta, é antes um pensamento que acaba em suspiro. Uma maneira de ordenar as idéias, de reorganizá-las, para melhor se fazerem entender quando ditas aos outros. — Valdemar Firenzi é um antigo membro da P2, como eu, que encontrou os famosos papéis desaparecidos. Levou muitos anos juntando indícios e seguindo pistas, e, por fim, quando já havia desistido, acabou por dar com eles no lugar menos óbvio.

— Onde?

— Nos Arquivos Secretos do Vaticano.

— Nos Arquivos Secretos? Como foram parar lá?

— Não faço idéia. Terá de perguntar ao J. C. Embora não deseje que chegue à presença dele. Seria muito mau sinal — responde Raul. — Presumo que, quando as pessoas ligadas ao caso começaram a morrer, ele passou a sentir-se mais seguro. Na realidade, não seria prudente manter os papéis consigo, mas... são apenas suposições. Não tenho idéia. Pode ter sido por mera provocação, sinal de força...

— O.k. Não importa. Firenzi encontrou os documentos, e depois?

— Depois as paredes no Vaticano têm ouvidos, e quando deu por si estava em perigo. O que ele fez? Enviou ninguém sabe para onde a maioria dos papéis. Em seguida, enviou uma fotografia de Bento XVI a Felipe Aragón e Pablo Rincón e a lista a você.

— Mas por que a mim?

— Porque você é afilhada dele.

— O quê?

— É isso mesmo. Ele é seu padrinho. Precisava de alguém que não pertencesse à rede. Pensou que ao ver meu nome na lista você iria me ligar e que a partir daí eu compreenderia. O máximo que poderia acontecer era você jogar aquilo fora. Mas ele não contava ser apanhado e, de alguma maneira, eles descobriram o resto.

— Foi apanhado?

— Foi.

— E agora?

— Agora deve estar morto — diz com ar circunspecto.

Sarah adota uma postura meditativa.

— Era meu padrinho? Bem me parecia que o nome dele não era estranho. Era aquele ingrato que desapareceu?

— Nunca se esqueceu de você. E sempre lhe mandou presentes.

— Isso é que importa? A vida não é presente, é presença. E, nesse campo, não cumpriu sua função, foi um péssimo padrinho. Não sabia que tinha um padrinho italiano.

— Não se deixe enganar pelo nome. Firenzi era português da gema.

— Ah, é mesmo? Ainda assim nos arruinou a todos!

— Não diga isso.

— Ora, é verdade! Ele foi mexer em algo que estava muito bem lá onde estava. O que tinha em mente?

— Desenterrar a verdade.

— Essa verdade estava muito bem como estava — repete Sarah, visivelmente irritada.

Raul mete a mão no bolso interior do casaco e retira de lá um papel e um retrato de Bento XVI.

— O que é isso? — quer saber Sarah.

— O que padre Felipe recebeu em Madri.

Entrega a carta a Sarah. Apesar de não ser versada em espanhol, entende praticamente tudo.

Erros do passado apanharam-me hoje, dia em que faço setenta e quatro anos. A ironia divina não me passou indiferente, sinal de que é Ele quem está por trás disso tudo. É difícil perceber durante o raiar da vida as implicações das nossas decisões, dos nossos atos. Partimos de princípios corretos, com o mais nobre dos sonhos, e depois nos deparamos com a nossa monstruosidade, a vil e cruel conseqüência de causas que nós próprios originamos. Por muito que passemos o resto dos nossos dias a emendar o mal com o bem, abdicando totalmente de nós mesmos em benefício do próximo, a mancha está lá atrás, sempre no nosso encalço, diminuindo a distância, dizendo-nos em voz baixa vou apanhá-lo, vou apanhá-lo. *Até que acaba por cumprir a promessa, hoje, no dia do meu aniversário. Antes de me despedir, quero que entreguem esta carta e o retrato do meu amado papa ao meu grande amigo Raul Brandão Monteiro, que saberá usar nele o lume brando da oração. Ele virá tratar do meu corpo — sabe quais são minhas instruções quanto a essa questão. Quanto a mim, despeço-me com uma confissão: deixei morrer um papa porque fui covarde e não movi um dedo para evitá-lo.*

— As autoridades espanholas me entregaram isso quando fui tratar do funeral de Felipe. Meu bom amigo Felipe.

— E não acharam estranho o conteúdo?

— Não ligaram. Por sorte, cheguei antes de qualquer membro que pudesse pôr as mãos nisso. Já em Buenos Aires tal não foi possível, e eles não só mataram Pablo como também levaram o retrato.

— Que droga tem o retrato de tão especial?

Raul pega um isqueiro que traz consigo.

— Aproxime-se.

Ainda hesitante, Sarah acerca-se do pai. De início não nota nada especial. Rafael também olha, vez por outra, cuidando para não perder o controle do carro. Vêem Bento XVI desvanecer-se e dar lugar a um velho.

— Quem é esse? — pergunta Sarah.

— Não sei — responde o pai.

— Um retrato dual — informa Rafael. — Interessante.

Raul afasta o retrato da chama e, segundos depois, Bento XVI volta a ocupar seu centro.

— Não entendi nada.

— Não sei quem é, mas eles já devem saber. Suponho que seja o homem que, nesse momento, está de posse dos papéis — completa Raul.

— O que nos leva aos outros dois elementos que Sarah recebeu — alerta Rafael.

— Quais? — pergunta Raul.

— Um código...

— Que feliz ou infelizmente seu colega engoliu — acrescenta Sarah.

— E a chave.

— É verdade, a chave. — Sarah havia se esquecido dela. Tira-a do bolso da calça e a mostra ao pai. Uma chave muito pequena, de algum cadeado ou fechadura minúscula.

— Isso será do quê? — pergunta Raul enquanto a analisa, rodando-a na mão. — *O que você abre?*

Mantêm-se em silêncio durante alguns instantes, cada um interpretando para si mesmo as próprias teorias sobre a chave, o retrato, as revelações.

— E falaram num código.

— Sim, mas desapareceu — adverte Sarah.

— Desapareceu o original, mas tenho uma cópia — alerta Rafael, desdobrando um papel que tirou do bolso da calça. O papel para onde passara o enigma antes de deixar Margulies entregue à sua decifração.

Raul olha para o código com atenção redobrada; não há tempo a perder.

18, 15 — 34, H, 2, 23, V, 11
Dio bisogno e IO fare lo. Suo augurio Ÿ mio comando
GCT (15) — 9, 30 — 31, 15, 16, 2, 21, 6 — 14, 11, 16, 16, 2, 20

— Seu amigo conseguiu decifrá-lo? — pergunta por fim.

— Não teve tempo — explica Sarah. — Eles o mataram.

— Então isso vai levar algumas horas.

— Esperem! — exclama subitamente Rafael, com a cabeça noutro lugar. — Antes de morrer ele olhou para mim.

— Quem? — Sarah está atônita e confusa.

— Margulies. Olhou para mim antes de morrer e disse para contar as palavras.

Raul já nem ouve mais nada. Pousa o papel no colo e se concentra, rabiscando algo com uma caneta — homem prevenido vale por dois — e fazendo contas com os dedos. Não leva mais que alguns minutos para se endireitar novamente. — Aqui está o código decifrado!

L, A — C, H, I, A, V, E
Dio bisogno e IO fare lo. Suo augurio Ÿ mio comando
GCT (DI) — N, Y — M, A, R, I, U, S — F, E, R, R, I, S

— A chave? — diz Sarah em voz alta. — Marius Ferris? Quem é Marius Ferris?

— Suponho que seja o homem do retrato dual. — É Raul quem fala, em tom meramente hipotético.

— Capitão, se me permite, penso que podemos encará-lo de duas maneiras. A chave é Marius Ferris ou abre qualquer coisa em Nova York.

— Nova York? — Sarah não entende onde ele vê Nova York.

— Sim. Esse NY deve ser Nova York.

— E o GCT? — questiona Raul.

— GCT — repete Rafael, matutando; mas nada lhe ocorre. — E essas duas letras entre parênteses? — A coisa não está fácil.

— Será que está bem decifrado? — pergunta Sarah.

— Penso que sim — afirma o pai. — Repare: a primeira palavra "La Chiave" não deixa dúvidas. Marius Ferris pode, perfeitamente, ser o nome que nos falta. Só temos de decifrar o GCT e estas letras entre parênteses.

— Vemos isso durante a viagem, capitão.

— Tem razão.

— Já sabe para onde vamos ao certo? — questiona Sarah, avistando as luzes de Lisboa ao fundo. — E se voltássemos ao hotel, para dormirmos uma boa noite de sono?

— Nem pensar. Temos muitos quilômetros até Madri.

— Madri? — Sarah não compreendeu.

— Qual é o seu plano, meu caro? — interroga Raul, para tranqüilizar a filha.

— De carro até Madri e depois de avião para Nova York.

— Nova York? — intriga-se Sarah. — Nem temos certeza se é para lá que o enigma nos manda!

— Temos — esclarece Rafael com segurança. — Queime o código, capitão. Já sei o seu significado.

Capítulo 50

Enfim chega o bendito momento. Aquele pelo qual espera praticamente desde que se conhece por gente, como quando ainda andava de mãos dadas com o pai pelas ruas da velha Gdansk. Ainda que isso fosse caso raro. Guarda uma lembrança precisa desse tempo, uma imagem cristalizada, tal e qual uma fotografia; o pai segurando-o no colo, à margem do Motlawa, num dia ensolarado como o de hoje. Gostaria de se lembrar de mais coisas... de todo o resto: do sorriso da mãe, da cumplicidade dos progenitores, dos beijos, das carícias, dos carinhos; mas em sua mente cria-se um vazio sempre que faz esse esforço. Só a imagem cristalizada dele no colo do pai, com expressão austera, junto ao Motlawa. O resto — os desejos, as lembranças da família feliz — não se apresenta, talvez devido ao fato de sua mente lógica não ser capaz de produzir fabulações, fantasias, ficção. Sim, porque ele sabe perfeitamente que essas cumplicidades, essa família feliz constituída por ele e pelos pais, nunca existiu. Nunca — e é bom que sempre se lembre disso, para que não se deixe levar por impulsos mundanos, mentirosos, que trazem consigo sonhos contrários à verdade.

O pai fora membro ativo do Solidariedade e metalúrgico de profissão. Alimentara tão profundamente o ideal de uma Polônia livre, mas não via a ditadura com que reinava no lar, a que submetia sua bela mãe, que nunca perdeu o ar gracioso, apesar das adversidades físicas e psicológicas a que era sujeita constantemente. Impressiona-se como guarda essa imagem cristalizada dele e de si próprio à margem do Motlawa se tudo de que se lembra do progenitor são as ausências, as prolongadas estadas fora do seio familiar, na luta desigual contra um governo totalitário. Nesse particular, há que lhe conceder o mérito da persistência compenetrada que o caracterizou até o final de seus dias, lamentando-se o fato de não a ter estendido à família, no que toca aos ideais similares da liberdade, quanto mais não seja a da expressão, a que também a mãe não tinha acesso. Bem que poderia ter sido uma fotografia tirada por ela, a da imagem cristalizada, mas não; era fruto da impressão mental que cada um de nós tira em determinados instantes da vida. Contudo, podia ter sido — seria bom se fosse — como ele gostava, um retrato tirado pela mãe de um filho e pai felizes, junto à margem de um dos rios que banham a cidade. Felicidade extensível à mãe, é claro, já que a alegria é um estado dotado da propriedade do contágio. Mas não. Nada disso corresponde à verdade.

Essa fotografia nunca existiu, nunca foi tirada. O que existia era o medo, o pavor do segundo seguinte, terror só de ouvir a chave na fechadura rodar para deixar entrar o inferno: ele. O final de mais uma longa estada fora de casa, os bons momentos para ela, se não bons, pelo menos repletos de mansidão e serenidade. Mais uma vez a mala preta cheia de dólares para a causa.

— É dos americanos — dizia ele, enquanto degustava o jantar preparado pela escrava que, de coração tão puro, nunca teve a idéia de recheá-lo com veneno de rato.

Era o que este que agora aguarda faria, se na ocasião tivesse entendimento para tal.

— E do Vaticano — continuava ele. — Dessa vez vamos acabar com eles!

E ria, ria como um menino cujos sonhos estão prestes a se realizar. Contava de como não se podia falar da proveniência do dinheiro. Todos negariam se isso viesse a público. Era dinheiro ilícito, obtido à custa do mal dos outros, de vícios narcóticos, de tráfico de segredos comprometedores, capazes de influenciar o destino dos seus detentores da maneira mais proveitosa. Dinheiro sujo para financiar ideais nobres, de igualdade, justiça e liberdade, mas sem que forças externas ou olhos curiosos consigam identificar claramente o amigo ou amigos endinheirados que promovem a luta com o objetivo único de verem o proveito, sem nunca conquistarem a fama. Foram os americanos e o Vaticano, dizia o pai; mas nunca ninguém saberá as voltas que ele deu para despistar intrusos e traidores. As mãos pelas quais isso passou, as empresas de fachada, os administradores de bancos corruptos... Jamais ninguém saberá.

Lembra-se como se tivesse sido hoje, esta manhã, do dia em que chegou em casa e a viu. Os olhos abertos, vítreos, inertes, a olharem para ele sem o fitar. O sangue que lhe escorrera do pescoço formava uma poça no chão; mal se notava que a cor original da blusa era branca. O esvaimento do fluido vital ocorrera devido ao rasgão que lhe atravessava a garganta. Debruçou-se sobre ela, um menino, um ser puro, sem maldade, perante a mãe morta, assassinada, cortada na parte frontal do pescoço, e chorou. Abraçou-a, misturou-se com o sangue dela, sentiu-a e continuou a chorar copiosamente. Pior, muito pior do que as longas ausências do pai ou do que as sovas de cinto que sofria sempre que defendia a mãe dos achaques de violência dele. Uma dor indescritível, a perda da pedra basilar que lhe suportava a vida. Então, durante esse abraço úmido com que envolvia a mãe, reparou na faca. A arma que privou a mãe da vida, que a separou dele, ainda manchada de sangue, largada no chão, ao acaso. Pegou-a e olhou-a, cruel e poderosa, capaz de matar, ferir, rasgar, cortar, apunhalar, conforme a vontade do portador, já que o objeto em si é inofensivo.

Naquela hora, o desejo dele era que a faca o rasgasse, o mandasse para junto da mãe querida. E esteve a milímetros de fazê-lo. Seria uma morte rápida, um golpe direto no coração. Sim, ele sabia onde era o coração, e que era o motor da vida. Um gesto certeiro acabaria com tudo, não seria indolor — pelo contrário —, mas, ainda assim, seria uma dor ínfima em comparação à que sentia pela perda materna. Mas o golpe nunca chegou a ser dado. Bem na hora "h", viu-o sentado no chão, encostado à parede. Os olhos marejados, o rosto suado, uma garrafa de vodca na mão.

— A partir de agora somos só nós dois, rapaz — disse o pai, a voz embargada pelo álcool e pelo reconhecimento do erro. — Somos só nós dois.

Depois explicou como ela lhe havia faltado ao respeito e como ele já vinha nervoso da rua. Palavra puxa palavra, e ela não se calou no tempo exigido por ele. Afinal, quem mandava em casa? Quando deu por si, o mal já estava feito.

— Agora somos só nós dois, rapaz — repetiu o pai, choroso, bêbado. — Venha aqui, dê um abraço em seu pai.

Um abraço como o da imagem cristalizada junto à margem do Motlawa. Uma ordem, e não um pedido, que foi cumprido pelo menino outrora puro e sem maldade. Abraçou o pai com força, a mãe no pensamento, o sorriso dela, a graciosidade, o pescoço rasgado, a mãe morta. A faca perfurou a carne, implacável, sem sentimentos, premida por sua mão jovem contra o peito do pai. A lâmina penetrou até o cabo, e o filho pródigo continuou a abraçar o pai com força, com amor forte, de olhos fechados, intensamente, uma mão a rodear-lhe as costas e a outra no cabo da faca. O pai esbugalhava os olhos, incrédulo, babando sangue pela boca, duplamente incrédulo; as forças abandonavam-no velozmente, o fim turvava os sentidos, entrava no poço fundo da morte, triplamente incrédulo, até que a morte se apoderou do corpo ao fim de dois espasmos. O filho largou o pai, que tombou inanimado no chão, perto da parede. Afastou-se dele e fitou uma última vez o corpo da mãe.

— Agora sou só eu.

Mas, enfim, chega o bendito momento. Aquele pelo qual ansiara toda a vida, desde o horrível dia em que perdeu a mãe e iniciou seu caminho pelos trilhos da justiça. Finalmente conhecerá o Mestre, que já deve ter aterrissado em solo americano, aqui, numa pista qualquer do Aeroporto de La Guardia, em Nova York. E esse seu servo não está à espera dele em qualquer ponto de chegada comum; nada disso. O Mestre tem outro tipo de tratamento, superior ao VIP, igual ao tratamento que recebe um chefe de Estado de visita aos Estados Unidos. Assim, aguarda-o no piso interno do aeroporto, no local indicado para o avião estacionar. Trouxe um carro à altura de tão dignitária personalidade, e o sorriso nos lábios disfarça o nervosismo interior. O Mestre é como um pai para ele. Embora não o conheça pessoalmente, proporcionou-lhe todos os confortos que um verdadeiro pai concede aos filhos: um teto, dinheiro, educação, trabalho, estímulo. É verdade que tudo isso foi a distância, mas talvez por isso mesmo tenha cultivado amor e respeito pelo Mestre tão grandes, já que o pai, sempre ausente na sua infância, deu no que deu. O Mestre deu-lhe todo o espaço do mundo, e agora vai fazer-se apresentar ao filho pródigo, ao garoto puro e sem maldade do passado.

O jato já se avista no meio de tantos aviões em constante movimento. Os nervos apertam ainda mais as vias respiratórias. Como é possível que ele, um homem habituado a lidar com o perigo, que decide sobre a vida ou a morte de outros homens, que já teve, mais de uma vez, uma arma apontada à cabeça, não tivesse sentido nessas horas nenhuma ponta de ansiedade ou inquietação? E agora que vai ver e conhecer alguém que, apesar de tudo, não passa de um ser humano de carne e osso, desfaz-se em arrepios e suores frios, como se o mundo estivesse para acabar? O jato pára à sua frente, e os motores são desligados, mas continuam a rodar até pararem completamente por si mesmos. A porta abre-se e desce uma escada. A primeira pessoa a aparecer é o homem vestido com um terno Armani que conheceu em Gdansk. Se o terno é o mesmo, ou se é outro, pouco importa; contudo, sua predileção é notória. O homem do terno Armani desce as escadas e pára a fim de dar assistência ao senhor de idade que vem atrás, apoiado numa bengala com um leão dourado no topo. De um lado segura a bengala, do outro estende a mão ao assistente, para que este o ajude. Vêem-se assim frente a frente os três homens, Pai, Filho e Espírito Santo — o Mestre, o servo e o assistente do terno Armani. E, numa cena digna de tempos antigos, vemos o servo polaco ajoelhar-se perante o Mestre e baixar a cabeça, em reverência.

— Senhor, quero que saiba que é uma honra para mim conhecê-lo finalmente — disse, de olhos fechados.

O senhor de idade coloca a mão trêmula sobre a cabeça dele.

— Levante-se, meu filho.

O servo o faz prontamente. É nítido que o polaco não consegue fitar o Mestre direto nos olhos. O velho entra no carro enquanto o servo lhe fecha a porta. O assistente abre e fecha a sua porta sozinho. O servo assume a condução.

— Você tem me servido bem. Sempre com muita competência e dedicação.

— Total e absoluto empenho são o mínimo que pode esperar de mim — afirma ele com veneração sincera.

— Sei bem disso.

— Onde está o alvo? — pergunta o assistente.

— Nesse momento, visitando um museu.

— Gosta de cultivar o intelecto — completa o assistente.

— Para onde deseja ir, senhor? — uma pergunta tímida do servo polaco.

— Vamos fazer um pouco de turismo — diz o velho. — Leve-nos para um passeio.

Suas palavras são ordens, e não se fala mais nisso.

No banco de trás, segue-se uma conversa em voz baixa, não destinada aos ouvidos de funcionários hierarquicamente inferiores, ainda que filhos, em sentido figurado, nesse caso; embora muitos pais verdadeiros ocultem conversas dos filhos, bem ou mal.

Finda a conferência entre os passageiros do banco de trás, o Mestre, na falta de nome próprio para o apelidar, pega o celular e digita um número. Aguarda alguns segundos até o destinatário atender do outro lado.

— Em que pé está a situação? — pergunta, sem um "Olá, como vai?". Aguarda que a resposta lhe seja dada. — Mister Barnes, preste atenção às minhas ordens.

Capítulo 51

Os três ocupantes do Volvo permanecem calados há algum tempo, enquanto rodam a cento e quarenta quilômetros por hora nas vias rápidas de acesso à cidade de Lisboa. Quem os visse a tal velocidade, a essa hora da noite, certamente não acreditaria que a estrada tem fama de ser uma das mais congestionadas da Europa.

Sarah contempla o exterior sem o olhar verdadeiramente, aturdida pelo mar de revelações que inundou sua mente. Os prédios passam, assim como os estádios, os centros comerciais, os carros, os ônibus, os caminhões, mas ela nem os vê. Que mistérios encerram as noites de Lisboa? Que segredos, que mentiras? E, quem fala em Lisboa, fala em outra cidade qualquer do mundo. Que planos estarão em andamento neste exato momento, com a finalidade de dar vantagem a algumas pessoas sobre outras ou de proporcionar a ascendência de determinados países sobre outros onde tenham interesses? Chegou à conclusão de que há dois tipos de política: a usada para o povo ver, em que os políticos que se elegeram fazem de conta que governam, sob o olhar atento das câmeras dos repórteres; e a outra, a camuflada, a que governa mesmo, sempre, mas que não deixa registros históricos nem assina as leis, embora as crie e as promulgue. São esses os homens que prevalecem sobre os restantes, jogando as peças no tabuleiro mundial, dispondo-as segundo seus objetivos. Depois dão o lugar a outro, ao seu substituto, mas não sem antes se certificarem de que deixam o homem certo a controlar o jogo, com os mesmos propósitos, crenças e ideais. Facilmente se pode comparar o processo a um filme. Os atores são as estrelas que brilham perante o público, que o fazem chorar, rir, sonhar; mas o cérebro que proporciona tudo aquilo está por trás, manejando a câmera, movimentando o dinheiro, escrevendo e reescrevendo o roteiro, editando as imagens filmadas. No final, o público vê apenas o resultado de todo esse trabalho, a parte que quem manda permite que se veja. Nada mais. Poderá haver um roteiro melhor, movimentos de câmera mais atraentes, formas inteligentes de poupar dinheiro, cenas gravadas que não foram incluídas no produto final, mas tudo permanecerá no desconhecido, porque quem tem a última palavra assim o diz.

— Está bem, filha? — pergunta Raul, olhando para trás.

— Dentro do possível... — A resposta é sumida, como se estivesse presa aos seus pensamentos, ainda que por um fio tênue. — Estava aqui pensando: a P2 matou um papa, um primeiro-ministro português e na certa muitas outras pessoas com cargos menos importantes. Há mais alguém conhecido que eles tenham *feito desaparecer precocemente*? — frisa a última parte da frase, olhando para Rafael, que, apesar de ter os olhos postos na estrada, percebe o que ela insinua.

— Há. Em 1986, não sei se se lembra ou ouviu falar da morte de um primeiro-ministro sueco que se chamava Olof Palme?

— Sim, tenho uma vaga idéia. — E, de fato, Sarah tem uma idéia. Foi um crime muito falado pela imprensa no referido ano. A Suécia via-se, abruptamente, órfã de um dos seus melhores governantes. — Eles não têm mesmo problemas em afastar quem não serve à sua causa.

— Disso pode ter certeza.

— E qual foi a razão para o assassinarem?

— A mesma pela qual assassinaram Sá Carneiro em Portugal. Venda de armas para o Irã.

— Por que para o Irã?

— Na ocasião era o Irã. Hoje é o Iraque, a Coréia e o Afeganistão. Os inimigos de hoje são os aliados de amanhã. E os americanos sempre foram bastante hábeis em fomentar amizades ocasionais.

— Espere aí — diz Sarah, confusa. — O que os americanos têm a ver com isso?

— Tudo. Essas mortes ocorreram porque eram do interesse deles.

— A de Sá Carneiro?

— A de Sá Carneiro, a de Olof Palme, a de Aldo Moro...

— A de João Paulo I — conclui Sarah.

— Para a parte aliada da P2, nomeadamente a CIA, sem dúvida; mas nesse caso é curioso, porque o Departamento de Justiça tinha João Paulo I como aliado. E sua morte prejudicou, e muito, a investigação dele.

— Que confusão.

O pai vira-se para Rafael:

— Qual é o itinerário?

— Sul. Passamos a Ponte 25 de Abril e depois vamos seguir sempre em frente, até Madri.

— Parece-me bom — concorda Raul.

— Só preciso me certificar se estamos sendo seguidos.

Os sentidos de Sarah acionam o estado de alerta.

— Como fazemos isso?

— Normalmente nos metemos num beco ou numa rua sem saída. Quem vier atrás de nós é, naturalmente, denunciado.

— Mas aí também não temos por onde fugir — conclui Sarah.

— Sim, mas constatamos que estamos sendo seguidos. Essa tática é habitualmente usada pelos traficantes de droga. Assim, não correm o risco de serem apanhados em flagrante quando o produto entra em suas instalações. Se não estiverem sendo seguidos, prosseguem caminho. De tantos em tantos quilômetros repetem a operação. Se alguém estiver em seu encalço, abortam-na. Trocam tiros com a polícia, são apanhados; e os grandes traficantes permanecem ilesos, em suas casas, planejando confortavelmente a entrega seguinte.

Sarah escuta tudo aquilo, aturdida.

— Não tenho muita vontade de ficar no meio dos tiros. Já me bastou o que houve ontem.

— Eu disse que normalmente é o que se costuma fazer. Não disse que era isso que iríamos fazer. Há outras maneiras.

— Que maneiras?

Rafael freia bruscamente o Volvo na via expressa. Um coro de buzinas segue-se como protesto por aquela manobra irresponsável.

— Você é doido! — grita Sarah, com o coração quase lhe saindo pela boca. — Que diabos fiz eu para merecer uma sorte dessas?

— Calma, Sarah — pede o pai com voz serena. — Ele sabe o que faz.

Rafael olha para trás, mas Sarah está bem à sua frente com o olhar furioso.

— Importa-se de chegar mais para o lado? — pede simpaticamente.

Sarah lança-lhe um esgar cheio de ódio. Rafael vê três carros parados no acostamento, a cerca de cinqüenta metros. Continua o coro de buzinas daqueles que contornam o Volvo.

— Três carros — alerta Rafael.

— Talvez tenha sido um acidente — sugere Sarah, agitada.

Rafael vira-se para a frente e recoloca o cinto de segurança.

— Coloquem o cinto, por favor.

Sarah obedece prontamente, com o coração aos saltos.

— Ó, meu Deus, não estou gostando disso — desabafa.

— O.k., Sarah, escute com atenção. — É Rafael quem fala, olhando para ela pelo retrovisor central. — Para não dizer que não a avisei e não gritar nos meus ouvidos, vamos entrar numa área urbana a grande velocidade. Tente não se preocupar. É pouco provável que tenhamos algum acidente. Por favor, segure-se bem.

Findo o discurso, os pneus chiam na estrada, provocando ruído e fumaça, até criarem aderência ao asfalto. Sarah cola-se ao banco, tal a velocidade imprimida. Olha para trás e vê os carros avançarem também. Estão sendo seguidos. Saem da via expressa e passam um sinal vermelho, indiferentes ao trânsito que tem prioridade. Viram à direita e descem o Campo Grande. Cento e vinte, cento e trinta. Faixa da direita, faixa da esquerda, evitando os outros carros que parecem parados à sua passagem.

Rafael conduz o carro com perícia, quase como se aquela fosse uma segunda profissão. Segunda ou primeira, já que Sarah pouco sabe sobre ele. Na realidade, não sabe nem seu nome verdadeiro, a nacionalidade... nada. Seu salvador é um autêntico desconhecido. E, agora que olha para o pai e para a calma que exibe, repara que há facetas dele que também desconhece. Dá instruções precisas a Rafael, não em relação à condução, mas acerca dos perseguidores, que agora mostram declaradamente que os seguem: assumiram que estão ali, atrás deles, e aceleram como Rafael pelo centro de Lisboa, em plena Avenida da República.

Assim que chegam à Praça Duque de Saldanha, entram por uma avenida larga em direção à enorme rotunda do Marquês de Pombal. Sinais vermelhos nos semáforos nada dizem aos quatro carros envolvidos. Fazem o necessário para ganhar terreno — os adversários sobre o perseguido, e vice-versa. O coro de buzinas dos outros carros faz-se ouvir, assim como os palavrões. Rafael não se faz de rogado: avança a toda velocidade e, onde se vê impedido de prosseguir o caminho, encosta o Volvo nos outros carros, arrastando-os de maneira a criar espaço para passar. Os motoristas assistem àquilo incrédulos e assustados. Alguns saem do carro para dizer algumas verdades ao condutor lunático que não mede esforços para escapar ao trânsito. Um deles coloca as mãos em cima do teto do carro de Rafael, junto à janela, e aproxima a cabeça dele.

— Encoste já, se não quiser que o parta ao meio! — ordena, convencido de que a frase ameaçadora é o bastante para assustar o motorista.

Mas, se bem conhecemos Rafael, sabemos que está habituado a lidar com a pressão, por isso não é de admirar que ele puxe a gravata do valente de modo que o faz entrar ainda mais dentro do veículo. E, sem que a vítima tenha tempo de se defender, já está do lado de fora, caída, agarrando a cabeça no local onde Rafael o acertou com a sua. No momento seguinte, o Volvo retoma o caminho, contornando a rotunda a grande velocidade. Não sai na primeira nem na segunda, mas na terceira, descendo a larga Avenida da Liberdade, com as árvores a delimitar as fronteiras laterais da via, lançado na sua rota de fuga.

— Você é terrível! — reclama Sarah, sarcasticamente. — Não dói a cabeça?

Rafael não esboça nenhuma resposta, nem demonstra vontade de o fazer. Ignoram que o homem em quem deu a cabeçada havia pouco teve de saltar do local onde estava entregue às suas dores para não ser atropelado por três carros que passaram a grande velocidade — os mesmos que agora estão ao lado deles e atrás, neste instante.

— Agarrem-se! — avisa Rafael. — Agarrem-se bem!

Mal acaba de falar, freia bruscamente, de tal forma que o perseguidor que vem atrás quase bate neles. Os carros que seguem ao lado avançam um pouco e, antes que se emparelhem novamente com o Volvo, Rafael guina para a esquerda, passando para as faixas contrárias. Só o carro que vem atrás o segue. Os outros permanecem nas faixas que descem em direção à Praça dos Restauradores.

Sarah está tensa e nervosa, olhando para todos os lados, especialmente para a frente, que, nesse momento, é o ponto crítico. Os carros que sobem a avenida buzinam e se desviam como podem para não baterem no Volvo ou no outro carro que vem atrás.

— Acho que vou vomitar — geme Sarah. — Será que não podemos chegar a um acordo com eles?

— Acha que sim? — pergunta Rafael, sem tirar os olhos da estrada. — Acene com uma bandeira branca. Que lhe parece?

Sarah não diz mais nada porque os nervos não permitem. Os nervos, os carros que os perseguem e os que vêm em sentido contrário, que, coitados, também não têm culpa nenhuma. "Quando isso vai acabar?", pensa Sarah, pedindo aos céus o término de toda aquela situação, rogando que as coisas voltem à normalidade e que recupere o controle, ainda que ilusório, de sua vida.

Antes de chegarem ao final da avenida, Rafael guina com violência à direita, batendo lateralmente num dos carros perseguidores, que derrapa, e termina por se espatifar contra o tronco de uma árvore, das muitas que se espalham ao longo da avenida. O Volvo recupera a estabilidade bem a tempo de entrar na Praça dos Restauradores. Prosseguem pela parte lateral do Teatro Dona Maria II, com a Estação do Rossio à direita. Dois carros são o que resta do grupo perseguidor.

No centro da Praça Dom Pedro IV ocorre um concerto beneficente em favor das crianças abandonadas que se multiplicam por esse mundo afora. Nesse momento, um grupo da moda coloca a platéia em polvorosa com uma música contagiante, daquelas que põem toda a gente a cantar em coro e a pular, como se fosse uma droga hipnotizante. O poder da música. Que num instante se transforma em pânico, quando um Volvo decide invadir o centro da praça, exatamente pelo meio da platéia, que tenta fugir por onde pode, recorrendo a todos os meios necessários para salvar a pele. Empurrões, puxões, pisadas, encontrões, tropeções, passar por cima de quem cai: pouco importa como, o importante é sair ileso. Logo atrás vem outro carro no encalço do Volvo. Por sorte, as pessoas conseguem abrir um corredor para a passagem dos carros, e, para além de algumas escoriações mais ou menos graves, não há vítimas a lamentar. O concerto beneficente para as crianças abandonadas não será esquecido tão cedo.

Rafael sai do outro lado da praça e vira o Volvo em sentido contrário, com o outro carro sempre atrás. O segundo veículo optou por respeitar as regras de trânsito e continuar sempre em frente. A praça Dom Pedro IV, no Rossio, só tem um sentido, o anti-horário, e nesse instante Rafael anda exatamente a favor das horas.

"Outra vez?", Sarah se desespera. "Ele me deixa maluca!"

Entra na Rua da Betesga, que leva à Praça da Figueira, e, para variar, vira à direita e desce a Rua da Prata também com o trânsito proliferando em direção à praça de onde eles vieram. Dessa vez, têm de se desviar de um ônibus elétrico, já que este não pode sair dos trilhos, embora o fizesse se tal fosse possível. Desembocam na Praça do Comércio, sempre com o valente perseguidor atrás; do segundo, o que cumpriu as regras na Praça do Rossio, não há sinal. Viram à direita e regressam ao sentido correto, finalmente.

Quando chegam à parte leste da Praça do Comércio, o segundo carro irrompe do lado direito, vindo da Rua Áurea. Viram à esquerda, contornando a praça e o segundo carro, que agora está à frente deles, e freia bruscamente para os obrigar a parar. O carro de trás encosta-se ao Volvo e empurra-o em direção ao carro da frente, a fim de prensá-lo. O da frente faz o mesmo em marcha a ré. Rafael percebe a manobra. Cercando o carro, eles se tornarão alvos fáceis de dominar. Bastaria afastá-lo, a ele e ao Capitão, e Sarah ficaria vulnerável, nas mãos deles. Tudo acabaria ali.

Com isso em mente, só lhe resta agir depressa. Faz a primeira mudança e acelera o carro. Os pneus começam a chiar e a fumegar, fruto da falta de aderência ao solo, uma vez que a velocidade solicitada não corresponde à real. O fato é que o carro da frente aos poucos é empurrado.

O motorista tenta reagir, forçando ainda mais a marcha a ré e contrabalançando as forças; mas não podemos esquecer que são dois carros contra um, uma vez que o aliado de trás continua tentando prensar o Volvo, ignorando que o está ajudando. O carro da frente perde posição e começa a ficar de lado, o que não o permite manobrar corretamente nem enfrentar a força que vem de trás. Por fim, fica completamente de lado. Sarah tenta olhar para o interior do veículo, mas os vidros são escuros, como sempre. Rafael não perde tempo. Acelera fundo, empurrando o carro atravessado à frente deles em direção ao fim da praça, ignorando os semáforos que controlam os veículos provenientes ou destinados à Avenida da Ribeira das Naus ou à Avenida Infante Dom Henrique. Uma vez no meio do cruzamento, vêem o carro ser abalroado por um ônibus.

Mais um fora de jogo. Em seguida, viram à direita e prosseguem a fuga pela Avenida da Ribeira das Naus, dessa vez com um carro apenas ao encalço.

Depois de passarem a Praça do Duque da Terceira, entram na Avenida 24 de Julho, e Rafael atreve-se a rodar a cento e setenta quilômetros por hora pelo centro da animação noturna da capital portuguesa. A avenida é ampla e larga, mas tem um traçado confuso em algumas zonas, que o obrigam a reduzir a velocidade temporariamente, para voltar a acelerar assim que ultrapassa tais obstáculos. O carro que vai atrás o acompanha com igual perícia e destreza, mas, a partir de certa altura, começa a perder terreno para o Volvo. Terreno demais.

— Isso não está me cheirando bem — alerta Rafael.

— Que se passa? — pergunta Raul.

— Ficaram muito para trás — esclarece.

— Pudera. Vai quase a duzentos — queixa-se Sarah, agarrada ao braço da porta. Uma derrapagem ou uma batida àquela velocidade é morte certa.

— Aquele carro poderia nos acompanhar sem problemas — informa Rafael, sem aparentar nenhuma irritação para com a crítica de Sarah.

— Será que tiveram algum problema mecânico? — sugere Raul, olhando para trás e tentando identificar o veículo, que já está fora do alcance visual. Estão passando sob a Ponte 25 de Abril, que, lá bem no alto, estabelece a ligação com a margem sul.

— Esperemos que seja isso — afirma Rafael, ainda intrigado. Nessas horas as surpresas são desagradáveis, especialmente quando é ele o surpreendido.

Poucas centenas de metros adiante, já na Avenida da Índia, são envolvidos por uma luz intensa que vem de cima, do lado do rio Tejo: um helicóptero que os segue. Logo depois, mais uma luz provinda do lado da cidade. Mais um helicóptero.

— E agora? — pergunta Sarah, lutando para não entrar em pânico. — O que faremos?

— Não dá para fugir dos helicópteros — explica Rafael, serenamente.

— Acabou tudo?

Olha para ela com a expressão séria.

— Acabou.

— Eles nos matarão! — O rosto de Sarah esmaece de terror, embora os tons luminosos da noite o disfarcem.

— Ainda não. Se nos quisessem matar, já o teriam feito. — Vira-se para Raul. — E agora, Capitão?

— Vamos nos deixar apanhar.

— Aplicamos a solução final?

Sarah percebe perfeitamente a pergunta. A solução final é um método italiano usado por muitas pessoas, inclusive pela P2. O afastamento precoce, como Rafael costuma dizer. Aquilo que esteve prestes a acontecer com ela no Museu Britânico. Um tiro na cabeça. Fita o pai, que já não tem o mesmo ar sereno que costuma aparentar. Percebe-se que está ponderando sobre o assunto.

Continuam na avenida, agora diante do jardim em frente ao sobranceiro Palácio de Belém, residência oficial do presidente da República. Nesse exato instante aparecem do nada cinco carros negros, que se colocam lado a lado atrás do Volvo. Cerca de um quilômetro adiante, Rafael vislumbra as sirenes de uma barricada de carros a cortarem a estrada, na zona dos Jerônimos. Não há opção. Pode-se sempre entrar pelos jardins adjacentes ao Mosteiro, até poderiam se despistar os carros durante alguns momentos, mas os dois helicópteros continuarão a segui-los e a denunciar sua posição. Infelizmente não há nenhum lança-mísseis para resolver o problema. A distância para a barricada diminui a olhos vistos.

Seiscentos metros.

É claro que Rafael já há muito diminuiu a velocidade do Volvo. A escolta de cinco carros permanece unida, encurtando o terreno para os aliados que cortam a via mais à frente.

Quinhentos metros.

— Capitão, peço desculpas por tê-lo decepcionado.

— Você não tem que pedir desculpas. Eles já andavam em nosso encalço há muito tempo. Provavelmente desde Mafra.

Quatrocentos metros.

— E agora, Capitão? Preciso da sua decisão.

Sarah já nem pensa. Limita-se a observar o desenrolar da cena, como se fosse apenas uma espectadora sentada numa sala qualquer de cinema e tudo não passasse de uma fantasia reproduzida na tela. A diferença é que a tela não está à sua frente, mas a trezentos e sessenta graus. A dura realidade.

Trezentos metros.

— Pare o carro imediatamente! — Ouve-se uma voz dizer, vinda de um dos helicópteros. — Pare o carro imediatamente!

— Capitão, preciso de uma decisão, rápido! — repete Rafael com mais vigor. Carros civis, outros da polícia, picapes e até um caminhão TIR, atrás de todo esse aparato, atravessam-se na rua. Vários homens são visíveis, protegidos pelo escudo de portas abertas dos carros, ou mesmo atrás deles.

Duzentos metros.

Consegue identificar atiradores especiais, em frente, nos terraços do Centro Cultural de Belém.

Sem aviso, Rafael pára o carro no meio da estrada.

— Capitão, é hora!

— Os cinco carros que os escoltam param também, a uma distância segura.

Raul olha para a filha.

— Sarah, tem de compreender que não há alternativa. Vamos ter de morrer.

Sarah fita o pai, atenta, com medo. Como pretendem executar essa tarefa hercúlea?

— Nós nem sequer temos armas! — Vira-se para Rafael. — Vai me matar com o quê? Vai me quebrar o pescoço? — A voz revela muito medo.

— É uma idéia. Mas não. — Rafael estende a Sarah um comprimido, e outro a Raul. — Estamos prontos? — ele pergunta. — Engula — ordena a Sarah.

"É assim que vou acabar?", pensa ela, com uma lágrima a escorrer-lhe pelo rosto.

— Espere! Dê-me os papéis — pede o pai.

— O que fará com os papéis? — pergunta Rafael. — Eles não podem apanhá-los.

— Não se preocupe. O porta-luvas tem um compartimento secreto. Nunca os apanharão. Dê-me os papéis — repete Raul para Sarah.

"Depende dos trunfos que tivermos para jogar na ocasião certa", pensa Sarah, menos tensa. Entrega o comprimido a Rafael.

— Tome. Não vou precisar disso.

— Os papéis? — volta a pedir Raul.

— Não estão comigo. Só tenho fotocópias — informa Sarah, exibindo duas folhas brancas preenchidas com a cópia da lista.

— Onde estão? — pergunta Rafael, intrigado.

— Guardados num lugar seguro — conclui Sarah.

Rafael esboça um sorriso tênue.

— O.k. Sendo assim, o que faremos? — pergunta a Raul.

Nota-se que o militar não esperava aquela jogada.

— Bem. Isso modifica um pouco as coisas.

— É um trunfo com o qual jogaremos! — completa Sarah.

— Sem dúvida — concorda o pai. — Sem dúvida.

Um homem sai de um dos carros de trás e caminha, sozinho, em direção ao Volvo. Passos firmes e decididos sustentam uma montanha de carne.

— Certo, o jogo vai começar — diz Rafael, acenando com a cabeça para que os outros vejam o desconhecido que se aproxima.

— Guardem seus segredos com a vida! — pede Raul.

O homem alcança o Volvo e se aproxima pela janela do condutor, a de Rafael.

— Vejam se não é o famoso Jack...

— Geoffrey Barnes. Voltamos a nos encontrar.

— Olhe à sua volta, Jack — ordena Barnes. — Olhem todos. Contemplem o trabalho que deram. Tudo isso é para vocês.

Outros agentes se aproximam do carro e abrem as portas, tirando Raul e Sarah.

— Precisa de ajuda para sair do carro Jack? — pergunta Geoffrey Barnes, ironicamente.

Rafael abre a porta e deixa o carro calmamente, sem nunca desviar o olhar do homem da CIA.

— Levem a mulher e o pai. Sigam as ordens.

Alguns agentes afastam-se com eles, dois ficam com Barnes. Sarah ainda olha para trás. Será que Barnes vai matar Rafael? É interessante como está mais preocupada com ele do que consigo própria. Os agentes colocam Sarah e o pai em carros separados.

Entretanto, Rafael e Barnes continuam a medir forças, olhos nos olhos.

— Jack, Jack, Jack — pronuncia Barnes de modo cáustico. — Que desilusão. — Abana a cabeça negativamente. — Que desilusão.

— Não bebi o leitinho todo? — zomba Rafael.

Sem aviso, Barnes aplica-lhe um soco no estômago. Cento e vinte quilos de força que fazem Rafael se curvar. Instantes depois, recupera a posição. Barnes lhe dá outro soco, que o deita por terra.

— Como pôde fazer isso comigo? Com a agência? Traiu todos os valores que nos regem!

Rafael tenta levantar-se, mas recebe um pontapé na barriga que volta a atirá-lo ao chão.

— Você é um filho-da-puta — continua Barnes. — É um ingrato. Mas vai ter o que merece. — Desfere-lhe outro pontapé. — Levem-no! — ordena aos agentes. — Vamos dar um passeio. Um grande passeio.

Capítulo

52

ÚLTIMA DEFESA

28 de setembro de 1978

Hans tivera um dia agitado e pressentia que as próximas horas se iriam transformar numa daquelas intermináveis noites de insônia.

O chefe de segurança da Guarda Suíça estivera toda a tarde recebendo instruções contraditórias. Muitas delas procediam da Secretaria de Estado, outras do chefe dos Arquivos do Vaticano, outras ainda da Secretaria do Sínodo e também da Congregação da Doutrina da Fé.

O secretário do cardeal, Jean-Marie Villot, comunicara-lhe naquela mesma tarde o desejo de que a obscura passagem de Leão XIII, habitualmente fechada, fosse aberta. Em seguida, o mesmíssimo perfeito para a Doutrina da Fé fez saber que não seria necessária essa providência. Dos gabinetes de Paul Marcinkus viera uma recomendação para que mantivessem livres os acessos aos aposentos do papa Luciani. Outros subalternos de distintos cardeais haviam passado pelas instalações da Guarda Suíça e entregado notas com pedidos de segurança aos quais não estava habituado.

Por fim, Hans conseguiu entender que se iria realizar uma reunião importante no gabinete do papa Luciani, que se situava junto aos aposentos privados do Pontífice, no Palácio Apostólico. Assim, conseguiu depreender que se tratava de uma reunião com elevado conteúdo político, mas informal, pois não recebeu nenhuma comunicação do porta-voz do Vaticano, normalmente presente nesses casos. A única coisa que podia deduzir daquela confusão de faxes, chamadas telefônicas e notas soltas era que estariam presentes o secretário de Estado, Jean-Marie Villot, o bispo Paul Marcinkus e o arcebispo vigário de Roma, Ugo Poletti.

Hans dirigiu-se ao Palácio Apostólico e reforçou a segurança da entrada principal. Depois, ordenou a um subalterno que dispusesse alguns efetivos na parte de trás do edifício. Os distintos corpos adstritos às diversas personalidades foram informados para que conduzissem os cardeais por uma porta discreta. Uma vez aí, subiriam por uma escadaria lateral e acederiam aos corredores do Palácio sem maiores contratempos. A Guarda Suíça encarregou-se de encerrar todos os acessos e de selar qualquer possível intromissão. Os cardeais, quem quer que fossem, não encontrariam ninguém pelo caminho e chegariam ao gabinete do papa Luciani em menos de quatro minutos e cinqüenta segundos. Hans também ordenou que a cada vinte e cinco metros houvesse um par de guardas à paisana e, na entrada do gabinete, dois dos seus melhores homens, vestidos com traje de gala, como era costume.

Na ante-sala do gabinete havia uma mesa, habitualmente ocupada por um assistente antigo de João XXIII que não tinha querido se demitir e a quem encarregavam de missões mais parecidas com as de um garoto de recados do que com as de um secretário pontifício.

No meio da tarde, os dois secretários do Pontífice deixaram seus gabinetes. A essa altura, Hans soube que a reunião estava prestes a começar. Pelo *walkie-talkie*, comunicaram-lhe os nomes sucessivamente.

— O cardeal Villot está subindo, senhor.

— Está bem — respondeu Hans.

Ao fim de meio minuto, o característico som chiante do *walkie-talkie* voltou a ser ouvido.

— O cardeal Ugo Poletti e o monsenhor Agostino Casaroli, senhor.

— Obrigado.

Monsenhor Casaroli exercia o cargo de conselheiro para os Assuntos Públicos da Igreja, uma espécie de ministro dos negócios estrangeiros do Vaticano.

Um par de minutos depois, o intercomunicador foi acionado novamente e o agente situado na entrada comunicou quem eram os novos convidados:

— O bispo Marcinkus e o monsenhor De Bonis, senhor.

Tanto um quanto o outro pertenciam à direção do Banco do Vaticano.

Exatamente quatro minutos e cinqüenta segundos depois, apareceram ao fundo do corredor os primeiros, que esperaram pelos companheiros no alto da escadaria.

Hans observou a segurança. Estava tudo em ordem.

Quando os cinco homens da Igreja se reuniram, trocaram algumas palavras e, quase imediatamente, avançaram em direção ao gabinete do Pontífice. Era uma comitiva estranha. No Vaticano comentava-se que os amigos de Villot, aqueles que o tratavam amistosamente por Jeanni, estavam indignados com as supostas novas perspectivas que se abriam com o papa Luciani. Dadas as precauções tomadas, tornara-se evidente que aqueles homens não desejavam ser vistos juntos.

Hans, acostumado a organizar reuniões com chefes de Estado e de Governo, sentiu um calafrio ao avançar pelo corredor com aqueles cinco homens. Suas expressões amáveis e piedosas se haviam tornado terríveis, e o ondear das vestes negras lhes conferia um aspecto sombrio e sinistro. Nem sequer lhe dirigiram uma palavra. Entraram e fecharam a porta atrás deles.

✦ ✦ ✦

Sua Santidade não viu entrarem os cinco prelados. Encontrava-se admirando os telhados de Roma da janela do seu gabinete. Quase se habituara a essas visitas intempestivas. Desde o desafortunado conclave em que o nomearam Sumo Pontífice, os membros da cúria não haviam cessado suas intrigas. Sabia muito bem que estava rodeado de lobos. Sem se voltar, Albino Luciani sussurrou:

— Estão atrasados.

Villot mirou os companheiros pelo canto do olho e esboçou um pequeno gesto com a mão. Pedia-lhes que não interviessem, que deixassem o papa falar.

João Paulo I virou-se e os observou com aquele sorriso escarninho que apenas incrementava os níveis de suspeição nos inimigos.

— Sim. Estão muito atrasados e, além disso, esperava que viessem mais alguns cardeais. Seria um prazer vê-los todos juntos. Já que compartilham certas atividades, imaginei que tentariam se defender das acusações que caem sobre os senhores.

— São acusações infundadas, Santo Padre — suplicou De Bonis, escondido atrás do bispo Marcinkus.

— Claro, cardeal. Caso contrário, não estaria aqui — respondeu o papa.

Albino Luciani acercou-se da mesa de seu gabinete e sentou-se. Os cinco homens permaneceram de pé. O Pontífice abriu um dos dossiês que se encontravam sobre a mesa e observou os prelados por cima dos óculos. Depois, voltou aos papéis.

— Há alguns dias, como seguramente sabem, recebi uma delegação dos Serviços Secretos norte-americanos.

Villot suspirou ostensivamente. Por fim, os americanos faziam algo de bom. Com certeza a CIA havia comunicado a Luciani a existência de certos grupos politizados na cúria que atacavam o secretário de Estado e Marcinkus por razões pouco claras. Era de esperar que os americanos tivessem convencido João Paulo I da inexistência da Loja P2.

— É uma grande notícia, Santo Padre. Manter boa relação com os Estados Unidos é uma decisão sábia. A CIA sempre foi muito útil para a Igreja, e seus diretores são homens crentes.

— É provável que não saiba, cardeal Villot, que a CIA não é a única agência de investigação americana. E, por sorte, nem todos os políticos e juízes americanos são tão crentes quanto o senhor desejaria. Por exemplo, os amigos que me visitaram foram muito pouco piedosos com os senhores.

— São cruzes que o Senhor nos envia! — sussurrou o cardeal Casaroli.

— Suportaremos com resignação as provações do demônio, Santo Padre.

— Sim. Espero que possam suportá-las.

Albino Luciani levantou-se com o dossiê na mão e brandiu-o perante os cardeais. Em seus olhos havia mais lamento que fúria, mas não podia tolerar o conteúdo daquele relatório.

— O que estiveram fazendo durante todo esse tempo?

— Nossa vida está consagrada ao bem da Igreja, Santo Padre! — disse Villot com firmeza.

— Ao bem da Igreja? — perguntou Albino Luciani, irritado. — Que Igreja necessita que seus servidores freqüentem conciliábulos e reuniões secretas, cardeal Villot? Desde quando necessita a Igreja que seus pastores andem enredados com maçons, cardeal Poletti? Que Igreja se defende derretendo ouro podre nas Bahamas e nos paraísos fiscais, bispo Marcinkus? E desde quando interessa a Roma investir em pornografia, monsenhor De Bonis? Ou estamos sendo misericordiosos quando conspiramos em países à beira da guerra, cardeal Casaroli?

Todos quiseram se defender, mas Villot tomou a dianteira.

— São acusações muito graves, Santo Padre.

— Isso é intolerável! — reclamou Poletti.

— Quem propagou essas calúnias? — inquiriu Casaroli.

O papa João Paulo I olhou-os de soslaio e respondeu:

— Alguém que os conhece muito bem, sem dúvida.

O bispo Marcinkus se atreveu a dar um passo à frente e exclamou, com ira:

— Se o Santo Padre é incapaz de distinguir quando se atua para o bem da Igreja, talvez se devam tomar medidas a esse respeito!

O responsável pelas finanças do Vaticano, inimigo declarado de João Paulo I desde os tempos em que este era Patriarca de Veneza, era um dos que, havia algum tempo, pensavam em arranjar razões para a destituição do papa, alegando incapacidade mental.

— Seguramente o bispo Marcinkus deveria saber distinguir entre atuar para o bem da Igreja e atuar bem na Igreja! — exclamou Albino Luciani.

De Bonis contornou o hábito de Jean-Marie Villot e se aproximou do papa, na tentativa de amenizar as coisas.

— Santo Padre... talvez tenhamos agido mal, mas nossa intenção era boa...

— Afaste-se de mim! — exclamou o Pontífice. — Se erraram por maldade, Deus se encarregará de vocês. E, se erraram por ignorância, então meus antecessores eram cegos. Em qualquer caso, serão destituídos de seus cargos.

Repleto de ira, Villot fitou o Santo Padre:

— Não pode fazer isso!

— Cardeal Villot, esta noite eu lhe levarei os documentos que patenteiam a destituição e os correspondentes aos outros cargos de responsabilidade do interior da cúria — sentenciou o papa Luciani. E abandonou o gabinete, visivelmente alterado. Encolhendo o peito e agitando o braço, o papa João Paulo I encostou-se à porta fechada. Do outro lado estavam seus inimigos. Rogou a Deus que o perdoasse por aquele acesso de ira e também, se possível, que lhe debelasse aquela terrível dor no peito.

Hans, o chefe da segurança, viu saírem do gabinete os cinco homens mais poderosos da cúria. Jean-Marie Villot, que trajava um hábito negro com detalhes vermelhos, agitava-o de um modo violentíssimo e cuspia blasfêmias, até que virou para descer a escadaria. De Bonis saiu de pronto atrás de Marcinkus e pedia-lhe explicações humildemente:

— O grão-mestre não pensa em agir, bispo?

— Deixe-me em paz! — contestou o outro. Casaroli e Poletti saíram apressadamente, dando passos curtos e agitando as mãos. — Eu avisei, eu avisei... Esse papa ia nos dar problemas...

Hans escutara as reclamações, mas não podia assegurar a causa de tanto desgosto. Passou a mão pelo cabelo, desde a testa até a nuca, e, repentinamente, deteve-se perto dos dois guardas suíços que faziam escolta no gabinete.

— O que ouviram? — perguntou.

— Nada, senhor — respondeu o guarda mais graduado.

— Muito bem.

Capítulo 53

Uma tarde realmente deliciosa passou este homem de idade no ventre do Museu de Arte Moderna de Nova York. Verdadeiro amante da arte e de todas as suas formas de expressão, clássica ou alternativa, como a que teve oportunidade de ver hoje no MoMA, inaugurado em 1929 e que alberga algumas das mais importantes obras de arte do mundo, como o célebre *A Noite Estrelada*, de Vincent van Gogh, criado em 1889, quando da sua estada no hospital psiquiátrico de Saint Rémy de Provence, no sul da França. Também teve ocasião de ver *A Persistência da Memória*, datado de 1931, da autoria do grande Salvador Dalí, uma obra surrealista que se tornou uma das mais famosas do seu extenso trabalho. Deliciou-se com Picasso, Monet, Mondrian, Matisse, Cézanne, Jackson Pollock — o grande precursor do impressionismo abstrato, do qual pôde apreciar o *Easter and Totem* —, Andy Warhol; isso só na galeria de pintura, uma das paixões desse homem de idade, pois o MoMA acolhe muito mais que isso.

Agora refaz o caminho para casa de táxi, embora seja um grande adepto de caminhadas; mas a idade pesa e o tempo que esteve de pé, explorando o museu, não permite que se dê ao luxo de delegar essa tarefa aos membros inferiores. Apanha um táxi, mais acima, no cruzamento da Avenida das Américas com a Rua 52, e observa serenamente a vida da cidade a passar, da janela do táxi amarelo, típico de Nova York: uma imagem de marca, reconhecível em qualquer parte do mundo, assim como os táxis londrinos.

Há dezenove anos usufrui dos prazeres que a Grande Maçã tem para oferecer: museus, teatros, cinemas, restaurantes, conferências religiosas... e mesmo assim, dezenove anos depois, se sente um forasteiro. A cidade é tão grande, tão vasta, tão preenchida, que uma vida não é suficiente para conhecê-la. Porém, considera-se um privilegiado, primeiro por servir a Deus, segundo por fazê-lo no centro do mundo dito civilizado. Seu ofício é espalhar a Palavra do Senhor, quase como os antigos missionários o faziam, percorrendo o mundo em nome de Deus. Nesse caso, o faz numa grande metrópole mundial que bem precisa dos ensinamentos do Pai, a via direita, o caminho do céu, do bem e do amor. O papa anterior congratulou seu trabalho por duas vezes, por sua entrega, empenho, dedicação. Uma de suas mais fortes recordações foi quando esteve no Vaticano e teve a oportunidade, o privilégio, a honra de beijar o anel de João Paulo II. Isso aconteceu em 1990, mas a memória está tão viva como se tivesse sido hoje de manhã. Agora o papa é outro — um alemão sucedeu ao polaco. Espera viver tempo suficiente para poder ter a mesma oportunidade, privilégio e honra de beijar o anel do novo papa e privar alguns minutos com Sua Santidade.

Não é certo que tal possa acontecer, não só porque a idade avança e não espera por oportunidades, mas também porque se vivem tempos obscuros, difíceis de compreender, de analisar, cujo desfecho breve, favorável ou não, é impossível prever. Sua tão amada Igreja está ameaçada por perigos insondáveis. Forças impuras atacaram o seio da santa instituição, ferindo-a de maneira traiçoeira, usando membros fracos que não resistiram à tentação do poder, do dinheiro, e que não conheceram limites em suas ações.

Pouco tempo atrás, recebeu uma encomenda de seu amado irmão Firenzi. Ela continha uma informação bombástica, que nunca pensou testemunhar. Os papéis que pertenciam a João Paulo I, com revelações chocantes escritas pelo próprio punho de Sua Santidade. Pessoas que tinha em grande estima e consideração não passavam de falsos homens de Deus, que usavam sua influência para garantirem o melhor para si. Pecadores escondidos sob o hábito, capazes até de matar.

As instruções de irmão Firenzi eram claras: guardar a encomenda num lugar seguro e avisá-lo por canais secretos. Assim o fez; até mesmo lhe enviou a chave que abre o local onde escondeu os papéis. Alguns dias antes, Firenzi telefonou-lhe. Estava bastante agitado. Disse que não tinha muito tempo, pediu especificações sobre o lugar onde a encomenda fora guardada, e este que agora está sentado no táxi amarelo, a caminho de casa, explicou tudo. Firenzi falava como se fosse a última vez, como se soubesse que não voltariam a conversar. Despediu-se com um "Olhos bem abertos. Cuide-se". E nunca mais se falaram desde então. Não precisa ver o corpo para saber que Firenzi já não se encontra entre os vivos. Sente-o. Sente-o de uma maneira que não deixa margem a dúvidas. É como um sexto sentido, um lado vidente, patente em sua veia de padre. Sim, porque ser padre não é só propagar a palavra; também é sentir as mensagens que o Além nos envia. Ele sempre soube decodificar algumas delas. Não todas — ou seria o Messias. Mas sim o prato que se parte, portador de más notícias, ferimento, doença ou morte de familiar; o uivo do cão do vizinho, indicador de morte de um conhecido.

A freada brusca de um carro, sinônimo de problema grave resolvido. Um grito ao longe, aviso de más notícias inesperadas; entre outras, sobre as quais não vale a pena se deter. Soube perfeitamente quando Firenzi morreu. Proferia sua oração matinal, ajoelhado no altar que instalou no seu apartamento para rezar missas aos amigos, vizinhos e fiéis que o visitam, quando a vela se apagou. A chama da vela grossa que mantém sempre acesa num castiçal do lado esquerdo do altar sumiu-se no exato momento em que consagrava o pedido pelo irmão Firenzi. Concentrou-se ainda mais na intenção, para que Deus revelasse e desse outra oportunidade ao irmão Firenzi, mas nada feito. Não voltou a conseguir acender a vela nesse dia, como se alguém estivesse a soprar, constantemente, a chama. No dia seguinte, já conformado com a vontade divina, apelou ao Senhor que cuidasse da alma do irmão.

— Seja feita a Tua vontade — rematou. E a vela se deixou, finalmente, acender sem resistência.

Sabe por que morreu Firenzi: foram os papéis que lhe pediu que guardasse em local seguro. Contudo, não faz idéia se seu envolvimento no processo pode ser descoberto por quem quer que ande atrás deles. É provável que acabem chegando a ele, mas os desígnios de Deus são impenetráveis, e o que Ele lhe tiver reservado, de bom ou de menos bom, será acolhido da mesma forma, com o peito aberto, pronto para enfrentar o seu destino, qualquer que seja ele.

Também deixou de ser humanamente possível falar com o irmão Felipe, em Madri, bem como com Pablo Rincón. Ambos receberam missiva de Firenzi informando dos procedimentos que tomara e dizendo-lhes que ficassem tranqüilos e eliminassem todas as pistas que os interligassem. Mas foi demasiado tarde. Dois dias depois, soube da morte deles pelo noticiário, nas mãos de uma portuguesa. Firenzi lhe contara quem era essa mulher e o que enviara a ela. É evidente que alguém com poder suficiente tramara para incriminar a jovem, com o fito de ganhar vantagem para recuperar os papéis. Seja como for, Deus tratará de beneficiar quem serve aos seus intentos. Se for Sua vontade que os papéis permaneçam em suas mãos, assim será, como o contrário também se aplica.

"Olhos bem abertos", foi o que disse irmão Firenzi na última vez que falaram. "Olhos bem abertos." Mas a idade já não permite que se meta em aventuras ou fugas. Continuará a tocar sua vida como até aqui, normalmente, rotineiramente, realizando suas missas, freqüentando museus e exposições, indo ao teatro; um sem-fim de prazeres a que já se habituou e aos quais não se vai negar. Se alguém vier atrás dele, ou se já estiver ao seu encalço nesse exato momento, paciência: dos papéis nada sabe, nem saberá. A quem vier por bem e provar que era do interesse de irmão Firenzi que lhe fossem entregues os papéis, pois muito bem, lhe apresentará a chave que os tranca; de outra forma, não merecerá sua confiança. É verdade que o eixo do mal poderia ficar com a chave, mas uma de suas qualidades sempre foi avaliar bem o caráter de quem se dirige à sua pessoa.

O táxi acabou de entrar na Sexta Avenida — ou Avenida das Américas, tanto faz — e percorre os quilômetros que faltam até a esquina com a Rua 38. O velho sai do carro e paga os dólares devidos, disponibilizando o taxista para outros clientes, que entram no carro enquanto os dois fazem contas.

Entra no prédio. O porteiro uniformizado não se apresenta para lhe abrir a porta nem para chamar o elevador.

"Onde se meteu o Alfred?" Não é normal a portaria estar vazia, nem seguro. Sim, porque, apesar do uniforme pomposo, o porteiro não está ali apenas para conforto dos inquilinos, abrindo portas, chamando elevadores, pegando malas e atendendo telefonemas. O porteiro é a garantia de segurança: assegura que ninguém entre nem suba sem ser convidado ou autorizado. Terá, obrigatoriamente, que reportar essa situação aos superiores de Alfred, que tomarão as medidas cabíveis para que tal não volte a suceder. Ainda corre os olhos atrás do balcão da portaria e tenta abrir a porta que dá acesso à sala dos porteiros, onde eles se aprontam e descansam, mas está trancada.

Como homem zeloso, fecha a porta principal do prédio com sua chave pessoal, para que nenhum intruso se lembre de aproveitar do desaparecimento temporário do porteiro. Os outros inquilinos que quiserem entrar ou sair usarão as próprias chaves.

Agora, sim, entra no elevador, que já está à sua espera. As portas do elevador se abrem no sétimo andar, e ele procura a chave do apartamento enquanto caminha pelo corredor de madeira e granito.

Gira a chave. Esperava dar duas voltas, mas nem uma deu. Está fechada apenas com o trinco.

"Estranho", pensa. "Poderia jurar que tinha dado duas voltas."

Mas talvez se tenha esquecido. Não importa, são pequenos lapsos que a mente nos prega, próprios da idade. Caminha até junto do telefone da sala e o pega. Repara que alguma coisa não está bem. Seus livros do Novo Testamento estão todos fora do lugar, espalhados pelo chão, em fila, como a indicar um caminho. Um caminho até outra divisão. O velho pousa o fone e segue o rastro dos livros. Entra pela divisão onde se situa o altar, mas a luz e as velas apagadas não permitem que veja nada. Apalpa o interruptor que fica no interior e acende o lustre que pende do teto. Vê o porteiro, no chão, encostado à parede, de pés e mãos atados, com um saco a lhe cobrir a cabeça. E depois os vê, os três, confortavelmente sentados ao lado do altar: o Mestre, o servo e o assistente.

— Marius Ferris — chama o Mestre com voz firme, a bengala no colo.

— Quem são os senhores? Como entraram aqui? — pergunta o velho a quem o Mestre chamou Marius Ferris.

— Desci do céu para visitá-lo — diz o Mestre, escarnecendo.

— Quem... quem é o senhor?

— Pode tratar-me por J. C.

Capítulo 54

— Somos só nós dois, Jack — informa Barnes a Rafael. — Você e eu. — Senta-se em frente a ele. — Estou certo de que vamos ter uma conversa muito produtiva.

O local é escuro e faz lembrar os interrogatórios dos filmes do cinema. Duas cadeiras, uma mesa quadrada com tampo castanho, usado, gasto, e uma lâmpada que pende do teto e ilumina o centro da mesa; e os dois interlocutores sentados, Barnes e Rafael. Compreenda-se que Geoffrey Barnes não tem conhecimento do nome por ele usado na ocasião do resgate — agora malogrado — de Sarah, portanto é natural que se dirija a Rafael pela única denominação que conhece, Jack. Que não haja confusões: Jack é Rafael e Rafael é Jack, dois nomes que denominam o mesmo homem, nenhum deles correspondente ao verdadeiro, seja ele qual for.

— Onde estamos? — pergunta Rafael, sem se referir às paredes nuas acinzentadas, mas ao local físico mais abrangente.

— Jack, Jack, Jack, parece que não percebeu bem sua posição — continua Barnes em tom sarcástico, levantando-se e andando pela sala. — Quem faz as perguntas aqui sou eu.

— Vá se danar, Barnes! — diz Rafael, mirando-o nos olhos. — Não sou um idiota qualquer. Não me trate como faz com os outros. Não vou me mijar todo só porque você está aqui! — Faz uma pausa para que Geoffrey Barnes entenda bem. — Não tenho medo de você.

A resposta é um murro na cara, que atira Rafael ao chão com estrondo.

— Levante-se — ordena Barnes. — Levante-se! — grita, quando vê que ele não obedece.

Rafael se levanta sem pressa, sem pronunciar nenhuma palavra nem esboçar a menor sensação de dor. Depois, endireita a cadeira e se senta, colocando as mãos bem à vista, em cima da mesa.

— Não pense que consegue me enganar, Barnes. Sei que estamos nos Estados Unidos. Só quero saber onde. — Rafael continua a falar com calma, tentando controlar o rumo dos acontecimentos. Contudo, sabe que é apenas uma questão de tempo; está em desvantagem.

— O que o leva a pensar que está nos Estados Unidos? Pode estar em outro lugar qualquer.

— Oito horas de avião dizem que estamos nos Estados Unidos. Não tinham por que ir para o Leste. Londres leva apenas duas horas e meia. Até diria mais: ou estamos em Washington, ou em Nova York.

— Estamos no fim do mundo, Jack. Que lhe interessa onde estamos? Pensa em fazer turismo?

— É uma idéia.

Um soco menos violento volta a atingir-lhe o rosto, cortando-lhe o lábio. O corpo não foi feito para esse tipo de tratamento, pelo que se ressente, expulsando sangue, inchando, na tentativa de purgar o mal feito.

— Consegue imaginar o que ela está sofrendo, Jack? Hã? Consegue? — Pressão psicológica. — Aquela carinha tão linda amassada por um animal como eu. Consegue imaginar?

De fato, Rafael consegue visualizar a cena. Barnes, ou qualquer agente que se preze, não tem misericórdia do sujeito interrogado, seja homem ou mulher. Se o objetivo é arrancar algo importante, todos os meios são válidos, e os dois socos que Rafael já levou são tapinhas de amor em comparação ao que eles podem fazer.

— Vai me contar onde estão os papéis? — pergunta Barnes num tom mais condescendente.

— Sabe bem que não. Realmente não sei; e, mesmo que soubesse, não lhe diria.

A represália é interrompida pela entrada de Staughton.

— Senhor Barnes — chama ele da soleira da porta.

— Staughton, entre — autoriza o chefe.

Staughton dirige-se para junto dele e lhe murmura qualquer coisa ao ouvido.

— Tem certeza? — pergunta Barnes, no mesmo tom alto de sempre. O que quer que seja, não lhe agrada. Pensa durante alguns instantes. — O.k., me dê mais alguns minutos — diz por fim, dispensando Staughton. O agente sai, prontamente, fechando a porta atrás de si, deixando de novo Rafael entregue a Barnes.

— Dou-lhe mais uma oportunidade, Jack, em nome da nossa antiga amizade. — Barnes volta a sentar-se em frente a ele. — Onde estão os papéis?

— Ah... a última vez que os vi... — começa Rafael, pensativamente, esforçando-se por cooperar; pelo menos assim parece. — Estavam enfiados no rabo da vaca da sua mãe!

Barnes fica possesso; o rubor espalha-se por seu rosto. Rafael está esticando demais a corda. Volta a levantar-se e se dirige ao sujeito interrogado. Aproxima-se, debruçando-se sobre seu ouvido.

— Por que me faz perder tempo, Jack? — Os perdigotos lhe saltam da boca, inundando tudo à sua frente, incluindo a cara de Rafael. — Já pensou, por acaso, que tenho a mulher e que você não me faz falta nenhuma? Você pode não falar, mas ela vai abrir o bico como um papagaio e me dar todo o serviço. Portanto, é capaz de me explicar o que me impede de matá-lo?

— Aquilo que eu sei e ela não sabe — afirma Rafael, com determinação.

— E o que você sabe que ela não sabe?

— Sei que ela recebeu apenas duas folhas de um total de treze.

— Continue.

— E sei onde elas estão.

Barnes observa-o por instantes. Nota-se que o está avaliando, seu perfil e o que disse. É como se tentasse lê-lo por dentro, penetrar seu interior e analisar seu pensamento, a verdade e a mentira. São nessas horas que maldiz os fracassos dos cientistas da agência que, apesar de inúmeros testes, milhares de experiências em seres humanos, tantos outros milhares de vidas destruídas, não conseguiram inventar nada que penetrasse eficazmente a mente das pessoas, fazendo-as falar.

— Está mentindo — acusa por fim.

— E vai arriscar?

— Tenho a filha e o pai, Jack. Posso muito bem prescindir de você.

— Tem razão, se isso fosse verdade.

Barnes não cabe em si de furioso. Adoraria arrebentar aquele sujeito empertigado. Pega-o pelos colarinhos e o balança.

— Não abuse, Jack. Posso acabar com você a qualquer momento.

Apesar de preso, Rafael olha-o bem nos olhos.

— Não está em suas mãos, Barnes.

Barnes aperta-o ainda mais.

— O que está dizendo?

— Que o grande Geoffrey Barnes há muito me podia ter estourado os cornos. — Continua a olhá-lo nos olhos. — Ainda não o fez porque não está em suas mãos. Vontade não lhe falta, consigo ver em seus olhos, mas há um filho-da-puta, acima de você, que não o deixa apertar o gatilho. — Abranda o tom desafiador. — É uma situação complicada, Barnes — começa a falar em voz baixa, instaurando uma ligação intensa entre os dois homens. — Seria tão bom, não? Apertar-me o pescoço até que eu morra asfixiado. Ou me enfiar uma bala no meio da testa. Ver-me cair no chão, duro, sem vida... o fim dos seus problemas...

— Cale-se, miserável! — ordena Barnes.

— Seria tão bom, não seria?

— Cale-se! — grita Barnes, empurrando-o contra a parede. Enraivecido, esmurra-o na barriga descontroladamente. Rafael cai, mas Barnes não cessa a agressão; começa a chutá-lo, ofegante, lançando uma série de impropérios para o ar.

De súbito, Barnes é afastado por mãos fortes.

— Pare imediatamente! — ordena um homem elegante, ainda agarrando Barnes, que continua possesso. — O que acha que está fazendo?

— Vou matar esse filho-da-puta, e que se danem as ordens! — berra Barnes, olhando para Rafael, que, a custo, tenta se levantar.

— Controle-se! — grita o homem.

Staughton e Thompson assomam à porta para ver o que se passa.

— Levem-no daqui! — diz o homem a Staughton e Thompson, que obedecem prontamente, pegando Rafael. — Não é esse, é este! — corrige o homem, ainda segurando Barnes firmemente.

Staughton e Thompson agarram cada um num braço de Barnes, timidamente. Afinal, é o chefe, e não se pode pôr a mão nele de qualquer maneira.

Entretanto, Barnes acaba por se acalmar. Respira fundo várias vezes, reassumindo o controle.

— O.k. Estou bem — tranqüiliza ele. — Estou bem.

— Assumo o controle a partir de agora — informa o outro homem. — Vá beber qualquer coisa e acalme esses nervos — recomenda a Barnes, depois vira-se para Staughton e Thompson. — Vocês, levem o indivíduo para junto dos outros. O Mestre já chegou.

As ordens são cumpridas sem delongas nem floreados. Barnes sai porta afora sem olhar para trás.

— Cornos de merda! — murmura, e não se sabe a quem ele se refere. Os outros dois amparam Rafael, que mal se mantém de pé.

Quanto ao homem que colocou ordem na sala, ele ajeita comedidamente seu terno Armani. A hora chegou.

Capítulo 55

Os quatro homens percorrem um corredor amplo, mal iluminado, cheio de portas fechadas dos dois lados. Aparentemente, trata-se de instalações abandonadas ou utilizadas esporadicamente, uma vez que, apesar da falta de movimento e de vida humana, à exceção dos quatro homens, não se nota nenhum ponto de sujeira, teias de aranha nem pó, próprios dos locais largados à sua sorte.

Rafael continua sendo escoltado pelos agentes Staughton e Thompson, muito contra a vontade deles; mas o homem que vem atrás, o do terno Armani — o assistente —, não permite veleidades nem abusos de poder. Consegue-se ver uma porta aberta pela luz mais forte que sai para o corredor nessa área. Estão quase chegando, e ouvem-se vozes vindas do interior. Não tão altas para que se perceba o teor do que dizem, apenas murmúrios marcando presença humana. Percorrem os metros que faltam, praticamente arrastando Rafael.

— Esse safado pesa cada vez mais — queixa-se Thompson.

— E deve estar fazendo de propósito — afirma o outro.

Não estão muito longe da verdade: Rafael está, de fato, simulando uma piora em seu estado, para cansar os agentes. Não pretende ganhar nada com isso, apenas irritá-los; contudo, sente uma pequena dor na área dos pulmões, talvez uma luxação ou até mesmo a fratura de uma ou duas costelas, que o faz arfar. Mas as costelas terão de esperar, isso partindo do princípio de que sairá dali vivo. Nada garante que tal coisa aconteça — aliás, tudo indica o contrário; considere-se esse caminho como os últimos passos de um condenado no corredor da morte. Mas quem sabe do futuro?

Últimos metros ao encontro da entrada da sala com Sarah no pensamento. Como estará? Será que enfrenta as mesmas dores que ele? Não que seja algo para o qual não esteja preparado. Nada disso. Foi treinado para suportar a dor. E a fúria de Barnes, manifestada naqueles golpes descontrolados, nada representa em relação àquilo que eles podem fazer quando têm autorização para isso. Mas os golpes de Barnes aplicados em Sarah são outra conversa. Ela não foi feita para suportar esse tipo de tratamento, embora, até agora, se tenha comportado com muita coragem. É evidente que ela transpirava nervosismo, mas sempre de maneira controlada. E o que ela fez com os papéis, sabendo que são a única moeda de troca, a única carta que pode jogar, revela muito sobre seu caráter. Uma mulher combativa e corajosa, que sabe os efeitos que a verdade pode provocar. Rafael não sabe até que ponto Firenzi conhecia a afilhada, mas acertou em cheio ao enviar-lhe os papéis. Apesar de jornalista, Sarah nunca usaria aquela informação para uma matéria, nem tal lhe passaria pela cabeça. Há coisas que mais valem ficar como estão; há verdades que não merecem conhecer a luz do dia, mas ficar na obscuridade, ocultas pela mentira que se tornou a verdade oficial. E Firenzi acertou, inconscientemente ou não: Sarah nunca iria dispor da informação recebida, usando-a da maneira suicida apreciada por muitos jornalistas. Mesmo sabendo que tem ali a matéria da sua vida.

"Pare com isso!", pensa Rafael, enquanto entra finalmente na sala de onde provém a luz. "Já chega de pensar nela. Isso é apenas trabalho."

Revelam-se as posições ignoradas. Encostados a uma parede, presos por algemas que pendem do teto e que se agrilhoam nos pulsos, obrigando-os a ficar de pé, estão o Capitão Raul Monteiro, Sarah e um homem de idade que não conhece, mas cujo rosto não lhe é inteiramente estranho. Há também um homem de pé, todo vestido de negro, como a maioria dos agentes, que Rafael reconhece logo: é aquele a quem chamamos o servo.

Staughton e Thompson arrastam-no até a mesma parede onde estão os outros e prendem cada pulso dele com um largo anel de metal, ligado às correntes que pendem do teto. Os dois agentes de Barnes saem da sala, deixando-os entregues ao servo e ao assistente. Rafael olha para Sarah em busca de escoriações ou inchaços. Nada, ainda bem. Temia que ela tivesse sido levada para outro lugar qualquer, uma vez que não a conseguiu ouvir durante o vôo, nem ao Capitão. Táticas que pretendem confundir os suspeitos ou as vítimas, conforme o ponto de vista.

O Capitão também não parece ter sido maltratado, nem o senhor de idade ao seu lado, que ainda não consegue localizar com certeza na mente.

— Ainda bem que estamos todos aqui. — É o assistente quem começa a falar. — Finalmente.

— Não há nada para comer? — pergunta Rafael com despreocupação.

O assistente ignora a provocação.

— Peço mil desculpas pelas condições a que estão submetidos, mas lhes prometo que tudo terminará em breve.

Sarah não esperava um discurso tão simpático. Se não fossem as mãos presas, talvez o cumprimentasse com um aperto de mão, e se sentassem os dois à mesa em amena conversação.

— Quem é o senhor? — pergunta Rafael ao homem de idade que está ao seu lado.

— Marius Ferris. E o senhor?

— Marius Ferris. O do retrato — reconhece Rafael. Bem lhe parecia que aquela cara não era estranha. — Meu nome é Rafael...

— Jack, por favor, aqui não é uma sala de aula. Não falem entre vocês — alerta o assistente, interrompendo-o.

— Ou Jack. Como queira — Rafael conclui sua resposta a Marius.

— Todos sabemos por que estamos aqui, portanto vamos direto ao assunto. Onde estão os papéis?

A pergunta de praxe. Uns tentam esconder o que os outros pretendem encontrar. O jogo do gato e do rato, sendo que o felino tem, nesse momento, uma pata em cima do roedor e pode dispor dele como bem entender. Ou talvez não.

Na única mesa existente na sala está pousada uma mala preta que o servo abre agora. Ordenam-se vários instrumentos cortantes, encaixados nos espaços do estofo. Objetos torturantes, prontos para abrirem as goelas do mais afoito e o fazerem desembuchar, tintim por tintim, palavra por palavra, o pedaço de informação desconhecida que se pretende. Por vezes, a alguns basta a visão dos instrumentos cortantes, perfurantes, penetrantes, para confessarem tudo que sabem e inventarem sobre o que ignoram. Mas não hoje, não aqui.

— Os papéis estão em lugar seguro — garante Rafael.

— Conosco estarão muito mais seguros — assevera o assistente. — Pensem bem. Não é melhor acabarmos com isso rapidamente e evitarmos mais sofrimento?

O silêncio serve de resposta. Os papéis estão em lugar seguro e não acrescentaremos mais nada sobre o assunto. O assistente aguarda mais alguns instantes; pode ser que alguém fraqueje; afinal de contas, não é provável que sejam todos corajosos, nem que estejam os quatro preparados para sofrer por um segredo que não lhes diz respeito, diretamente. Muito bem, aparentemente querem enfrentar os instrumentos da verdade. Assim, seja feita a sua vontade. Começará pelo pai de Sarah; talvez isso atinja psicologicamente a filha e a faça falar.

— Cuide do militar — ordena ao servo.

Os olhos de Sarah abrem-se quase desumanamente. Aquilo que temia se confirma. Vão mesmo ser torturados sem piedade, e acabarão por arrancar-lhes a verdade, se não agora, mais tarde, quando já não suportarem a dor, quando o corpo pedir basta ou quiser repousar e aplicarem neles a tortura do sono. Não há saída. Eles venceram.

O servo retira uma faca muito fina, com serrilha, uma lâmina com cerca de um centímetro de largura e vinte de comprimento, própria para perfurar a pele e provocar dor, sem ferir mortalmente nenhum órgão vital, a não ser que seja deliberado. A idéia, nessa fase, não é essa. Rasga a camisa do Capitão, deixando-lhe o tronco nu, despido para enfrentar o destino. O servo aponta direto para o lado direito da barriga e encosta a extremidade pontiaguda na pele.

Um grito lancinante anuncia a entrada na carne. Devagar, torcendo, rodando a fina lâmina inquebrável que não se dobra; é firme e abre seu caminho no interior do corpo, provocando uma sensação cruciante, bem real, quase insuportável. A extremidade da faca sai pelas costas, ensangüentada, implacável, invulnerável, sem remorsos. Os objetos manifestam os desejos de quem os usa e não os próprios, que não existem; por isso uma simples faca de cortar pão ou carne pode se transformar, rapidamente, num punhal mortífero. Tudo depende da mão que segura o cabo.

Nesse caso é uma mão firme, descomplexada, que agora recua a faca bem lentamente. O mal está feito no corpo e na mente. Sarah e Marius Ferris assistem apavorados. O rosto do capitão expressa as conseqüências do golpe; o suor escorre pelo rosto, e o esgar dorido revela o estrago que não se pode desfazer de imediato. O tempo curará — se houver tempo.

— E agora? Alguém quer acrescentar alguma coisa ao que foi dito? — questiona o assistente. — Já vêem com bons olhos que os papéis fiquem conosco?

— O que vejo com bons olhos é um hambúrguer suculento — afirma Rafael.

O assistente aproxima-se dele e fita-o nos olhos, sério.

— Mais alguma coisa que queira partilhar?

— E queijo, muito queijo. Cheio de *ketchup*. Humm, que maravilha! Até fico com água na boca.

O assistente continua a fitá-lo a centímetros de distância.

— Acho que Jack necessita de um aperitivo. Algo que o lembre daquilo que não se deve fazer aos colegas. — Faz sinal ao servo para que se aproxime. — Traí-los, por exemplo. — Afasta-se para dar lugar ao servo, que segura a mesma faca com que feriu Raul.

Rafael não muda a toada sarcástica, incentivado pelo fato de os dois homens saberem que ele não é um qualquer. Podem furá-lo todo que ele preferirá morrer com um sorriso nos lábios do que contar o que sabe. Mas não será por isso que se livrará da tortura. E, quanto mais prolongada e dolorosa for, melhor.

— Não vai limpar o sangue da faca? — pergunta ao servo. — Assim posso ser contaminado. — Ergue a voz. — Sem ofensa, Capitão!

— Nem imagina o prazer que me dará retalhá-lo todo, bocadinho por bocadinho, e vê-lo sangrar como um porco até o último suspiro! — diz o servo bem junto ao rosto de Rafael, para que escute todas as palavras e não deixe escapar nenhuma.

— Sou todo seu — avisa Rafael. — Estou de braços abertos. — Na verdade, nem que os quisesse descer conseguiria, já que os grilhões, bem acima da cabeça, não o permitem. — Use e abuse.

O servo não ignora a provocação e cospe-lhe na cara. Com certeza elabora um conjunto de insultos mentais, mas não os verbaliza. Engole a fúria e a canaliza para a mão que segura a faca. Ela, melhor que ninguém, saberá expressar a justiça, submetendo o corpo do traste do Jack a uma dor catalítica que se estenderá a todos os membros e órgãos, até explodirem de sofrimento. O servo abre a camisa de Rafael com brutalidade, arrancando a maior parte dos botões, expondo o tronco nu à arma.

— Pare! Aqui ninguém vai retalhar ninguém!

A voz eleva-se no ar clamando a atenção de todos, que se viram na direção da pessoa que proferiu palavras tão seguras e firmes como se fosse dona de uma verdade maior, capaz de decidir o destino de todas as almas presentes na sala.

— É muito bom ver que alguém tem juízo e decidiu ser clemente com os outros — contenta-se o assistente, dirigindo-se a Sarah, a dona da voz que proferiu as declarações seguras e firmes.

— É difícil encontrar alguém com juízo nessa sala — acusa ela, realmente crente no que acaba de dizer. — Diga ao seu amigo que se afaste.

O assistente aguarda uns instantes, mas acaba ordenando ao servo que recue. Não é de livre vontade que o faz, e ainda arranha de leve a barriga de Rafael, como para deixar uma marca tênue de suas intenções. Acabará por estripá-lo de uma maneira ou de outra.

— Pode começar a falar — ordena o assistente.

— Não, não posso. Digo tudo o que vocês querem saber, mas...

— Cale-se! — interrompe-a Rafael.

— Não pode fazer isso, filha — alerta o pai com voz sumida.

O servo esbofeteia Rafael. Um só golpe, com as costas da mão; mais uma marca, das muitas que ganhou hoje no rosto.

— Calem-se! Deixem-na falar — ordena o servo.

— Continue, por favor — pede o assistente a Sarah, retomando o controle da situação.

— Direi tudo o que querem saber — repete Sarah —, mas apenas a quem manda.

— Como? — O assistente parece ter sido apanhado de surpresa. — Sou eu quem manda!

— Não, não é. Você não passa de um empregado — confronta Sarah, decidida. — O que sei só direi ao J. C. A mais ninguém.

O servo mostra-se confuso.

— Quem você pensa que é?

Um gesto do assistente ordena ao servo que fique quieto. Sarah está jogando sua cartada. Tem esse direito.

— J. C. não falará com você. É bom que me diga o que tem a dizer.

— Os senhores querem algo que nós temos. Estou disposta a dizê-lo, porém minha condição é essa, e não é negociável. Só o direi a J. C. Caso contrário, pode prosseguir com a fase da tortura e nos matar a todos, porque ninguém vai lhe dizer nada.

"Essa Sarah é surpreendente", pensa Rafael, já meio refeito da bofetada. Que carta guardará ela? Ignora, mas algum plano deve ter em vista. Não percebe por que exige a presença de J. C.; seja lá qual for a razão, vai ter de esperar para ver. Isso se os dois imbecis presentes na sala se dignarem a atender a condição dela. Não lhe parece que estejam inclinados a isso. E o mais certo é J. C. querer permanecer na sombra. Sarah pode ter entrado por um caminho sem volta. A idéia inicial de Rafael era atrair a atenção deles, desviando-a dos outros, e depois tratar de usar seu trunfo, expresso no código desvendado, para libertar Sarah, o Capitão e Marius Ferris, arrastados para o turbilhão pelas jogadas anteriores de Valdemar Firenzi. Depois... bem, depois se veria o que fazer. Mas Sarah tem outros planos, outras idéias, as quais ele não compreende no todo, nem no particular. A intenção dela lhe escapa como o sangue que verteu pelo nariz e agora seca.

O assistente dirige-se a Sarah e pega o revólver com silenciador, encostando-o na cabeça dela, bem na parte frontal da testa.

— Quem julga que é para vir com exigências? — A voz é temível, tomada de ira e impaciência. — Já viu sua situação? Não está em posição de fazer exigências. Diga tudo o que sabe.

— Se há alguém aqui que pode fazer exigências, sou eu. Posso estar presa por correntes, mas se estou assim é porque tenho algo que vocês querem. — Sarah fala num tom desafiador. — Por isso, tire essa arma da minha testa e faça o que lhe digo. Chame o J. C.!

— Não abuse da minha paciência... — ameaça ele, libertando a trava de segurança da arma. — J. C. não será chamado. Desembuche!

Sarah não quer fraquejar, não pode ceder; apetece-lhe fechar os olhos, mas até isso seria uma demonstração de fraqueza nesse instante em que o homem vestido com o terno Armani aponta a arma e se prepara para disparar. Falhou. Tentou resolver as coisas da melhor maneira para todos, mas o idiota não deixa margem de manobra. Bastaria um pouco de cooperação da parte dele para conseguir a todos uma oportunidade de escapar, muito débil, é certo, mas no momento já seria suficiente.

— Sua intransigência vai nos prejudicar a todos — avisa Sarah, numa última tentativa de conquistar o bom senso do homem, ainda que o cano frio da arma lhe tolde os pensamentos e o raciocínio. Tudo pode acabar em segundos — sua vida, a dos outros; porém, se conseguisse abrir uma janela na mente do assistente, haveria uma chance de se salvarem. Talvez arriscando um pouco mais. Pior do que ter uma arma apontada para a cabeça, só se a dita disparar; aí então será o fim, e não terá mais com que se preocupar. — Seu chefe decerto não vai gostar que desperdice nossas vidas sem resultados concretos e palpáveis.

— Não subestime a minha inteligência... Pela última vez, desembuche, ou seu pai vai ficar sem filha!

— O senhor arrisca demais — ataca Sarah, num último argumento. — Se julga que me matando resolve o problema, está muito enganado. Criarão outro maior, do qual não vão se safar tão facilmente.

— Cale-se! — O homem está possesso. — Um de vocês vai falar, menina. Há sempre um que acaba falando.

E, com essa certeza, Sarah percebe que perdeu. Essa é a hora da morte. Tanta coisa por fazer, tantos sonhos e desejos. Morre por uma causa que não é a dela, que não procurou, que a apanhou de surpresa, sem lhe dar nenhuma possibilidade de reação, de solução. São os desígnios insondáveis do Senhor; a Sua vontade é uma ordem, e Ele, que vê o quebra-cabeça na totalidade, decerto sabe o que faz. Se isso fosse um filme, o assassino perguntaria agora quais são suas últimas palavras. E, nesse momento, um dos homens, talvez Rafael, se libertaria das correntes de uma forma engenhosa e heróica e, mais pancada, menos pancada, mais tiro, menos tiro, salvaria as três almas e eliminaria o assistente e o servo. Mas isso não é um filme nem um livro. É a realidade, e nela tais coisas não acontecem. Na vida, a morte é apenas um dia que cessa todas as atividades do homem e o envia para lugares diferentes, conforme a religião. Sarah já pode fechar os olhos e aguardar que seu executor puxe o gatilho. O que podia fazer está feito, não depende mais dela.

— Basta! — ouve-se uma voz dizer, atraindo a atenção de todos. O assistente vira-se para trás, para a entrada da sala onde o Mestre lançou a ordem, sustentado pela bengala costumeira, na outra mão uma mala preta.

— Senhor... — começa o assistente, desviando a arma de Sarah.

— Basta! — repete o Mestre. — É comigo que quer falar? — pergunta a Sarah.

— Se o senhor for J. C., é — responde Sarah, já de olhos abertos, ainda confusa com a mudança dos acontecimentos.

O velho vira as costas e se afasta.

— Tragam-na.

— Mas... senhor? — reclama o assistente.

— Tragam-na! — repete o velho, já no corredor. Seu tom revela que não permitirá discussões. — E não façam nada aos outros até novas ordens.

Capítulo 56

Para Geoffrey Barnes, uma das vantagens de visitar Nova York é a comida. Não que seja comparável à francesa, ou a alguns pratos africanos, ou mesmo portugueses, que juntos compõem os seus favoritos; mas é, sem dúvida, superior à londrina, o que, a bem da verdade, não é difícil.

Pela primeira vez em alguns dias, delicia-se com uma refeição: estrogonofe de peru divinamente preparado num restaurante bem freqüentado, mas não luxuoso. Os bifes regados a creme de leite e mostarda, com os cogumelos que embelezam o prato. O sabor azedo é próprio e uma perdição para a goela esfomeada de Barnes, que, de guardanapo colado ao peito, encara aquela refeição como um verdadeiro manjar dos deuses — conseqüência de dias seguidos comendo sanduíches, hambúrgueres e pizzas.

O conteúdo que recheia o prato já está na metade, tal a gula com que é atacado pelo voraz apetite do gordo Barnes. Também o copo de vinho se esvaziou, uma vez e metade da segunda, liquefazendo competentemente os alimentos no seu caminho digestivo e conferindo bem-estar ao corpo e ao espírito, necessários ao equilíbrio emocional. Geoffrey Barnes está muito mais calmo e percebe agora que tudo o que aconteceu com Jack foi um jogo. Um maldito jogo que Jack executou com mestria, levando-o a perder a cabeça. Uma tentativa bem-sucedida de provocá-lo, de o fazer saber que conhece as regras do sistema. É evidente que, se Barnes pudesse realmente dispor de Jack à sua vontade, agiria de outra maneira, e aquele safado, raposa matreira, percebera isso de longe e aproveitara a ocasião.

Diabos levem aquele italiano, ou qualquer que seja sua nacionalidade; o fato de se comunicarem nessa língua não evidencia a pátria de cada um. Ele foi peremptório: "Ninguém morre a menos que eu autorize!". E, quando o Mestre fala, os outros baixam a cabeça e executam exatamente o que lhes foi ordenado. Aquele momento na sala de interrogatório foi, ele próprio, uma exceção às diretrizes recebidas. Nunca deveria ter cedido à tentação e confrontado Jack. Mas era demasiado difícil não o fazer; ele estava ali, perto dele, vulnerável. Foi um erro, e sua perda de controle, de estribeiras, comprovou-o. Jack era um filho-da-puta, mas era um filho-da-puta esperto. Soube logo de início que Barnes estava de mãos atadas, sem a possibilidade de puxar o gatilho e terminar de uma vez por todas com sua raiva, com seu desapontamento. E encostou Barnes à parede, fê-lo tomar conhecimento de que sabia perfeitamente até onde o homem da CIA podia ir. É o que dá permitir que um corno safado desses conheça as linhas com que se cosem os serviços secretos. Jack é um filho-da-puta. Mas o melhor é não pensar mais nisso. O manjar está primoroso, e coisas assim só vêm atrapalhar. Entrega-se ao que resta de comida no prato, já com os olhos postos na sobremesa. Um bolo de chocolate regado com calda, também de chocolate, e duas bolas de sorvete de chocolate. Uma verdadeira vingança calórica que compense a falta de calorias ingeridas nos últimos dias por causa de Jack e da amiga. Mas não vale a pena pensar mais nessas duas almas desgraçadas. O fim deles está próximo, é provável que até já tenha ocorrido, e isso é razão de celebração. Mais uma garfada cheia de bife e molho, com pequenos grãos de arroz que acompanham a atração principal, e pedaços de cogumelos. Ainda antes da sobremesa, mandará vir outra dose. A fome está longe de ser saciada.

É então que o celular toca. O maldito celular que lhe tira momentos de sossego como esse. Procura-o no bolso do casaco e atende-o sem nem sequer ver quem lhe liga.

— Barnes — apresenta-se. O cumprimento habitual desses homens quando atendem aos telefones, móveis ou fixos.

Os segundos seguintes passam-se com Geoffrey Barnes escutando e respondendo monossilabicamente alguns sim... pois... com certeza... não sei... ah. Nota-se que não é um subalterno qualquer quem lhe liga, dado o desassossego com que ele recebe as palavras provenientes do outro lado e se mexe na cadeira, desconfortavelmente. Mais alguns sim... não sei se... farei o possível... bem... o.k. ... adeus.

Quando desliga, o semblante está totalmente modificado. O suor aparece em forma de pequenas gotículas no alto da testa, e pousa imediatamente o garfo que ainda segurava. A segunda dose ficará para outra ocasião, assim como a sobremesa altamente calórica. A merda acaba de atingir o ventilador, e não levará muito tempo a cobri-lo da cabeça aos pés, se ele não agir já. Deixa uma nota de cinqüenta dólares em cima da mesa e se apressa para a saída. Digita alguma coisa no teclado do celular e leva-o ao ouvido, já fora do restaurante. Os passos são firmes e rápidos, não há tempo a perder.

— Staughton, é o Barnes — anuncia assim que a chamada é completada. — Não deixe que façam nada até eu chegar. — A voz é ofegante devido à energia desperdiçada no andamento veloz a que se sujeita, mas não deixa margem a dúvidas. — Nada de nada. Não explique por quê. Apenas diga que esclarecerei tudo quando chegar aí. — Escuta algo que Staughton lhe pergunta. — Nem ao Payne. Cruzem os braços e digam aos outros para fazerem o mesmo, senão a coisa vai explodir! — Atravessa a rua para o outro lado, fora do local indicado para pedestres e com carros passando, o que provoca o protesto dos motoristas. — A razão? — Alguns segundos para pensar. — A razão é apenas para os seus ouvidos, entendeu? — Um mais do que provável assentimento de Staughton bem do outro lado, nas instalações que estão utilizando, bem no coração da Grande Maçã. — Acabei de receber um telefonema das mais altas esferas do Vaticano. — Suspira. — A mulher conseguiu dobrá-las!

Capítulo 57

— Como matou o papa João Paulo I? — pergunta Sarah sem rodeios, mal se senta na cadeira, na mesma sala onde Rafael esteve com Barnes. Pousa as mãos em cima da mesa, em sinal de descontração.

O Mestre, apelidado de J. C., permanece de pé, de costas para ela, numa atitude meditativa. Assim que recebe a pergunta, vira-se para Sarah e sorri.

— Não está aqui para fazer perguntas, Sarah Monteiro. Exigiu ao meu assistente contar para mim tudo o que sabe. É nessa posição que se encontra perante mim. — É uma voz de velho, roufenha, rouca, mas também lúcida.

— Uma pequena troca de informação. O senhor dá a que pedi e eu lhe dou o que tanto deseja. Sabe perfeitamente que não poderei usar contra o senhor nada do que me disser.

— Não subestime minha inteligência, menina. Não sou um vilão de romance barato. Sou bem real, de carne e osso. Ultrapasso perfeitamente as barreiras do mundo da ficção.

— Não sei por que me diz isso. — A resposta do velho a confundiu.

— Esqueça. São divagações a que me dou ao luxo. Não era para você a mensagem — esclarece J. C., sentando-se finalmente na cadeira do outro lado da mesa quadrada.

— Como morreu o papa?

Alguns instantes de silêncio penetram a sala, entre os dois, deixando Sarah constrangida.

— A versão oficial é que sucumbiu a um enfarte do miocárdio — responde por fim o velho.

— Sabemos bem mais que isso.

— Sabemos? — reage J. C. inesperadamente. — Sabemos mesmo? — continua. — Ousa contrariar uma verdade oficial?

— Uma verdade oficial não garante a verdade real. Tanto quanto sei, pode muito bem ser uma mentira. Aprendi nessas últimas horas que vivemos todos enganados — ataca Sarah contra as defesas do homem que tenta se resguardar de revelações inóspitas.

J. C. dá uma gargalhada gutural, genuína, sem artifícios.

— E que conclusões a menina tira disso?

— Não pense que sou burra — devolve ela. Embora sua vontade seja berrar, é melhor não abusar mais da sorte.

— Não procure verdades que não agüenta — alega o homem em resposta.

— Então admite que a verdade oficial é falsa?

— Falsa ou não, é a única que temos. — A voz dele mantém-se normal, como a apelar à calma, à serenidade. De nada vale se alterarem os humores, pois acaba-se por dizer coisas que não se quer ou que não devem ser ditas.

O velho procura algo dentro da mala que trouxe com ele e encostou a uma perna da mesa. Coloca-a em cima do tampo gasto e mexe e remexe. Por fim, encontra o que procura, um papel antigo, e o entrega a Sarah.

— Leia.

— O que é isso? — questiona, curiosa. Um papel, um documento, talvez uma fotocópia. Um cabeçalho que faz lembrar aqueles dos organismos oficiais do Estado. *Certificato di morte*? Um atestado de óbito. Por que diabos ele lhe entregou um atestado de óbito?

— Leia — repete J. C.

E logo compreendeu. O *Certificato di morte* de Albino Luciani, João Paulo I. Causa de morte: enfarte do miocárdio; hora provável: vinte e três e trinta do dia 28 de setembro de 1978. Uma assinatura ilegível, porventura do médico de serviço.

— Essa é a verdade oficial da morte do papa — conclui J. C. com um sorriso vitorioso nos lábios.

Sarah analisa o documento. Não há nenhuma dúvida de que é oficial, uma tentativa de terminar a conversa e resolver a questão, e passar ao assunto mais importante que os coloca ali: a localização dos papéis.

— Vamos ao que interessa? — recomenda J. C.

Sarah devolve o atestado e fita-o nos olhos.

— Não. Ainda não. Quero ouvir a sua verdade.

— E que verdade é essa?

É hora de mudar de abordagem, lançar as cordas com os ganchos e aproximar o navio inimigo.

— Ambos sabemos que esse atestado foi preenchido tendo em atenção outros requisitos que não o corpo do papa, como manda a lei — diz Sarah. — Portanto, a informação que tenho para lhe dar vale bem a que quero obter do senhor.

— Tenho outros meios de obter a informação que quero.

— Sim. Mas pode levar horas, dias, e não é garantido que consiga obtê-la. O que lhe proponho é uma troca justa. Um toma-lá-dá-cá.

— Qual é o seu interesse nesse assunto?

— Nenhum em particular. Manifesto o interesse de qualquer mortal comum que vê cair por terra tudo aquilo em que acreditava.

A conversa cessa por um instante; as cartas estão lançadas, agora é tempo de ver se são mais fortes que as do adversário. Para Sarah, não é apenas uma questão de curiosidade, embora pareça: também é uma maneira de ganhar tempo, nem ela sabe bem à espera de quê.

— Ora, vamos, conte-me o que aconteceu na noite de 28 de setembro de 1978 — incentiva ela.

O velho não começa logo a falar. Reflete primeiro sobre o caso, sem revelar se aceita ou recusa a proposta da mulher sentada diante dele, dotada de modos calmos, como se não adivinhasse que em breve se iria juntar a João Paulo I, no local para onde vão as almas que se vêem sem corpo.

— Antes de mais nada, quero corrigir um erro histórico — começa J. C. — Albino Luciani pereceu no dia 29 de setembro de 1978, à primeira hora do dia. Não há necessidade de me perguntar como sei disso. Fui o último homem a vê-lo com vida e o primeiro a vê-lo morto. Sua morte aconteceu devido a vários fatores, os quais sem dúvida já conhece — pelo menos parte deles. Albino Luciani tornou-se um papa indesejado, um inimigo perigoso, e teve de ser eliminado rapidamente. Andou mexendo em matérias demasiado sensíveis, e não falo de religião. Acontece que seu caráter foi mal avaliado. Se no final do Conclave tínhamos certas expectativas, cedo começaram a sair fracassadas. O aspecto frágil que aparentava era apenas isso: aparência. O homem queria limpar a casa e nem esperou para lhe conhecer os cantos.

E continuou:

— Os primeiros a cair iam ser logo o bispo Marcinkus e o cardeal Jean-Marie Villot. As cartas mais valiosas do baralho. E, acredite, muito antes de eles tocarem o chão, vários outros se seguiriam. Com Marcinkus e Villot de fora, para chegarem a Calvi e Gelli não levariam muito tempo, e depois... bem, depois seria a derrocada total. O próprio João Paulo I cavou sua sepultura. Não era como Paulo VI, que tratava apenas dos assuntos da fé e da religião e delegava o restante à cúria e às pessoas competentes. Não. João Paulo I era único, ia meter o bedelho em tudo e acabar com a Igreja como a conhecíamos.

— Como assim? — Sarah está completamente absorta, escutando a descrição do homem.

— Acha que sobraria pedra sobre pedra depois da limpeza que ia encetar? Claro que não. Os fiéis ficariam escandalizados por saberem só de parte dos crimes financeiros da Igreja. Paulo VI, ainda que sem culpa nenhuma, já que fora facilmente manipulado, seria visto como um criminoso que mandava seus funcionários lavar dinheiro ilícito, comprar empresas que produziam produtos condenados pela Igreja, como pílula ou preservativos, ou até mesmo empresas de armamento. Tudo isso sempre com o intuito de ganhar dinheiro e desviar o máximo possível.

— Sabia disso?

— Evidentemente.

— E acha bom?

— Os fins justificam os meios, menina Sarah. Havia muito a perder, e não falo somente da privação da liberdade. Todo um conjunto de pessoas e estados sairia prejudicado com as ações de João Paulo I.

— Que apenas queria resgatar a justiça.

— O ideal de justiça varia de pessoa para pessoa. Decerto já compreendeu isso. Licio Gelli viu-se obrigado a elaborar um plano drástico que pudesse ser executado em minutos. E assim entrei em cena como carrasco de Albino Luciani. Minha função era ficar ao pé do telefone e esperar. Villot estava encarregado de adiar o plano o máximo possível, tentando demover o papa de suas intenções, argumentando, apresentando outras soluções mais viáveis. Os dois homens discutiram muito, mas o papa mostrou-se irredutível. Selou seu destino definitivamente no dia vinte e oito de setembro, quando informou Villot das substituições que teriam lugar nos dias que se seguiriam, começando pela exoneração de Marcinkus no dia seguinte. Apesar de Villot ter voltado a tentar colocar juízo na cabeça do "Escolhido de Deus", não serviu de nada. Telefonou-me nessa mesma noite. Não havia nada a fazer. O homem tinha de ser afastado.

— A solução final — acrescenta Sarah, sarcástica e furiosa. — A resolução de todos os problemas. Não serve aos seus objetivos, mata-se e pronto! E a lista é extensa...

— Nem imagina quanto. Decerto sabe de apenas alguns e desconfia de outros tantos. Mas a lista aumenta justamente nos desconhecidos, naqueles que não eram personalidades públicas de renome. Militares, juízes, advogados, jornalistas, professores. Um atropelamento, um assalto que correu mal, às vezes uma execução sumária em que se imputa a culpa a um grupo radical qualquer...

— Primeiros-ministros que também não serviam aos seus interesses.

— Sim. Aos nossos ou ao dos nossos aliados. Nessa noite de vinte e oito para vinte e nove, apresentei-me no Palácio Apostólico. Villot se certificara de que as vias estariam abertas e que não seria importunado. Assim foi. Cumpriu perfeitamente sua função.

— Quer dizer que vagueou no meio da noite pelo Palácio Apostólico?

— Não. O local onde entrei ia mesmo dar ao lado dos aposentos do papa. Umas escadas que não eram utilizadas. Habitualmente, as portas no piso inferior e no terceiro andar estavam trancadas. Como é evidente, essa noite foi exceção. Desde o tempo do papa João XXIII a Guarda Suíça deixara de colocar dois elementos do seu efetivo à porta dos aposentos papais. Não passei por vivalma no meu caminho e, quando abri a porta do terceiro piso, tinha o corredor só para mim. Entrei nos aposentos do papa com toda facilidade. Ele ainda estava acordado; trocamos meia dúzia de palavras e, quando saí, nem preciso dizer que minha missão estava cumprida. Os cardeais teriam de enterrar o novo papa e escolher outro.

— Que palavras trocaram?

— Isso é irrelevante — explica J. C., disfarçando o desconforto. — Na noite seguinte, Villot voltou a pedir-me que fosse ao seu encontro no Vaticano. Assim o fiz. Queria dar-me os papéis para que eu os mantivesse fora da cidade.

— Não pediu que os destruísse?

— Não. À exceção da lista e do segredo, os papéis restantes são inofensivos. Medidas papais a tomar por quem estava em pleno exercício dos seus direitos. Umas mais polêmicas que outras, mas nada de explosivo, pelo menos para quem segue os assuntos religiosos a certa distância. Villot fez um bom trabalho no tocante a preparar o terreno para executar a missão, mas depois meteu os pés pelas mãos, quando o corpo foi encontrado pela irmã Vincenza. Exigiu a todos os residentes no Palácio um voto de silêncio, absolutamente desnecessário, e depois quis inventar uma versão oficial, mais tarde desmentida pelo próprio Vaticano.

— Como assim?

— A primeira versão oficial foi a de que o secretário do papa, padre John Magee, o encontrou morto às cinco e meia da madrugada, quando na realidade foi encontrado pela irmã Vincenza, sua criada particular, quarenta e cinco minutos antes.

— O que o levou a fazer isso?

— O fato de não parecer bem uma mulher, ainda que freira, entrar livremente nos aposentos de um papa. Preocupações com a imagem.

Depois encetou um rol de declarações e decisões estapafúrdias, desde o livro de cabeceira do papa, *A imitação de Cristo*, à chamada precipitada dos embalsamadores e, posteriormente, à embalsamação precoce. Afinal, até a data, esse livro nunca tinha deixado Veneza. Juntemos isso à retratação de que o papa sempre fora encontrado pela freira e, também, à limpeza em tempo recorde dos aposentos, e deparamos com um comportamento próprio de quem está escondendo alguma coisa.

— E o senhor não lhe chamou a atenção?

— Evidentemente. A explicação que me deu foi de que tinha de agir muito depressa para evitar que fossem encontrados vestígios. Além disso, os médicos só colaborariam conosco se não fossem confrontados com uma opinião diferente de algum colega. O médico de Luciani era o doutor Giuseppe de Rós, que o acompanhou sempre em Veneza e durante o mês em que esteve no Vaticano. Era importante que ele corroborasse o diagnóstico dos colegas quando chegasse a Roma. Villot sabia perfeitamente que, por mais que pedissem ou exigissem, não autorizaria uma autópsia. Era cardeal Camerlengo e, como tal, o chefe máximo da Igreja Católica Romana até o final do Conclave seguinte. O homem andou muito atarefado e nervoso, tapando todos os buracos.

— E conseguiu.

— Digamos que teve uma meia vitória. O doutor Giuseppe de Rós ratificou o diagnóstico dos colegas, mas a verdade é que não tinha muitas hipóteses. Qualquer exame superficial seria inconclusivo. Como a autópsia estava fora de questão, se Villot tivesse agido normalmente, o crime seria perfeito. Mas, assim, o comportamento dele levantou dúvidas aos mais atentos. As teorias normais de conspiração começaram a surgir, mas nada de fundamentado. E assim afastamos a ameaça. Escolheu-se o novo papa e a vida continuou. Mas João Paulo I já tinha levantado muitas suspeitas, e as coisas começaram a ruir todas, e de forma particularmente prejudicial para a P2, que se viu derrubada em 1981. Desde então permanecemos mais na sombra do que nunca.

— E como conseguiram apanhar a P2?

— Os pormenores são bastante complicados. Digamos que durante anos seguiram rastros que levaram ao IOR, ao Banco Ambrosiano, à P2 e aos negócios que os interligavam.

— E o que aconteceu a Villot, a Marcinkus e ao administrador desse Banco Ambrosiano?

— Villot estava muito doente na época do assassinato de Luciani. Ele próprio havia pedido para ser substituído, mas não por Benelli. Villot gostaria de escolher seu sucessor. Benelli era um homem muito parecido com João Paulo I, talvez menos ingênuo. Os estragos que faria seriam inaceitáveis. Com a morte de Luciani, teve essa oportunidade e faleceu em paz em março de 1979, muito bem acompanhado.

— Luciani morreu sozinho, sem apoio — acusa Sarah.

— Morreu comigo. O canalha do Marcinkus continuou com suas artimanhas no IOR.

— Por que canalha? Não era seu comparsa?

— Marcinkus não é comparsa de ninguém. É amigo dele próprio. Serve única e exclusivamente aos seus interesses. Marcinkus prevaleceu muito depois de Villot e João Paulo I. Esteve à frente do IOR até 1989. Foi promovido a arcebispo por Wojtyla e agora deve estar gozando dos rendimentos aqui nos *States*, sua terra natal.

— E os outros?

— Os outros? Calvi apareceu morto em 1982. Enforcado debaixo da ponte de Blackfriars, em Londres. O rombo que provocou no Ambrosiano foi da ordem de bilhões de dólares. Tudo para a causa de Gelli e Marcinkus. Gelli está preso, e eu não estou em lado nenhum.

O silêncio interrompe a conversa, ou o interrogatório, pois uma conversa pressupõe dois oradores; nesse caso, J. C. falou bem mais. Sarah apenas colocou perguntas pontuais para esclarecer dúvidas. Não são todos os dias que se ouve uma versão diferente daquela que ficou registrada na história pela boca do — suposto — assassino de João Paulo I. Há ainda uma pergunta que permanece por responder, talvez a que mais interessa naquilo tudo.

— Como matou o papa? — A pergunta está lançada.

— Ora, ora, menina Sarah Monteiro, não espera que lhe conte tudo de graça, não é?

Movimentações das peças no tabuleiro do xadrez jogado pelos dois. É a vez de J. C. exercer de novo o controle que perdera voluntariamente. O que está dito, dito está, sem arrependimentos, sem remorsos nem recuos. O importante, agora, é colher a informação pretendida.

— Toma-lá-dá-cá... Não foi o que disse? Cumpri minha parte com mérito. É a sua vez. — Um sorriso premente de quem tem a razão do seu lado.

— Sim, mas é minha última pergunta! Necessito saber como o fez.

— E eu necessito saber que lugar seguro é esse onde guardou os papéis.

— O senhor mesmo disse que não contêm nada de explosivo.

— Garanto-lhe que não. E, se tivessem aparecido na noite do crime, obviamente subtraindo a lista e o segredo, nada de mal aconteceria. Não passariam de desejos de um falecido. Seu aparecimento hoje, tantos anos depois, seria visto de maneira diferente. Confirmaria que alguém deu um sumiço neles. Facilmente se apontaria o dedo a Villot, e a Igreja pode nunca se recuperar.

— Que lhe interessa isso? O senhor pouco liga para a Igreja.

— Há segredos que devem permanecer na penumbra. Há verdades que não devem ser desenterradas.

— Mas, mais cedo ou mais tarde, alguém voltará a tropeçar neles, e a verdade acabará prevalecendo.

— Então que seja mais tarde. Depois que eu morrer, pouco me importará o que fizerem com eles. Mas até lá estarão melhor comigo e, claro, dessa vez eu os guardarei de maneira que sejam descobertos muito depois da nossa existência. Portanto, colabore comigo e cumpra sua palavra.

— Vou cumprir. Só quero que responda a essa última pergunta — esclarece Sarah, numa última tentativa de ver sanada sua dúvida.

O velho não profere nenhuma palavra nem revela o menor indício de assentimento ao desejo de Sarah. Se a idéia é torturar os nervos dela e deixá-la ansiosa, pode-se dizer que foi bem-sucedido, pois, para Sarah, ainda que mal comparado, a resposta a essa dúvida é como a cereja sobre o bolo, o gol no último segundo da partida, como saber o nome verdadeiro de Rafael. Se J. C. não envenenou o papa, como o matou?

— Vamos fazer o seguinte: a Sarah diz-me o que quero saber e no fim saciarei sua curiosidade.

— Ah... — indecisão não é bom presságio.

— Cumpro sempre o que prometo — acrescenta o velho.

Contudo, para Sarah, isso não está em jogo. O problema é outro: assim que revelar a localização da lista, J. C. terá que se preocupar com outros assuntos e aquela pergunta ficará sem resposta. É óbvio que não é o fim do mundo se tal acontecer. Embora não consiga prever a reação do velho, é certo que não perderá tempo dando esclarecimentos a alguém que não facilitou as coisas. De qualquer maneira, tem de reconhecer que perdeu; ainda que tenha extraído muita coisa sobre a noite, não o fez na totalidade.

— Estou à espera — pressiona J. C.

— Certo, uma vez que assim me obriga, apesar de não ter cumprido o acordado.

— Não diga isso — interrompe ele. — É uma troca justa. Dei-lhe uma parte, a Sarah dá-me a sua e depois concluo. Acho que não pode se queixar.

— Muito bem. Lá vai: os papéis estão guardados num lugar seguro.

Uma pausa própria nessas situações, para atrair a atenção do sujeito que ouve, ou um modo de ganhar tempo e amealhar força para o que se vai dizer. Seja como for, não dá resultado nesse caso.

— Sei disso perfeitamente. Conclua, por favor. — Voz seca, de quem não tolera mais rodeios.

— Claro. Então compreenderá que estão de tal forma seguros que não possuo nenhum controle sobre eles.

— Que diz? — O velho não percebe o significado daquilo. — Explique-se.

— Os papéis estão no Vaticano — completa Sarah, segura de si mesma, por instantes. — Foi de lá que saíram, é para lá que têm de voltar. Os papéis de um papa pertencem ao Vaticano.

— Está brincando, com certeza.

— Não. Falo sério.

A expressão soturna que se implanta no rosto de J. C. não deixa margem a dúvida. De súbito, o sangue some de suas faces, empalidecendo-a, proporcionando um ar cadavérico ao velho, quase vampírico, que faz sobressaírem as rugas carregadas pela idade. Começa a arfar como um asmático, conferindo uma verdadeira imagem de velhice e fazendo com que Sarah veja, pela primeira vez, seu lado humano. Não é um autômato que põe e dispõe da vida dos outros ao seu bel-prazer; é um velho frágil no final do caminho.

— Tem noção do que fez?

— Quê? Quem é você para me perguntar uma coisa dessas? — O medo e a revolta explodem simultaneamente. — Eu é que deveria lhe fazer essa pergunta! Tem noção do que fez? Faz idéia das pessoas que afastou do caminho, sem falar do que me fez passar? E para quê? Para limpar a merda que fez durante sua vida toda?

— Não pense que está falando com o seu pai!

— Meu pai é muito mais homem que você, graças a Deus!

— Seu pai é um homem morto, assim como todos vocês, graças a você!

— Que seja! — Uma lágrima lhe escorre pela face num fio finíssimo. — Tenho consciência de que fiz o possível, e não sairá ganhando!

Um riso tenebroso enche a sala, arrepiando os pêlos de Sarah.

— Acha mesmo que não recuperarei os papéis só porque estão no Vaticano? O que a leva a pensar que não tenho lá gente que trabalha para mim, assim como tínhamos em 1978?

— Os tempos mudaram.

— Será que mudaram tanto quanto pensa?

Lá, bem no fundo, Sarah quer acreditar que sim. Os líderes são outros, e as mentalidades, ainda que parecidas, não são iguais, pois não existem homens totalmente idênticos na face da Terra. Cada um é cada um, e, se os ideais são semelhantes, a forma de os colocar em prática distingue seus autores; por isso, embora o conservadorismo ganhe cada vez mais força no seio da Igreja, muito menos liberal e moderna do que Albino Luciani desejaria, as pessoas que a compõem são outras, e sérias. Não há Villots nem Marcinkus no Vaticano de hoje. Ou haverá?

— Se não mudaram, não tem por que temer. Amanhã ou depois, o mais tardar, voltará a ter os papéis em seu poder.

Algo no olhar dele revela a Sarah que não será bem assim.

— E onde estão os outros?

— Que outros?

— Não se faça de sonsa. Você só tinha a lista em seu poder. Onde está o restante?

O melhor é não abusar. As coisas já estão suficientemente complicadas.

— Não sei de mais nada. Só posso responder pela lista.

— Sei quem pode responder por eles.

O homem aguarda alguns instantes. As decisões tomam-se em sua cabeça, e de lá sairá o destino dela e dos outros. No fim da ponderação, o velho bate a ponta da bengala três vezes no chão. Uma, duas, três. E no mesmo número de segundos o assistente entra na sala como um serviçal, pronto para ouvir as tarefas do dia.

— Pode levá-la. Elimina o pai, a filha e o agente duplo. — O velho mal acabou de falar e Sarah já está de pé, agarrada pelo braço. — Depois traga-me Marius Ferris. Temos muito que conversar. Mas certifique-se de que antes ele os veja morrer.

— Sempre serve para destravar a língua — acrescenta o assistente, um fino sorriso nos lábios.

Destino traçado, inevitável. A morte espera-a no final do cano da arma do assistente ou do servo, tanto faz, mas é certo que deleitará os dois homens. Está claro que precisam do sangue derramado dos outros para alimentarem suas vidas.

— Para onde a está levando? — ouve-se perguntar.

— Para o abate — responde o assistente, sarcasticamente.

Barnes agarra o outro braço de Sarah e arranca-a das garras do assistente. Talvez se pense que arrancar é um termo demasiado violento, mas corresponde à verdade, já que o homem do terno Armani segurava a mão com muita força.

De tão surpreso, ele se limita a olhar, sem saber o que dizer.

— O que está fazendo? — pergunta J. C.

— Sente-se — ordena Barnes a Sarah, antes de se virar para o velho. — Ela mandou os papéis para o Vaticano.

— Eu sei. Vai pagar por isso.

— Recebi uma chamada do Vaticano há poucos minutos.

O ar controlado do velho estremece. Uma expressão de curiosidade assombra-lhe os olhos.

— E o que querem?

— Não é o que querem. É o que ordenam.

Capítulo 58

VILLOT

28 de setembro de 1978

Villot não conseguia permanecer quieto na cadeira do seu gabinete. Por isso, levantou-se e começou a andar de um lado para o outro com o cigarro na mão. Iria ultrapassar os dois maços diários que tão mal lhe faziam à saúde, mas a eternidade era algo que não almejava. Lançava assopros esfumaçados de cólera que, somados à vermelhidão do rosto, acusavam o mal-estar com que deparava.

Mirou pela milionésima vez os papéis que figuravam em cima da enorme mesa de madeira, peça de mobiliário valiosíssima e secular, onde estiveram pousados milhares de outros papéis e documentos ao longo dos anos para análise e exame por parte de outros secretários de Estado. Se ela pudesse falar, muitos segredos contaria, muitas intrigas, planos e maquinações, assim como sonhos, ambições e utopias. Alguns jamais sairiam do papel, mas outros se tornariam realidade. Em geral, as fantasias incorriam no uso da batina branca, outorgadas apenas para uso papal; pois que outras aspirações poderia ter um cardeal secretário de Estado? Uma vez que o uso daquela mesa imputava em si mesmo a conquista do segundo lugar, o homem com mais poder depois do papa. Por vezes o homem com mais poder, mesmo acima do papa, dependendo do caráter de cada um e de cada qual, e das permissões dadas por cada Santo Padre ao seu próprio secretário, ou da capacidade deste em manipulá-lo. Pois para onde mais pode ir um homem que chega ao segundo lugar senão para o primeiro, o Escolhido de Deus?

Mas Villot não. Havia muito não aspirava ser sucessor do Príncipe dos Apóstolos, embora na parte que lhe tocasse gostaria de poder escolher o próximo Sucessor de Pedro, Supremo Pontífice, um que não desse tanto trabalho como o que servia naquele momento.

Havia menos de uma hora recebera de Albino Luciani alguns papéis com determinações e substituições, algumas que teriam lugar no dia seguinte. Os papéis que estavam pousados em cima da mesa e os quais pegou para voltar a ler o que já sabia de cor.

"Benelli para o meu lugar?", pensou ao reler o nome de seu substituto. "Poderia haver provocação maior?"

— Isso é ousadia demais, Santo Padre — disse Villot na ocasião em que recebeu os papéis e leu por alto os documentos com as premissas papais. Que restará da Igreja como a conhecemos?

— A Igreja permanecerá na sua pureza, humildade e humanidade — limitou-se a dizer Albino Luciani.

Villot segurava os papéis com uma mão e passava a outra no solidéu enquanto lia a barbaridade escrita pelo punho do homem que, supostamente, era a voz suprema da cristandade. Suas intenções para atenuar a posição da Igreja no que tocava ao controle artificial da natalidade eram apenas um exemplo ínfimo.

— Isso vai contra a posição secular da Igreja Católica. Vai contra o que outros papas decidiram sobre o assunto! — Villot começava a altear a voz.

— A infalibilidade.

— A sagrada infalibilidade! — completou Villot.

— Sagrada? Ambos sabemos que a infalibilidade é um erro — afirmou o papa, com a serenidade costumeira.

— Como pode dizer uma coisa dessas? — interrogou Villot, benzendo-se hipocritamente.

— Porque sou papa e sei perfeitamente que erro como qualquer ser humano.

— Um papa é infalível. E essas diretrizes põem em jogo decisões tomadas na certeza da infalibilidade papal!

Engana-se quem pensa que Villot se dirigia ao seu superior hierárquico com submissão e vassalagem. Discutia como se falasse para um assistente ou secretário, dos muitos que havia na secretaria de Estado, e que, sabia-se, mereciam menor respeito do que um cardeal ou um papa, sabe-se lá por quê. Albino Luciani parecia ignorar a falta de respeito para consigo, como se estivesse reconhecendo o verdadeiro Villot diante de si. Um Villot que já conhecia, mas que nunca se revelara.

— Uma Igreja que se diz infalível é demasiado arrogante para enxergar seus males. Ambos sabemos como passou essa idéia da infalibilidade em 1870.

— Ousa criticar Pio IX?

— Como pode evoluir quem não ousa criticar os seus?

Villot sentou-se numa das várias cadeiras que estavam em frente à mesa e colocou uma mão sobre os olhos.

— Mal posso acreditar no que ouço!

— Não se faça de inocente, Villot. Sabe tão bem quanto eu que a infalibilidade só serve para nos atar as mãos e os pés.

Villot retira a mão.

— Que diz?

— Exatamente isso. Um papa é infalível nas diretrizes que orientam a doutrina da fé e a moral. Convenhamos que foi uma maneira genial de fazer com que os papas subseqüentes nada pudessem fazer, já que certos assuntos se tornavam automaticamente intocáveis.

— Sacrilégio! — acusou Villot.

— Sacrilégio? — Albino Luciani esboçou um tênue sorriso. — Agora devia ser o momento de lhe dizer para ter cuidado com a língua e mostrar respeito pela pessoa com quem fala. Afinal de contas, sou infalível.

Villot baixou a cabeça.

— Mas não vou usar do meu poder, porque isso significaria concordar que sou infalível. Tadavia, o respeito entre duas pessoas é matéria a ter sempre em conta, sejam elas quem forem. — Um pequeno recado para o cardeal. — A infalibilidade é um erro e uma pretensão muito grande, por isso vai acabar.

Não valia a pena continuar a martelar no mesmo ponto. Melhor abordar outras pendências.

— E quanto às substituições? Tem noção da transformação que vai provocar no interior da cúria?

— Acredito ter a noção perfeita — respondeu o papa, naturalmente.

— E o respeito para com os cardeais? Para com os elementos que votaram no Santo Padre e defendem linhas mais tradicionais?

— Não pedi a ninguém que me colocasse nesse lugar. Não vejo nenhuma falta de respeito para com quem quer que seja na minha linha de atuação. Nunca se esqueça de que o meu dever é para com os fiéis e Deus.

As opções diminuíam para Villot a olhos vistos. Por mais que argumentasse, Luciani respondia à altura e com força, manifestando um desembaraço inabalável. Não seria possível demovê-lo de suas intenções. Não com palavras.

— Deixe-me analisar esses nomes e lhe apresentar outras alternativas, nomeadamente para me substituir e para a direção do IOR — pediu ao papa. Uma última tentativa. Se o Santo Padre acedesse, talvez houvesse esperança.

— Essa é minha última palavra. Não se dê ao trabalho de arranjar alternativas. Estou certo de que serão pessoas de bem e competentes, mas não as aceitarei. Minha decisão é final. Substituição imediata do bispo Marcinkus pelo monsenhor Giovanni Abbo e o afastamento dos monsenhores De Bonis, Mennini e De Strobel. De Bonis será substituído pelo monsenhor Antonetti, e tratarei de preencher as duas vagas restantes depois de conversar com monsenhor Abbo.

— Mas...

— Boa noite, cardeal Villot — despediu-se o papa, caminhando para a porta.

Villot nem conseguiu proferir uma despedida. Nunca pensou que Albino Luciani fosse capaz de não recuar um centímetro em seus desígnios. Sua posição se tornara difícil. Gelli tinha razão. Tinham calculado mal. Aquele homem só lhes traria problemas.

— Conto com você para uma transição tranqüila da secretaria de Estado para o cardeal Benelli — disse o Sumo Pontífice da entrada.

— Sem dúvida — balbuciou Villot. — Tenha uma noite tranqüila, Santidade.

Um trejeito de ira percorreu-lhe o rosto.

— Obrigado, cardeal Villot — agradeceu Albino Luciani. — Mas isso não está nas minhas mãos, não é?

E saiu, deixando Villot entregue aos próprios dilemas. Ruminou, conspirou, cismou, orou, mas não conseguia ver a solução do problema. Olhou para o telefone pousado ao lado dos papéis da discórdia. Parecia-lhe extremamente tentador e medonho ao mesmo tempo.

Por várias vezes pegou o fone do gancho e discou os primeiros algarismos do número que memorizara havia alguns dias. Como desejava poder esquecê-lo para sempre! Seria tão bom se se tivesse tornado prescindível. De súbito, detinha-se, na esperança de que alguma idéia luminosa lhe atravessasse a mente. A salvação de si próprio, da sua alma. Porém, acabou percebendo que havia muito ela estava condenada, perdida nos conflitos internos e externos do corpo e das ações. Setenta e três anos é muito tempo para praticar o bem, e também para errar. Assim sendo, achou por bem lavar as mãos como Pôncio Pilatos e deixar que outros tratassem do assunto. Foi preciso coragem para terminar de discar o número e ouvir os bipes que intimavam o carrasco. Não demorou muito a ouvir-se a voz de saudação, fria e soturna como a morte.

— Tem de ser feito — anunciou Villot. — Esta noite.

Abriu uma gaveta da mesa silenciosa e retirou um molho de chaves. Pouco depois, saiu porta afora. Tinha de abrir os caminhos ao executor.

Capítulo 59

— Não é o que querem. É o que ordenam — informa Barnes, na sala de interrogatórios, em pleno coração de Manhattan.

— Ordenam? — retrucou J. C. — Não seja ridículo!

— Estão de posse da lista.

— O quê? — balbucia o assistente.

— É verdade — assegura Barnes. — Confirma? — pergunta a Sarah.

Sarah anui com a cabeça. Era com aquilo que J. C. traçava o destino deles com o veredicto da morte.

— Maldição! — reclama o velho. — O que eles ordenam? — pergunta a Barnes.

— Não tomarão nenhuma posição se isso terminar aqui e agora. Sem mais mortes ou feridos. Caso contrário, usarão todos os meios necessários para nos prejudicar, como, por exemplo, colocando os papéis à disposição do público.

A respiração do velho torna-se cada vez mais difícil.

— Há qualquer coisa aqui que não me parece certa.

— O que, senhor? — pergunta o assistente.

— Se o Vaticano tem os papéis, por que exige que eles sejam poupados? Devia ser-lhes indiferente! — Seu raciocínio não deixa de estar correto, mas, como homem lógico, não é dado a especulações. A mulher tinha-lhe passado a perna de forma impensável. Nunca previra tal jogada da parte dela. — E se concordarmos? — pergunta o velho, coçando o queixo.

— Se concordarmos, fica tudo como está. Ninguém será prejudicado. Mas exigem que a mulher confirme que foram libertados a um emissário especial enviado por eles.

— Não podemos concordar, senhor! — assevera o assistente. — Ainda podemos recuperar os outros papéis.

São precisamente nesses que J. C. pensa. Com os papéis restantes na mão, podia negociar com o Vaticano. Sem nada, teria obrigatoriamente de acolher a ordem, de modo incondicional.

Sarah via mais nitidamente como tudo não passava de um jogo controlado por quem tinha os trunfos. Uma pequena abertura podia permitir que os homens ali presentes conseguissem se precaver daquele percalço. Sarah tinha de fazer alguma coisa que terminasse com as dúvidas e as esperanças deles de uma vez por todas.

— Os outros papéis também já estão a caminho do Vaticano — mente Sarah.

— Que diz? — o velho enruga ainda mais a testa.

— Também enviei os outros papéis para o Vaticano — repete Sarah.

— Mas você disse que não podia responder por eles!

"O diabo do velho ainda tem boa memória", pensa Sarah, apreensiva.

— Exatamente por essa razão. Não estão em meu poder, mas ainda não estão no Vaticano. Alguém de confiança está encarregado de entregá-los. Por que acha que fui a Portugal? Era onde eles estavam. — "Espero que cole!"

— Ela mente! — acusa o assistente.

— Não podemos correr o risco — contrapõe Barnes.

— Corremos um risco muito maior sem os papéis em nosso poder — continua o assistente.

— A posição do Vaticano é clara. Se isso acabar aqui, os papéis permanecerão guardados. Ninguém saberá da sua existência.

— Senhor, dê-me mais duas horas e arrancarei a verdade do velho! — pede o assistente.

— Infelizmente não temos duas horas — informa Barnes. — A mulher tem de se encontrar com o emissário em uma hora, no Waldorf-Astoria.

J. C. escuta tudo aquilo sem intervir. Parece que as cartas boas estavam todas na mão do adversário, ou, noutra linguagem, o adversário acabara de fazer xeque ao rei, mas não um xeque qualquer: um mais que provável xeque-mate, que o impede de reagir. As possíveis vias de fuga estão todas fechadas. Ao contrário do habitual, a mulher previu suas jogadas e ele a subestimou. Só havia uma coisa a fazer.

— Posso trocar uma palavra com o senhor em particular? — pergunta Barnes ao Mestre, interrompendo todos os pensamentos decisórios.

— Como? — uma pergunta em resposta, a denotar irresolução e a mente voltada para outro local. — Sim, sim — responde por fim, quando o cérebro processa o pedido. Levanta-se com a ajuda da bengala. — Vamos ao corredor.

Barnes segue o Mestre, cujo epíteto vem enfraquecendo em virtude dos acontecimentos. Ou talvez não. São nessas horas que as resoluções tomadas decidem o valor dos homens, e esse caso requer, mais do que nunca, uma resolução perfeita.

— Confirmou a origem da chamada? — pergunta o velho, de súbito.

— Já mandei tratar disso, mas vai demorar algum tempo. Meia hora não é suficiente. O Vaticano não é uma área tão pequena assim — alega Barnes.

— E, no entanto, é pequeno. Na sua opinião, parece crível? — Uma pergunta honesta. O parecer de um homem da CIA é importante, ainda que não tenha poderes para decidir por si só. Contudo, é sempre melhor perscrutar sua recomendação.

— Isso é um tanto quanto intrigante. Não parece nada a forma de atuar da Santa Sé, mas tudo é crível até que seja desacreditado. Noventa e nove por cento das ameaças de bomba não se confirmam, mas não é por isso que se deixam de evacuar os edifícios e as Brigadas de Minas e Armadilhas não os vasculham minuciosamente.

— O que significa que, até que seus serviços confirmem a autenticidade da chamada, temos de lidar com um ultimato do Vaticano.

— Temo que estejamos numa situação delicada.

— Entre no carro! — ordena o homem. — Não voltarei a avisá-lo.

— Não posso. Sabe por quê?

— Tenho cara de quem está interessado em saber?

— Se não está, deveria... — Um instante de mudez para dar ênfase às palavras. — É que sou o único que sabe a localização dos papéis... — Mais dois segundos para elas serem processadas pela mente limitada do gorila. — A mulher não sabe nada.

Imediatamente o homem leva a mão à boca e notifica os superiores.

— Hum. — É a única coisa que sai da boca do velho, que se afasta um pouco, matutando sobre as opções. — Pode até ser a nossa salvação! — comenta quando se junta novamente a Barnes.

— Acha? — O americano não parece convencido.

— Eles terão de se encontrar com um emissário no Waldorf em uma hora, foi o que disse?

— Afirmativo.

— Pois muito bem. Vamos virar o jogo a nosso favor. Mande-os ir.

— Tem certeza?

Um olhar áspero realça a inutilidade da pergunta.

— Envie-os o quanto antes. Eu trato do resto.

— Vai ignorar o ultimato?

— Certamente que não. — A mente do homem fervilha, ao mesmo tempo que arquiteta o plano em alta velocidade. — Mas é a única maneira de reaver os documentos.

— Não acredita que ela os tenha enviado?

— A lista é bem provável que sim, mas o restante não.

— O que o leva a pensar isso?

— Simples: todas as evidências apontam para Marius Ferris, Nova York. E aqui estamos. Podemos afiançar com toda a certeza desse mundo que eles não colocaram as mãos nos papéis desde que chegaram aqui. Logo, os papéis continuam guardados sabe-se lá onde.

Barnes pensa durante alguns instantes.

— E se estiver errado?

— Se estiver errado, eles irão ter com o emissário no Waldorf, cinco ou dez minutos depois do tempo. Mas neste momento é imperativo recuperar os documentos. Mesmo que ela tenha enviado a lista, a única maneira de recuperá-la é ter os outros em nosso poder.

— Vamos agir. O que tem em mente?

Deixemos os dois homens explanarem seus projetos e coloquemos os olhos no assistente que se acerca de Sarah.

— Julga-se muito esperta, vaca? — murmura ele, com a boca quase colada à orelha dela. — Se conseguir sair viva daqui, lembre-se de que estarei sempre atrás de você... Não lhe darei um minuto de sossego!

Sarah desejava poder fechar os olhos, mas não quis mostrar fraqueza. Sabe que não depende do homem a concretização daquelas ameaças. O velho é quem manda, ou pelos menos mandava. Agora, quem dá as cartas, aparentemente, é o Vaticano, o que se pode traduzir em felicidade para ela. Os próximos minutos ditarão o resto. Porém, não tem ilusões: se a sentença dependesse do assistente, ninguém sairia dali vivo. Felizmente, não depende... Graças a Deus.

— E um dia, quando menos esperar, entrarei na sua casa e irei até seu quarto... e, quando estiver dormindo o sono dos justos, acordo-a!

"Cale-se, estúpido!", Sarah diz de si para si. Quem lhe dera poder dizê-lo em voz alta. Contudo, o melhor é não o irritar ainda mais. Podia perder as estribeiras e cometer um erro à revelia do Mestre.

Barnes e o velho retornam com o trejeito soturno idêntico ao que ostentavam quando saíram.

— Vamos libertá-los — acede o Mestre, conformado.

— Mas, senhor... — apela o assistente.

— Silêncio! — ordena numa voz novamente firme. — Essa é minha última palavra. Vamos libertá-los. E certifiquem-se de que ela chegará ao encontro com o emissário a tempo.

O assistente, resignado, pega nela com brutalidade e arrasta-a para fora da sala.

Barnes fica olhando para o vazio do corredor, sem se aperceber de uma curva tênue nos lábios do velho, semelhante a um sorriso de satisfação antecipada, que se apaga assim que o americano o fita.

— Tem certeza do que está fazendo? — questiona o homem da CIA.

— Perfeitamente. Fique tranqüilo. Os documentos voltarão ao meu poder. É apenas uma questão de tempo.

— Mas temos pouco tempo — assevera Barnes, apreensivo. — E depois?

— Depois... Mate-os todos! — Em seguida, faz uma ligação do celular. — Francesco, não o esqueci, Eminência.

Capítulo 60

E assim terminou a perseguição imposta a Sarah Monteiro e aos demais sobreviventes. Ela, com uma ponta de sorte ou com a ajuda divina, conseguiu livrar todos da morte certa. Um dia a morte virá, sem dúvida; mas, pelo visto, estava escrito que não seria naquele. Sarah Monteiro é a mulher que derrotou J. C., o assassino do papa. Nenhum compêndio histórico mencionará tal fato, pois para a história não existe nenhum J. C., nem João Paulo I foi assassinado: antes morreu de um ataque cardíaco que nem lhe deu chance de puxar o cordão junto à cama para chamar assistência.

Equilíbrios entre forças poderosas permitiram esse desfecho. Dessa vez, o herói solitário não mata todos os vilões e fica com a mocinha. Mesmo porque nosso herói solitário é, ele próprio, uma mulher, acompanhada do salvador Rafael, do pai e de Marius Ferris, que escaparam do caminho ignóbil do vale das sombras. É nesse panorama que saem para a rua. Rafael em péssimo estado, mas, mesmo assim, amparando, com Sarah, o Capitão Raul, que não tem condições de andar. Marius Ferris segue logo atrás, mal acreditando na sorte. Todos os outros — Geoffrey Barnes, Staughton, Thompson, o servo, o assistente e o Mestre — assistem impotentes ao cortejo de saída. Falta no cenário o motorista que servia ao servo que, entretanto, foi dispensado. Falta também a batalha final em que os heróis anulam todos os vilões; mas isso não é um filme nem uma história de ficção normal; é antes a realidade a desfilar. Barnes não terá o gosto de poder varrer Jack da face da Terra. Frustrações que serão mantidas e alimentadas, como muita gente que as carrega e não tem outro remédio senão conviver com elas.

— Levem a picape — ordena Geoffrey Barnes. — Depois alguém a irá buscar.

E é Rafael quem conduz o veículo dali para fora, ao encontro do emissário do Vaticano que os acompanhará ao local onde estão depositados os valiosos documentos e os guiará em segurança para fora do país. Ou pelo menos assim pensa a maioria dos ocupantes da picape, ainda que não seja um pensamento partilhado unanimemente. Raul Brandão Monteiro agarra-se ao seu ferimento, deitado no banco de trás da picape, a cabeça pousada no colo da filha.

— Alguém entendeu alguma coisa? — Quem pergunta é o contido Marius Ferris, que se ouve falar pela primeira vez, denunciando um timbre melodiosamente radiofônico, ainda agitado.

— Isso eu gostaria de saber — atalha Rafael enquanto dirige, ainda dorido da surra que levou. — Entendeu alguma coisa, Capitão?

O rumorejo da resposta é detido por Sarah.

— Muito simples. Enquanto estivemos no Hotel Altis, em Lisboa, liguei para o Vaticano e expliquei-lhes a situação. O homem que me atendeu foi muito simpático, mas não fez promessas. Exigiu que eu lhe enviasse uma prova do que dizia, o que fiz na hora.

— Como? — pergunta Rafael, curioso com a explicação. Tudo feito nas suas costas, durante a ducha.

— Enviei os dois documentos por fax.

— E depois?

Sarah não gosta da entoação inquisitiva de Rafael. Não parece satisfeito por ela ter resolvido o problema e salvado a vida de todos.

— Depois o homem pediu que enviasse os originais imediatamente para o Vaticano, e pedi ao recepcionista que o fizesse.

— E depois? — insiste Rafael.

— Depois, ele voltou a frisar que não faria nenhuma promessa, mas que me garantia que o assunto seria entregue a quem de direito, apesar de terem elementos no terreno a perscrutar o caso.

— E isso nos coloca aqui e agora — conclui Rafael.

— Exatamente.

Rafael olha pelo retrovisor para o pai de Sarah.

— Que lhe parece, Capitão?

O oficial tenta articular algumas palavras, mas o que se ouve mais nitidamente é um *ci... ci...*

— O que está tentando dizer? Não faça esforço — recomenda Sarah.

— Ci... ci...

— Uma cilada — completa Rafael. O militar anui.

— Cilada? Como? — grita Sarah, nervosa com a certeza com que os dois homens concordam. — Dizem isso só por ter sido eu a resolver o problema?

— Claro que não! — afirma Rafael, peremptoriamente.

Raul aperta o braço da filha, como a lhe dizer para escutar Rafael.

— Ouça, o Vaticano não age dessa maneira. Usam táticas ilícitas. Acredite: nunca iriam fazer um ultimato desse gênero, ainda mais só para nos salvar.

— Está dizendo que a P2 interceptou a chamada?

— Não. — Olha para o Capitão no banco de trás, apoiado em Sarah. — Não estou dizendo nada disso. Apenas sugiro que permaneçamos atentos e não cantemos vitória.

— Acha que eles vêm atrás de nós? — pergunta o sacerdote Marius Ferris, preocupado.

— Isso é fácil saber — informa Rafael. — O Waldorf fica para norte... vamos sair da rota. Capitão, que me diz de irmos a um hospital tratar desse ferimento?

Rafael vira à direita na primeira oportunidade e acelera a picape, fingindo uma fuga pelo meio da tumultuosa parte baixa de Manhattan no início da tarde. Não demora mais que meio minuto, trinta míseros segundos, para que três veículos do departamento de polícia de Nova York se entreponham em seu caminho com as luzes acesas. Não os mandam parar; pelo contrário, dois se posicionam atrás e o terceiro à frente, abrindo caminho pelo meio do trânsito.

— A NYPD os escoltará ao seu destino em segurança. Por favor, acompanhem-nos — ouve-se a recomendação pelo alto-falante de um dos carros.

— Que gentileza! — exclama Rafael com ironia. — Agora me diga: foi o Vaticano que nos enviou essa escolta?

"Pode muito bem ter sido", pensa Sarah. Os documentos valem bem essa proteção, ainda que seja doloroso aceitar que papéis antigos superam o valor de uma ou de várias vidas humanas.

— Supondo que tenha razão, Rafael, qual o interesse em fazerem esse teatro todo? Imagine que consigamos fugir. O que ganham eles com isso?

— Por mais que tentássemos, não conseguiríamos despistá-los. Devemos ter vários satélites em cima de nós. Não temos os meios necessários para anulá-los. Além disso, a picape é deles. Está equipada com todos os dispositivos de detecção possíveis e imagináveis — explica Rafael. — Quanto ao teatro, julgo que o velho, no fundo, sabe muito bem o que faz. Apesar de tudo, nossa situação não melhorou nada.

— Não parece. Sua "certeza" apanhou-o muito depressa — conclui Sarah, com uma nota evidentemente sarcástica.

— Não tem... não tem as peças todas para... para poder completar o quebra-cabeça, Sarah — diz Raul.

Sarah vira-se para Rafael.

— O.k., então, senhor do quebra-cabeça, diga-me: o que faremos?

— Nada.

— Como nada? — São Sarah e Marius Ferris que perguntam.

— Por acaso vê alguma saída? — Rafael ignora Marius Ferris e olha direto para Sarah. — Mas lhe agradeço sinceramente ter-me proporcionado mais meia hora de vida.

— Santa Maria, mãe de Deus — pronuncia Marius Ferris, fazendo o sinal-da-cruz e tentando aquietar o pânico.

— Isso é tudo completamente surreal! — desabafa Sarah. Tudo aquilo desafiava a mais elementar lógica. Como alguém em seu juízo perfeito deixa um grupo de suspeitos quase à solta pelas ruas de Nova York? Não pode ser. Não é lógico. — Desculpem-me, mas não consigo acreditar na teoria de vocês.

Marius Ferris deixa a ladainha silente para escutar a opinião de Sarah sobre o tema. Há que se agarrar à esperança; suas preces terão sido ouvidas.

— Continue, por favor — insiste o religioso, uma vez que ela não se decide a continuar a discorrer sobre o tema, provavelmente porque sua última fala pretendia marcar o ponto final na conversa, e não uma argumentação oposta.

— Não tenho muito mais a dizer, senhor padre — esclarece ela. — Não me parece crível a situação que propuseram. Isso significa que eles não acreditam que os papéis estão no Vaticano!

— Exatamente. Eles sabem que não estão. A Sarah não é a única a ter contatos na Santa Sé.

— Pois pareceram ter acreditado. — Aquilo continua a não entrar na cabeça de Sarah. — Isso para mim é uma grande confusão. Na sua opinião, quem ligou para eles para dar o ultimato?

— Ninguém — responde, categórico. Em seguida, muda o tom imperativo para o da conjectura, para não acabar completamente com as esperanças dela. — Mesmo partindo do princípio de que há um ultimato, eles não o acatariam. Não vejo o Vaticano se importando com isso. E como explica a escolta?

"Bem, isso não consigo explicar", pensa Sarah, mas...

— Tenho a informá-lo que o ultimato não é nenhuma conjectura.

— Como pode ter tanta certeza?

— Não tem as *peças* todas para completar o *quebra-cabeça*? — pergunta, em tom de desafio. — E agora, acha que não vamos encontrar nenhum emissário?

— Oh, não. Nada disso. O emissário estará lá.

— Então não entendo.

— Duvido é que alguma vez tenha colocado um pé na Praça de São Pedro ou no Palácio Apostólico — completa.

— Bem, joguei meus trunfos — é a resposta de Sarah. — O que tiver de ser, será.

Trocam olhares durante alguns segundos — poucos —, porque Rafael tem a espinhosa tarefa de dirigir. Mas denota-se preocupação em ambos; se cada um por si ou um pelo outro, essa é uma questão que permanecerá sem resposta, por ora.

Minutos depois, entram na Park Avenue, com toda a pompa. Os veículos acomodam-se o melhor possível à sua passagem. Os transeuntes seguem sua vida desinteressados; se fossem desviar o olhar a cada ruído de sirene, bombeiros, polícia ou ambulâncias, não fariam outra coisa o dia inteiro.

Detêm-se no número 301 da dita avenida, o endereço do insigne Hotel Waldorf-Astoria, lugar de hospedagem de inúmeras figuras históricas de todas as áreas ao longo de mais de um século. A *art déco* predomina em todas as suas reentrâncias, propiciando a elegância e o glamour de um dos hotéis de referência do mundo.

Com dificuldade, Raul senta-se no banco. Marius Ferris é o primeiro a abrir a porta, e só não coloca um pé para fora porque alguém a fecha com força do lado de fora. Um homem vestido de negro que ele nunca vira antes.

— Aceite minhas desculpas. Sua Eminência não deseja ser acompanhado em cortejo por todos — informa o homem pela janela do vidro de Marius Ferris.

Rafael aproveita para fitar Sarah, e com a boca formula uma frase em silêncio, para que ela a leia em seus lábios: "As peças do seu quebra-cabeça conferem?".

Sarah não responde porque não entende. Rafael faz-lhe sinal para se aproximar e repete a mesma frase em voz baixa. Sarah não responde, dessa vez deliberadamente, mas não disfarça o desassossego e o nervosismo.

— Só a mulher pode vir — conclui o homem.

Sarah pega a mão do pai com ternura.

— Vai correr tudo bem. Não se preocupe.

— Vá, filha. Eu ficarei bem.

O homem abre a porta para Sarah, que sai do veículo. Depois, escolta-a prontamente para o interior do hotel. Rafael também sai do veículo. É imediatamente interpelado por outro homem.

— Não ouviu o que meu colega disse? — pergunta com ferocidade.

— Ouvi.

— Então é melhor voltar para dentro do carro — aconselha, aproximando o monte de músculos de Rafael.

— Infelizmente não pode ser. Terei de ir com a mulher — assevera, decidido.

Capítulo 61

— Vai me contar ou não?

— Contar o quê?

— O que omitiu?

— Omiti?

— Quer que seja mais direto? O que mais andou planejando nas minhas costas?

— O que o leva a pensar isso?

— A peça do quebra-cabeça, lembra-se?

— Se me contar qual é a peça que falta no seu quebra-cabeça, talvez pense em contar-lhe a minha, partindo do princípio de que exista.

— Da minha parte não falta nada.

— Não? — Pausa para reflexão. — Então da minha também não.

Os interlocutores nessa conversa já são nossos conhecidos de outrora. Rafael e Sarah Monteiro, sentados num Range Rover preto, a caminho da localização dos papéis, segundo quem diz saber onde estão.

Claro que mal o gorila — ainda junto ao veículo que os levou ao Waldorf-Astoria — informou os superiores de que a mulher nada sabia, recebeu logo ordens para levar Rafael à presença de Sua Eminência no átrio do hotel. Rafael se aproximou do bispo, por sinal autêntico, de nome Francesco Cossega, e — quem entende os atos dos homens? — instintivamente, ajoelhou-se e beijou-lhe a mão.

— Deus o abençoe, meu filho. — Resposta natural de bispo verdadeiro.

— Sua Eminência é o emissário de Sua Santidade?

"A pancada deve tê-lo afetado", cogita Sarah, mal reconhecendo Rafael. Que cartas ele teria na manga?

O que quer que fosse, porém, ainda não havia acontecido.

— Estão seguros em minha companhia, meus filhos. — Depois olhou Rafael claramente nos olhos. — Vai me levar até os documentos?

— Sem dúvida, Eminência! — respondeu Rafael expeditamente. — Gostaria de pedir que deixasse ir embora os dois homens que estão lá fora, no carro. Um precisa de tratamento médico.

"E você, de tratamento psicológico urgente!", Sarah pensa de novo.

— Claro. — O religioso acena para um dos vários assistentes presentes ao seu redor, que, ao sinal, sai prontamente para o exterior.

Assim se explica que estejam sentados no banco de trás do grande Range Rover preto, com direito a motorista, que não destoa do restante dos serviçais, com o indispensável terno preto, enquanto o bispo os segue num Mercedes último tipo, blindado e de vidros escuros, pois nunca se sabe quando pode surgir o próximo terrorista árabe anticatólico. Haja vista o que aconteceu ontem em Londres.

O destino é o número 460 da Madison Avenue, assim confidenciou Rafael a Cossega no átrio do Waldorf, como se oferecesse o elixir da eterna juventude. Não viram a picape com o Capitão e Marius Ferris na calçada do hotel, mas nem ele nem Sarah têm ilusões. Rafael sabe que ainda não estão mortos. Servem para pressionar Sarah — pelo menos o pai. Essa gente é tão previsível...

— Como chegou à conclusão de que é nesse endereço que estão os papéis? — indaga Sarah em voz baixa. Não quer que os escroques da frente participem da conversa, nem que seja com os ouvidos.

— Logo verá.

— Conhece esse bispo? Parecia muito abnegado perto dele.

Rafael demora a responder.

— Nunca o tinha visto. Mas um bispo é um bispo. Temos de mostrar respeito.

— Acha que ele de fato está a mando do J. C.? Parece tão dedicado à Igreja.

— Penso que Cossega desarmou isso tudo.

— Como assim?

— Ainda não sei. São meras especulações da minha parte.

Conservam-se calados durante alguns momentos, até o destino estar a poucos quarteirões.

— Escute — anuncia Rafael em voz baixa, pegando gentilmente o braço dela, para ter sua atenção. — Preciso que fique quieta ao meu lado, até eu mandar. Se não estiver perto de mim, não poderei protegê-la.

— O que planeja?

— Ainda não sei.

— Como ainda não sabe? Vai negociar nossa liberdade em troca dos papéis?

— Decidirei no momento certo.

— Sabe de uma coisa? — diz Sarah, irritada. — Deixe as negociações comigo.

Rafael fica atônito, mas não tem tempo de a interpelar sobre o assunto, pois os veículos chegam ao destino. Todos os ocupantes saem do carro e entram no enorme edifício que se espraia à frente deles... a Catedral de St. Patrick, com suas gigantescas torres com mais de cem metros de altura.

✦ ✦ ✦

O templo está sem fiéis, e apenas as imponentes colunas e abóbadas do recinto sagrado serão testemunhas. James Renwick, o arquiteto, imitou o gótico francês em 1879 para converter esse lugar no templo católico mais imponente dos Estados Unidos.

— Lidere o caminho — solicita, ou ordena, o bispo Francesco Cossega; não se pode depreender qual dos dois modos foi empregado no tom de voz do religioso obeso. Mas compreende-se. É Rafael quem diz saber onde residem os documentos; por isso, nada é mais lógico que conduzir o cortejo de cinco homens e uma mulher. E, se dúvidas houvesse quanto à idoneidade do bispo, essas seriam prontamente afetadas mal se vissem o motorista e o acompanhante que conduziram o

Mercedes último tipo no encalço do Range Rover. Nada mais que o bem conhecido agente Jeronimo Staughton e o agente Thompson.

— Não precisam se preocupar mais. Estão fazendo o correto. Ninguém voltará a incomodá-los, garanto — lembra o bispo.

Algo na voz dele transmite segurança a Sarah. Gostaria que fosse um bom homem. Um verdadeiro homem de Igreja e de fé. É uma pena que ele jogue do lado errado, ainda que esteja muito compenetrado no seu papel complacente de salvador, ignorando que já havia muito levanta suspeitas. Reconhece que aquele só pode ser um plano arquitetado pelo velho J. C., que conheceu há pouco. E há que dizer que o plano é bom, e seria provavelmente bem-sucedido, se ela, também nesse caso, não soubesse mais do que isso. Pode ter entrado em desacordo com Rafael durante a viagem para o Waldorf, mas apenas porque a irrita a maneira como ele consegue, assim como ela, farejar problemas a distância.

Rafael encaminha o grupo pela nave ampla, em direção a lugar nenhum, embora não pareça. Quem o visse repararia na plena exalação de confiança que transpira pelos poros, a perfeita manifestação de quem sabe o que quer e onde está. Porém, não são necessárias grandes explanações para concluirmos um fato incontornável: não é aquele o endereço correto dos papéis.

— Ainda falta muito? — pergunta o bispo, que já ostenta algumas gotículas de suor na testa.

Rafael nem se dá ao trabalho de responder.

— Tem alguma idéia do que está fazendo? — questiona por sua vez Sarah, em voz baixa, ao lado dele.

— Ainda não — é a resposta precária que dá enquanto continuam a caminhar. — Continuemos. Acabarei pensando em alguma coisa.

— A coisa pode ficar feia se de repente descobrem que não vamos a lado nenhum — adverte ela. Depois pergunta aquilo que mais a consome no momento. Poderia ser algo sobre a morte que está próxima, ou sobre o pânico com que já se habituou a conviver, mas não. O motivo da aflição é outro, e bem simples, em comparação ao estado a que sua vida chegou. — O que o leva a pensar que esse bispo é falso?

Rafael ri.

— Esse bispo não é falso.

— Não?

— Não. É Francesco Cossega. É mesmo bispo. O que é falso é todo esse teatro de se fazer passar por emissário da Santa Sé.

Sarah reflete durante alguns poucos segundos.

— O que o leva a pensar que ele não é o emissário de Roma?

Rafael hesita antes de responder, mas depois olha-a nos olhos.

— O fato de que eu sou o emissário de Roma.

— O quê? — O guincho dela é bem mais alto que o tom quase surdo em que conversam. Isso explica muita coisa. Pensa. Se houvesse tempo, teria início agora uma grande discussão sobre omissões e mentiras; mas a situação exige recato.

— E você? — É a vez de Rafael perguntar.

— Eu o quê?

— O que a leva a pensar que o bispo não é o emissário do Vaticano?

— E o que o leva a pensar que penso isso? — Uma pergunta em resposta a outra pergunta nunca é salutar. Mas é uma daquelas questões que deixam Sarah nervosíssima por ele ser tão perspicaz. O enrubescimento é reflexo disso mesmo, a que se pode juntar o fato da recente revelação. Rafael, o salvador, o temido Jack Payne das fileiras da CIA e da P2, é o emissário de Roma. Que outros segredos ocultará? Quantas caras terá esse camaleão em forma humana?

— Não quer responder, não responda — induz Rafael, encerrando a conversa.

— Não. Tudo bem. Não tenho problema em responder.

Não tarda, aflora à frente deles o transepto, a abóbada eleva-se sobre suas cabeças, e Sarah não consegue evitar um olhar para os altos arcos do templo. O primeiro assistente segue o cansado bispo. Porém, o agente Thompson, o seguinte, cai inconsciente após receber um golpe violento. Rafael dera-lhe com uma cruz colocada na extremidade do altar. Sem perder tempo, usando a cruz como arma, arremessa-a contra Staughton, que cai inerte no solo. Pobre Staughton.

O bispo e o assistente olham para trás. Tarde demais, pois Rafael já tomou o controle da situação. Thompson tenta levantar-se, mas um pontapé de Sarah lança-o novamente contra o pavimento sagrado. Sarah fica surpresa com seu gesto. Não é hábito seu chutar as pessoas, mas... "Que se dane. Mereceu!", pensa.

— Tire as armas deles — ordena Rafael.

Sarah entrega uma pistola a Rafael e guarda a outra na parte de trás da calça.

— E qual é a resposta? — agarrado à porta, Rafael retoma de novo o assunto.

— Não pode esperar?

— Claro — anui o emissário de Roma. — Esconda-se ali atrás.

Entenda-se por tal um confessionário vazio.

Atrás de uma coluna, pode-se ver uma arma pronta a disparar, que assoma prudentemente. Como se o próprio São Patrício estivesse disposto a colaborar, o jovem assistente, nervoso, nem sabe o que o atingiu. Num momento, tenta localizar o inimigo com grande prudência, o suor a escorrer do rosto até cair em gotas no chão — não foi feito para isso —; no outro, uma cruz, vindo do nada, cai sobre o braço que empunha a arma, desarmando-o.

Agarrando o braço ferido, leva um murro certeiro na cara.

— Esse já era — diz Rafael. Resta um bispo angustiado. — Estou à espera — volta à carga Rafael.

Sarah sai do esconderijo e revista a terceira vítima, em busca de mais armas. Rafael admira-lhe os gestos. Parece que toda a vida fez aquilo. Em seguida, pega a arma que caiu da mão dele, guardando-a também atrás da calça. Findas essas tarefas cruciais, olha Rafael nos olhos.

— É muito simples. Na verdade, nunca liguei para o Vaticano.

Capítulo 62

— Trate de começar a se explicar — exige Rafael, caminhando com Sarah no meio das filas de bancos de St. Patrick. O bispo vai à frente, com Rafael a empurrá-lo de quando em vez para mostrar que está atento. A catedral, na sua imensa grandeza, permanece silenciosa e vazia, na penumbra. É uma pena que Rafael e Sarah, e o próprio bispo, não possam usufruir da plena calma do espaço. O plano que Rafael não programara dera certo até o momento. Pelo menos estavam livres para negociar.

— Explicar o quê? — pergunta Sarah, calmamente.

— Como não... fez... o que disse que tinha feito? — Entenda-se esse modo confuso de perguntar como a intenção dele de não mostrar ao bispo o motivo da conversa. Ao fazê-lo, lançou a Sarah olhares nesse sentido, que ela compreendeu muito bem.

— Não fiz — responde irritada. — E quem é você para me exigir explicações se também nunca me contou... que é... fora o que ainda não sei?

A argumentação dela é válida. E Rafael deve ter pensado o mesmo.

— Voltaremos a conversar sobre o assunto com mais calma — diz.

— Oh, como anseio por esse momento — afirma ela, entre ironia e seriedade.

— Acham mesmo que vão sair daqui com vida? — É o bispo quem fala, num tom enérgico demais para seu papel de refém.

— Vamos todos acabar assim, não é, Eminência? — responde Rafael. — O seu fim vai ser igual ao de Firenzi e dos outros todos.

— Como consegue servir a Deus sendo um diabo? — pergunta Sarah, repugnada.

O prelado não se digna a responder à observação.

— Francesco, satisfaça-me uma curiosidade: suspeito que tudo tenha começado por sua causa.

— Tudo o quê? — O bispo pára e olha para trás. Quer encarar Rafael.

— Tudo. As mortes, nós estarmos aqui, por exemplo.

"Mas de onde ele tirou isso?", matuta Sarah, interessada e perplexa.

O homem da Igreja vira-se para a frente e não responde.

Mas Rafael continua o raciocínio.

— Repare: Firenzi encontrou os documentos. Não é grave, pois ninguém daria pela falta deles. Estavam nos Arquivos havia quase trinta anos. Creio que num lugar bem escondido, onde só um acaso os revelaria. O fato de ele os encontrar, por si só, não colocaria a vida dele em perigo.

— Cale-se! Não sabe o que diz! — ordena o bispo, irritado com o teor da conversa.

— Continue — pede Sarah. — Conclua seu raciocínio.

— A única maneira de Firenzi se tornar alvo era contar a alguém que o pusesse em risco. A um amigo. A um bispo, por exemplo.

"Será que foi assim?", pergunta-se a jovem. É uma teoria plausível, sem dúvida. Só alguém muito próximo do padrinho poderia denunciá-lo. Alguém a quem ele tivesse confidenciado o teor da descoberta. Mas isso não quer dizer que tenha sido ao bispo ali presente.

— Confirma, *Eminência*? — Nota sarcástica na locução de "eminência", imposta na pergunta formulada por Sarah.

A ruborização do prelado denuncia mal-estar; contudo, só por isso não se pode culpar um homem.

— Balelas — exclama por fim. — Não conhecia Firenzi assim tão bem.

Nisso, a amena conversa interrogatória é interrompida. Algum espírito mais piedoso diria que é o próprio São Patrício quem fala com eles.

— Não acham que é cedo para abandonar o jogo? — A voz bem conhecida de Geoffrey Barnes difunde-se pelos alto-falantes da catedral. Barnes se encontra no púlpito, em frente ao microfone do templo.

Rafael empurra vigorosamente o bispo.

— Siga em frente — ordena.

Aceleram o passo pela fila de bancos, muito próximos do altar principal.

— Alto! — anuncia a voz de Barnes nos alto-falantes. — Aonde pensam que vão?

Por uma das portas laterais do transepto aparecem três homens, que avançam para eles lentamente. A cadência é comandada pelo velho de bengala com cabo em forma de cabeça de leão — não é outro senão o Mestre, arquejando devido ao esforço a que se submete. Seguem-no o assistente e o servo.

— A menina Sarah comportou-se muito mal — admoesta o velho a custo, aproximando-se pausadamente, fazendo soar o bastão nos ladrilhos do templo a cada passo. — Talvez possamos manter uma conversa mais razoável se souberem em que condições se encontram o senhor Raul Monteiro e o padre Marius Ferris. De qualquer maneira... não creio que possam reconhecer o rosto deles, e não creio que eles possam reconhecê-los. Agora, quero todos os papéis! — grita o velho. — Acreditaram mesmo que me venceriam? É necessário bem mais que sorte para me enfrentar!

Sarah sabe que nada mais pode fazer. Rafael terá de contar a localização dos documentos. Não agüenta mais ver pessoas sofrendo por aquilo. Valdemar Firenzi, padre Felipe, padre Pablo, sem contar os danos colaterais. Eles serão mais alguns a acrescentar ao rol de vítimas e não tirarão um segundo de sono daqueles homens hediondos. Assim refletia quando sentiu mãos agarrarem-lhe a cintura pelos dois lados. Eram as mãos de Rafael, puxando-a ao encontro do corpo dele. Não percebe a idéia de Rafael, mas é uma sensação boa; naquele mar de medo e desespero, é um gesto que lhe dá, apesar de tudo, uma ínfima sensação de proteção. Costas com costas, nádegas com nádegas. Estará preparando alguma coisa ou será apenas uma despedida?

Dizer adeus com um toque, já que não é o momento ou não se tem a coragem de pronunciar nada em voz alta.

— Sabe perfeitamente que morreremos todos antes de contarmos a localização dos papéis.

— Pode até ser — concorda o velho. — Mas, se todos morrerem, não terei com que me preocupar, não é? Se ninguém souber deles, não terei o que temer — acrescenta ele.

— Não creio que goste de confiar na sorte — ataca Rafael.

Sarah sente uma mão apalpar-lhe as nádegas. A mão sobe um pouco, até encontrar uma das armas que guarda entre a calça e a pele. Por instantes, pensou que ele ia se dar a algumas liberdades. Em seguida, sente um objeto frio se entrepor entre seu braço e o tronco. É a arma que deu a Rafael quando dominaram os outros três. Não é uma despedida. É um plano.

São dois tiros que troam e cessam tão rapidamente quanto começaram. Passemos à explicação: Rafael deu dois tiros ao mesmo tempo, um com a arma escondida entre o braço e o tronco de Sarah, que se alojou no peito do servo, que caiu desamparado, com uma expressão de espanto no rosto. O segundo tiro, com a arma que tirou de Sarah, furou as vestes do bispo Cossega e alojou-se na perna do assistente. Como resultado final, um morto e um ferido, e a troca de papéis entre controladores e controlados.

O velho segura o assistente e grita:

— Nunca presenciei tanto amadorismo! Ninguém sabia que eles estavam armados?

— Eu sabia — informa prontamente o bispo Cossega.

Um tiro fulminante atinge-o no peito. A surpresa em seu rosto é total e absoluta.

— Por quê? Eu lhe entreguei Firenzi! — E cai pelas cadeiras, sobre os bancos, com grande estrondo e espirrando sangue.

— Odeio incompetentes! — protesta o velho, apontando agora a arma para Rafael e equilibrando moderadamente o jogo, já que o emissário de Roma tem duas armas apontadas para ele. — Pensa que tem alguma chance de sobrevivência, rapaz? — pergunta, numa voz que não passa de um sussurro maldoso.

— Tenho meus trunfos.

— Você não tem nada! — retruca o velho. — Agora já não tem nada. Com ou sem os papéis, falando ou permanecendo calados, vão morrer...

A tosse seca de Geoffrey Barnes inunda todos os recantos do complexo.

— Há uma chamada para você — informa.

— Para quem? — pergunta o velho, sem desviar os olhos dos de Rafael.

— Para você — responde Barnes.

— Quem é?

— Uma mulher.

— Uma mulher? — O velho parece horrorizado. — Seu idiota, isso não pode esperar?

— Ela diz que é do seu interesse. Acho melhor ouvi-la.

— Coloque-a em viva-voz e aponte para cá os microfones.

Alguns instantes depois, Barnes ativa a função de mãos livres do celular, e os alto-falantes do templo deixam escapar uma voz feminina. Os ecos repetem-se como se os anjos tivessem ocupado as abóbadas do templo. A ligação é intercontinental.

— Alô? — profere a voz.

— Quem fala? Despache-se, pois não tenho muito tempo nem paciência! — dispara o velho sem meias medidas.

— Cale-se, grande filho-da-puta! Vai esperar o tempo que for preciso! — responde a voz.

Rafael parece tão surpreso quanto o velho. Só Sarah abre um sorriso tímido.

— Sarah, está bem? — É a voz quem pergunta.

— Sim, estou!

— Quem está falando? — pergunta Rafael em voz baixa.

— Uma amiga! — afirma em tom triunfante. — A mesma que lançou o ultimato do Vaticano!

Tal informação foi absorvida imediatamente pelo velho.

— Ah, então a menina é a responsável pelo falso ultimato do Vaticano?

— Já lhe disse para ficar calado! Sarah... Sarah, está mesmo bem?

— Estou, Natalie, pode ficar tranqüila.

— Natalie? — pergunta Rafael. — Quem é Natalie?

A pergunta fica sem resposta.

— Vamos então ao que interessa. Como se chama o grande filho-da-puta que lhe aprontou isso tudo? — continua Natalie.

— Chama-se J. C. — responde Sarah, olhando-o nos olhos.

— J. C.? Jesus Cristo! Que grande safado de merda... Bem, J. C., tenho uma lista em mãos com vários nomes de personalidades públicas, pertencentes à organização P2. Até o pilantra de um primeiro-ministro está aqui.

— O que pretende? — pergunta o velho, olhando para o vazio. A arma que tem na mão foi caindo até que apontasse para o chão.

— Ora, para começar, pretendo que liberte minha amiga e todos os que estão com ela.

— E o que ganho com isso?

— Calma, querido. Está com pressa?

Sarah não consegue disfarçar o riso. Aquela Natalie era impagável.

— Deixe-me ver... A reportagem não passa no bloco informativo da BBC e mando parar a prensa onde está sendo impresso o jornal com as cópias da lista. Que lhe parece?

Um rubor de irritação tomou conta de todo o rosto do velho. As coisas estavam descambando. Ou já tinham descambado.

— Se eu concordar, que garantias tenho de que isso não virá a público?

— Pense, meu caro — prossegue Natalie. — Se a lista for divulgada, estaremos assinando nossa sentença de morte. Portanto, você vai se portar como deve ser e libertá-los, e nós cumpriremos a nossa parte. Se um dia se portar mal, já sabe o que acontece.

O velho deixa que o assistente cuide de si mesmo e se afasta alguns passos, pensativo. O ferimento do assistente não é fatal, e, mesmo que fosse, agora pouco importa. Há assuntos mais importantes a tratar. Uma mão trêmula coça o queixo enquanto pondera as opções.

— É um bom acordo para todos — continua Natalie, a típica pronúncia inglesa fazendo-se ouvir, como um espírito do Além. — E então, fechamos negócio?

Capítulo

63

A NOITE

Os anos de Cristo serão os meus dias.
Hoje é o vigésimo quinto dia do meu pontificado;
os anos de Cristo foram trinta e três.

João Paulo I em seu diário, 20 de setembro de 1978

29 de setembro de 1978

Villot providenciara uma entrada serena, sem sobressaltos. Nenhum guarda suíço lhe apareceu no caminho, para interpelá-lo sobre suas intenções. Tampouco teria como explicá-las. Villot sabia que para o plano alcançar sucesso era crucial que nada nem ninguém se intrometesse em sua caminhada até o terceiro andar do Palácio Apostólico.

O homem conhecia bem a casa; não era novidade para ele o local que pisava. Tivera o privilégio de visitar, várias vezes, as entranhas da cidade; por isso, movimentava-se bem e sabia como evitar ser visto, o que ajudou, e muito, no sucesso da operação. Eram do seu conhecimento as rondas e os locais onde os guardas costumavam estar, e, à hora que entrou — meia hora depois da meia-noite —, já ninguém exterior à Guarda vagueava naquela parte da cidade. Só ele.

Villot apenas tinha de se certificar de que as rotinas não seriam alteradas e, claro, deixar as portas abertas.

Tudo se conjugou para que chegasse facilmente ao terceiro piso, bem ao lado da porta do quarto do papa.

O corredor estava iluminado por fracas luzes pontuais, o que conferia uma atmosfera sinistra e medonha ao local. Um tênue fio de luz provinha da parte debaixo da porta, o que indicava que o Santo Padre ainda estava acordado. Provavelmente, trabalhando nas mudanças que aterrorizavam tantas pessoas. O fato de ele estar desperto modificava um pouco a execução do plano. O efeito surpresa seria completo se estivesse dormindo, uma vez que levaria tempo até conseguir reagir. Ponderou esperar que adormecesse, mas ao fim de dez minutos fartou-se. Tinha de ser mesmo com ele acordado. Entraria e anularia qualquer reação, rapidamente. Depois que o sujeito estivesse dominado, seria fácil concretizar o resto.

Aproximou-se da porta, colocou a mão enluvada na maçaneta e aguardou uns instantes. Desarmou possíveis impulsos e deixou a adrenalina fluir. Não era a primeira vez que fazia aquilo — matar — e não seria a última; mas era o primeiro papa e, com certeza, o último. Sim, porque, se não fosse, haveria motivo para crer que as coisas não iriam se ajustar. O reinado de João Paulo I terminaria em instantes.

Abriu a porta de súbito e entrou. A surpresa foi imediata: a do intruso. Albino Luciani estava encostado à cabeceira da cama, escrevendo num papel, e não levantou os olhos para ver quem entrava àquela hora da noite, sem bater ou pedir autorização para tal.

— Feche a porta — limitou-se a dizer, sempre concentrado na escrita.

O intruso — que conhecemos em idade avançada —, sustentado por uma bengala com cabeça de leão a ornar o cabo, cujo cansaço tornava sua respiração roufenha como a de um asmático e ostentava o nome J. C., não necessitava de nenhum suporte naquela madrugada de 1978. Exalava jovialidade e profissionalismo, se assim se pode dizer de um homem que tinha como objetivo tirar a vida de outro. Seja como for, surpreendeu-o aquela postura de Albino Luciani, empenhado no trabalho, completamente indiferente à sua entrada.

Obedeceu ao pedido do Santo Padre e fechou a porta devagar. Seguiu-se um silêncio constrangedor para ele, enquanto o papa continuava a ignorá-lo. Não era de fato aquela a idéia que tinha quando do planejamento da noite, alguns dias antes. Viu-se sempre no papel de controlador.

Entrar, matar e sair. Aquilo suplantava todas as expectativas. Dava a sensação de que costumavam entrar pessoas nos aposentos do papa durante a noite. Mas as palavras que trocaram a seguir convenceram-no de que não estava diante de um homem qualquer.

— Sabe quais deveriam ser as maiores qualidades do homem? — perguntou, sempre embrenhado nos papéis.

— Dignidade e honra? — responde o intruso em jeito de pergunta, como um aluno a um professor, na esperança de ter acertado.

— A dignidade e a honra vêm por acréscimo — explica o papa. — As maiores qualidades deveriam ser a capacidade imensa de amar e de perdoar.

— O senhor cultiva essas duas qualidades?

— Constantemente. Porém, sou papa, e não Deus. Minha infalibilidade é institucional, e não pessoal. O que quer dizer que nem sempre me lembro dessas qualidades importantes. — Levantou os olhos pela primeira vez para fitar o carrasco e ajeitou os óculos.

— Por que me diz isso?

— Para que saiba que não o condeno. Amo-o como meu semelhante e como tal o perdôo.

Só então o intruso percebeu que Sua Santidade, o papa João Paulo I, estava à sua espera para que ele executasse a missão a que vinha. Aquela revelação complicou um pouco as coisas em sua mente, mas não o suficiente para fazê-lo recuar. Colocou uma almofada sobre o rosto de Albino Luciani e pressionou. Aqueles segundos foram os mais longos de sua vida. Matar um homem que a morte não conseguiu enganar. Saber que debaixo da almofada estava alguém que não pediu clemência, que antecipou todos os passos e não fugiu. Não que tivesse para onde fazê-lo — uma vez papa, papa até a morte —, mas sabia que aquela noite podia ser evitada; bastava recuar em sua ousadia, fechar um pouco os olhos a certas coisas. Contudo, não o fez.

Manteve-se fiel até o fim, e isso mereceu algum crédito por parte do intruso. Assim que a última réstia de vida abandonou o corpo do Santo Padre, o invasor endireitou-se. Não se apercebera, mas as lágrimas tinham escorrido pelo seu próprio rosto. Agarrou Albino e colocou-o na mesma posição em que o encontrara. Encostado na cabeceira da cama. Até os olhos permaneceram abertos. Só a cabeça não ficou ereta, pendendo para o lado direito.

Mais tarde, viria a saber que no meio dos papéis que o papa segurava estava a cópia de um segredo previsto pelos videntes de Fátima em 1917. Anunciava a morte de um homem vestido de branco nas mãos dos seus pares. Nada podia ser mais correto.

Certificou-se de que deixava tudo como encontrara quando entrou no quarto; nem a luz apagou. Depois, saiu pelo mesmo lugar. Era a vez de Villot limpar o local do crime.

Capítulo 64

Este quarto no sétimo andar do Waldorf-Astoria vem mesmo a calhar para descansar o corpo das agruras sofridas nos últimos dias. Nele se encontra Sarah, que acabava de tomar um banho, com uma toalha ao redor do corpo. Rafael está deitado com os olhos fechados, no merecido repouso do guerreiro.

Antes de chegarem ali, deixaram o Capitão numa clínica. Era imperativo que ele não esperasse mais; o ferimento exigia-o. Só depois de entregarem-no aos cuidados da equipe médica foi que se dirigiram ao GCT (DI) — NY. Na verdade, os números entre parênteses não eram passíveis de substituição. Sua correta decifração era GCT (15) — NY, Grand Central Terminal (15), Nova York, uma das principais estações da cidade, situada na Rua 42. O número 15 correspondia ao cofre onde se encontravam os papéis.

Quando abriram a porta do cofre, ali estavam. Amarelecidos pelo tempo, uma preciosidade. As idéias de um homem moderno que interesses mesquinhos detiveram. Uma letra bonita e firme, empenhada em fazer a diferença, em marcar seu tempo.

Entregou-os ao emissário de Roma, na pessoa de Rafael.

— Tem certeza de que ninguém nos seguiu? — pergunta-lhe.

— Não. Mas no momento é o que menos importa. Temos um trunfo forte sobre eles, e não vão fazer nada a céu aberto. Pelo menos por enquanto.

— Por enquanto?

— Sim. Essa gente não esquece. Quando menos esperarmos, eles atacarão novamente. De preferência um de cada vez, para ser mais fácil e levantar menos suspeitas.

— Não é uma perspectiva nada reconfortante.

— É o preço. Por ora estamos salvos. O futuro a Deus pertence.

Já instalados nesse quarto do sétimo andar do Astoria, Sarah ligou para a clínica para saber das melhoras do pai, e as notícias foram satisfatórias. A perfuração não atingiu nenhum órgão importante. Um mês mais a fisioterapia e se recuperará totalmente.

— Se soubesse que era tão fácil dominá-los, teria enviado aquilo para o jornal há mais tempo.

— E perder essa diversão toda? — graceja Rafael. — Por que disse que falou com o Vaticano?

— Não é só você que guarda segredos.

Rafael fita-a como se pedisse uma resposta.

— Porque não sabia até que ponto o Vaticano estava envolvido. E também sabia que seria difícil me levarem a sério. Por isso, arquitetei esse plano. Telefonei para Natalie e lhe enviei os papéis por sedex.

— Arquitetou toda a cena do Madison Square Garden?

— Não cheguei a tanto. Também não sabia que iríamos passar lá. Apenas pedi a Natalie que encontrasse alguém que se fingisse passar por representante do Vaticano e fizesse esse ultimato. Se tudo corresse bem, eu lhe telefonaria para avisar do sucesso. Como esse telefonema não ocorreu, ela inventou o próprio esquema — diz Sarah rindo, ao lembrar-se da conversa de Natalie com o Mestre.

— Fantástico. Tenho de conhecer essa Natalie!

— Quando for a Londres, terei o maior prazer em apresentá-los — oferece-se Sarah, pensativa. — Acha que a CIA não vai agir independentemente do velho?

— Não sei. Mas não me parece. Não têm nenhum interesse nisso e já têm escândalos demais para lidar com mais esse. Estamos salvos. Por enquanto.

— É tão bom ouvir isso!

Rafael levanta-se da cama.

— Importa-se que tome um banho?

Por certo que não.

— Importa-se que dê uma olhada nos papéis? — pergunta ela, curiosa.

— Fez por merecer, não acha?

Sarah liga a televisão para saber das notícias do momento enquanto pega os documentos amarelecidos que Rafael pousou na mesinha-de-cabeceira. O Bombardeamento de Londres teve um saldo de dezesseis mortos. Já foram detidos alguns dos suspeitos envolvidos no planejamento do atentado. Dezesseis mortos. Mas serão esses números verdadeiros? Talvez devido ao cansaço aquilo lhe pareça mais longínquo. Como algo que realmente foi perpetrado por forças terroristas muçulmanas, e não pelo homem que toma ducha no banheiro desse mesmo quarto luxuoso. Dezesseis mortes que lhe doem no coração, mas não tanto como quando ainda eram treze no hotel em Lisboa. Nesse momento, sente a reprovação moral que cada indivíduo civilizado e com plena capacidade mental deve sentir pelo acontecido.

Os primeiros documentos são informações de funcionários do Vaticano e as mencionadas substituições. O mais interessante começa na sexta página e se prolonga pelas seguintes. Uma longa reflexão sobre o estado da Igreja, que leu avidamente, e da qual se salientam algumas passagens.

Para propagar os ensinamentos de Jesus Cristo, Nosso Senhor, é incoerente mantermo-nos sob uma fachada obscura que nos nubla o espírito perante os outros. É incoerente espalharmos a nossa palavra como se fosse a Sua, enegrecendo uma doutrina que se quer aberta aos outros, para que, através da fé, Jesus Cristo comungue conosco, verdadeiramente.

Não se compreende que a Santa Madre Igreja tenha lançado sobre si mesma um manto negro de segredo que destoa da alegria inerente aos ensinamentos do Senhor. Pois a fé é também alegria e confraternização, e não a sisudez complacente em nosso rosto, assim que somos consagrados a Ele no compromisso de espalharmos Sua doutrina, empenhados no sacrifício e sofrimento que nutriu em nosso nome. E que seminarista não é arduamente ensinado a carregar nos ombros o peso da Humanidade pecadora, transformando-se em mais um operário que, não por sua culpa, exulta a importância do amor pesarosamente, do mesmo modo que lê um texto enfadonho só porque a tal é obrigado?

A solução depende de nós que, no seio da Igreja, vimos reverenciando dogmas antigos que nem mesmo serei capaz de atribuir ao Criador. Ao longo dos séculos, muitos homens se sentaram na cadeira de Pedro. O império e o tesouro amealhados ao longo de todo esse tempo são incalculáveis. Atrevo-me a dizer que seremos o Estado mais rico do mundo. Como pode isso ser, se nossa obrigação é para com todos os fiéis? Nosso dever de ajudar o próximo tornou-se seletivo e estratégico? Todo esse legado vem sendo gerido como uma grande empresa? Estamos falando do legado de Jesus Cristo a Pedro, o Pescador, e que, posteriormente, atravessou a história até chegar a mim?

Reflita-se sobre um conjunto de questões fundamentais, mas aponte-se primeiro um caminho. O único que existe, o de Nosso Senhor, Jesus Cristo, Nosso Pai. Quantas dessas questões podem ser respondidas recorrendo ao Pai? Simplesmente ouvindo os Seus ensinamentos e recomendações, pois a todas as perguntas Ele respondeu há muito tempo e vem respondendo continuamente? Atrevo-me a dizer que todas as perguntas já obtiveram resposta, mesmo as novas perguntas. Mas na dificuldade dos tempos modernos há uma fórmula que nos guia sempre ao encontro do caminho do bem e do amor, ao caminho Dele, que é nosso desejo trilhar ininterruptamente, e não o temos feito, alegando fazê-lo: O que faria Jesus Cristo? Essa questão tão simples responde a todas as nossas perguntas. O que faria Jesus Cristo?

Controle artificial da natalidade? A vida é alegria, e um filho é alegria quando desejado. Para que transformar num fardo aquilo que é uma dádiva divina?

Interrupção voluntária da gravidez? De que serve parir um indesejado se vem para sofrer?

Relações homossexuais? Não julgarás.

Celibato sacerdotal? Não casou Jesus Cristo com uma prostituta?

Sacerdócio feminino? Todos somos iguais aos olhos do Senhor.

É dever da Igreja dedicar-se aos seus fiéis e partilhar com eles a Palavra do Senhor, ajudando os mais necessitados sem olhar a credo ou raça. Realizar uma aproximação às outras religiões, não julgando seus valores ou crenças, mas confraternizando e partilhando sua sabedoria e amor. Não será um sonho dos céus quando um cristão puder rezar ao seu Deus numa Mesquita e o Muçulmano ao seu numa Igreja? Sem censuras ou reprovações? Porque o céu pode e deve começar na terra.

"Como seria o mundo se esse papa não tivesse morrido?", pergunta-se Sarah depois da leitura, que a deixa simultaneamente emocionada e exultante. Ia, sem a menor sombra de dúvida, revolucionar a Igreja. Por fim, um papel escrito na língua pátria de Sarah Monteiro. A mesma letra do papa aponta para uma transcrição sem título, mas que Sarah reconhece como o Terceiro Segredo de Fátima, anunciado pela Irmã Lúcia.

Escrevo em ato de obediência a Vós, Deus meu, que mo mandais por meio de sua Excia. Revma. o Senhor Bispo de Leiria e da Vossa e minha Santíssima Mãe.

Depois das duas partes que já expus, vimos ao lado esquerdo de Nossa Senhora, um pouco mais alto, um Anjo com uma espada de fogo na mão esquerda; ao cintilar, soltava chamas que parecia iam incendiar o mundo; mas apagavam-se com o contato do brilho que da mão direita expedia Nossa Senhora ao seu encontro. O Anjo apontando com a mão direita para a terra, com voz forte disse: Penitência, Penitência, Penitência! E vimos n'uma luz imensa que é Deus: "algo semelhante a como se vêem as pessoas n'um espelho quando lhe passam por diante", um bispo vestido de branco, "tivemos o pressentimento de que era o Santo Padre". Vários outros bispos, sacerdotes, religiosos e religiosas subir uma escabrosa montanha, no cimo da qual estava uma grande Cruz de troncos toscos, como se fora de sobreiro com a casca; o Santo Padre, antes de chegar aí, atravessou uma grande cidade em meio a ruínas, e meio trêmulo, com andar vacilante, acabrunhado de dor e pena, ia orando pelas almas dos cadáveres que encontrava pelo caminho; chegado ao cimo do monte, prostrado de joelhos aos pés da grande Cruz, foi morto por um grupo de soldados e alguns bispos e sacerdotes que lhe dispararam vários tiros e setas, e assim mesmo foram morrendo uns trás outros os bispos, sacerdotes, religiosos e religiosas e várias pessoas seculares, cavalheiros e senhoras de várias classes e posições. Sob os dois braços da Cruz estavam dois Anjos, cada um com um regador de cristal em a mão, n'eles recolhiam o sangue dos Mártires e com ele regavam as almas que se aproximavam de Deus.

Tuy-3-1-1944

... foi morto por um grupo de soldados e alguns bispos e sacerdotes que lhe dispararam vários tiros e setas...

— Isso explica muita coisa — murmura Sarah. Que outros segredos guardará a Igreja para depois os substituir por mentiras que anuncia como verdades absolutas?

— Ficará bem?

A pergunta de Rafael a tira de seus pensamentos. Nem havia percebido que ele regressara ao quarto e começara a vestir-se.

— Ficarei. Vai para onde?

— Vou-me embora. Minha missão está terminada.

Aquilo soa como um choque para ela.

— Vai embora?

— Lamento tudo que a fiz passar. Saiba que foi sempre no seu melhor interesse.

— Vai... vai para onde? — pergunta Sarah, mal disfarçando a surpresa.

— Salvar mais almas em apuros. — Aparentemente está falando sério.

Sarah levanta-se da cama onde estava sentada e aproxima-se dele.

— E nós?

— Nós? — Rafael sente-se confuso com a pergunta. O rosto dela está cada vez mais próximo. Consegue sentir seu cheiro adocicado misturado aos odores sudoríferos de toda a tensão sentida nos últimos dias e que o banho não eliminou. — Nós... nós o quê?

— Quando voltaremos a nos ver? — quer saber Sarah, olhando-o nos olhos. — Por que não fica mais algum tempo?

Nota-se a dúvida nervosa na expressão de Rafael, algo que não combina nada com seu porte. Algo que não combina com ele.

— Disse-lhe que isso nunca aconteceu, Sarah. E... e é assim que vai se manter — responde Rafael, inseguro. Alguma coisa nela provoca esse efeito em sua mente.

Sarah avança mais, sem medo, sem vergonha de usar as armas que tem.

— Não vai ficar comigo? — A voz sussurrante, junto ao ouvido. — Poderia descansar. Eu lhe faria companhia.

Os lábios quase se juntam uns aos outros, mas Rafael recua na última hora e continua a se vestir.

— Não. Não posso. Tenho mesmo de ir embora.

Sarah sente que ele acelera o processo de se vestir para sair do quarto o mais depressa possível, como se estivesse fugindo de algum demônio personificado por ela.

— Se é por causa do meu pai...

— Não — interrompe Rafael, que não quer deixar dúvidas. — Não tem nada a ver com o seu pai.

— Então?

Rafael termina de se vestir, pega os papéis e se dirige para a porta do quarto.

— São opções de vida. — Abre a porta para sair.

— Espere! — chama Sarah. — Pelo menos me diga seu nome verdadeiro.

Ele olha para ela uma última vez.

— Ora, Sarah. O que eu lhe disse quando nos conhecemos? Meu nome é Rafael!

Foram as últimas palavras que trocaram.

Capítulo

65

MORTE DE UM SACERDOTE

19 de fevereiro de 2006

O tempo se esgota. O arcebispo Marcinkus, estendido no leito de morte, sabe que seus verdadeiros problemas começam agora, quando for chamado a prestar contas ao Deus que tanto teme e que esqueceu em tantas ocasiões. O verdadeiro banqueiro de Deus via-se diante do Todo-poderoso, mostrando-lhe os livros de receitas e despesas, o débito e o crédito, explicando por que haviam cometido aquelas fraudes, convencendo-o da necessidade de diversificar os investimentos e lavar o dinheiro do crime organizado. Com a febre e a angústia da morte, Marcinkus vê Deus como o presidente de um conselho de administração, um chefe incapaz de reconhecer que tudo que aquele servo fez ao longo de seus oitenta e quatro anos foi para o bem da empresa.

Muitos pensavam que o antigo arcebispo de Chicago permanecia afastado do mundo numa paróquia longínqua de Illinois, mas Paul Marcinkus nunca teve intenção de renunciar ao poder e, ainda que se tenha retirado efetivamente do primeiro plano, continuava o serviço da Igreja Católica na diocese de Phoenix, no Arizona. Porém, o bairro de Sun City está muito distante do centro do mundo, muito longe de Roma e muito longe de Deus. Desde as perseguições da justiça italiana, que o acusaram do desfalque do Banco Ambrosiano, que a angústia nunca mais o deixou viver e debilitou seu coração. Temia que seus velhos amigos suspeitassem de que havia falado perante a polícia e os magistrados, porque a vingança podia ser muito dolorosa.

Com o olhar perdido no branco do teto, Marcinkus podia ver-se como um dos quatro cavaleiros do Apocalipse. Calvi, Sindona, Gelli e ele tinham sido enviados por Deus para colocar ordem no mundo.

Recorda o horrível destino de Roberto Calvi. Conseguira não sucumbir em meio às grandes provações depois da derrocada do Banco Ambrosiano Holding, por meio de subornos e chantagens.

— Como se chamava aquela mulher? — pergunta Marcinkus a si próprio, em voz alta.

Chamava-se Graziella Corrocher, e foi a pessoa que denunciou Calvi antes de saltar da janela do seu gabinete e estatelar-se na calçada.

Quando os magistrados de Milão o detiveram em Lodi, falou mais do que devia.

— O Banco Ambrosiano não é meu. Estou apenas a serviço de outra pessoa. Não posso dizer mais nada.

Os amigos não perdoam a indiscrição, e se Calvi conseguiu obter a liberdade condicional foi porque atraiçoou a família e os amigos.

Acusado e desesperado, Calvi fugiu da Itália e esteve escondido em diversos lugares até que o encontraram. Para sua desgraça, a máfia o encontrou antes da polícia. Ou os homens de Gelli, ou os de Sindona. Em 17 de junho de 1982, colocaram-lhe pedras e quinze mil dólares nos bolsos pelos serviços prestados. Em seguida, ataram-lhe uma corda ao pescoço e o atiraram para o vazio debaixo da ponte de Blackfriars, em Londres. A polícia declarou que o pobre Roberto se suicidara. "Idiotas. Não compreendem nada", pensa Marcinkus. "Pobre Roberto."

Por sua vez, Michelle Sindona também teve sua paga. Vangloriava-se dos seus negócios, mas era incapaz de manter um banco com saldo positivo. O Franklin Bank quebrou, e seu projeto da Banca Privada foi devorado pelos genoveses. Dizia que tinha estudado Direito, mas no início esteve vinculado ao negócio de frutas. Por isso o alcunhavam de o Limoeiro.

Naquela época, pediu ajuda aos sicilianos e, graças a eles, prosperou. Andava por aí alardeando que controlava a Bolsa de Milão, o estúpido. Nos Estados Unidos, aliou-se aos Inzerillo e aos Gambino, ainda mais ratos que os genoveses.

Graças a todos, ele conseguiu enriquecer e fazer negócios com a Santa Sé, ou seja, com Marcinkus e Calvi. "Só um estúpido pode auto-intitular-se Mestre do Universo", comentara Marcinkus certa vez. Quando suas finanças e as do Vaticano colapsaram no final dos anos 1970, Sindona recorreu a Calvi, mas este já pouco podia fazer. Sindona foi acusado nos Estados Unidos e na Itália, onde a lista de acusações era interminável. Sindona pressionou Calvi para que salvasse seu império com dinheiro do Ambrosiano, mas o Banco Católico e a sua *holding* já estavam sob a mira das autoridades judiciais. Marcinkus e Calvi afirmaram que não conheciam o siciliano e o abandonaram à própria sorte. Sindona ordenou o assassinato de um magistrado de Milão, que fazia a instrução sobre causas relativas aos seus delitos, numa tentativa desesperada de se livrar do cárcere, mas essa última estupidez apenas acrescentou mais um crime à sua longa lista. Foi detido nos Estados Unidos, e o Governo italiano pediu sua extradição. Sindona deixara poucos amigos e muitas dívidas no seu caminho e pagou-as todas no dia 23 de março de 1986.

— Quer um café com cianeto, Michelle? — diz o arcebispo na solidão da sua alcova enquanto esboça um último sorriso.

O cárcere não é um bom refúgio para quem tem dívidas pendentes. E assim Michelle Sindona acabou seus dias com o sabor do cianeto na garganta.

Em relação ao patrão da P2, Marcinkus não pode sentir mais do que lástima. Licio Gelli tinha mais idéias do que cérebro e gostava tanto de conspirações quanto de dinheiro. "Só a um pobre desgraçado pode ocorrer a idéia de elaborar uma lista com os nomes e profissões dos seus membros", pensa Marcinkus. Em 1981, descobriu-se a lista de maçons. O velho arcebispo de Chicago sorri quando pensa em Silvio Berlusconi como primeiro-ministro da Itália e no ressentido Victor Manuel de Sabóia. Quando o castelo de cartas se desfez, expulsaram Gelli da maçonaria e a magistratura italiana acusou-o de apropriação e divulgação de segredos de Estado, de caluniar os juízes que instauraram seu processo sumário e de conspiração e falência fraudulenta. Os últimos anos de sua vida têm sido passados entre o banco dos réus e as cadeias. O velho cumpre a condenação em sua *villa* de Arezzo enquanto aguarda a morte... Descobriram que o pobre-diabo tinha centenas de lingotes de ouro escondidos nos vasos de flores. Quantos meses de vida ainda lhe restarão?

— O tempo acaba para todos, velho Gelli... — Marcinkus suspira.

As horas vão passando neste domingo, 19 de fevereiro de 2006. Já não há tempo para revelar mais segredos nem para dar mais explicações.

Tudo se cumpriu.

Capítulo 66

Três meses se passaram desde que Sarah se encontrou diante de J. C., o assistente, o servo, Geoffrey Barnes e os demais agentes. Era cativa da P2 e da CIA, associados no crime, com o pai, Rafael e o simpático padre Marius Ferris. Se lhe perguntassem, na ocasião, qual era sua expectativa de sobrevivência, a resposta seria óbvia: nenhuma.

Desde o fatídico dia em que recebeu, em Londres, o envelope endereçado a ela, em nome do finado Valdemar Firenzi — encontrado morto com um tiro na cabeça, nas águas do Tibre, em Roma —, nunca mais pensou recuperar a normalidade, o controle, ainda que ilusório, de sua vida.

Porém, estava enganada. E a prova é sua presença, hoje, na Praça de São Pedro, assistindo à missa dominical celebrada por Sua Santidade, o papa Bento XVI. Está acompanhada dos pais, Raul e Elizabeth, e gozam merecidas férias familiares na capital italiana.

O Capitão está praticamente recuperado do ferimento de faca que o trespassou em Nova York. Mais difícil foi recuperar a relação matrimonial, pois Elizabeth considerou uma falha gravíssima aquilo por que as fez passar, especialmente à filha. O divórcio foi considerado com muita seriedade, mas uma conversa com a filha esclareceu diversos pontos, em especial que a dose de culpa imputada ao Capitão era indireta, e não direta, o que serviu de atenuante. O perdão acabou acontecendo naturalmente, e concretiza-se nessas férias romanas, verdadeira terapia conjugal e filial.

Para se chegar a essa calma manhã de domingo, na Praça de São Pedro — em que se escuta a celebração eucarística da principal sumidade na matéria, na pessoa de Joseph Ratzinger —, foram necessários diferentes pesos, que equilibraram a balança entre as partes discordantes e atenuaram os intrincados enredos.

Como se sabe, monsenhor Valdemar Firenzi, ex-membro da Loja Propaganda Due, assim como muitos outros — entre os quais se incluem o Capitão Raul Brandão Monteiro e os padres Felipe Aragón e Pablo Rincón —, encontrou os papéis que Sua Santidade, o papa João Paulo I, segurava na noite de sua morte e que, posteriormente, haviam sido sonegados pelo cardeal Villot e entregues ao homem que conhecemos apenas pela alcunha J. C. Apesar de as instruções de Villot terem sido passar os ditos papéis para fora das imediações do Vaticano, J. C. não as cumpriu. Após o Conclave que elegeu João Paulo II, usou um outro membro clérigo da P2 para introduzir os documentos nos Arquivos Secretos do Vaticano, onde repousaram até serem encontrados por monsenhor Firenzi, padrinho de Sarah Monteiro.

Após a descoberta, o homem da Igreja confidenciou ao amigo íntimo, bispo Francesco Cossega, o teor de sua descoberta, ignorando que ele era membro da organização. Veio a sabê-lo numa noite em que examinava a dita lista e, na segunda coluna da primeira folha, encontrou o nome dele. Aflito, encetou um conjunto de ações que poderão parecer confusas, mas que visaram somente proteger os documentos e atrair para outras paragens possíveis ameaças. Nessa perspectiva, a primeira coisa que fez foi enviá-los, à exceção da lista, ao amigo e padre Marius Ferris, que se encarregou de os guardar num local seguro.

As ordens eram precisas. Guardar e aguardar. Já foi dito que após alguns telefonemas combinaram o envio da chave que destrancava o local onde os documentos se encontravam. Assim que Firenzi recebeu a chave, tratou de colocá-la com a lista e um código, criado no momento — nada de muito complicado —, para que o pai de Sarah decifrasse. Os papéis estão ali guardados, fale com Marius Ferris, em Nova York. Enviou-a a quem sabemos — à afilhada —, residência fixa em Londres, no número de dois algarismos da Belgrave Road. Certamente ela ligaria de imediato para o pai, ao ver o nome dele na lista; ele próprio colocara um círculo a caneta para se certificar de que não passaria despercebido.

Mandou fazer dois retratos duais. A imagem estática e casta de Bento XVI e, por baixo, após aquecimento prévio e constante, um oculto Marius Ferris revelava-se. Enviou-os aos outros dois homens, moderados conhecedores do caso, Felipe Aragón, de Madri, e Pablo Rincón, de Buenos Aires.

Para a pessoa comum seria a fotografia de um velho, mas para esses dois homens era o retrato impresso de Marius Ferris. Um bilhete acompanhava a dita imagem. Explicava como usá-la e exibia um número de contato em Nova York. Para os dois homens era, obviamente, o número de telefone de Marius Ferris. Firenzi sabia que não precisava lhes dizer mais nada. Contatariam padre Marius Ferris, que estava autorizado a lhes revelar o segredo da localização. Três homens sabiam do segredo, três cavaleiros da Távola Redonda. Estava assim concluído o processo de proteção dos papéis. É pertinente perguntar sobre a razão de tanto trabalho. A verdade é que o plano de Firenzi revelou-se importante, pois atraiu os homens da P2 na direção dos clérigos, dando alguma margem de manobra a Sarah Monteiro.

O que ele não podia adivinhar de maneira nenhuma é que Sarah estava de férias em Portugal e que só ia abrir o envelope e fazer soar o alarme na última hora. A essa altura, Firenzi já estava morto. E essa morte lançou o pânico sobre os outros. O resto dessa história é o que se sabe. E mesmo Sarah só se safou em Londres por um milagre.

A dúvida de Sarah residia no interesse de Firenzi em proteger os papéis. No fundo, estava fazendo o mesmo que J. C., apenas mudando o local e o dono. Mas Marius Ferris explicou-lhe nesse dia sofrido, em Nova York, em que se salvaram por pouco:

— A princípio, seu padrinho não queria fazer nada. Apenas colocá-los num local onde não os perdesse de vista. Senti-los em seu poder ou nas mãos de alguém de confiança.

— Só isso?

— No começo, era só isso. Mais tarde se decidiria o que fazer. Provavelmente acabariam por voltar ao Vaticano, mas legalmente, e não às escondidas. Sua Santidade decidiria o que fazer com eles. O mais certo seria optarem pela típica reação prudente do Vaticano.

— Qual?

— Nenhuma reação. O silêncio. Mas o simples fato de reconhecerem sua existência, de saberem que alguém no seu seio não se comportou com a honestidade exigida a homens como nós, seria suficiente para irmão Firenzi. E, devo confessar, para mim também. Por isso, Sarah, fez o que devia ser feito, e lhe agradeço.

Hoje, três meses depois, tudo está no devido lugar. Estão todos bem, e a única coisa que ainda embaraça Sarah é o fato de nunca mais ter visto nem ouvido falar de Rafael, ou Jack Payne, ou seja lá qual for o nome dele. Por mais que a tentação e o desejo inspirassem a vontade de o procurar, nunca saberia como. Ainda pensou em perguntar ao pai, mas optou por não fazê-lo.

A missa dominical terminou, e a família Monteiro aproveita para vaguear pela Basílica de São Pedro, assim como muitos outros fiéis e turistas. Mais tarde irão almoçar em algum restaurante agradável e explorar Roma, uma ínfima parte do que a capital italiana tem para oferecer.

Enquanto a mãe e a filha contemplam a cúpula magistral, Raul localiza um amigo e se aproxima dele para o cumprimentar. Conversam durante alguns minutos. Sarah e a mãe observam os tesouros arquitetônicos e artísticos capazes de deixar os visitantes boquiabertos. Admiram o corpo embalsamado do papa João XXIII, exposto para homenagem dos fiéis. Ali está um grande homem do seu tempo.

— Meninas, quero que conheçam um amigo muito querido! — anuncia Raul, aproximando-se.

Sarah não olha logo, interessada numa passagem escrita num panfleto sobre a basílica.

— Minhas queridas, apresento-lhes o padre Rafael Santini!

O panfleto perde importância assim que o nome Rafael é proferido pelo pai. Rafael Santini. Ela olha, de baixo para cima, a batina preta que o pároco enverga. Acima do colarinho branco que adorna o pescoço, visualiza o rosto de Rafael, seu salvador. Um rosto saudável, radiante.

— É um prazer conhecê-las — diz ele.

Sarah mal consegue conter a surpresa. Rafael é padre!

— Padre Rafael tem uma paróquia a norte de Roma, não é? — pergunta o pai, começando uma conversa.

— Exatamente. Numa aldeia não muito longe daqui. — Cumprimenta ambas as mulheres com um aperto de mão e um sorriso delicado e genuíno. Demora-se um pouco mais no cumprimento a Sarah.

"Tentei seduzir um padre..." — é o que não sai da cabeça de Sarah. Como é possível um homem como ele ser padre, estar casado com Cristo? Pelo menos, a recusa dele no quarto, em Nova York, já é compreensível. Escolhera a Igreja; é um homem de Deus, acima de tudo, cuja função é proteger os interesses desta. Nada é aquilo que parece.

— Quer almoçar conosco? — convida Raul.

— Gostaria muito, mas não posso. Trouxe algumas crianças da paróquia comigo. Viemos visitar o Vaticano. Talvez em outra ocasião.

— Combinado — diz o pai.

— Os papéis estão em segurança — informa Rafael em segredo a Sarah. — Guardados onde sempre estiveram, mas com o conhecimento de Sua Santidade.

Ninguém jamais reconheceu a existência da Santa Aliança, a organização que, segundo parece, agrupa os Serviços Secretos do Vaticano. Sobre essa instituição contam-se inúmeras histórias, lendas e ficções, cuja comprovação é assaz difícil. Alguns pensam que a Santa Aliança é composta de sacerdotes espiões sem escrúpulos, capazes de dar a vida por Roma e pelo Sumo Pontífice.

Os Serviços Secretos do Vaticano não dispõem de uma sede oficial; seus agentes não estão inscritos numa lista, nem podem ser identificados de forma nenhuma. No entanto, a CIA ou a Mossad, o CNI, o MI6 ou o SIS crêem que não só existem como constituem uma das redes de espionagem e contra-espionagem mais poderosas e hábeis do mundo. Evidentemente, os agentes do Vaticano são eleitos entre os mais qualificados e, provavelmente, treinam em organizações e instituições alheias ao Vaticano.

Rafael Santini foi instruído desde muito jovem para um objetivo: infiltrar-se na P2 e na CIA e revelar-se quando fosse estritamente necessário. Durante quase duas décadas permaneceu adormecido, observando, espiando as organizações e instituições que deviam ser controladas, até que recebeu a pertinente ordem da Santa Sé e se ocupou do que devia se ocupar. Há centenas ou mesmo milhares de sacerdotes em todo o mundo que celebram suas missas, ensinam nas escolas e confortam os enfermos, mas que aguardam a ordem para agir conforme as severas diretrizes do Vaticano.

Despediram-se do padre Rafael Santini, que tinha de voltar para junto de suas crianças, e foram perambular pela cidade, primeiro em direção ao Castel Sant'Angelo e ao seu Museu, que é na realidade aquilo em que o castelo se tornou, e depois ao Panteão, o edifício mais antigo do mundo, ainda com o teto original, que data do século VII e nunca perdeu sua importância ao longo da história.

— Às vezes penso que tudo se perdeu com a morte daquele papa — desabafa Sarah, sorumbática.

— Quem? João Paulo I? — indaga o pai.

— Sim. Sinto que, depois de tudo que lhe fizeram, mais ninguém merecia ocupar aquele lugar.

O pai coloca uma mão no ombro dela, num abraço compreensivo.

— Eu a entendo perfeitamente. Mas precisa perceber que a vida continua para os que ficam aqui. O mundo persiste na sua órbita. Um dia as pessoas saberão a verdade. Não por nós, mas por outra pessoa qualquer. Um dia, mais tarde, quando a maior parte de nós já tiver morrido, a verdade virá à tona, e será feita justiça a Albino Luciani.

— Espero que sim.

— Fique tranqüila — aconselha a mãe, entrando na conversa. — Olha que Deus não dorme!

Sarah quer acreditar nisso. Ou então que estava tudo previamente combinado entre Luciani, Gelli, Villot, Marcinkus, Calvi e J. C. no Além. Assim teriam que se comportar, e assim o fizeram. Não havia nada a fazer. Os acordos haviam sido conseguidos, em grande parte graças a Sarah. O segredo permanecerá guardado, agora por homens de bem, no mesmo local onde perpetraram o mal. A ironia divina comprovou que, onde outrora habitavam interesses maléficos exteriores à fé, regressou a bondade.

— O plano do Firenzi não me pareceu adequado.

— Foi o possível — argumenta o pai. — Se você não estivesse de férias, ou se ele tivesse encontrado uma maneira alternativa de se comunicar comigo, as coisas teriam corrido melhor.

— Mesmo assim. Eles já tinham Marius Ferris nas mãos.

— O fato de terem Marius Ferris não quer dizer que viessem a conseguir arrancar dele a localização dos papéis. E nós sabíamos.

— Acha que ele morreria sem revelar?

— Respondo com outra pergunta. Acha que Rafael revelaria?

— Claro que não! O que um tem a ver com o outro?

— E o que não tem? Se seu padrinho lhe enviou os papéis, é porque tinha plena confiança de que os guardaria com a vida.

— Sim, mas ele também confiou no Cossega.

— Na segunda vez, só cai quem quer. Assim como eu. Quando enviei Rafael a você, sabia perfeitamente que podia contar com ele.

Aquele nome ainda lhe provoca calafrios na espinha. Sobretudo agora, que sabe muito mais do que sabia. Seu salvador — um homem capaz de fazer parar o trânsito, de todas as maneiras possíveis, como provou em Londres — era um padre italiano! Que o diabo não saiba disso...

— Mesmo assim não me convence — afirma, mudando de tópico. O melhor é afastá-lo do pensamento. Pelo menos assim não se irritará tanto consigo mesma e com as iniqüidades da vida. — Para que serviram os tais retratos duais? Não entendi.

— Para que os padres reconhecessem Marius Ferris. Sabiam que só ele era de confiança. Infelizmente padre Pablo não foi precavido o suficiente para o guardar num lugar seguro.

— E como você percebeu que o retrato era dual? Felipe não explicita isso na carta que deixou.

O pai sorri.

— Tem certeza? Penso que ele foi até bastante explícito. Lembre-se de que na carta havia a seguinte frase: "Antes de me despedir, quero que entreguem esta carta e o retrato do meu amado papa ao meu grande amigo Raul Brandão Monteiro, que saberá usar nele o lume brando da oração".

— Isso podia ser uma metáfora.

— Sarah, alguma vez me viu rezando para um retrato? Sempre rezei intimamente. Não exteriorizo minhas orações nem me ajoelho na missa...

— Não mesmo. — De fato, é verdade. O pai, um militar orgulhoso, nunca foi de mostrar suas crenças religiosas, apesar de não ter nada contra ninguém que extravase as suas. — Por que J. C. não arriscou? Podia ter ido até as últimas conseqüências.

— Por medo.

— Medo?

— Isso mesmo. Essas pessoas estão acostumadas a agir com a faca e o queijo na mão. Quando falta uma dessas coisas, preferem ficar quietas, na sombra, à espera de melhores dias.

— Quer dizer que vão tentar reaver os papéis?

— Talvez, mas não creio. J. C. também não viverá eternamente. E esse acordo serve perfeitamente aos seus interesses.

— E acha que poderá tentar alguma coisa contra nós, mais tarde?

— Não me parece. Remexer no assunto só pode prejudicá-lo. Podemos ficar descansados.

Perto das seis da tarde, os pais decidem regressar ao hotel para repousarem um pouco antes do jantar. O passeio foi, de fato, maravilhoso; pena que Sarah ainda não tenha conseguido tirar da cabeça o encontro com padre Rafael, que, no fundo, nunca tinha ocultado dela seu verdadeiro nome. O óbvio é sempre o mais difícil de encontrar.

Sarah ainda vagueia pelas ruas e becos de Roma até um pouco depois das sete. É uma cidade acolhedora, quente, que exala uma beleza única, pictórica, que cativa e prende o visitante, e não o deixa indiferente. O berço de um império, de deuses, de sonhos, e a casa de Cristo há séculos imemoriais.

Refaz o caminho do Grand Hotel Palatino, na Via Cavour, perto do Coliseu, com calma. Anseia por um banho e um jantar reforçado. Cansada, muito cansada do longo dia, que começara de manhãzinha, cedo, com um outro Rafael na cabeça. Agora traz um jamais imaginado. A vida nunca é como nós a pintamos; simplesmente é, sem falsidades nem aprumos, e quem a vive bem pode tentar levá-la para outros caminhos; se tal não for do seu interesse, ela própria trilhará o regresso à rota original. Tudo isso para dizer que nunca esteve destinado que Rafael e Sarah partilhassem a unidade física ou amorosa. Talvez fraternalmente isso seja possível, mas nada mais. Rafael é fiel aos seus valores e à fé, e mais não pode oferecer; o que já não é pouco.

E, com isso no pensamento, entra no átrio do hotel, alheia ao vulto vestido de negro que a segue há várias horas.

— Senhorita Sarah Monteiro — chama o recepcionista. Sarah está tão compenetrada em seus pensamentos que não o ouve. É necessário chamá-la novamente.

— Sim? — responde, acordando da letargia.

— Tem uma mensagem para a senhorita — informa o empregado, entregando-lhe um pequeno envelope.

— Quem enviou?

— Não lhe sei dizer. Não foi no meu turno e não tenho nenhuma anotação do remetente. Peço desculpas.

— Tudo bem. Não faz mal. Obrigada.

Sarah dirige-se ao elevador e abre o envelope, que não está lacrado. Retira um pequeno objeto do seu interior. É negro, semelhante a um botão. Entra no elevador cheia de curiosidade e tira o pequeno bilhete que acompanha a coisa enquanto o elevador inicia a subida até o sétimo andar. Segundos depois, levanta os olhos, estupefata e inquieta.

— Não... Outra vez, não!

No bilhete, um texto simples.

Isso não é um botão, é um fone de ouvido. Coloque-o no ouvido.

Então aquele botão é um fone. Sarah hesita por alguns instantes, mas sabe que não pode fugir ao destino. Coloca o aparelho no ouvido e aguarda. Mutismo... Mudez... Silêncio... Se assim se pode apelidar a estática. Talvez não passe de uma brincadeira de mau gosto. Porém, não consegue ver o pai ou a mãe brincando assim. Não há espírito, nem é o momento para esse tipo de coisa.

— Boa noite, menina Sarah Monteiro — saúda uma voz em seu ouvido direito.

— Quem está falando? — A voz dela, apesar de firme, denota ansiedade.

— Ora, minha cara, decerto não se esqueceu de mim assim tão depressa. — Uma nota de escárnio percorre as cordas vocais do orador. — Tomarei isso como ofensa à minha pessoa.

— O que deseja? — O tom mais firme de Sarah encobre o medo que sente por reconhecer a voz que lhe sopra na mente como se fosse sua consciência.

— Recuperar o que me foi tirado e me pertence por direito. — O escárnio dá lugar à frieza que caracteriza o velho que conheceu havia três meses em Nova York: o assassino de João Paulo I.

— Não tenho nada a ver com isso — responde Sarah no mesmo tom. — Entenda-se com o Vaticano.

Uma gargalhada gutural enche o ouvido de Sarah, irritando-a. O "tlim" do elevador indica que chegou ao destino. Hesitante, Sarah dirige-se ao quarto. Nenhum lugar é seguro, por isso qualquer um serve.

— Repare, Sarah, vejo o caso por outro prisma. Uma vez que foi a responsável pelo destino final dos papéis, parece-me óbvio que tenha de recuperá-los para mim.

É a vez de Sarah rir.

— Acha mesmo?

— Tenho certeza.

Sarah entra no quarto com a estranha sensação de que não está só.

— Diga o que quer de uma vez! Tenho mais o que fazer.

— Está vendo o embrulho em cima da sua cama?

Diante daquela pergunta, mais a presença real de um pacote em cima da cama, ela entra em pânico. O redemoinho das provações por que passou há três meses volta para atormentá-la.

— Sim... — responde numa voz abafada.

— Abra-o. — É uma ordem, e não um pedido, sem dúvida.

Sarah obedece, trazendo à visão aquilo que parece um dossiê.

— O que significa isso?

— Leia com atenção esses documentos. Mais tarde falaremos.

— E de que modo isso vai convencer o Vaticano a entregar-lhe os papéis?

— De todos os modos que pode imaginar. Cada um de nós tem seu próprio telhado de vidro. Aguarde instruções minhas.

Sarah sente o aparelho desligar por completo; nem o som desagradável da estática existe mais. Foi como se o tivessem tirado da tomada. Tira o pequeno botão negro do ouvido e atira-o sobre a cama. Senta-se na beira da cama, ainda com o dossiê na mão, e olha para a etiqueta que o rotula. Escrito em letras maiúsculas, um nome...

MEHMET ALI AĞCA

FINIS

Quando contatei o autor para abordar a elaboração do livro, a primeira "exigência" que fiz foi a de que queria a ficção misturada à realidade. Por quê? A resposta é simples: porque sei por experiência própria que na vida real isso acontece. Muitas das verdades históricas que temos como garantidas não passam de pura ficção. A morte de João Paulo I é uma delas, e, acreditem, não é caso único.

Devo confessar que o resultado me surpreendeu positivamente. A ficção mistura-se à realidade. Não é minha intenção dar trabalho aos leitores com esse artifício, para que descubram o que é certo e errado por seus próprios meios. Apenas que pensem que nem tudo que parece ou é dito por trás de um sorriso franco ou de um olhar de profundo pesar corresponde à verdade.

O autor brindou-me nestas páginas com uma personagem que, aparentemente, me representa. Fiquei satisfeito pela astúcia com que desvencilhou a trama, usando-me para o meu propósito e para o seu.

Depois de todas as teorias da conspiração lançadas nos últimos vinte e oito anos, esta encerra o caso da morte de João Paulo I. Mas devo realçar quão me deliciei na sombra, com tantos peritos a comentarem o tema como se fossem os donos da verdade.

As culpas não se imputam aos locais ou às instituições, mas às pessoas que os freqüentam ou nelas trabalham.

Fui membro da Loja P2 e, como homem, não sou nem pretendo ser imune ao erro ou ao pecado.

Porém, não se iludam; Deus, e só Ele, julgar-me-á.

J. C., 29 de setembro de 2005.

Lista de personagens

Carmine Mino Pecorelli. Nascido em Sessano del Molise, na Província da Isérnia, a 14 de setembro de 1928. Fundador do semanário *Osservatore Politico*, especialista em escândalos políticos. Torna-se um homem influente não só pelo seu conhecimento dos meandros da política italiana, mas também por sua capacidade de previsão. Ingressou na P2 de Licio Gelli. Depois do homicídio de Aldo Moro, começou a publicar documentos inéditos, incluindo três cartas que o antigo primeiro-ministro escrevera à família. Os artigos editados no *Osservatore Politico* são inquietantes para muita gente: membros do governo, deputados, ministros, e também para Licio Gelli, pois Pecorelli elaborou uma lista de membros da P2 e enviou-a ao Vaticano. Tencionava publicá-la no seu semanário. O "incômodo" foi assassinado no dia 20 de março de 1979, com o conhecimento e a aprovação de Gelli. O mandante foi um reputado político italiano.

Aldo Moro. Estadista italiano, nascido em 23 de setembro de 1916 em Maglie, na Província de Lecce. Foi primeiro-ministro da Itália por cinco vezes e também um dos líderes mais destacados da Democracia Cristã. Foi raptado no dia 16 de março de 1978, em pleno coração de Roma, pelas Brigadas Vermelhas e mantido cativo até o dia de sua morte, em 9 de maio do mesmo ano. Ignorando os pedidos de ajuda patentes nas cartas que Aldo Moro escreveu ao partido e à família, o Governo adotou uma posição dura de não-negociação com terroristas. Moro apelou inclusive ao papa Paulo VI, seu amigo pessoal. Porém, nada surtiu efeito. Oficialmente, Aldo Moro foi assassinado a tiros pelas Brigadas Vermelhas e colocado no porta-malas de um carro, devido à posição implacável do governo de Giulio Andreotti, apenas oficialmente...

Licio Gelli. *Mestre Venerável* da Loja Maçônica P2. Nasceu em Pistoia em 21 de abril de 1919. Esteve envolvido em quase todos os grandes escândalos italianos dos últimos trinta e cinco anos. Combateu ao lado de Franco, enviado por Mussolini, e foi informante da Gestapo durante a Segunda Guerra Mundial, mantendo até mesmo contatos com Hermann Goering. Depois da guerra aliou-se à CIA e, com a NATO, deu cobertura à Operação Gládio, uma espécie de exército secreto de intervenção rápida instalado na Itália e em outros países europeus, incluindo Portugal, com o objetivo de eliminar ameaças comunistas e responsável por inúmeros atos terroristas. João Paulo I foi apenas um dos milhares de pessoas a quem tirou ou mandou tirar a vida. É conhecido seu envolvimento nas mortes de Aldo Moro, Carmine Mino Pecorelli, Roberto Calvi, do primeiro-ministro português Francisco Sá Carneiro... Sua associação criminosa com o arcebispo Marcinkus, Roberto Calvi e Michelle Sindona produziu um rombo de 1,4 bilhão de dólares no Istituto per le Opere di Religione. Atualmente vive em prisão domiciliar em sua *villa*, na Toscana.

Paul Marcinkus. Arcebispo norte-americano. Nasceu nos arredores de Chicago em 15 de janeiro de 1922. Diretor do Istituto per le Opere di Religione, mais conhecido por Banco do Vaticano, entre 1971 e 1990. Encabeçou um sem-número de escândalos financeiros com Licio Gelli, da P2, e Roberto Calvi, do Banco Ambrosiano, do qual o Banco do Vaticano era o principal acionista, e Michelle Sindona, um banqueiro e mafioso italiano, nomeado por Paulo VI como conselheiro financeiro papal. Juntos lavaram dinheiro ilícito e esconderam os lucros do banco controlado por Marcinkus, que supostamente deveriam ser canalizados de imediato para a caridade, por meio de empresas de fachada, quase todas "instaladas" na América do Sul. Seu nome está relacionado a muitas histórias mal contadas, em particular a do desaparecimento da jovem de quinze anos Emanuela Orlandi, em 1983, numa tentativa de servir de moeda de troca com Mehmet Ali Ağca. Marcinkus teve sempre a confiança total de Paulo VI e, posteriormente, João Paulo II não teve outro remédio senão mantê-lo nas funções, chegando mesmo a elevá-lo a terceiro homem mais forte do Vaticano, depois dele próprio e do secretário de Estado. Sabemos o que João Paulo I pretendia fazer com ele antes disso. Foi um dos principais interessados na morte de Albino Luciani. Em 1990, regressou a Chicago, depois de ter deixado a direção do Istituto per le Opere di Religione, e mais tarde retirou-se para uma paróquia no Arizona. Foi encontrado morto em sua casa no dia 20 de fevereiro de 2006.

Roberto Calvi. Banqueiro milanês, nascido em 13 de abril de 1920. Apelidado pela imprensa como o "Banqueiro de Deus", devido às suas relações com o Vaticano e com o arcebispo Paul Marcinkus. Presidente do Banco Ambrosiano, foi manipulado e ameaçado por Gelli e Marcinkus à exaustão, resultando disso um buraco financeiro de bilhões de dólares. Pouco se beneficiou com a morte de João Paulo I, tendo sido mesmo contra sua eliminação. Fugiu para Londres com um passaporte falso e foi encontrado dias depois, enforcado debaixo da ponte de Blackfriars, em 17 de junho de 1982. A polícia inglesa tratou o caso como suicídio, mesmo com os indícios a apontarem o contrário. Tinha pedras nas calças e quinze mil dólares no bolso. O caso foi reaberto recentemente na Itália e no Reino Unido, mas é mais do que certo que o verdadeiro culpado nunca será apanhado.

Jean-Marie Villot. Cardeal francês da Igreja Católica Romana. Nasceu em 11 de outubro de 1905. Nomeado secretário de Estado do Vaticano durante o papado de Paulo VI, em 1969, manteve-se até a morte dele e permaneceu no início da curtíssima era João Paulo I, apesar de sua substituição se efetivar no dia 29 de setembro de 1978. A morte perene desse último permitiu que se mantivesse nas funções durante os primeiros meses do papado de João Paulo II até sua morte, em 9 de março de 1979. Membro da P2 de Licio Gelli, foi um dos principais intervenientes na morte de João Paulo I, abrindo o Vaticano ao executor.

Lúcia de Jesus dos Santos. Nascida em 22 de março de 1907, em Aljustrel, foi um dos três videntes de Fátima. Aquela que enunciou os Três Segredos que Nossa Senhora transmitiu ao mundo e que a Igreja controla ferreamente, divulgando falsidades em sua substituição. Encontrou-se com Albino Luciani no dia 11 de julho de 1977, no Carmelo de Santa Teresa, em Coimbra, e conversaram durante mais de duas horas, tendo entrado em transe e alertado o homem da Igreja para o que o esperava nos tempos subseqüentes. Faleceu no dia 13 de fevereiro de 2005. Foi sempre fiel à Igreja.

Mario Moretti. Fundador das Segundas Brigadas Vermelhas. Raptou Aldo Moro e foi o único a manter contato com ele durante o cativeiro. Foi também ele o único a disparar sobre o estadista. As circunstâncias do caso nunca foram claras, contudo a P2 esteve muito ativa no caso, assim como outros interessados transcontinentais. Foi condenado a seis prisões perpétuas, mas misteriosamente libertado em 1994.

J. C. Nascido a ..., em ..., foi responsável por inúmeros atos macabros como executor e como mandante. Ingressou na P2 em... Hoje está retirado das lides políticas e financeiras, mantendo, no entanto, grande influência no submundo secreto. Vive em... Matou João Paulo I na noite de 29 de setembro de 1978.

Todas as demais personagens existentes neste livro pertencem ao inabalável mundo da ficção.

NOTA 1: As reticências serão substituídas por informação real numa edição futura.

NOTA 2: A P2 ainda existe e continua mais secreta do que nunca.

Este livro foi composto em Palatino
e impresso pela gráfica Edigraf sobre papel
pólen soft 70g para a Ediouro, em agosto de 2008.